ROXIE
COOPER

Kein Jahr ohne dich

Roman

Aus dem Englischen
von Karolin Viseneber

PIPER

Mehr über unsere Autoren und Bücher:
www.piper.de

Wenn Ihnen dieser Roman gefallen hat, schreiben Sie uns
unter Nennung des Titels »Kein Jahr ohne dich« an *empfehlungen@piper.de*,
und wir empfehlen Ihnen gerne vergleichbare Bücher.

FSC
www.fsc.org
MIX
Papier aus verantwortungsvollen Quellen
FSC® C083411

ISBN 978-3-492-06155-1

Titel der englischen Originalausgabe:
»The Day we met«, Penguin, London 2019

Published by arrangement with Joanne Murray
Lektorat: Tanja Frei
Satz: Satz für Satz, Wangen im Allgäu
Gesetzt aus der Schneidler BT
Druck und Bindung: CPI books GmbH, Leck
Printed in the EU

Für Amanda, Sasha und Vicky,
die mich auseinandergenommen und
wieder zusammengesetzt haben.

TEIL 1

You do something to me

1. KAPITEL
Freitag, 13. Oktober 2006

Stephanie

Ich bin nicht abergläubisch.

Gehöre nicht zu den Menschen, die Umwege in Kauf nehmen, um Leitern auszuweichen, sich vor schwarzen Katzen fürchten oder dem ganzen anderen Unsinn – reine Zeitverschwendung! Ich kann mir einfach nicht vorstellen, dass das Universum nichts Besseres zu tun hat, als uns einen schlechten Tag zu bescheren, nur weil wir unter einer Leiter hindurchgegangen sind. Oder weil der Dreizehnte eines Monats auf einen Freitag fällt. Aber irgendwie lassen sich die Leute trotzdem davon beeinflussen, oder?

Wenn etwas Schlechtes passieren wird, geschieht es so oder so, egal in welcher Konstellation die Planeten stehen, ob gerade Freitag ist oder ein bestimmter Monat.

Die Uhr im Auto springt auf 17:03 Uhr. Ich bin spät dran.

Wir sind schon seit knapp einer Stunde unterwegs und sollten bald ankommen. Hoffentlich, die angespannte Stille im Auto ist nämlich kaum auszuhalten. Immerhin läuft das Radio. Es ist auf »laut genug, damit die Atmosphäre sich nicht ganz so unangenehm anfühlt« eingestellt. Aerosmith singen davon, dass sie nichts verpassen wollen: *I Don't Want to Miss a Thing*.

Mein Kopf wird gegen die Kopfstütze gedrückt, während wir die kurvigen Landstraßen entlangrauschen. Er fährt in seinem hellblauen BMW Z3 immer zu schnell. Seinem »James Bond«-Auto, mit dem er bei jeder Gelegenheit angeben muss.

»So habe ich das wirklich nicht gemeint«, sagt Matt plötzlich, den Blick auf die Fahrbahn geheftet. Der Motor heult auf, während er spricht.

Ich drehe mich zu ihm um, die Hände zwischen meinen übereinandergeschlagenen Beinen. Glücklicherweise habe ich eine Sonnenbrille auf. Ich fühle mich weniger ausgeliefert, wenn mein Gegenüber beim Streiten oder Diskutieren meine Augen nicht sehen kann. Sonst komme ich mir immer so schutzlos vor.

»Wie hast du es denn dann gemeint?«, frage ich Matts Profil in einem Tonfall, der meine Zweifel daran ausdrückt, ob seine Antwort mich zufriedenstellen kann. »Du behandelst mich wie ein Kind. Ihr *alle* behandelt mich so, ich habe es wirklich satt.«

»Die Art und Weise, wie ich es gesagt habe, tut mir ehrlich leid, das wollte ich nicht.« Er bleibt ganz ruhig, wodurch ich mich noch mehr wie ein bockiges Kind fühle. »Wir wollen doch alle nur dein Bestes.«

»Ich halte es aber nicht mehr aus, die ganze Zeit umsorgt zu werden, Matt!«, platzt es aus mir heraus. »Dabei drehe ich noch durch. Vertraut mir doch einfach, dass ich das Richtige tun werde.«

Er hört mir zu, nimmt meine Worte auf, den Blick noch immer auf die Straße gerichtet. Dann nickt er und sieht mich flüchtig an. »Natürlich. Vielleicht bin ich tatsächlich überfürsorglich, weil ich dich liebe und mir Sorgen um dich mache. Ich hatte einfach nicht damit gerechnet, dass es dich so aufregen würde.«

Ich lege meine Hand auf seine, die das Lenkrad festhält. »Ich weiß«, sage ich sanft und lehne mich zu ihm hinüber. »Es tut mir leid. Ich bin … ein bisschen nervös.«

Er nimmt meine Hand vom Lenkrad und legt sie zurück auf meine Beine, dabei drückt er sie leicht.

Mein Verlobter. Seine strahlenden blauen Augen waren das Erste, was mir an ihm auffiel. Große Augen mit fürsorglichem Blick, ein paar Lachfältchen. Er ist von Natur aus blond, genau wie ich. Die Leute halten uns oft für Schweden und sagen, dass wir, »wenn es an der Zeit dafür ist«, bestimmt sehr hübsche Kinder bekommen werden. Matt trägt die Haare zu einer dieser angesagten, verwuschelten Tollen à la David Beckham aufgetürmt.

»Ich möchte dich aber *doch* daran erinnern, dass du die Finger vom Alkohol lassen solltest!«, sagt Matt und zieht die Augenbrauen hoch.

Ich werde wohl lernen müssen, solchen Situationen mit Humor zu begegnen. »Mach dir da mal keine Sorgen«, erwidere ich. »Ich werde nichts trinken. Seit April habe ich schon keinen Tropfen mehr angerührt.«

Ist es wirklich schon so lange her? Der Gedanke kommt mir seltsam vor, bis vor sechs Monaten haben Matt und ich noch unseren verrückten, schnelllebigen Alltag in London gehabt. Mittlerweile wohnen wir in einem ruhigen Dorf in Cambridgeshire, nicht weit von meinem Vater und meiner Schwester entfernt. *Ruhig* ist allerdings gar kein Ausdruck. Eine ganz schöne Umstellung mit gerade mal sechsundzwanzig Jahren.

Ich bin mir nicht ganz sicher, was die Stephanie, die ich kenne, hier zu suchen hat. In diesem exklusiven Landhaus eine knappe Stunde von meinem neuen Zuhause entfernt, in dem ich an einem Wochenendkurs über Kunst und Fotografie teilnehme. Die alte Steph wäre sicher außer sich.

Aber im Herbst ist es hier wirklich schön. Ich habe seit meinem achtzehnten Lebensjahr in London gewohnt, bin jedoch auf dem Land groß geworden, weshalb es sich für mich ein wenig nach Heimat anfühlt. Es erinnert mich an meine Mutter. Ich mag alles daran: die Farben, den kühlen Wind, selbst diesen typischen Klang – ja, es gibt ihn wirklich. Ich würde am liebsten im Herbst heiraten, aber Matt besteht aus einer Reihe von für mich nicht nachvollziehbaren Gründen auf eine Sommerhochzeit: bessere Fotos, die Gäste mögen sommerliche Feste lieber, sie sind eher ein »Ereignis«. Deshalb werde ich nächstes Jahr am 14. Juli 2007 zu Mrs Stephanie Bywater.

Als wir die Landstraße verlassen und in einen malerischen Ort einbiegen, wird mir durch das schnelle Abbremsen des Wagens übel. Vielleicht sind es aber auch nur die Nerven. Wir fahren an wunderschönen Häusern mit Eichen in den Gärten vorbei, bis uns ein Schild zu unserer Rechten den Weg nach *Heathwood Hall* weist.

»Hältst du es ein Wochenende über hier aus, Liebling?«, fragt Matt und zeigt auf das Schild.

»Das hoffe ich doch«, sage ich übertrieben fröhlich, obwohl ich mir wirklich Sorgen mache. Seit sechs Monaten habe ich nicht mehr als ein paar Stunden allein verbracht.

»Sei nicht zu streng mit dir«, sagt Matt. »Nutz das Wochenende, um zu entspannen und wieder zu dir selbst zu finden.«

Durch die Sonnenbrille kann Matt nicht sehen, dass mir Tränen in die Augen steigen.

Auf keinen Fall weinen. Nicht jetzt.

»Und außerdem …«, fährt er fort, »klingt es, als sei der Kurs wie für dich gemacht! Kunst, Fotografie und … und all die anderen Sachen. Das hat dir doch früher immer so viel Spaß gemacht.«

»Auf den ›all die anderen Sachen‹-Teil bin ich besonders gespannt.« Ich muss lachen. »Und was hast du vor, während ich weg bin?«

»Morgen wollte ich Rugby spielen, Sonntag ins Fitnessstudio. Ich muss endlich meinen Körper in Form bringen. Es ist nie zu früh, um sich auf die Hochzeit vorzubereiten, Steph«, sagt er, lacht ebenfalls und nimmt die linke Hand vom Lenkrad, um mir seinen Bizeps vorzuführen. Seine durchtrainierten Arme zeichnen sich unter seinem dünnen, langärmligen Oberteil ab, und ich gleite spielerisch mit den Fingern daran entlang.

»Was habe ich für ein Glück!«, flüstere ich. »Oh! Wir sind da.«

Der Blinker gibt ein leises Klicken von sich, als wir nach Heathwood Hall abbiegen. Die tief stehende Oktobersonne taucht die Fahrbahn in ihr Licht, die Straße wird gesäumt von alten Eichen mit rot, orange und gelb leuchtenden Blättern. Während wir die Auffahrt hinauffahren, nehme ich die Brille ab, um einen ersten Blick auf das Gebäude zu werfen, das sich uns nach und nach in seiner vollen Pracht darbietet. In dem Prospekt wird es als »Jakobinisches Herrenhaus aus dem 19. Jahrhundert« beworben. Ein besonderes Merkmal ist die hübsche Terrasse mit ihrem wunderschönen Springbrunnen, dahinter erstreckt sich eine sanfte Hügellandschaft.

Matt parkt direkt vor dem Eingang an einer der Seiten des Gebäudes und nimmt meine Sachen aus dem Kofferraum.

»Hör mal …«, sagt er und fasst mich um die Taille, »… amüsier dich gut und lass uns die alte Stephanie zurückholen, in die ich mich verliebt habe. Ich liebe dich.«

»Ich dich auch«, antworte ich.

Er hält mein Gesicht in seinen Händen, lächelt mich an und küsst mich dann flüchtig auf die Stirn. »Bis Sonntag! Ruf mich an, falls du etwas brauchst«, sagt er noch, während er schon wieder auf dem Weg zu seinem Wagen ist. »Und bring dich nicht in Schwierigkeiten.«

»Ich? Niemals!«, rufe ich zurück.

Wie sich herausstellt, hat mein Vater das *Sternenlichtzimmer* für mich gebucht, das teuerste von allen. Eine richtige Suite, völlig verschwenderisch und unnötig zugleich, wenn man allein ist, aber ich rechne ihm die Geste hoch an. Nachdem ich eine Viertelstunde lang im Mantel auf meinem Himmelbett gesessen und den Kamin angestarrt habe, wird mir bewusst, dass ich so langsam in die Gänge kommen sollte.

Ich nehme in der Hoffnung auf ein wenig Entspannung eine Dusche und wünsche mir, mutig genug zu sein, um an den obligatorischen Willkommenscocktails in der Bar teilzunehmen, die vor dem Abendessen geplant sind. Ob ich das wohl hinbekomme? Ich weiß einfach nicht, wie oft ich dieselben Small-Talk-Fragmente wiederholen kann. Alle werden fragen, warum ich hier bin, weil jeder einen Grund hat.

Als ich aus der Dusche steige, spüre ich, wie es anfängt. Panikattacken haben mich in den letzten Monaten regelmäßig heimgesucht, seitdem habe ich verschiedene Methoden gelernt, um sie im Zaum zu halten. Trotzdem kommen sie wieder. Ihre Art, sich anzuschleichen, stört mich am meisten. Ganz langsam setzt sich die Angst im Hals fest, wie der abgestandene Rauch in dreckigen Kneipen, und wenn sie einmal da ist, gibt es kein Zurück.

Jeder Versuch, normal zu atmen, ist nutzlos, da die Attacken dadurch nur noch stärker werden.

Ich kralle mich im Badezimmer am Waschbecken fest, bis meine Knöchel weiß anlaufen, fixiere mein verschwommenes Bild im beschlagenen Spiegel und konzentriere mich ganz aufs Atmen. Meine tropfnassen Haare sind straff nach hinten gekämmt, mein ungeschminktes Gesicht sieht blass und verletzlich aus. Meine duschwarme Haut wird noch heißer. Ein klebriger Film bedeckt meinen Körper, als die Angst aus ihm herausquillt. Es fühlt sich an, als würde jedes bisschen Sauerstoff aus meinen Lungen gepresst. Was für ein erbärmlicher Anblick. Ich kann noch nicht einmal zwei Nächte allein verreisen, ohne zusammenzubrechen.

Als ich mich schließlich wieder unter Kontrolle habe und mir die Haare föhne, fasse ich den Entschluss, Matt anzurufen, damit er mich abholen kommt.

Ich schaffe es einfach nicht.

Dicke, heiße Tränen strömen mir übers Gesicht, als ich auf der Suche nach meinem Telefon durchs Zimmer tappe. Irgendwann finde ich es, es hat jedoch keinen Empfang. Ich will nur noch nach Hause. Ich atme tief ein, greife nach meinem Mantel, ziehe mir die Stiefel an und verlasse auf der Suche nach einem Telefonsignal mein Zimmer.

Die geschwungene Treppe renne ich förmlich hinunter, gerate auf den Holzstufen mehrfach fast ins Stolpern. Unten angekommen, laufe ich sofort in den Eingangsbereich.

Da sehe ich ihn.

2. KAPITEL

Jamie

Das Feuer knistert und knackt wütend. Es lodert in einem großen und imposanten Kamin, ganz typisch für Orte wie diesen. Als ich davor stehen bleibe, schlägt mir die Hitze entgegen, die gleichzeitig gegen den eisigen Hauch von draußen ankämpft.

Ich betrachte gerade das Schild über dem Kamin, als die Stille des Augenblicks durch schnelle, näher kommende Schritte unterbrochen wird. Dann sehe ich sie.

Sie kommt in die Eingangshalle gestürmt, und unsere Blicke treffen sich.

Ich wende mich wieder dem Schild über dem Kamin zu, spüre jedoch ihre Anwesenheit, als sie an mir vorbeieilt. Ich beobachte sie aus den Augenwinkeln, sehe, wie sie am Empfangstresen in ihrer Tasche nach etwas sucht, ihr Telefon herauszieht, darauf schaut und sich dann die Nase schnäuzt. Ein lauter Seufzer entfährt ihr. Ich bin mir nicht ganz sicher, ob sie Hilfe benötigt oder nur ein aufgebrachter Gast ist, den man lieber in Ruhe lassen sollte.

»Es ist gerade niemand am Empfang. Ich warte auch«, sage ich, möchte ihr irgendwie helfen.

»Ach so. Dann warte ich«, sagt sie leise und dreht sich zu mir um. Sie streicht sich die blonden, langen Haare aus dem Gesicht und zieht sich den Mantel noch etwas enger um den Körper. Ihr Gesicht ist tränenverschmiert, und ihre großen grünen Augen sehen traurig aus. Ihre Arme sind leicht verschränkt, sie runzelt die Stirn und starrt zu Boden.

»Denken Sie das auch?«, frage ich.

»Wie bitte?«, sagt sie und sieht mich dabei etwas verwirrt an.

»Denken Sie das auch?«, wiederhole ich und mache eine Kopfbewegung in Richtung des Schildes über dem Kamin. Sie sieht hoch und folgt meinem Blick. Das Schild ist aus einem dunklen Stück Holz gefertigt, in das kunstvoll aufwendige Verzierungen geschnitzt wurden. In goldenen Lettern steht darauf:

DEM SCHICKSAL BEGEGNET MAN AUF DEM WEG, DEN MAN NIMMT, UM IHM AUSZUWEICHEN.

Über ihr Gesicht huscht ein Lächeln. »Nein«, antwortet sie. »Und Sie?«

»Selbstverständlich. Glauben Sie nicht an das Schicksal?«

»Eigentlich nicht. Vielleicht früher einmal, als Kind. Aber nun nicht mehr.«

»Das klingt nach einer traurigen Geschichte.«

»Tja, wie es aussieht, bin ich eine geborene Zynikerin«, sagt sie und zuckt mit den Schultern.

»Sie glauben nicht daran, dass Dinge aus einem bestimmten Grund passieren? Glauben Sie also eher an den Zufall?«, hake ich nach.

Einen Moment lang betrachtet sie aufmerksam das Schild und nimmt dabei, ohne sich dessen bewusst zu sein, eine Denkerpose ein. Das Knistern und Knacken des Feuers ist das einzige Geräusch, das die Stille durchbricht.

»Wenn ich ehrlich bin, glaube ich an nichts so richtig«, sagt sie schließlich. »Aber es ist wirklich ein schönes Stück.«

Ich lächle und drehe mich zu ihr um. »Ja, das finde ich auch. Was gefällt Ihnen daran?«

»Jedes Detail ist bis ins Kleinste ausgearbeitet. Die Linien dort unten wirken so glatt. Und dann hier … diese Rosen oder Blumen, wie kann man so etwas Feines überhaupt schnitzen? Faszinierend!«

»Das stimmt«, pflichte ich ihr bei. »Mir gefällt die Asymmetrie besonders gut. Das war sicherlich in der Entstehungszeit noch ziemlich ungewöhnlich. Aber das macht es nur noch einzigartiger.«

»Ja! Schauen Sie sich nur das Symbol dort in der Mitte an. Das sieht irgendwie keltisch aus, nach einem Knoten oder so.«

»Ja«, erwidere ich und richte meinen Blick auf die verflochtenen Holzlinien, die sich wie Ranken um das Schild winden, oben aufeinandertreffen und ein beeindruckendes, labyrinthartiges Muster bilden. »Das ist ein Liebesknoten. Er steht für Liebe, Zuneigung und Freundschaft in der Kunst.«

Sie nickt wohlwollend, aber ich merke, dass sie gar nicht richtig bei der Sache ist und vermutlich nur höflich sein möchte.

»Sie nehmen mir das wohl nicht ab, oder? Wollen Sie wirklich eine Ungläubige bleiben?« Ich zwinkere ihr zu.

»Und ob!« Sie lacht und sieht zum Empfang hinüber.

»Sind Sie in Eile, wollen Sie abreisen?«, frage ich.

»Ja, nein, also … irgendwie schon. Ich habe keinen Empfang und muss dringend telefonieren, damit mich jemand abholen kommt.«

»Ach so, ja, Telefonempfang gibt es hier drinnen tatsächlich nicht, es ist wirklich ein Albtraum«, erkläre ich. »Nur an einem einzigen Ort auf dem ganzen Gelände kann man sein Telefon nutzen. Den kann ich Ihnen gern zeigen, wenn Sie möchten?«

»Das wäre fantastisch! Sehr nett von Ihnen!«, erwidert sie.

Ich führe sie nach draußen und die Treppen hinunter.

»Ich danke Ihnen vielmals«, sagt sie. »Ich möchte Ihnen wirklich keine Umstände machen. Kommen Sie gerade an, oder reisen Sie ab?«

»Ich bin gerade aus Manchester angekommen, das war eine lange Fahrt.«

»Ich habe schon überlegt, woher Sie stammen. Ihrem Akzent nach zu urteilen, hätte ich auf Leeds getippt, aber ich bin in solchen Sachen wahrlich keine Expertin.«

»*Leeds?*«, rufe ich empört. »Also wirklich, da wünsche ich mir glatt, ich hätte Ihnen niemals meine Hilfe angeboten.«

Sie lacht, und wir nähern uns der Terrasse. Alles ist hell erleuchtet, das Licht aus den Zimmern ergießt sich über die Fassade. Der riesige Springbrunnen davor ist reich verziert, steinerne Blätter und Rosen schmücken die verschiedenen Ebenen, winden sich schlangengleich um die Struktur. Ganz oben ist eine junge Frau, mit einem flötenähnlichen Instrument, in einer Tanzpose erstarrt. Ihr Rock ist hochgewirbelt, die Arme wild.

»Wow, ist das schön«, sagt sie und sieht staunend hoch. »Wie der Brunnen wohl aussieht, wenn das Wasser eingeschaltet ist?«

»Zumindest ist das hier der Ort, den ich meinte. Versuchen Sie es.«

Sie fasst in ihre Manteltasche und zieht ihr Telefon heraus. Das helle Display beleuchtet ihr Gesicht, als sie es anschaltet. »Sie hatten recht. Zumindest ein kleines bisschen Empfang gibt es hier!«, sagt sie, ruft bei jemandem an und hält sich das Telefon ans Ohr.

Plötzlich komme ich mir wie ein Eindringling vor, also ziehe ich mich langsam zurück und gehe in Richtung Eingangshalle.

»War ja klar«, ruft sie.

Ich drehe mich zu ihr um und sehe sie an.

»Da scheue ich keine Mühen, um anzurufen, und was passiert dann? Mailbox! Ich versuche es in ein paar Minuten noch einmal.«

»Darf ich Ihnen Gesellschaft leisten?«, frage ich. »Ich denke wirklich, ich sollte bis zum Ende der Mission die Stellung halten.«

»Wenn Sie möchten …«, antwortet sie und setzt sich auf eine Ecke des Brunnens, die in Richtung Dunkelheit, auf die Hügel hinaus zeigt.

Ich nehme neben ihr Platz. »Kommen Sie also gerade an, oder reisen Sie ab?«

»Gute Frage!« Sie lächelt verlegen. »Ich weiß es selbst nicht so genau«, sagt sie und streicht sich durch die Haare, bevor sie die Hände auf den Knien ineinander verschränkt. »Ich bin erst vor ein paar Stunden angekommen, aber vielleicht reise ich heute Nacht noch ab.«

»Okay … Sind Sie allein hier?«

»Ja, also eigentlich nicht. Ich sollte mit einer Gruppe hier sein. So ein Kunstding. Aber ich glaube, ich bin nicht in der Stimmung dafür«, sagt sie leise und sieht auf ihr Telefon.

»Warum nicht?«

Sie schaut auf den Steinboden und schlägt die Spitzen ihrer Stiefel gegeneinander, bevor sie antwortet. »Ich habe eine schwere Zeit hinter mir. Eine Art Zusammenbruch vor sechs Monaten, und ich versuche gerade, darüber hinwegzukommen.«

»Ach so, das tut mir leid.«

Sie lächelt höflich in meine Richtung. Die Art von Lächeln, die ausdrücken soll: Ich weiß, da kann man nicht viel zu sagen.

»Was wollen Sie, das Sie nicht haben?«

»Wie meinen Sie das?«, fragt sie zurück und zieht die Augenbrauen hoch.

»Wenn im Leben nicht alles rundläuft, liegt es oft daran, dass man etwas braucht oder etwas will, das gerade fehlt. *Was* könnte das bei Ihnen sein?«

Sie starrt in die Dunkelheit und sucht nach einer Antwort. Das Licht aus der Eingangshalle umspielt beinahe zärtlich ihr Gesicht.

»Ich habe wirklich keine Ahnung«, sagt sie dann und schüttelt den Kopf. »Ich habe tatsächlich alles, was ich brauche – eine Familie, die mich unterstützt, eine gute Arbeit, und für nächstes Jahr ist meine Hochzeit geplant …«

»Ich denke, es gibt einen Unterschied zwischen dem, was wir *brauchen,* und dem, was wir *wollen.* Was das ist, müssen Sie allerdings selbst herausfinden.«

»Vielleicht bin ich ja auch nur eine verwöhnte Göre und sollte dankbarer sein für alles, was ich habe«, sagt sie nachdrücklich.

»Na ja«, entgegne ich. »Ich nehme mal an, dass es da jede Menge zwischen den Zeilen gibt, und Sie haben es nur noch nicht herausgefunden. Aber das werden Sie, da bin ich mir sicher.«

»Vielleicht«, sagt sie und lacht, dabei steckt sie ihre Hände in die Manteltaschen, um sich warm zu halten.

»Was ist denn so lustig?« Ich lächle.

»Sie erinnern mich nur an jemanden, der ähnliche Dinge sagen würde, das ist alles.«

Ich sehe sie mit betont zusammengekniffenen Augen an, wodurch sie nur noch mehr lachen muss, dann wechsle ich das Thema.

»Was hat Sie dazu veranlasst, an dem Kunstkurs teilzunehmen?«

»Kunst – also ehrlich gesagt hauptsächlich Fotografie – war vor Jahren eins meiner größten Hobbys. Deshalb hat meine Familie den Kurs für mich gebucht. Sie dachten, er könnte mir dabei helfen, mich selbst zu finden.«

»Klingt, als sollten Sie unbedingt an dem Kurs teilnehmen. Sie können sicher viel daraus mitnehmen. Kunst hat eine beruhigende Wirkung auf die Seele.«

»Glauben Sie das wirklich?«, fragt sie überrascht und legt dabei den Kopf zur Seite. »Ich hätte Sie jetzt nicht gerade für den Kunsttyp gehalten. Die sind meistens so extravagant, und Sie wirken eher …«

»… eher wie?«

Sie mustert mich von Kopf bis Fuß. Ich mache mir Sorgen, zu gammelig auszusehen – habe mich schließlich schon seit Tagen nicht rasiert, und durch meine dunklen Haare wirken die Stoppeln schon fast wie ein Bart.

»Eher normal«, sagt sie plötzlich.

Ich lache. »Auch ich hätte nicht gedacht, dass Sie so ›am Boden zerstört‹ sind, wie Sie gerade geschildert haben. Der Schein kann trügen.«

»Das stimmt wohl.« Sie lächelt. »Warum sind Sie hier?«

»Ich verbringe das Wochenende mit ein paar Freunden«, sage ich. »Warum schlafen Sie nicht eine Nacht darüber und entscheiden dann?«

Da klingelt ihr Telefon. Sie nimmt es aus der Tasche, wirft mir einen Blick zu und guckt dann aufs Display.

»Gehen Sie ruhig ran. Es hat mich gefreut, Sie kennenzulernen – ach ja, ich heiße übrigens Jamie«, sage ich noch schnell und bewege mich langsam rückwärts in Richtung Eingangshalle.

»Stephanie«, antwortet sie lächelnd und geht ans Telefon.

Staffeleien, Bleistifte, Kreide und Acrylfarben sind überall verteilt. In dem Raum wurden einige Heizstrahler aufgestellt, vermutlich damit das Aktmodell nicht frieren muss, wenn es an der Reihe ist.

»Hallo zusammen! Ich heiße Jamie Dobson und werde den Workshop zur bildenden Kunst leiten ...«

Die Teilnehmer sehen mich erwartungsvoll von ihren Arbeitsplätzen aus an, sie wollen endlich loslegen. Sie nicken anerkennend, als ich ihnen erzähle, dass ich achtundzwanzig Jahre alt bin und einen sehr guten Abschluss an der *Central Saint Martins* Kunst- und Design-Hochschule in London gemacht habe, bereits renommierte Stipendien mit berühmten Künstlern erhalten und regional ausgestellt habe. Dann sehe ich sie ganz hinten im Saal, sie lächelt mir zu.

»Du hast dich also entschieden zu bleiben, wie ich sehe?«, frage ich, als ich sie direkt nach meiner kurzen Einführung aufsuche.

Sie lacht und schüttelt gleichzeitig ungläubig den Kopf. »Was soll ich sagen, du hast mich ja geradezu überredet.«

Die nächsten Stunden verbringen wir damit, verschiedene Stillleben zu zeichnen: Ein paar auf einem Tisch drapierte Gegenstände und verschiedene Früchte, dann ist das Aktmodell an der Reihe.

»Bitte nicht anschauen! Es ist furchtbar. Ich bin eine echte Niete im Zeichnen«, sagt Stephanie und versucht, ihre Staffelei mit den Händen zu bedecken, als ich durch den Kursraum wandere.

»Das stimmt doch gar nicht. Ich finde, du hast das Licht hier ganz toll eingefangen, wirklich sehr gut!«

»Meinst du das hier, wo ich einfach nur etwas Schwarz um den Stuhl herum gemalt habe? Das war aber eigentlich nicht die Aufgabe, oder?«

»Wichtig ist, das zu interpretieren, was man sieht. Es geht nicht darum, eine perfekte Nase oder realistische Hände zu zeichnen«, erkläre ich. »Außerdem sind Schatten tatsächlich ein sehr wichtiger Teil von Bleistift- und Kreidezeichnungen.«

Ich strecke meine Hand aus und fasse ihr sanft unters Kinn, damit sie es leicht nach vorn schiebt.

»Wenn man ein Gesicht zeichnen möchte, reicht dafür nie eine Linie«, erkläre ich und fahre mit dem Finger sacht am Rand ihres Gesichts entlang. Ihre grünen Augen sehen die ganze Zeit über in meine. »Beim Zeichnen kommt es tatsächlich größtenteils darauf an, das einzufangen, was man *nicht* sieht, und nicht das, was man sieht.«

Sie lacht verhalten. »Das verstehe ich nicht so ganz.«

»Manchmal kann man nur etwas sehen, wenn man darum herum zeichnet … wenn man wahrnimmt, was sich in den Schatten verbirgt. Verstehst du?«

»Ja«, flüstert sie.

»Jamie, könntest du einen Blick auf die Hände hier werfen? Ich glaube, ich habe sie vermasselt«, ruft ein Mann von der anderen Seite des Raumes.

Unsere Blicke suchen sich noch ein letztes Mal, bevor ich mich den Arbeiten anderer Kursteilnehmer zuwende und sie weiterhin Schatten finden lasse.

Nach einem vollen Workshoptag möchte ich einfach nur nach draußen, um noch ein wenig frische Luft zu schnappen. Ich unterrichte gern, aber das Wochenendprogramm hat es ganz schön in sich. Ich laufe an der Vorderseite des Landhauses hinaus ins Grüne, da sehe ich jemanden auf der Bank unter der riesigen Eiche sitzen. Als ich bemerke, dass es wieder Stephanie ist, kann ich mir ein Grinsen nicht verkneifen.

»Bitte lächeln!«, ruft sie und richtet einen Fotoapparat auf mich.

Ich versuche, die Pose eines Fotomodells aus dem Katalog nachzuahmen. Das Gewicht auf einem Bein, die Hände in den Taschen, gucke ich nachdenklich in die Ferne.

»Gut so?«, frage ich mit meinem typisch nach Manchester klingenden Einschlag und versuche dabei zu wirken wie Liam Gallagher.

»Wunderbar! Nächster Halt: Mailand«, ruft sie, während ich auf sie zuschlendere.

»Ist hier noch frei?«, frage ich und zeige auf den Platz neben ihr.

»Natürlich«, antwortet sie, nimmt die iPod-Kopfhörer aus den Ohren und steckt sie in die Tasche.

»Ich freue mich, dass du geblieben bist.«

»Ja, ich bin auch froh. Es war gar nicht so schlimm, wie ich befürchtet hatte. Und jetzt bin ich tatsächlich richtig stolz auf mich.«

»Das solltest du auch. Also, ich weiß ja nicht genau, warum, aber stolz auf sich zu sein kann nie schaden.«

»Warum hast du mir eigentlich verschwiegen, dass du einer der Dozenten des Workshops bist?«

Ich drehe mich lachend zu ihr um. »Tja. Das war nicht so wichtig. So konnte ich der interessante Fremde sein, dem du dich öffnest. Vielleicht hättest du dich anders entschieden, wenn du gewusst hättest, dass du mich wiedersehen würdest.«

»Und wer, bitte schön, hat gesagt, dass ich dich interessant fand?«

»Ich bin ein Künstler, *selbstverständlich* bin ich interessant! Nein, du hast natürlich recht, ich bin einfach nur ein Kunstfreak, der es nicht bis zum richtigen Künstler gebracht hat. Es macht mir allerdings Spaß, vom Rand aus zuzusehen.«

»Wie bitte? Nun hör schon auf!«, quietscht sie und versetzt mir einen spielerischen Stoß mit dem Ellbogen. »Ich habe doch von deinen ganzen beeindruckenden Leistungen gehört, hast du uns nicht sogar selbst davon erzählt?«

»Das mag sein«, erwidere ich. »Hast du Lust auf ein Gläschen Wein? Ich könnte uns eine Flasche besorgen und sie hier herausbringen? Und ein paar Decken. Die Nacht ist perfekt, um die Sterne zu betrachten.«

Sie schaut bewundernd zum Himmel hinauf, der mit jeder Minute dunkler wird, und sagt einen Augenblick lang nichts.

»Stephanie?«

»Ja? Oh, entschuldige«, sagt sie. »Wein? Ja, warum nicht. Aber nur ein Glas. Ich habe keine Lust, morgen mit einem Kater aufzuwachen.«

»Alles klar«, erwidere ich, springe auf und laufe zum Landhaus zurück. Dann drehe ich mich doch noch einmal zu ihr um. »Was ist dir lieber? Rot oder Weiß?«

»Weiß«, sagt sie. »Ich mag keinen Rotwein.«

»Ich auch nicht«, rufe ich zurück.

Ich besorge uns ein paar große karierte Wolldecken, die so typisch für Landhäuser wie dieses sind, in die wir uns einwickeln. Stephanie steckt sogar ihre Haare hinten unter die Decke, aber sie fallen weiterhin lose um ihr Gesicht. Ich nehme ihr das Versprechen ab, niemandem zu verraten, dass ich so eine warme Decke benutze. Ich bin schließlich ein »harter Kerl aus dem Norden« und tue das selbstverständlich nur ihr zuliebe, damit sie sich besser fühlt.

Wir reden und lachen.

Unsere Leben könnten nicht unterschiedlicher sein – ich bin durch die harte staatliche Schule gegangen, und sie war auf kostenpflichtigen Privatschulen –, aber wir finden auch Gemeinsamkeiten, wie etwa die Liebe zur Kunst, Literatur und Musik. Wir beide verabscheuen Queen – die Band und nicht unsere Königin. »Mir gefällt *Bohemian Rhapsody*, Jamie«, sagt sie, »aber mit den anderen Sachen kann ich nichts anfangen. Viel zu laut und zu dramatisch.«

Wie erwartet ist die Nacht klar, und die Sterne sind sehr gut zu erkennen.

»Darf ich dich danach fragen, was vor ein paar Monaten geschehen ist? Man merkt dir gar nichts mehr an.«

Sie zuckt mit den Achseln. »Das ist eine ganz schön lange Geschichte, irgendwie hatte ich mich selbst verloren.«

»Eindeutig uneindeutig«, witzle ich und blinzle ihr dabei verschwörerisch zu.

»Darin bin ich echt gut, findest du nicht?«

»Und wie«, stimme ich ihr zu. »Wie hat deine Familie darauf reagiert?«

»Schwer zu sagen.«

»Warum?«

»In meiner Familie wird nicht offen miteinander geredet. Jeder hat sein Päckchen zu tragen, aber es wird nie darüber gesprochen.«

»War das immer schon so?«

»Nein.« Sie nimmt einen großen Schluck Wein. »Aber erzähl du mal von deiner Familie. Eltern? Brüder? Schwestern?«

»Einzelkind. Meine Mutter lebt noch in Manchester. Mein Vater ist abgehauen, als ich noch klein war. Seit meinem zehnten Lebensjahr habe ich ihn nicht mehr gesehen.«

»Oh, das tut mir leid.«

»Es ist, wie es ist.«

»Er weiß nicht, was er verpasst«, sagt sie beschwingt und versucht, so ein Gespräch aufzulockern, das in ganz schön tiefes Fahrwasser geraten ist. »Aber jetzt erzähl doch erst mal mehr von dir.«

»So viel gibt es da nicht zu sagen. Ich arbeite an einer Schule und versuche, meine eigenen Projekte zu verwirklichen, wann immer ich die Zeit dafür habe. Die Garage ist mein Atelier.«

»Das ist ja fantastisch, dass du auch deine eigenen Sachen machst«, sagt sie begeistert. »Und was ist dein Traumziel?«

»Mein Traumziel?«

»Ja.«

Ich denke einen Augenblick nach und sehe in die Sterne.

»Meinen Lebensunterhalt als Künstler zu verdienen. Mein bester Freund Cal ist Designer. Momentan verdient er fast nichts, aber irgendwann wird es so weit sein. Immerhin schafft er es jetzt schon, seine Ideen unter die Leute zu bringen. Er, meine Frau und ich waren an der Uni die besten Freunde.«

»Oh, das ist sicher wichtig, mit jemandem verheiratet zu sein, der selbst einen Sinn für Kunst hat«, sagt Stephanie. »Wie heißt sie?«

»Helen. Und ja, das stimmt, sie liebt meine kreative Ader.«

»Das kann ich mir vorstellen. Wie lange seid ihr denn schon ein Paar?«

Ich lächle sie an. »Wir sind schon mit achtzehn zusammengekommen.«

»Ach, echt? Das ist ja wundervoll.«

»Wir haben uns am Saint Martins kennengelernt. Sie ist eine fantastische Designerin und arbeitet in der Werbebranche in Manchester.«

»Sie hat also einen etwas kommerzielleren Weg eingeschlagen?«

»Ja, sie ist viel pragmatischer als ich. An mir ist wohl eher ein unkonventioneller Künstler verloren gegangen.«

»Wann habt ihr geheiratet?«

»Vor drei Jahren. Bisher noch keine Kinder – das ist zumindest sonst immer die nächste Frage«, sage ich und verdrehe die Augen.

»Das hat doch keine Eile. Ich möchte damit auch noch ein wenig warten«, stimmt sie mir zu und nippt dabei an ihrem Glas Wein.

»Egal …« Ich stupse ihren Arm an. »Jetzt zu *deinem* Traumziel? An dem riesigen Klunker an deinem Finger kann ich ablesen, dass du verlobt bist. Ist die Traumhochzeit schon geplant?«

»Ja, nächsten Juli steigt das große Fest«, sagt sie und hält sich die Hand mit dem Diamantring, in dem sich das Licht des Gebäudes bricht, dicht vor die Augen.

»Die Art von Hochzeit, die du dir schon immer gewünscht hast?«

»Es wird sicher wunderschön. Das Fest findet in einem traumhaften Schloss statt, eine Stunde von zu Hause entfernt, es gibt sogar einen Wassergraben und auch ansonsten alles, was man sich nur wünschen kann. Matt hat es gefunden und hält es für perfekt«, schwärmt sie.

»Wie hast du Matt kennengelernt?«

»Vor ungefähr vier Jahren, als ich noch in London lebte. Bei einer Party. Wenn ich ganz ehrlich bin, ging es mir damals nicht so gut, aber das habe ich erst später verstanden«, erklärt sie und schlingt dabei die Decke noch fester um sich. »Aber er ist die ganze Zeit über bei mir geblieben und hat es mit mir zusammen durchgestanden. Er arbeitet für unseren Familienbetrieb, als Verkaufsleiter. Und ich arbeite dort als Marketing-Managerin.«

»Und bist du glücklich?«

»Natürlich!«, antwortet sie und sieht mich dabei an, als sei ich verrückt, weil ich überhaupt danach frage. »Ich habe den Ring, wir haben ein Datum festgelegt, unsere hundert engsten Freunde und Verwandten eingeladen ...«

»Nur hundert?«

»Und außerdem«, sagt sie lachend, »ist Matt ein wirklich toller Mann. Er schaut mich an und sieht eine sichere Zukunft, eine Ehefrau und die zukünftige Mutter seiner Kinder ...«

»Er sieht sicher auch, was ich sehe, eine kluge, lustige, intelligente und schöne junge Frau.«

»Nein«, sagt sie sehr schnell und wirft mir einen flüchtigen Blick zu. »Matt *schaut* mich an. Er *sieht* mich nicht. Das ist ein Unterschied.« Ihr Blick wandert unsicher umher.

»Ja«, sage ich leise. »Das stimmt.«

Wir sitzen beide ruhig da, ohne ein Wort zu wechseln. Sie sieht mich an. Es ist einer dieser Momente, in denen man sich zu einer anderen Person hingezogen fühlt und das Herz ein wenig schneller schlägt. Plötzlich ist da diese Kluft aus Unsicherheit zwischen uns und unseren nur ein kleines Stück voneinander entfernten Gesichtern. Wir sehen uns endlos lang in die Augen, auch wenn in Wirklichkeit nur wenige Sekunden vergehen. Wir haben uns lange unterhalten, jetzt ist es still. Ich höre nur unseren Atem, der deutlich schneller geworden ist. Als sich unsere Gesichter einander nähern, spüre ich einen Hauch ihrer Lippen auf meinen. Dann schrecken wir beide gleichzeitig zurück.

Wir reden immer noch nicht, doch jetzt ist es ein unangenehmes, peinlich berührtes Schweigen.

»O Mann. Also wirklich, es tut mir leid«, sage ich, stelle mein Glas ins Gras und lege die Decke beiseite.

»Nein! Mir tut es leid«, antwortet sie. »Lieber Himmel, was war das denn?«

»Keine Ahnung. Wir haben vermutlich einfach zu viel getrunken«, flunkere ich. Keiner von uns macht einen besonders angetrunkenen Eindruck, aber irgendetwas muss ich sagen, da ich überhaupt nicht einordnen kann, was da gerade passiert ist. »Ich sollte jetzt wohl besser gehen.« Ich stehe auf, atme ein paarmal tief durch und halte Abstand zu ihr.

»Ja, mach das. Ich bleibe noch einen Augenblick hier sitzen.«

»Bist du dir sicher, dass alles in Ordnung ist?«, frage ich und fahre mir mit den Fingern durchs Haar.

»Ja, alles klar«, sagt sie und zieht ihre Knie an die Brust.

»Okay, gut. Dann sehen wir uns vermutlich morgen, bevor du abreist.«

»Gute Nacht, Jamie!«

Ich schlafe nur wenige Stunden.

Was. War. Das. Denn?

Fast ein Kuss.

Was habe ich mir bloß dabei gedacht? Was haben wir beide uns dabei gedacht? So etwas ist mir vorher noch nie passiert. Zum Glück haben wir gerade noch rechtzeitig aufgehört. Ich hätte es niemals so weit kommen lassen dürfen. Aber es war so schön mit ihr. Ich wollte sie noch besser kennenlernen. Da ist etwas an ihr …

Am nächsten Tag sehe ich sie nicht. Sie nimmt an keinem meiner Workshops teil.

Als alle Kurse vorüber sind und es an die Abreise geht, ist die Eingangshalle brechend voll. Alle Teilnehmer treffen sich in der Nähe des Kamins, und ich betrachte das Schild darüber, das unser erstes Gespräch bestimmt hat. Unwillkürlich verzieht sich mein Gesicht zu einem Lächeln, während ich darauf warte, die Schlüssel abzugeben.

»Jamie?«

Ich drehe mich um, und da steht Stephanie, sie sieht viel fröhlicher aus als bei unserem ersten Treffen. Wenn sie lächelt, zeichnen sich ihre Wangenknochen besonders deutlich ab, ihre Nase zeigt ein wenig nach oben und bebt leicht beim Sprechen.

Sie ist schön.

»Stephanie! Brichst du schon auf?«

»Ja, Matt wartet draußen. Ich wollte mich nur verabschieden.«

»Ach so, na dann!« Ich lächle und bin irgendwie enttäuscht, ein Gefühl, das ich mir nicht ganz erklären kann. »Es war schön, dich kennenzulernen, wenn auch nur kurz.«

»Ja, das finde ich auch«, lächelt sie zurück und sieht mir dabei tief in die Augen.

»Ich wünsche dir alles Gute! Zeichne weiter, du hast Talent«, gebe ich ihr noch mit auf den Weg.

»Ja, das werde ich machen. Vielleicht komme ich nächstes Jahr wieder«, sagt sie, nimmt ihre Tasche und läuft auf den Haupteingang zu.

Einen Augenblick lang stehe ich wie versteinert da, frage mich, ob ich noch etwas sagen soll. Für wen halte ich mich, ihr Ratschläge geben zu können? Ich kenne sie gerade einmal achtundvierzig Stunden. Ach, was soll's. Ich werde sie nie wiedersehen.

»Steph!«

Sie dreht sich noch einmal um, die Tür ist schon geöffnet. Ich laufe zu ihr hin. »Ich wollte nur sagen …«

»Ja?«, flüstert sie.

»Die Menschen sehen dich, wenn du es zulässt, verstehst du?«

Sie lächelt freundlich und haucht mir ein Küsschen auf die Wange. »Danke, Jamie.«

Ich sehe, wie sie die Treppen hinunterläuft und zum Parkplatz geht. Ein blonder Typ steigt aus seinem blauen Cabrio und umarmt sie, bevor er ihre Tasche in den Kofferraum legt. Dann bemerke ich, wie sie vor dem Einsteigen einen letzten Blick in Richtung der Tür wirft, durch die ich ihr nachsehe.

3. KAPITEL
Samstag, 18. August 2007

Stephanie

Von allen Seiten betrachte ich mich in dem großen Wandspiegel meines Hotelzimmers. Ich möchte natürlich gut aussehen. Gleichzeitig soll das Kleid genug Spiel haben, da ich heute das Essen genießen und nicht den ganzen Abend über den Bauch einziehen möchte.

Ich streiche über die Lochstickerei auf meinem Kleid und drehe mich ein wenig, um zu sehen, wie es schwingt. Über meine Schulter hinweg betrachte ich mich im Spiegel und vergleiche das Kleid mit den beiden anderen, die auf dem Bett liegen. Das ist typisch … ich kann mich einfach nicht entscheiden. Gerade aus den Flitterwochen in Thailand zurück, ist meine Haut so sonnengebräunt wie seit Jahren nicht, also habe ich drei Kleider eingepackt, die ich ansonsten wegen meiner elfenbeinfarbenen Blässe eher selten trage. Ein smaragdgrünes, seidiges, eng anliegendes und hochgeschlossenes Kleid, das meinen Augen schmeichelt; ein schickes, gelb geblümtes Etwas, das ich irgendwo im Ausverkauf erstanden und noch nie getragen habe; und dieses hier, welches schließlich das Rennen macht.

Der Blick aus dem fünften Stock ist atemberaubend. Auch wenn Leeds eine moderne Stadt ist, hat sie sich doch ihren ursprünglichen Charakter erhalten. Wir übernachten in einem Boutique-Hotel, das eigentlich eine renovierte Windmühle ist, mit Balken an den Decken, einem Holzpfeiler in der Mitte des Zimmers und unebenen Wänden.

»Was macht mein Geburtstagskind?«, sagt er und schaut hinter der Badezimmertür hervor, sodass der Duft seines Deodorants ins Zimmer weht. Sehr intensiv bei dieser Hitze. »Beeil dich, wir wollten doch vor dem Abendessen noch einen Spaziergang machen.«

»Alles klar, immer mit der Ruhe.« Ich verdrehe die Augen. »Ich bin noch ganz alle von der Einkaufstour.«

»Nicht nur du, frag mal mein Portemonnaie.«

Mit gespielter Entrüstung strecke ich ihm die Zunge heraus, bevor ich mich weiter fertig mache.

Ich sitze vor der Frisierkommode und schminke mich. Meine grünen Augen sind mein Markenzeichen. Sie werden häufig als katzenartig beschrieben, diesen Eindruck unterstütze ich noch durch flüssigen Eyeliner. Der Rest von mir ist eher durchschnittlich. Meine Nasenspitze ist etwas nach oben gebogen, worauf ich auch gut verzichten könnte, und genau wie Ebony habe auch ich die Figur meiner Mutter geerbt – nicht besonders dünn, aber wohlgeformt. Wir haben beide ordentliche Hüften und Brüste, die im Alter zu einem Thema werden könnten, wenn wir uns nicht in Form halten. Aber momentan sind sie genau richtig.

Ich trage roten Lippenstift auf und suche nach meiner Kulturtasche, um noch als Letztes mein Parfum zu benutzen.

Das Parfum meiner Mutter hat etwas Tröstliches. Sie riecht immer genau richtig, legt weder zu viel noch zu wenig auf: ein kleiner Spritzer auf jeder Seite des Halses und einer auf dem Handgelenk, der mit der anderen Seite verrieben wird. Und dann sprüht sie noch theatralisch eine Duftwolke in die Luft über ihrem Kopf.

Darauf freue ich mich immer besonders.

Ich tanze in diesem Regen aus blumigen und fruchtigen Duftpartikeln, die auf meinen langen, golden glänzenden Haaren landen. Eingehüllt in eine Wolke aus Jasmin, Aprikose, Vanille und Ambra kichern meine Schwester und ich, während wir meiner Mutter dabei helfen, das Kleid für ein wichtiges Abendessen auszusuchen, zu dem sie mit meinem Vater geht. Davon gibt es jede Menge.

»O nein, meine Süßen, das eignet sich nicht zum Tanzen«, sagt sie,

wenn wir ein Kleid aus dem Schrank ziehen, das alle außer meiner Mutter vermutlich als dem Anlass angemessen empfunden hätten.

»Was haltet ihr hiervon …?«, fragt sie uns.

»O ja!«, rufen Ebony und ich und beobachten sie dabei, wie sie in das schönste bodenlange Glitzerkleid schlüpft, das wir je in unserem Leben gesehen haben. Darin wirkt sie wie die Assistentin eines Zauberers.

Meine wunderbare Mum.

Sie sah immer aus wie das blühende Leben. Der rote Lippenstift, ihr Markenzeichen, stand im Kontrast zu ihren blonden Haaren. Genau wie bei mir.

Es war Matts Idee gewesen, an meinem Geburtstagswochenende nach Leeds zu fahren. Er wollte, dass wir den Norden besser kennenlernen. Durham war bisher die nördlichste Stadt gewesen, die ich je besucht hatte, und das auch nur, weil Ebony dort Jura studiert hatte. Und auch wenn ich viele angeheiterte Wochenenden in den Pubs von Newcastle verbracht habe, so war ich nicht ein einziges Mal in der Kathedrale von Durham, was ich mittlerweile bereue. Aber so sind Studenten nun mal, oder?

Auf der Reise hierher musste ich an Jamie denken, wie entrüstet er gewesen war, als ich seinen Akzent fälschlicherweise Leeds zugeordnet hatte. Ich lächelte und fragte mich, was er wohl gerade machte. Schon oft hatte ich an ihn denken müssen, gestand ich mir ein.

An diesem lauen, ein wenig dunstigen Sommerabend sind die Straßen voller Menschen. Matt und ich halten Händchen, wie Frischverheiratete das eben tun, und schlendern durch The Calls, einen wunderschönen, alten Stadtteil von Leeds. Mit unseren Sonnenbrillen und den trendigen Klamotten machen wir eine gute Figur.

Das Restaurant, in dem wir mein Geburtstagsabendessen einnehmen, befindet sich in einem riesigen, alten Postgebäude. Ausladende Kronleuchter hängen von der Decke. Geschwungene, mit Samt bezogene Kabinen säumen die Wände, kleinere Tische füllen die Mitte aus. Ich liebe das geschäftige Treiben von Restaurants und beobachte gern die Leute. Matt hält mich für neugierig, dabei gefällt es mir nur, anderen dabei zuzusehen, wie sie miteinander umgehen. Es ist so aufschlussreich, was Leute nicht zueinander sagen.

Matt guckt sich irgendetwas auf seinem Telefon an, während ich Wein bestelle.

»Ich dachte, wir hätten verabredet, nicht aufs Telefon zu schauen, kannst du es bitte weglegen?«, frage ich. Er ist ständig damit beschäftigt.

»Ich muss nur kurz was auf Facebook gucken«, sagt er, als wäre schon meine Frage lächerlich. Er tippt noch einen Augenblick lang weiter, dann lässt er das Telefon in die Tasche gleiten. »Alles klar, Schatz. Jetzt bin ich ganz bei dir.«

Das Essen ist köstlich, das Restaurant war die Empfehlung von einem Kunden von Matt, und er hat wirklich nicht übertrieben. Wir gönnen uns eine dieser langen, ausgedehnten Mahlzeiten, die mir so gut gefallen.

»Möchtest du danach noch Cocktails trinken gehen?«, frage ich Matt. »Nach unserem Urlaub fühlt es sich seltsam an, den Abend ohne einen letzten Drink zu beenden.«

»Steph«, sagt er in ernstem Tonfall, »eine Piña colada wie bei Kiko wirst du hier wohl leider nicht bekommen.«

Ich muss lachen. »Die waren wirklich außergewöhnlich, ich kann immer noch nicht glauben, was er da alles reingetan hat.«

»Ja, grad mal zwanzig Prozent Getränk und der Rest irgendwelches Grünzeug«, antwortet Matt lachend. »Und erst mal die Wunderkerzen, *und* dann hat er das Ganze auch noch in Porzellanenten serviert!«

»Es war wirklich lustig, nicht wahr?«

»Genial«, sagt er lächelnd. »Aber wir haben ja auch noch viele aufregende Dinge vor uns. Als Nächstes: Die Jagd nach dem passenden Haus.«

»Wir müssen uns erst mal umschauen, was gerade überhaupt auf dem Markt ist. Das wird sicher spannend.«

»Und was glaubst du, wann sollten wir uns Gedanken über Kinder machen?«, fragt er, so ganz nebenbei, während er sich ein Stück toskanischen Tintenfisch in den Mund schiebt.

»Wir haben doch gerade erst geheiratet, Matt. Meinst du nicht, wir sollten erst mal die Zeit zu zweit genießen? Warum diese Eile? Momentan geht es mir doch gut, und ein Baby wäre so eine große Umstellung«, sage ich und drehe dabei an meinem Ehering und versuche die Übelkeit zu bekämpfen, die plötzlich in mir aufsteigt.

»Es gibt keine Eile, aber es wird halt erwartet. Ist schließlich der nächste natürliche Schritt«, sagt er. »Wie läuft eigentlich die Therapie? Du erzählst kaum etwas davon.«

»Na ja, das ist doch auch der Sinn der Sache, es ist schließlich vertraulich«, sage ich fast barsch. »Aber es läuft ganz gut.«

Matt nickt. »Gut, das ist die Hauptsache. Wie ist sie denn?«

»Jane?«, frage ich ihn erstaunt. Wir haben vorher noch nie über sie gesprochen.

»Ja. Sitzt sie da im weißen Kittel und bittet dich, auf ihrer Couch Platz zu nehmen?«

»Echt jetzt? Und dann lässt sie mich alles über meine Mutter erzählen?«, sage ich.

Er antwortet nicht, und ich nehme es ihm nicht übel. Ich wende den Blick ab, bereue diesen unnötigen Kommentar.

»Es tut mir leid, Schatz, mir ist gerade nicht danach zumute, darüber zu reden«, entschuldige ich mich. »Nicht dieses Wochenende.«

»Kein Problem. Ich hätte gar nicht davon anfangen sollen«, sagt er und streckt seine Hand nach meiner aus. »Ist wirklich in Ordnung. Ich bin mir sicher, dass es dir irgendwann besser gehen wird. Lass uns das Thema wechseln.«

Als der Hauptgang serviert wird, spielen wir gerade mein Lieblingsspiel. Es heißt »Geschichten raten«, und die Regeln sind ganz einfach. Man wählt eine Gruppe/ein Paar aus und erfindet eine passende Geschichte, die davon abhängt, wie sie miteinander umgehen und sich unterhalten.

Matt hat entschieden, dass es sich bei der vierköpfigen Männertruppe zu unserer Rechten um ein Killerkommando handelt, das auf die vergnügte Frauengruppe auf der anderen Seite des Restaurants angesetzt wurde. Was sich unschwer an den schmierigen Blicken erkennen lässt, die sie ihnen zuwerfen. Matt versucht sich als Synchronsprecher, sobald einer von ihnen anfängt zu reden, und ist dabei so witzig, dass ich mich an meinem Wein verschlucke. Manchmal muss ich mich wirklich über ihn schlapplachen.

»Und was ist mit denen?«, fragt er und zeigt auf ein Paar zu unserer Linken.

Sie sind ungefähr in unserem Alter. Sie trägt ein hübsches knallrosa Kleid mit einem herzförmigen Ausschnitt. Ihre dunklen Haare sind durch die Feuchtigkeit stark gewellt, aber sie wirkt natürlich gestylt und ist dezent geschminkt. Er sitzt ihr in einem weißen Poloshirt gegenüber. Seine Haare sind pechschwarz, wie auch die Stoppeln auf seinen Wangen, und er hat eine dieser nerdigen und zugleich coolen Brillen mit schwarzem Gestell auf. Sie plaudern vertraut miteinander und müssen ein besonderes Verhältnis haben, das niemand im Raum versteht. Sie sind anders als die anderen hier. Ihre Blicke tanzen geradezu miteinander, ab und zu schaut sie kurz auf ihren Schoß, bevor sie schnell die Augen wieder auf ihn richtet. Ein fesselndes Schauspiel.

»Er hat heute Nacht noch was mit ihr vor«, verkündet Matt.

Der Typ streckt die Hand nach seiner Verabredung aus. Ihre Hände treffen sich auf der Mitte des Tisches. Sie halten nicht Händchen, ihre Finger liebkosen sich und spielen miteinander. Langsam. Sinnlich. Die ganze Zeit über sehen sie sich gegenseitig in die Augen, flirten. Wie gern wüsste ich, was sie einander sagen. Die Kerze auf dem Tisch gibt der gesamten Szene noch mehr Nähe, und ich fühle mich seltsam, einem derart intimen Moment beizuwohnen.

»Darum geht es nicht«, erwidere ich. »Da ist auf jeden Fall mehr im Spiel.«

»Wenn ich es dir doch sage«, Matt verdreht die Augen. »Da steht heute Nacht noch ein Schäferstündchen an.«

»Das bezweifle ich ja gar nicht. Aber da ist mehr, sie sind sicher in einer Beziehung. Sie sind seelenverwandt. Guck sie dir doch an!«

Matt starrt unverhohlen zu dem Paar hinüber, dann dreht er sich wieder zu mir und bekräftigt, dass er von Anfang an recht hatte.

»Noch in der Kennenlernphase«, erklärt er. »Zwischen dem ersten und dem dritten Date. Höchstens. Nach ein paar Verabredungen ist man nicht mehr so verschmust.«

Wirklich? Ein Teil von mir wird richtig traurig bei Matts Worten. Ich sehe die beiden an, und etwas in mir wäre gern wie sie.

Aber vielleicht hat Matt recht. Manche Leute sind einfach nicht so. Matt und ich zum Beispiel, wir waren nie so. Auch wir hatten natürlich eine Kennenlernphase. Wir haben zusammen gelacht, wollten so viel Zeit wie möglich miteinander verbringen, lange aufbleiben und uns unterhalten, solche Dinge eben. Manche Leute geraten nun mal nicht so schnell in Verzückung – und das ist auch in Ordnung.

Aber woher soll man wissen, ob man wirklich glücklich ist? Wie fühlt sich »Glücklichsein« denn eigentlich an?

»Es war der *schönste* Tag meines Lebens«, »Ich habe meinen *besten* Freund geheiratet«, so etwas sagen die Leute immer. Alles ist am Hochzeitstag das Schönste und Beste. Ich stelle mir diese Leute vor, wie sie den ganzen Tag über von einem Ohr zum anderen grinsen und es nicht fassen können, dass sie diesen außergewöhnlichen Menschen geheiratet haben. Muss es wirklich so sein? Und hält das auch länger an? Nennt man *das* Glücklichsein? Oder verwandelt es sich irgendwann in Zufriedenheit? Reicht das? Bedeutet das, sich an etwas zu gewöhnen?

»Vermutlich hast du recht«, sage ich und lächle.

Nach fünf Gängen bin ich pappsatt und fühle mich, als bräuchte ich die nächste Woche über nichts mehr zu essen. Ich lehne mich in meinem Stuhl zurück und bin froh, dass ich dieses Kleid ausgewählt habe.

»Zeit für mein Geschenk!«, ruft Matt und zieht einen cremefarbenen Umschlag aus seiner Jackentasche.

»Wie?«, frage ich verwirrt. »Ich dachte, das Wochenende sei mein Geburtstagsgeschenk. Außerdem ist mein Geburtstag doch eigentlich erst in ein paar Tagen.«

»Nur ein kleines Geschenk zwischendurch. Weißt du noch, was für eine teure Uhr du mir letztes Jahr zum Dreißigsten geschenkt hast? Die muss ein Vermögen gekostet haben.«

»Aber das ist doch kein Wettbewerb, Matt. Ich wusste einfach, wie gut sie dir gefallen würde, und darauf kommt es schließlich an«, antworte ich und werfe einen Blick auf sein Handgelenk. Ich habe »Für M in Liebe von deiner S« eingravieren lassen. Er nimmt sie nie ab.

»Jetzt mach schon auf«, drängt er mich und grinst wie ein aufgeregtes Kind.

Ich ziehe ein Faltblatt aus dem Umschlag. Als ich das eingeprägte Logo sehe, weiß ich sofort Bescheid. Ich muss erst mal wieder zu Atem kommen, bevor ich antworten kann.

»Letztes Jahr hast du so viel daraus mitgenommen, dass ich dich im Oktober noch einmal angemeldet habe«, sagt er und klingt stolz dabei.

»Kunstkurs in Heathwood Hall ...«

Vor Aufregung wird mir ganz flau im Magen. »Vielen lieben Dank, ich freue mich!«, sage ich und lehne mich nach vorne, um ihm einen Kuss zu geben.

»Als du letztes Jahr zurückgekommen bist, hast du so davon geschwärmt, und es war schön, dich wieder fröhlich zu sehen«, teilt er mir seine Beobachtungen mit. »Und dieser kleine Vorfall ... na ja, Schwamm drüber.«

»Was meinst du?«

»Na, dass du getrunken hast, obwohl du mir versprochen hattest, nichts zu trinken.«

»Ach ja.« Ich seufze. Matt hatte es gleich bemerkt, schon auf dem Parkplatz von Heathwood Hall beim Abholen wollte er alles wissen, bevor wir das Grundstück verlassen konnten. Ich erklärte ihm, dass es nur zwei Gläser Wein gewesen waren und es mir gut gehe, aber ich fühlte mich schrecklich – besonders nach meinem Verhalten im Auto auf der Hinfahrt. Aber er versprach mir glücklicherweise, weder Ebony noch meinem Vater davon zu erzählen.

Ich gehe noch schnell zur Toilette, bevor wir das Restaurant verlassen. Als ich aus der Kabine komme, sehe ich die verliebte Frau mit den widerspenstigen Haaren, die sich gerade die Hände wäscht.

Unsere Blicke treffen sich im Spiegel, und wir lächeln uns zu.

»Tolles Kleid«, sage ich. »Es steht Ihnen ausgezeichnet.«

»Danke«, antwortet sie und blickt an sich hinab.

»Es ist wirklich wunderschön, gibt es einen besonderen Anlass?«, frage ich sie neugierig.

»Ja, tatsächlich«, gibt sie zu und zieht ihre Lippen nach. »Ein Jubiläum.«

»Oh, wie schön«, antworte ich etwas beschwingter als angebracht. Ha! Hatte ich also doch recht. Selbst wenn es sich nur um ein Halbjahresjubiläum handelt, ein Jubiläum ist ein Jubiläum. »Herzlichen Glückwunsch!«

»Danke! Dieses Wochenende sind wir zwei Jahre verheiratet«, sagt sie und grinst dabei breit. Sie lacht fast, so überglücklich ist sie.

Mir fällt fast die Kinnlade herunter. Meine Selbstgefälligkeit weicht Neid. »Wow! Das ist ja fantastisch, schön für Sie. Ich wünsche Ihnen ein wunderbares Wochenende!«, rufe ich noch schnell, bevor ich überstürzt die Toilette verlasse und Matt mitteile, dass ich noch Cocktails trinken gehen möchte.

Ein paar Stunden später liegen wir auf einem Haufen weißer, zerknitterter Bettlaken. Die Fenster haben wir weit aufgerissen, um den Geruch von Sex und meinem Parfum aus dem Raum zu lüften.

»Woher wusstest du, dass ich die Richtige bin?«, will ich von Matt wissen, während er das dünne Baumwolllaken wieder über uns drapiert. Ihm wird im Sommer schnell zu heiß.

»Wie meinst du das?«

»Was unterscheidet mich von allen anderen?«, frage ich. »Was ist das Besondere *an mir*?«

»Es war immer so lustig mit dir«, sagt er, nachdem er einen Moment überlegt hat.

»*Es war* klingt nach Vergangenheit, außerdem kann es mit jedem lustig sein.«

»Na ja, du weißt ja selbst, wie schlecht es dir in letzter Zeit ging. Das heißt natürlich nicht, dass ich dich deshalb weniger liebe, mein Schatz.«

»Oh, vielen Dank.«

»Ach, Mensch. Was soll das denn jetzt überhaupt?«

»Nichts, ist schon gut«, lüge ich. »Ich hätte es eben gern gewusst.«

»Du bist sexy, es macht einfach Spaß mit dir, du bist immer für einen Scherz zu haben, nett«, leiert er herunter. »Reicht das jetzt? Ich bin hundemüde.«

Klug, lustig, intelligent, schön.

»Ja, gute Nacht …« Ich drehe mich weg und lege mich auf die Seite. Ein paar Sekunden später schnarcht er bereits.

Ich kann nicht einschlafen, schon seltsam, wie das Gehirn weiterarbeitet, wenn man im Bett liegt. Gedanken schwirren wie elektrische Funken auf einem Schaltpult umher, ohne Bezug und doch irgendwie alle miteinander verbunden, wie eine Kettenreaktion …

Ich laufe zu ihr, sie sitzt an ihrer Frisierkommode, eine dieser französischen mit einem dreiteiligen Spiegel und vielen kleinen Schubladen, und lege ihr eine eng anliegende Diamantkette um den Hals. »Wenn ich groß bin, möchte ich genauso werden wie du, Mum«, flüstere ich ihr ins Ohr und kichere dabei. Ich bewundere sie so sehr.

»Das wirst du, meine Kleine. Ich hab dich lieb«, erwidert sie und küsst mich auf die Stirn, dann reibt sie lachend den roten Lippenstiftfleck wieder weg.

»Aber wen werde ich heiraten? Wird er mich lieben, so wie Dad dich liebt?«, frage ich sie.

Ich sehe ihr Gesicht aus allen Richtungen in den Spiegeln, während sie über die Antwort nachdenkt.

»Stephanie, das wirst du wissen, wenn du den Richtigen gefunden hast, mit dem du dein Leben verbringen willst, und weißt du, wie?«, neckt sie mich.

Ich hänge bei jedem Wort an ihren Lippen und sehe ihr makellos zurechtgemachtes Gesicht an.

»Wenn ihr in einem vollen Raum seid und ihr euch mit anderen Leuten unterhaltet, wird er seine Augen nicht von dir lassen können. Er wird dich lieben, auch wenn du nicht vollkommen bist, das ist nämlich niemand. Er wird dich lieben, weil du so vollkommen unvollkommen bist. So zumindest ist es bei deinem Dad und mir.«

Ich sehe sie verwirrt an. »Was soll ›vollkommen unvollkommen‹ denn heißen?«, frage ich und verziehe das Gesicht, da ich nicht weiß, ob ich es richtig gesagt habe.

Ihr Gesichtsausdruck wird etwas weicher, dann verschwindet ihr Lächeln. »Das heißt, dass man ein Mensch ist und manchmal auch Fehler macht.«

»Und wie wird er mich finden?«

»Das wird er schon. Für jeden gibt es irgendwo da draußen den Richtigen, ob man will oder nicht, so ist es eben vom Universum vorgesehen. Und es wird auch dafür sorgen, dass ihr euch findet, vertrau mir«, sagt sie und blinzelt mir zu.

Aber wie kann man denn sichergehen, dass der Mensch, mit dem man zusammen ist, der Richtige ist? Das ist wohl nicht das Erste, was man im Alter von zwölf Jahren fragt, oder?

Jetzt ist es zu spät für meine Fragen, sie ist nicht mehr da.

4. KAPITEL
Freitag, 12. Oktober 2007

Stephanie

Am späten Nachmittag komme ich in Heathwood Hall an. Allein und pünktlich. Ist es wirklich schon ein Jahr her, dass ich hier gewesen bin? Dieses Mal kommt es mir weniger malerisch vor. Über den Hügeln haben sich graue, nach Nieselregen aussehende Wolken zusammengeballt, die schlechtes Wetter fürs Wochenende ankündigen.

Im Eingangsbereich warten viele Teilnehmer auf ihr Zimmer. Manche erkenne ich wieder. Dann muss ich zu dem Schild an der Wand hinaufsehen.

**DEM SCHICKSAL BEGEGNET MAN AUF DEM WEG,
DEN MAN NIMMT, UM IHM AUSZUWEICHEN.**

Jemand tippt mir auf die Schulter. Ich drehe mich um und stehe direkt vor ihm. Er sieht noch genauso aus wie letztes Jahr, dieselben markanten Gesichtszüge und diese eisblauen Augen, die sich von seinen dunklen Haaren abheben. Er trägt ein schwarzes Hemd, das ihm gut steht, so groß und kräftig, wie er ist.

»Hallo Jamie!«

Sein Duft kommt mir so bekannt vor, eine Mischung aus Minze, Lavendel und Sandelholz.

»Du bist wieder da!«, sagt er, lächelt und steckt die Hände in die Taschen seiner Jeans. »Schön, dich zu sehen. Wie ist es dir ergangen?«

»Gut, danke. Ich habe sogar Zeichnen geübt.«

»Wirklich?«, fragt er und zieht die Augenbrauen hoch.

»Ja«, sage ich stolz. »Jede Menge Schatten und Dinge, die nicht da sind.«

Ich habe tatsächlich geübt. Mein Vater hat mir Künstlerzubehör zu Weihnachten geschenkt, und ich habe sofort losgelegt.

»Und geheiratet hast du auch, wie ich sehe«, bemerkt Jamie und deutet mit dem Kopf auf meinen Ehering aus Platin, der durch den Verlobungsring auf meinem Finger gefangen gehalten wird.

»Ja, ich habe im Juli geheiratet, es hat geregnet – so viel zum Thema Sommerhochzeit!«

»Tja, das englische Wetter, was will man machen ...«

»Du sagst es.«

Wir sehen uns die ganze Zeit über in die Augen.

»Ich muss weiter, meinen ersten Workshop vorbereiten.«

Ich lächle. »Natürlich. Es ist schön, dich zu sehen.«

Erst als er verschwunden ist, nimmt mein Gesicht langsam wieder seine normale Farbe an, und mein Herz hört auf, wie verrückt zu schlagen.

Nachdem ich meine Taschen abgestellt habe, gehe ich hinunter in die Bar, um mich mit den anderen zu unterhalten. Mein Blick fällt immer wieder auf Jamie. Es wird über Lieblingskunstwerke und auch am Rande über Politik geplaudert, und ich fühle mich unwohl. Obwohl ich das Bedürfnis verspüre, mich an der nächstbesten Flasche festzuhalten, trinke ich nur das eine verabredete Glas.

Zufällig bleibe ich bei einer Gruppe von Leuten stehen, die sich eifrig über Jackson Pollock austauschen und teilweise krasse Meinungen vertreten, auch Jamie gehört dazu. Ich beobachte, wie er leidenschaftlich über Kunst diskutiert. Sein ganzer Körper ist in Bewegung: Er gestikuliert mit den Händen, seine Augen schauen lebhaft umher, und er lehnt sich nach vorne, lädt alle ein, ihm zuzuhören. Und das tun sie auch. Ein fesselnder Anblick. Seine Augen ziehen alle aus der Gruppe in ihren Bann, auch mich.

Nach diesem kurzen Kunstvortrag holt sich jeder etwas zu trinken, sodass Jamie und ich allein in einer Ecke des Raumes zurückbleiben. Ich muss ihn die ganze Zeit über anlächeln.

»Was ist?«, fragt er und grinst zurück.

»Du brennst wirklich für das, was du tust.«

»Du etwa nicht?«, fragt er amüsiert.

»Ich bin nicht aus vollem Herzen Marketing-Managerin, falls es das ist, was du meinst«, antworte ich lachend.

»Sicher gibt es etwas, für das du genauso brennst. Du musst es nur finden und dann auch wirklich tun. Jeder hat so etwas.«

»Einfach so?«, frage ich und sehe ihn verblüfft an.

»Ja«, antwortet er und nimmt einen Schluck Bier. »Du siehst übrigens toll aus heute Abend.«

»Danke.« Ich sehe an meinem eng anliegenden Rollkragenshirt mit Leopardendruck hinunter, das ich in meine angesagte Boot-Cut-Jeans gesteckt habe. »Ich war mir nicht sicher, ob es nicht … zu sehr nach Shania Twain aussieht.«

»Tja, ich habe weder ein protziges Auto noch besonders viel Hirn oder glänzende Haare, ich nehme also an: *I don't impress you much*.«

Wir müssen beide bei der Anspielung auf das Lied lachen, greifen nach unseren Getränken und machen es uns auf dem Sofa gemütlich.

»Also, erzähl mir von der Hochzeit«, sagt er.

»Gern! Wir …«

»Jamie, bitte entschuldige die Störung, hast du fünf Minuten für mich?«, fragt auf einmal Bob, einer der Kursleiter, aus dem Nichts.

Jamie lächelt mich an und formt eine Entschuldigung mit den Lippen, bevor Bob ihn in Beschlag nimmt. Es ist spät geworden, also gehe ich zurück auf mein Zimmer, um für den Workshop morgen frisch zu sein.

Als ich am nächsten Morgen die Vorhänge zurückziehe, zeigt sich mir ein trüber Herbsttag.

Als Erstes findet der Fotografie-Workshop statt. Unser Dozent Tom gibt uns eine kurze Einführung, bevor wir zum Fotografieren nach draußen geschickt werden. Diesen Workshop genieße ich sehr, es macht mir so viel Spaß, aus der Zeit gerissene Augenblicke festzuhalten. Einen Baum im Wind, den man so nie wieder sehen wird. Eine Welle, die jedes Mal anders auf dem Sand bricht. Aber am liebsten beobachte ich andere Menschen. Wie das Paar, das ich mit Matt zusammen im Restaurant gesehen habe. Einen bestimmten Bruchteil eines Augenblicks mit der Kamera festzuhalten ist etwas ganz Besonderes. Gesichtsausdrücke von Menschen. Momente der Freude, Wut, Trauer, Fröhlichkeit, Enttäuschung oder des Begehrens … Gefühle, die man nie wieder genau so einfangen kann. Die Art, wie sie die Augen zukneifen oder wie sich ihre Münder bewegen, ist jedes Mal unterschiedlich.

Als ich an der Vorderseite des Landhauses ankomme, sehe ich eine Gruppe von Dozenten miteinander plaudern. Tom zeigt auf die Fassade von Heathwood Hall. »Wie läuft es bei dir, Steph?«, fragt er.

»Sehr gut«, antworte ich und nehme einen der iPod-Kopfhörer heraus. »Ich habe mich nur gefragt, ob wir auch Menschen fotografieren können. Oder passt das nicht zur Aufgabe?«

»Natürlich. Solange sie nichts dagegen haben. Die meisten scheinen allerdings ganz schön beschäftigt zu sein.«

»Ich kann dir aushelfen, wenn du möchtest«, bietet sich Jamie an.

»Ich würde gern ein paar natürliche Aufnahmen mit der Landschaft als Hintergrund machen.«

»Klar, ich helfe gern. Die nächste halbe Stunde gehöre ich dir.«

Wir laufen in die Natur hinaus, an dem großen Baum vorbei, an dem wir letztes Jahr diesen Augenblick erlebt haben. Gern würde ich wissen, ob Jamie daran denkt, als wir an ihm vorbeigehen, und suche nach einem Gesprächsthema, um mich abzulenken. Ich frage ihn, wie das letzte Jahr war, und er unterhält mich mit lustigen Geschichten über seine Schüler, den Griechenlandurlaub und seinen besten Freund Cal, der in Las Vegas geheiratet hat. »Der Mistkerl hat mir noch nicht einmal davon erzählt«, beschwert er sich. »Ist es so gut … wie willst du es haben?«, fragt er. Es fühlt sich an, als gäbe es niemand anderen auf der Welt. Es ist so still um uns herum, dass die Stimmen viel mehr Gewicht bekommen.

»Kannst du vielleicht einfach deinen Blick über die Hügel schweifen lassen? So tun, als wärst du ganz begeistert davon?«, sage ich und schaue durch die Kamera, dann atme ich tief durch.

Jamie macht ein übertrieben erschüttertes Gesicht.

»Nein, das ist zu viel. Geht auch ein bisschen weniger, bitte?«

»Selbstverständlich, Mario Testino«, kontert er trocken. Er schaut zu den Hügeln hinüber, sieht mich nicht an, und ich gönne mir vor dem Auslösen einen Augenblick, um seine Mundpartie durch die Linse zu bewundern. Seine aus dem Gesicht gestrichenen Haare sind unordentlich und verschmelzen mit der Landschaft. Sie sind glatt, aber an seinem Nacken wellen sie sich ein wenig. Sein breitschultriger Körper befindet sich genau in der Mitte des Ausschnitts. Er ist groß, dunkel und gut aussehend. Frauen würden sein Äußeres vermutlich als markant beschreiben, aber auf eine gute, anziehende Art und Weise.

Klick!

»Meine Mutter hat immer gesagt, dass ein im richtigen Moment aufgenommenes Bild mehr ausdrücken kann als ein ganzes Gespräch«, sage ich und mache ihm Zeichen, dass er weitergehen soll, während ich mich um ihn herumbewege.

»Sie hat absolut recht, das gilt meiner Meinung nach genauso für Porträts. Sie sagen mehr als tausend Worte. Ein sehr kraftvoller Gedanke! Ist deine Mutter also daran interessiert?«

»Woran?«

»Fotografie, Kunst?«

»Oh …«, sage ich und fühle mich überrumpelt. Lächerlich, ich selbst habe schließlich damit angefangen. »Nein, ja, sie war es. Sie ist gestorben.«

»Stephanie, das tut mir wirklich leid.«

»Keine Sorge, ist schon gut. Es ist schon lange her, ich war damals dreizehn.«

»Es ist hart, ein Elternteil zu verlieren, wenn man selbst noch ein Kind ist. Dabei ist es gar nicht so wichtig, ob derjenige stirbt oder einfach abhaut. Es verändert alles.«

»Das stimmt ...«

»Als mein Vater sich aus dem Staub gemacht hat, habe ich meiner Mutter lange die Schuld daran gegeben. Sie konnte natürlich überhaupt nichts dafür. Aber ich war so wütend. Ich hatte keine Geschwister und musste mit der Sache allein klarkommen. Meinen ganzen Zorn habe ich dann künstlerisch verarbeitet, das hat mich die Sache durchstehen lassen. Die Kunst war mein Ventil, nehme ich an. Ich habe meine gesamte Freizeit im Kunsttrakt verbracht, hatte keine Lust, nach Hause zu gehen. Stunden habe ich dort skizziert und gemalt. Menschen zu zeichnen hat mich besonders fasziniert, und so kam ich zu den Porträts.«

»Kann ich gut verstehen«, erwidere ich. »Bei mir war es die Musik.«

»Aha, deshalb hast du also immer deinen iPod dabei?«, fragt er.

»Ja«, antworte ich und kann nur schwer meine Überraschung darüber verbergen, dass er das überhaupt bemerkt hat. »Musik ist irgendwie mein Wohlfühlding, mein Zufluchtsort. Ehrlich gesagt, als Jugendliche habe ich ...« Ich unterbreche mich selbst. Auf keinen Fall werde ich etwas erzählen, das noch nicht einmal Matt oder Ebony wissen.

»Was?« Er sieht verwirrt aus.

»Ach, nichts weiter.« Ich winke mit der Hand ab, um das Thema zu wechseln.

Seine Augen verengen sich, und er schaut mich argwöhnisch an, wissend, dass ich etwas vor ihm verberge. Ich erwidere seinen Blick mit einem verschmitzten Lächeln.

»Ich muss beim Zeichnen Musik hören«, erzählt er, während er neben mir herläuft und ich ihm ab und zu eine Hand auf den Arm lege, wenn ich ein Foto machen will. »Musik bedeutet mir viel. Sie ist, wie auch die Kunst, ein Teil von mir.«

»Ja, das kenne ich.« Ich sehe ihn durch die Kamera an. Er steht da, die Hände in den Taschen, die Haare fallen ihm ins Gesicht. »Was hast du heute für eine Beziehung zu deiner Mutter?«

»Viel besser. Ich fühle mich schrecklich, was ich ihr in diesen Jahren als Jugendlicher alles zugemutet habe, es war eine harte Zeit für uns beide. Erst später, als ich selbst erwachsen war, habe ich verstanden, wie schwer es für sie gewesen sein muss. Und wie sieht es bei dir und deinem Vater aus?«

»Wenn ich ehrlich bin, hat sich seit dem Tod meiner Mutter unsere Beziehung nie wieder so richtig erholt. Ich glaube, ein Teil von ihm ist mit ihr gestorben. Wir kommen gut miteinander aus, aber es ist nicht mehr dasselbe. Ganz anders als früher.«

Jamie nickt verständnisvoll. Es ist so einfach, mit ihm über solche Dinge zu reden.

»Soll ich vielleicht auch ein paar Fotos von dir machen?«, fragt er.

»Nein«, antworte ich entschieden. »Ich fotografiere, auf den Bildern habe ich nichts zu suchen.«

»In Ordnung.« Er lächelt. »War das gerade ein Regentropfen?« Jamie sieht zum Himmel hinauf. »Lass uns noch schnell ein paar Fotos machen und dann zurückgehen, bevor der Regen stärker wird.«

Das Abendprogramm ist ähnlich wie im letzten Jahr. Ich unterhalte mich höflich mit den anderen Kursteilnehmern, aber Jamie ist ganz besonders an mir interessiert. Immer wieder wirft er mir während des Abendessens Blicke von einem anderen Tisch aus zu. Sein einnehmendes Lächeln erscheint bei Kerzenlicht und nach einem oder zwei Gläsern Sauvignon Blanc noch verführerischer.

Nach dem Essen verläuft sich das Ganze, aber ich möchte noch nicht auf mein Zimmer gehen, also hole ich mir noch ein Getränk an der Bar.

»Warum sind wir eigentlich immer die Einzigen unter dreißig?«, fragt mich Jamie.

»Vielleicht weil Kunst ein Zeitvertreib für alte Leute ist?«, erwidere ich und muss lachen.

»Entschuldige, Liebes, hättest du etwas dagegen …?« Ein älteres, sichtlich angetrunkenes Paar unterbricht uns, schiebt sich zwischen uns, um Jamie vorzuschwärmen, wie gut ihnen sein heutiger Workshop gefallen hat.

»Nein, ganz und gar nicht. Er gehört euch«, sage ich.

Ehe er sichs versieht, haben sie ihm bereits einen Whiskey ausgegeben und ihn in Beschlag genommen. Mit seinen Lippen formt er ein flehendes »Hilfe« in meine Richtung. Ich proste ihm zu und bin erleichtert. Vermutlich ist es eh besser, wenn ich mich von ihm fernhalte, da ich doch schon einiges getrunken habe.

Gut gelaunt sitze ich allein am Kaminfeuer. Ich ziehe die Ärmel meines Oberteils über die Hände, wie es sonst nur Jugendliche tun. Eine Angewohnheit, die ich nicht abstellen kann.

»Schnell, mach schon. Wir müssen hier raus«, flüstert mir Jamie plötzlich eindringlich ins Ohr.

»Du hast es also geschafft zu entkommen?«, frage ich und kichere.

»Vorerst. Komm schon, lass uns nach draußen gehen!«

»Okay, ich hol noch schnell eine Flasche Weißwein.« Ich lächle und versuche den Gedanken zurückzudrängen, dass das eine sehr schlechte Idee ist.

Wir laufen an dem Brunnen mit der tanzenden Frau vorbei und wollen uns gerade dem Baum nähern, als auf einmal ein starker Schauer niedergeht und die Tropfen vom Boden abprallen. Die Art von Regen, die einen in null Komma nichts bis auf die Haut durchweicht und bei der man nicht weiß, ob man lachen oder wütend werden soll.

»Mist. Was ist Plan B?«, ruft er, verzieht das Gesicht und kneift die Augen zusammen, um mich durch den dichten Regen besser sehen zu können.

»Zurück an die Bar?«, rufe ich.

»Da können wir sicher kein Gespräch zu Ende bringen!«

Bevor ich darüber nachdenken kann, was ich da sage, ist es

schon heraus. »Mein Zimmer? Es ist eine Suite, es gibt also Sofas und Tische!«

»Ja, gute Idee.«

Wir rennen nach drinnen und laufen die geschwungene Treppe zum Sternenlichtzimmer hinauf. Das Regenwasser tropft von uns herunter, während ich nach dem Schlüssel suche.

Mit Jamie vergeht die Zeit wie im Flug. Es ist geradezu absurd, wie viel wir gemeinsam haben und wie sehr er mich zum Lachen bringt. Seit Stunden sitzen wir in meinem Zimmer auf dem Sofa, lauschen dem Donner und sehen den Blitzen zu. Nur die Nachttischlampe neben dem Bett taucht alles in ein gedämpftes Licht, wodurch das alte Gebäude und das Wetter dort draußen besonders in Szene gesetzt werden.

Ich habe es mir auf der einen Seite des Sofas gemütlich gemacht, die Knie an die Brust gezogen. Jamie sitzt nur ein kleines Stück entfernt und hat den Arm auf die Sofalehne gelegt, sodass seine Finger ab und zu ganz sanft an meinen Haaren entlangstreifen. Sein dunkler Teint wird durch das weiße Hemd betont, dessen Ärmel er aufgerollt hat. Die obersten Knöpfe sind geöffnet. Er trägt dazu eine Jeans und wirkt eher wie ein Model als wie ein Künstler.

»Ich bin froh, dass du dieses Jahr zurückgekommen bist, ich habe mich gefragt, wie es dir wohl ergangen ist«, sagt er.

»Ich hatte es eigentlich nicht vor, aber mein Mann hat den Workshop noch einmal für mich gebucht.«

»Ah, okay«, antwortet er und sieht dabei ein wenig enttäuscht aus. »Ist ja auch egal, was der Grund war, sieht aus, als wollte das Universum, dass du zurückkommst, auch wenn du eine Zynikerin bist.«

Ich lache. »Du und dein Universum schon wieder.«

»Vorsicht, ich höre genau, was du sagst!« Er legt sich den Zeigefinger an den Mund und macht eine Geste, als solle ich ihn abschließen. »Ich mache mich wohl besser auf den Weg«, sagt er dann und schaut auf die Uhr. »Du sollst schließlich nicht deinen Schönheitsschlaf verpassen.«

»Ja, ich habe gar nicht gemerkt, wie spät es geworden ist«, flunkere ich. In der letzten Stunde hatte ich mich schon gefragt, wie der Abend wohl enden würde.

Wir erheben uns beide gleichzeitig vom Sofa und stehen uns gegenüber. Gedanken wirbeln mir durch den Kopf: Soll ich ihn umarmen? Ihm einen Kuss auf die Wange geben? Kann ich es wirklich wagen, ihm so nah zu kommen?

»Ich hatte wirklich einen tollen Abend ... wie beim letzten Mal.«

»Ich auch«, antwortet er.

Das kurze Stück bis zur Tür erfüllt mich mit Wehmut und Sorge. Wird es das letzte Mal sein, dass ich ihn sehe? Vielleicht ist er nächstes Jahr nicht mehr dabei, ich möchte ihm einfach ... *etwas* sagen, weiß jedoch nicht, was. Ich frage mich, ob es ihm genauso geht.

Er erreicht die Tür zuerst und greift nach der Klinke. Dann hält er inne. Er dreht sich zu mir um, sodass wir uns genau gegenüberstehen, enger aneinander, als das bei Freunden üblich ist. Aber das scheint ihn nicht zu stören, im Gegenteil, er sieht noch nicht einmal weg. Er schaut mir direkt in die Augen. Keiner von uns wagt es zu sprechen. Ich muss meinen Kopf in den Nacken legen, um ihn anzusehen.

Seine Finger streichen durch meine Haare. Sanft legt er seine Hände an meinen Hals. Mein Herz klopft wie wild, als ich mich auf ihn zubewege. Unsere Münder nähern sich einander, kurz bevor sie sich berühren, halten wir einen Augenblick lang inne.

Wir sind nur noch ein winziges Stück voneinander entfernt. Treffen eine Entscheidung. Das ist der Moment umzukehren oder alles für immer zu verändern.

Der Kuss fühlt sich zuerst langsam und weich an. In kürzester Zeit geht er jedoch mehr in die Tiefe, wird fordernder und leidenschaftlicher. Als wären unsere Münder füreinander geschaffen. Mit dem Einsatz seines Gewichts dreht er uns, sodass ich an der Tür lehne, sein Körper drückt sich an mich. Ich schlinge ihm die Arme um die Taille, ziehe ihn dichter an mich heran. Zärtlich beißt er mir auf die Unterlippe. Er ist so wunderbar, und das alles fühlt sich unglaublich an, das sind meine einzigen Gedanken. Instinktiv bewegen wir uns auf das riesige Bett zu.

Ich lasse mich fallen, und er bedeckt meinen Hals mit sinnlichen, sanften, zärtlichen Küssen. Sein Körper presst sich an mich, als ich meine Beine um ihn schlinge.

Dann reißt er sich plötzlich los, ich atme tief durch, genauso wie er. Er liegt neben mir, die Hände vor dem Mund. Es herrscht eine unangenehme Stille, aber ich bin nicht diejenige, die sie brechen möchte. Ich weiß nicht, was ich sagen soll.

»Stephanie … oje, es tut mir leid«, sagt er. »Das bin nicht ich. Scheiße, es tut mir wirklich leid. In zehn Jahren habe ich nicht ein einziges Mal …«

»Ich glaube dir.«

»Aber … Verdammt …«, sagt er und schaut mich an. »Da ist etwas an *dir*, das mich dich nicht vergessen lässt. Ich kann es mir einfach nicht vorstellen, den Raum zu verlassen und dich nie wiederzusehen, nie wieder mit dir zu reden. Ich weiß, es klingt verrückt. Ich weiß …«

»Ich verstehe, was du meinst. Mir geht es genauso.«

»Wir haben uns erst zweimal gesehen, und trotzdem … Ich muss dich wiedersehen.«

Er muss mich wiedersehen.

»Uns bleibt ja dasselbe Wochenende im nächsten Jahr«, schlage ich ihm vor.

»Ja, möglicherweise. Hoffentlich.«

»Wie meinst du das?«

»Es ist noch nicht klar, ob der Kurs nächstes Jahr überhaupt stattfinden wird, das steht gerade auf der Kippe. Bob geht es gesundheitlich nicht so gut, und er ist nicht sicher, ob er nächstes Jahr in der Lage dazu sein wird.«

»Oh«, sage ich und versuche, mir meine Enttäuschung nicht anmerken zu lassen. »Wie wäre es, wenn wir unsere Telefonnummern austauschen? Dann können wir etwas anderes ausmachen, sollte er nicht stattfinden.«

Oje, was wird er wohl jetzt von mir denken? Ich bin seit drei Monaten verheiratet. Was für ein Spiel spiele ich hier eigentlich?

Als wäre mir jegliche Vernunft abhandengekommen, das Einzige, was mich gerade interessiert, ist, wie ich ihn wiedersehen kann.

»Also, natürlich nur, wenn du das auch möchtest?«, füge ich hinzu. »Wir müssen auch gar nichts machen. Mein Gott, ich erwarte nicht, dass wir etwas anderes machen. Mist. Ich weiß einfach nicht, was *das hier* überhaupt ist … Vielleicht können wir Freunde bleiben?« Ich bin unsicher, ob mir das Ganze peinlich sein sollte oder mich der Gedanke, ihn vielleicht nie wiederzusehen, zerreißen wird.

»Vermutlich sollte ich jetzt sagen, dass wir uns nicht noch einmal sehen können«, sagt er und schaut mich direkt an. »Aber das kann ich nicht. Es gibt keine Erklärung dafür, und ich weiß, dass es falsch ist. Ich kann mir vorstellen, wie verrückt sich das anhört …«

Ich nicke. »Mir geht es genauso.«

»Vielleicht kann das ja unser … unser kleines Geheimnis sein. Nur dieses eine Wochenende im Jahr. Wir treffen uns und erzählen uns gegenseitig, was passiert ist, als … Freunde …?«

Freunde.

Das Wort steht im Raum, schwebt über uns wie der Rauch einer Zigarette.

»Ja.« Er lächelt, seine Augen strahlen, und an seinem Mundwinkel bilden sich leichte Grübchen. »Das würde mir gefallen.«

5. KAPITEL
Donnerstag, 21. August 2008

Jamie

»Mr Dobson, gucken Sie mal, ich habe ein A* bekommen!«, ruft Katie, läuft auf mich zu und schwenkt dabei ein Stück Papier in der rechten Hand.

»Was? Zeig mal her …« Ich lächle sie an, als sie mir die Prüfungsergebnisse unter die Nase hält. Ich weiß bereits, dass sie die beste Note bekommen hat – und das zu Recht –, aber ich lasse ihr natürlich diesen Moment der Freude. Sie hat ihn sich verdient.

»Das ist ja wunderbar! Herzlichen Glückwunsch!«

»Schauen Sie doch mal, was ich bekommen habe«, sagt Louise und zieht ungeduldig an meinem Arm.

»Lass mal sehen! Du hast dir das C wirklich hart erarbeitet, Lou. Ich bin richtig stolz auf dich!«

Sie strahlt über das ganze Gesicht, und einige weitere meiner Schülerinnen gesellen sich zu uns.

Das ist der Grund, warum mir meine Arbeit so viel Spaß macht.

Der Tag, an dem die Abschlussnoten bekannt gegeben werden, ist nervenaufreibend. Ja, wir müssen Zielvorgaben erfüllen und auf die Zahlen achten. Aber die Erwartungen und Hoffnungen der Kinder sind mir wichtiger. Ich habe selbst keine Kinder, aber manchmal kommt es mir so vor, als wären sie alle meine Kinder, besonders dann, wenn sie dort stehen und auf ihre Ergebnisse warten; wenn sie das ganze Jahr über so viel Arbeit investiert haben; wenn der Platz an der Uni von den richtigen Noten abhängt. Dieses Jahr haben sie wirklich ihr Bestes gegeben, und ich bin unheimlich stolz auf sie. Es war eine wahre Freude, ihnen dabei zuzusehen, wie sie glücklich umherhüpften und erleichtert jubelten. Ich komme an diesem Tag immer etwas früher, mit Kaffee vollgepumpt, damit ich mir noch in Ruhe die Ergebnisse ansehen kann, bevor die Schüler und Schülerinnen langsam eintrudeln. Es hilft zu wissen, wen man besonders im Auge behalten sollte, wer vielleicht enttäuscht sein könnte. Es ist eins der schönsten Gefühle der Welt, wenn sie auf mich zugelaufen kommen und es gar nicht abwarten können, mir ihre Noten mitzuteilen. Einfach überwältigend.

Die Eingangshalle ist am Anfang immer noch ruhig, man hört nur ein Flüstern und die Geräusche der leise ankommenden Schüler. Kurz darauf ist sie jedoch bereits erfüllt von Geschrei und Gekreische, das von den Wänden widerhallt. Ich mag dieses Chaos – und warte immer, bis alle meine Schützlinge da waren und wieder gegangen sind. Als Lehrer an dieser Schule bin ich darauf vorbereitet, mich um *jedes* Kind zu kümmern, das Unterstützung braucht. Wir sind eine große Familie.

Ihre Leidenschaft hat mich angesteckt. Nachdem ich den gesamten Vormittag in der Schule verbracht hatte, kam ich nach Hause und habe selbst noch ein wenig gemalt. Deshalb freue ich mich immer so auf die Sommerferien. Es ist die einzige Zeit, in der ich selbst kreativ werden kann. Musik an, ein paar Bier, ein wundervoller Sonnentag. Was will man mehr?

»Auf euch, die Abschlussklasse 2008!«, sage ich, öffne eine Bierflasche und werfe den Deckel in die Recyclingtonne neben der Hintertür. Das kalte Bier rinnt mir bei der Hitze ganz einfach die Kehle hinunter. Auch um Viertel vor sechs ist es noch unheimlich warm. Aber heute habe ich mir einen frühen Feierabend verdient.

Ich möchte für Helen und mich am Abend den Grill anschmeißen, also habe ich verschiedene Fleischsorten besorgt, einen Salat gemacht, ein besonderes Nudel-Pesto-Gericht (nach einem Rezept von *Jamie Oliver*) gezaubert und sogar noch gefüllte Paprika vorbereitet. Ich hatte mir ausgemalt, wie wir diesen warmen Abend draußen verbringen würden, nachdem Helen in letzter Zeit so viel arbeiten musste.

Ich entspanne mich gerade im Garten, als sie plötzlich in der Hintertür auftaucht und etwas sagt, was ich jedoch wegen der lauten Oasis-Musik aus den Bose-Lautsprechern nicht verstehe.

»Entschuldige, Schatz, was hast du gesagt? Ich habe dich gar nicht kommen hören.« Schnell drehe ich die Musik leiser.

»Ich sagte, sieht aus, als hättest du einen guten Tag gehabt!« Helen deutet mit ihrem Kopf in Richtung der Recyclingkiste, in der bereits drei Bierflaschen stehen. Gestern erst wurde das Altglas abgeholt.

»Ich bin in Feierlaune!«

»Ja, ich bin stolz auf dich«, flüstert sie mir ins Ohr und umarmt mich. »Noch ein erfolgreiches Jahr liegt jetzt hinter dir.«

»Ja, ich kann es selbst kaum glauben. Mehr Bestnoten hatte ich noch nie.«

Ich schlinge meine Arme um Helens Taille und vergrabe meine Nase in ihren dunkelbraunen Haaren, die zu einer Art Knoten hochgesteckt sind. Sie riechen nach ihr.

»Ich weiß«, sagt sie, löst sich aus meiner Umarmung und legt mir die Hände auf die Schultern. »Das hast du wirklich gut gemacht. Um deinen Erfolg zu feiern, habe ich uns für halb acht einen Tisch bei diesem neuen Thai-Restaurant an der *Deansgate* reserviert. Deshalb solltest du dich jetzt besser schnell fertig machen.«

»Das ist nicht nötig«, erwidere ich stolz. »Ich habe uns was zum Grillen vorbereitet.«

»Oh«, sagt sie und schaut mir über die Schulter. »Das war also dein Plan. Bisher liegt das Fleisch aber noch nicht auf dem Grill. Können wir es nicht bis morgen aufbewahren? Ich würde mir das neue Restaurant wirklich gern ansehen – es hat fantastische Kritiken bekommen, und ich hatte Glück, überhaupt einen Tisch reservieren zu können, weil jemand anders abgesagt hat.«

»Aber es ist doch schon alles fertig, und es ist so ein schöner Abend zum Draußensitzen«, antworte ich und lasse meinen

Blick über den Garten schweifen. Ich habe die letzten Tage hier ziemlich viel Arbeit reingesteckt. Ich bin zwar sicher kein Experte, aber mit dem Rasenmäher und einer Gartenschere kann ich ganz gut umgehen.

»Na, wenn du meinst. Das sollte meine Belohnung für dich sein, aber wenn du lieber zu Hause bleiben möchtest …«, sagt sie, lächelt und löst sich von mir. »Dann gehe ich jetzt mal rein und ziehe mich um. Bin gleich wieder da.«

Grillen hat mir schon immer Spaß gemacht. Es schmeckt einfach besser, wenn man draußen kocht oder isst. Das ist nun mal so.

Ich schaue auf die Tafel, die ich für uns auf dem Holzgartentisch angerichtet habe, ein echtes sommerliches Festessen. Ich mache ein Foto mit meinem Telefon und sende es mit dem Text »Nicht nur schön anzusehen« an Cal. Er schreibt sofort zurück. »Nicht mal das, mein Freund«. Idiot.

Helen kommt in einem langen Sommerkleid zurück in den Garten, ihre Sonnenbrille hat sie in die Haare geschoben. Ich reiche ihr ein Glas eisgekühlten Weißwein, und sie probiert ein Schlückchen, bevor sie mir eins ihrer bezaubernden Lächeln schenkt, die ich so an ihr mag.

Ihr Lächeln war das Erste, was mir an ihr aufgefallen ist. Und auch ihre großen kakaobraunen Augen, die dieselbe Farbe wie ihre Haare haben. In den Kunstseminaren trug sie immer diese Strümpfe, die bis über die Knie reichen, dazu ein Latzkleid (eine Seite hing lässig herunter) und ein eng anliegendes T-Shirt. Helen war schlagfertig und immer stark geschminkt, wodurch ihre Gesichtszüge betont wurden. Damals war sie anders, viel freigeistiger. Sie hatte etwas Wildes an sich, und ich nahm an, sie sei genau auf meiner Wellenlänge, was mit achtzehn ziemlich wichtig ist, wenn man selbst noch versucht, seinen Platz in der Welt zu finden.

Wir waren monatelang miteinander befreundet, bis mehr zwischen uns passierte. Beste Freunde. Immer zusammen, ich, Helen und Cal. Wir waren entweder im Atelier oder in dem Pub daneben anzutreffen. In einer verschwitzen Britpop-Nacht in

Camden, trunken vom billigen Cider und zu den Rhythmen von Pulps *Common People* tanzend, kamen wir uns schließlich näher. Wir drei lachten, redeten, lebten und atmeten für die Kunst. Sie war unsere große Leidenschaft. Drei vollkommen verschiedene Charaktere, durch die Kunst miteinander verbunden.

Heute könnten wir nicht unterschiedlicher sein. Helen verwarf irgendwann alle romantischen Fantasien von eigenen Ausstellungen, ging einen kommerzielleren Weg und heuerte lieber als Designerin bei einer großen Werbeagentur in Manchester an. Cal ist Künstler und stellt beeindruckende Kleidungsstücke und Accessoires aus Leder her.

Und dann bin da noch ich: Kunstlehrer und in den Augen von Helen eine riesige Enttäuschung. Ich arbeite viel zu viel, mache mir mehr Gedanken über meine Schüler, als ich sollte, und werde für keins von beidem gut genug bezahlt. Aber es macht mir trotzdem viel Spaß. Die Kinder haben diese Leidenschaft in sich, die man weiter fördern muss. Man sieht es ihnen an, wenn sie in den Unterricht kommen. Sie schmeißen ihre Sachen hin und können es kaum abwarten loszulegen. Sie arbeiten die Pausen durch und bleiben noch nach dem Gong. Sie zeigen wirklich Engagement und erinnern mich daran, wie auch *ich* einmal war. Sie sind in einer Phase, in der sie nach Inspiration lechzen, und gleichzeitig kopfmäßig so weit, dass sie Kunst aufnehmen und sich dadurch beeindrucken lassen können. Meine Schule befindet sich in einem ziemlich runtergekommenen Viertel, und für die Kinder dort gibt es nicht viel Hoffnung, aber es kommt mir so vor, als würde ich etwas bewirken – besonders an Tagen wie heute.

»Und? Wie war dein Tag?«, frage ich und häufe Helen Würstchen auf den Teller.

»Ach, ganz in Ordnung!«, antwortet sie. »Na ja, die verfluchte Hexe hat meine Präsentation niedergemacht.«

»Oje, sie hört aber wirklich nie auf, oder?«

»Alle anderen fanden das Konzept gut, und dann hat sie sich zu Wort gemeldet: ›Ja, also, mmh, es gefällt mir …‹«, sagt Helen und ahmt dabei meisterhaft Lishas affektierten Akzent nach (die bei uns nur »die Hexe« heißt). »›... aber mir scheint, als würde es nicht zur Zielgruppe passen, die wir ansprechen wollen‹, und dann hat sie die nächsten fünf Minuten lang meine Idee niedergemacht.«

»Und war irgendetwas an der Kritik auch nur im Ansatz berechtigt?«

»Ich habe es echt satt!«, sagt sie. »Am Ende wurde alles angenommen, sie hat einfach nur Spaß daran, mich unter Druck geraten zu sehen.«

»Die hat ja wirklich Nerven.«

»Das kannst du laut sagen.« Sie zuckt mit den Schultern. »Sarah kam hinterher zu mir und hat mir gesagt, ich solle mir das auf keinen Fall zu Herzen nehmen.«

Sie macht gute Miene zum bösen Spiel, aber Helen ist anzusehen, dass sie die ganze Sache ziemlich mitnimmt. Die Hexe – Helens neue Chefin – macht ihr nun schon seit ungefähr einem halben Jahr das Leben schwer.

»Ich kann mir vorstellen, wie unerträglich das für dich sein muss. Aber vielleicht verhält sie sich nur so wie ein Miststück, weil sie weiß, wie gut du bist. Vermutlich ist sie nur neidisch und fühlt sich von dir eingeschüchtert. Du machst deine Sache einfach zu gut.«

»Mag sein. Ich freue mich jetzt schon aufs Wochenende. Ich hatte mir gedacht, wir könnten am Samstag nach Liverpool fahren. Es gibt da so ein Food Festival«, sagt sie und beißt herzhaft in ihr Würstchen. »Und wie wäre es Sonntag mit einem Mittagessen im The Lowry mit Blick auf die Salford Quays?«

Helen ist sehr organisiert und hat gern etwas vor. Durch ihre Arbeit bekommt sie so viele Empfehlungen und Einladungen, dass wir die meisten Wochenenden außer Haus essen, in neuen Bars etwas trinken oder uns die angesagteste, vielversprechendste Band anhören. Ich bin da entspannter und genieße es, manchmal einfach zu Hause zu bleiben, aber Helen geht lieber aus.

»Klingt gut. Wie schmeckt es dir?«, frage ich. »Es gibt noch mehr, falls du noch etwas möchtest.«

»Ich bin satt, danke«, sagt Helen und wischt sich den Mund mit einer blauen Serviette ab.

»Okay, dann stelle ich den Rest in den Kühlschrank. Wenn du möchtest, kann ich dir was fürs Mittagessen morgen einpacken?«

»Nein, lass mal. Ich fahre morgen nach London, schon vergessen? Ich nehme den Zug um sieben.«

»Was? Oh, das hatte ich tatsächlich nicht mehr auf dem Schirm. Warum noch mal?«

»Das hat mit den Vergrößerungsplänen der Firma zu tun.«

»Stimmt, das hattest du erwähnt.« Ich beiße in meinen Burger.

»Sie sind auf der Suche nach talentierten Designern und Zeichnern«, sagt sie und schiebt den Salat auf ihrem Teller hin und her. »Sie zahlen gutes Geld, falls du Interesse hast.«

Ich höre auf zu kauen, sehe sie an und muss lachen. »Niemals, unter gar keinen Umständen!«, sage ich dann und greife nach meinem Bier.

»Ach ja, das hatte ich schon fast vergessen.« Sie sieht zu mir auf. »Der Herr möchte sich ja auf keinen Fall an eine Firma verkaufen so wie ich.«

»Jetzt mach aber mal halblang!«, spotte ich, lehne mich zu ihr hinüber und gebe ihr einen Kuss. Sie legt mir die Arme um die Schultern und drückt mich an sich.

»Außerdem«, sage ich, als wir uns schließlich voneinander lösen, »muss irgendwer sich ja auch um das Haus hier kümmern. Wir können schließlich nicht beide absolute Durchstarter sein. Ist dir nicht aufgefallen, wie astrein das Haus aussieht?«

Das ist der Vorteil am Lehrerberuf: dreizehn Wochen unterrichtsfreie Zeit. Ich muss natürlich trotzdem ein wenig arbeiten, aber ich kann gleichzeitig auch Dinge am Haus erledigen und – wenn die Zeit dafür gekommen ist – mich um die Kinder kümmern. Helen arbeitet immer so lange. Ich kann mir gut vorstellen, in der Zukunft so viel Zeit wie möglich mit Kinderbetreuung zu verbringen. In den Ferien sorge ich sehr gern dafür, dass Helen abends ein schönes, aufgeräumtes Haus vorfindet.

Das Abendessen steht immer auf dem Tisch, und sie muss sich keine Gedanken ums Einkaufen machen. Wir sind ein gutes Team.

»Vermutlich hast du recht. Die Handtücher sind aber immer noch seltsam.«

Das hat sie mir schon oft gesagt, aber ich verstehe es nicht so richtig. Irgendwas mache ich beim Falten anders als sie. »Man kann halt nicht alles haben«, ziehe ich sie auf.

Die Kinder von nebenan albern im Garten herum, ich höre sie kreischen und rufen, und es klingt, als würden sie im Planschbecken spielen. Wenn man in einer Doppelhaushälfte wohnt, gibt es immer Hintergrundgeräusche.

Bis auf das Flackern des Fernsehers in der Ecke ist es dunkel im Raum. Helen geht immer schon viel früher ins Bett als ich. Wir gehören nicht zu den Paaren, die um dieselbe Zeit schlafen gehen. Am Anfang unserer Beziehung haben wir das schon gemacht, uns noch eine Ewigkeit unterhalten und fast jede Nacht Sex gehabt. Das ist aber vermutlich ganz typisch. Im Laufe einer Beziehung verändert es sich dann, nicht unbedingt zum Schlechteren, es wird einfach anders. Mittlerweile bleibe ich gern lange wach, lese, sehe fern, zeichne und denke nach. Helen schläft lieber, was auch in Ordnung ist: Jeder Mensch ist anders.

Ich sehe zu dem Foto auf dem Kaminsims hinüber: unser Hochzeitsfoto. Mir gefällt dieses Bild so sehr. Helen und ich sind durch den Konfettiregen zu erkennen. Wir sehen so glücklich aus, und das waren wir auch.

»Wir *sind* es«, flüstere ich mir selbst kaum hörbar zu, während meine Brust vor Schuldgefühlen schmerzt.

Es fühlte sich einfach *richtig* an, wir beide zusammen. Ich habe mich niemals nach jemand anderem gesehnt. Natürlich streiten auch wir uns manchmal, wie jedes andere Paar auch. Wer macht das nicht? Aber alles in allem haben wir eine sehr ausgeglichene Beziehung. Wir respektieren und lieben uns. Wir beide haben auch jeweils ein eigenes Leben und verstehen, wie wichtig es ist, Zeit für sich und seine Freundschaften zu haben.

Sie verbringt Wochenenden mit ihren Freundinnen, ich fahre mit meinen Freunden weg.

Wir passen gut zueinander und kennen uns gegenseitig in- und auswendig. Wir sind beste Freunde.

Ich habe noch nie das Bedürfnis verspürt, sie zu betrügen.

Ich glaube, ich kann die Sache mit Stephanie noch nicht einmal in Worte fassen. Vermutlich könnte ich sie besser malen, als sie zu beschreiben.

Mit ihr ist es irgendwie dunkel, einzigartig, umwerfend.

Wunderbar melancholisch, das trifft es.

Sie ist von Natur aus eine beeindruckende Frau. Aber das allein ist es nicht. Das hätte nicht ausgereicht, um mich so handeln zu lassen, wie ich es getan habe. Niemals hätte das ausgereicht.

Immer wieder muss ich an sie denken. Plötzlich taucht sie auf, egal wie sehr ich versuche, sie zu vergessen. Manchmal denke ich, sie wäre es, wenn ich eine Frau mit blonden Haaren entdecke. Wenn ich eine Frau mit grünen Augen sehe, muss ich daran zurückdenken, wie ich in ihre geblickt habe. Manchmal reißt mich Helen aus meinen Gedanken, fragt mich, was mit mir los sei. Warum ich in letzter Zeit so »abwesend« wirke. Dann weiß ich, dass ich mich zusammenreißen muss. Was, um Himmels willen, habe ich mir eigentlich dabei gedacht? Ich bin doch glücklich mit Helen. Aber trotzdem, es geht einfach nicht, Stephanie *nicht* zu sehen.

Jetzt muss ich ihr diese Nachricht senden. Ich muss sie sehen.

6. KAPITEL
Donnerstag, 21. August 2008

Stephanie

Es hat schon immer einen Ehrenplatz auf dem Kaminsims eingenommen, jetzt auch auf meinem.

Der Rahmen ist dick und mit Perlen besetzt. Das Foto ist etwas grobkörnig, wie das bei alten Fotos so üblich ist. Ebony und ich haben es als Kinder immer sehr gern angesehen.

Es ist vollkommen egal, wie altmodisch ihr Kleid aussieht und wie hässlich der Anzug meines Vaters ist – alles in allem ist es ein wunderschönes Foto von ihrem Hochzeitstag.

»Wie war es, Mum? Hast du dich wie eine Prinzessin gefühlt?«, frage ich sie. Ich bin ungefähr acht Jahre alt, zumindest nicht viel älter.

Sie strahlt über das ganze Gesicht.

»Es war vollkommen. Und ja, das habe ich. Ich war die glücklichste Frau auf der ganzen Welt. Und das bin ich auch immer noch«, sagt sie und betrachtet das Foto.

»Waren deine Eltern auch da?«, fragt Ebony.

Ihr Lächeln verschwindet. »Nein, Liebes, sie waren nicht da«, sagt sie und blickt kurz zu Boden.

»Hatten sie keine Zeit?«, frage ich.

»Ja, so könnte man es sagen. Euer Vater ist ein wunderbarer Mann. Er sieht immer nur das Beste in den Menschen«, sagt sie und streicht sich die Haare aus dem Gesicht, dabei berührt sie sanft die Narbe an ihrer rechten Augenbraue. Das machte sie manchmal.

»Steph! Kannst du den Salat rausbringen?«, ruft Ebony. Ich reiße meinen Blick von dem Foto auf dem Kaminsims los und gehe in die Küche, um den Auftrag auszuführen.

Wir wohnen erst seit zwei Monaten in dem neuen Haus, aber so langsam nimmt alles Gestalt an. Matt hat es gefunden und darauf bestanden, dass wir es uns schnellstmöglich ansehen, da er meinte, es sei sicher nicht lange auf dem Markt. Er hatte recht. Drei andere Paare haben es am selben Tag wie wir besichtigt, und alle haben ein Angebot gemacht. Es ist ein dreihundert Jahre altes, frei stehendes Einfamilienhaus in Poppybrook, ein Dorf von meinem Vater und Ebony entfernt, nicht weit von Cambridge. Alte Holzbalken verzieren die Decken, ein gusseiserner AGA-Ofen wärmt die Küche, und draußen gibt es eine einladende Veranda. Genauso hatten Matt und ich uns unser Haus vorgestellt: traditionelle, alte Elemente in einem durch und durch restaurierten und modernisierten Gebäude. Es gab nichts daran zu tun, aber während des Rundgangs überlegte ich bereits aufgeregt, wie ich dem Ganzen meinen persönlichen Stempel aufdrücken konnte. Matt fasste jedes Mal meine Hand fester, wenn wir zu einem neuen Höhepunkt des Hauses kamen: zur Küche, dem Arbeitszimmer und dem riesigen Garten!

»Das ist es«, sagte er, sobald wir wieder im Auto saßen. »Ich sorge dafür, dass wir es bekommen.«

Das ist der Grund, warum er bei der Arbeit so erfolgreich ist, nehme ich an. Was Matt will, das bekommt er auch. Er kümmerte sich darum, dass wir – mit der Hilfe unserer Eltern – das höchste Angebot machten, dann gehörte es uns. Unser gemeinsames Haus »für immer«.

Ebony ist tatsächlich in die Stadt gefahren, um die Dekorationen für mein Geburtstagsessen zu besorgen, das wir bei dem schönen Wetter draußen zu uns nehmen. In den Bäumen hängen Wimpelketten, Ballons schweben über dem Rasen, und der Tisch ist in Pastelltönen gedeckt. Sie nimmt sofort alles in die Hand, wenn sie bei uns ist, und es ist lustig, ihr dabei zuzusehen, wie sie Matt herumkommandiert.

Sie war kaum durch die Tür gerauscht, als sie Matt einen riesigen Behälter mit Chili con Carne (meinem Lieblingsessen) in die Hand drückte.

»Schütte es einfach in einen Topf, und lass es mit dem Deckel drauf köcheln. Ihr *habt* doch sicher einen Topf, der groß genug ist, oder?«

Er sieht sie verblüfft an, traut sich jedoch nicht, ihre Forderungen zurückzuweisen.

Ebony genießt es momentan, Mutter geworden zu sein. Es ist geradezu ihr neues Projekt. Sie verbringt ihre gesamte Zeit damit, nach den besten Babysachen zu suchen, und ist wie besessen davon. Vor der Geburt ging es die ganze Zeit über um »Hypnobirthing« und darum, »die Wehen zu veratmen«. Nach noch nicht einmal einer Viertelstunde Wehen schrie sie jedoch bereits die Hebamme an, sie solle »endlich die verdammte CD ausmachen und eine PDA legen!«. Sie ist ganz vernarrt in Babythemen. Aber warum sie meint, dass ausgerechnet ich die richtige Ansprechpartnerin für eine Schimpftirade über breifreie Ernährung sei, ist mir wirklich schleierhaft, ich habe von so etwas schließlich überhaupt keine Ahnung. Ihr wunderbares Baby Jude ist gerade einmal einen Monat alt, aber sie ist schon dabei, die besten Beikost-Methoden zu recherchieren, um für alles gewappnet zu sein. Sie hat ganz schön spezielle Ansichten. Alle müssen sich die Hände waschen, bevor sie ihr Kind berühren, und sie hat immer antibakterielles Gel zur Hand, falls jemand, der noch nicht bakterienbefreit ist, den Sicherheitsabstand von fünf Meilen überschreitet.

Sie hält alle dort draußen auf Trab, gibt ihnen Aufgaben oder Sachen zu tragen. Ebonys Ehemann Will gehorcht aufs Wort. Er hat sich schon so viele Jahre an ihre Art gewöhnt. Als sie dann wohlwollend das beeindruckende Buffet betrachtet, das sie zusammengestellt hat, legt er ihr einen Arm um die Schulter und gibt ihr einen Kuss auf die Schläfe.

»Das hast du wirklich gut hinbekommen, Ebs«, sagt er. »Unglaublich, was du für Feste immer alles aus dem Hut zauberst.«

Ihr breites Grinsen spricht Bände, sie ist sehr stolz auf das Lob ihres Mannes, und sie hat es auch tatsächlich mehr als verdient, ich habe keine Ahnung, wo sie als Mutter eines vier Wochen alten Babys überhaupt die Zeit für so etwas hernimmt.

»Ja, vielen Dank. Ich weiß das wirklich sehr zu schätzen«, sage ich lächelnd, stelle vorsichtig den Salat in die Mitte des Tisches und stehe dann etwas verloren hinter einem der Holzstühle und fühle mich taul und irgendwie fehl am Platz.

»Na, dann mal los! Setzt euch und fangt an«, befiehlt Ebony und zeigt aufs Essen.

»Entschuldigt bitte meine Verspätung!«, ist die Stimme meines Vaters schon vom Flur aus zu hören, bevor er in den Garten geeilt kommt, in der einen Hand einen Strauß bunter Blumen, in der anderen eine Flasche Sekt. Er trägt eine seiner berüchtigten, absonderlichen Kleidungskombinationen: ein schwarzes Hemd zu einer cremefarbenen Leinenhose. Seinen Kopf ziert ein Trilby-Strohhut, den ich nur entsetzt und sprachlos anstarre. Er hat überhaupt keinen Sinn für Mode, und meine Mutter hat immer darauf geachtet, dass er sich den Anlässen gemäß kleidete.

»Ich bin im Dorf Ian Wagstaff über den Weg gelaufen, und wir haben uns verquatscht«, holt er aus. »Stolz wie Oskar war er. Seine Zwillinge haben heute ihre Abschlussnoten bekommen, und sie sind sehr gut ausgefallen – zehn As jede von ihnen. Er musste mich unbedingt auf ein Bier in den Pub einladen ...«

Ich wusste, dass heute die Noten verkündet wurden, weshalb ich an Jamie denken musste. Hoffentlich ist es seinen Schülern gut ergangen, und sie haben ihn stolz gemacht. Er ist sicher ein wunderbarer Lehrer.

»Es kommt mir so vor, als wäre das bei euch beiden gestern gewesen, dass ihr eure Ergebnisse bekommen habt«, sagt Vater und lacht, dann nimmt er von Will ein Glas Wein entgegen. »Und seht, was aus euch geworden ist!«

Ja, seht mich ruhig an.

Eine achtundzwanzigjährige Frau, die bei ihrem Vater arbeitet und überhaupt keine Karriereambitionen hat. Beeindruckend!

»Ach, Schule, das war die beste Zeit meines Lebens!«, erzählt Matt uns. Das habe ich schon öfter von ihm gehört. Er war der

Star an seiner Schule: Bekam jedes Mädchen, das er haben wollte, war Kapitän der Fußballmannschaft und bei allen beliebt, von den Leistungen her jedoch eher durchschnittlich. Das hat ihn aber nicht aufgehalten. Er sieht gut aus auf seinen Schulfotos, mit den blonden, ins Gesicht fallenden Haaren und dem verschmitzten Grinsen.

»Wie kommt es, dass du nicht studiert hast, Matt?«, hatte mein Vater ihn bei einem der ersten Treffen gefragt.

»Das war mir nicht wichtig. Alles, was ich brauchte, habe ich bei der Arbeit selbst gelernt. Das kam mir langfristig sinnvoller vor. Außerdem kamen meine Schwester und mein Bruder ganz schön eingebildet aus der Uni zurück. So wollte ich nicht enden.«

Matts Bruder ist Arzt und seine Schwester Wissenschaftlerin, beide sind sehr klug und erfolgreich in dem, was sie tun. Matt hält sie für »arrogant« und »eingebildet«. Ich habe sie bisher nur ein paarmal getroffen, zum Beispiel bei unserer Hochzeit, und sie verhielten sich mir gegenüber immer sehr freundlich.

»Verständlich, das ist tatsächlich oft der beste Weg«, sagte Vater und nickte zustimmend. Natürlich. Er ist schließlich selbst ein erfolgreicher Selfmademan, der die Schule mit ziemlich mäßigen Leistungen beendet hat.

Jude regt sich in seinem Autositz neben dem Tisch. Er sieht aus wie ein kleiner Engel. Einfach vollkommen. Seine dürren und dennoch zum Anbeißen aussehenden Beinchen gucken aus einem winzigen weißen Strampler hervor.

»So, große Schwester«, zieht mich Ebony auf. »Schon achtundzwanzig Jahre!«

»Na ja, so alt ist das nun auch wieder nicht. Du bist doch auch nur drei Jahre jünger.«

»Und wann soll es bei euch …?«, sagt sie und macht eine Geste in Richtung Jude.

»Erst mal nicht«, antworte ich. Verflixt, muss sie das denn wirklich gerade jetzt ansprechen? »Wir beide sind gerade sehr zufrieden mit unserer beruflichen Situation. Da wollen wir eigentlich momentan keine Unterbrechung. Wann willst du wieder anfangen? Sind nicht neun Monate normal?«

»Mmh. Ich weiß noch nicht, ob ich zurückgehe. Ich habe so viele Artikel darüber gelesen, dass die Kinder viel klüger sind und insgesamt besser gedeihen, wenn ein Elternteil mit ihnen zu Hause bleibt, also habe ich überlegt, ich könnte vielleicht … erst mal nicht. Also, erst mal eine Zeit lang nicht zurückgehen.«

Mir entgleisen vor Entsetzen die Gesichtszüge. Ebony ist Anwältin und hat erst vor zwei Jahren in einer großen Kanzlei angefangen. Ich sehe zu unserem Vater hinüber, um seine Reaktion mitzubekommen.

»Ihre Entscheidung«, sagt er und steckt sich gleichzeitig ein Stück Knoblauchbrot in den Mund. Er wusste es also schon.

»Wir haben uns darüber unterhalten«, mischt sich Will ein, der die Schockstarre am Tisch wahrnimmt. »Ich bin gern bereit, Ebony in ihrer Entscheidung zu unterstützen. Sie kann schließlich immer noch eine neue Arbeit suchen, wenn sie das irgendwann möchte.«

Ich habe keine Zweifel daran, dass sie es sich leisten können. Will verdient einen sechsstelligen Betrag mit irgendeiner Arbeit bei einer Bank in London, also wird es aufs Geld sicher nicht ankommen, aber darum geht es hier ja gar nicht.

»Bist du dir sicher?«, frage ich. Ebony war bisher immer die deutlich karriereambitioniertere von uns beiden.

»Stephanie«, sagt sie ruhig. »Ich möchte in den ersten Jahren für meine Kinder da sein, so wie Mum. Jude soll das auch erleben. Weißt du noch, wie schön das war, wenn sie am Schultor auf uns gewartet hat?«

Natürlich erinnere ich mich daran. Egal ob die Sonne schien oder es schneite, sie war immer da. Das gehört zu den Dingen, die man erst später zu schätzen lernt. Wenn wir aus dem Klassenzimmer kamen, suchten wir in dem Meer aus Gesichtern auf dem Schulhof nach ihrem. Sie stand immer weit vorne, wartete darauf, unsere kleinen, freudestrahlenden Gesichter zu begrüßen, wenn wir aus dem Schulgebäude rannten, um sie zu umarmen. Sie reagierte mit angemessenem Ah und Oh auf unsere selbst gebastelten Kunstwerke, die wir ihr noch auf dem Hof in die Arme drückten: Raketen, Iglus und Schlösser.

In Wirklichkeit handelte es sich dabei um ein Durcheinander aus Spülmittelflaschen, Toilettenpapierrollen und Taschentuchboxen.

»Ja, natürlich.« Ich lächle sie an. »Du hast ja recht. Kein Kind braucht abwesende Eltern, die immer nur arbeiten. Liebe und Zuneigung ist das Wichtigste.«

Mein Vater hält beim Essen einen Augenblick lang inne und legt übertrieben laut sein Besteck auf den Tisch, dann greift er nach seinem Glas und nimmt einen Schluck Wein. Ebony sieht mich über den Tisch hinweg an. Mein Blick pendelt zwischen den beiden wie ein Metronom hin und her.

»Sie macht es genau richtig«, meldet sich nun Matt alles andere als hilfreich zu Wort. »Sie muss schließlich nicht arbeiten. Was soll die ganze Sache also?«

»Was die Sache soll?« Ich lache auf. »Sie ist keine Gebärmaschine, sie hat ihr eigenes Leben.«

»Aber jetzt mal ehrlich, wer würde denn bitte schön arbeiten, wenn er nicht müsste? Sie kann sich glücklich schätzen.«

»Manche Menschen arbeiten gern. Sie sind mit Leidenschaft dabei. Ebony hat ihre Arbeit immer Spaß gemacht, und sie hat hart gearbeitet, um so weit zu kommen. Ich will ja nur nicht, dass sie eine übereilte Entscheidung trifft. Es geht eben nicht darum, ob sie arbeiten *muss*«, erwidere ich und forme den Reis auf meinem Teller zu einem kleinen Hügel.

»Ach, diese Leute, die ›ihre Arbeit lieben‹«, sagt er und verdreht dabei die Augen. »Weil sie eine ›Leidenschaft für ihr Handwerk‹ haben und der ganze andere Mist. Ich glaube denen kein Wort. Das sind doch alles nur Schwätzer.«

Ich muss sofort an Jamie denken und daran, wie begeistert er von seiner Arbeit als Kunstlehrer geschwärmt hat. »Ich glaube ihnen. Manche Leute sind einfach so besonders«, reagiere ich untypisch harsch.

»Tja, da muss man wirklich Glück haben, um so jemanden zu treffen.«

Ja, das kann man wohl sagen.

»Ich weiß, was du meinst, Steph«, sagt Ebony lächelnd. »Und

ich freue mich, dass du so besorgt um mich bist. Aber mir wird es sicher gut gehen. Ich freue mich darauf!«

»Aber was ist, wenn dich das Ganze … verrückt macht?«

»Jetzt werde aber nicht albern, Steph! Warum sollte das denn passieren? Ich werde mich schon gut beschäftigt halten. Diese Woche habe ich mich schon für Babymassage, Babyschwimmen und eine Spielgruppe angemeldet … und wenn er älter wird, gibt es noch jede Menge anderer Dinge zu tun. Und bei einem Kind soll es ja schließlich auch nicht bleiben.«

»Klingt, als hättest du alles genau durchgeplant«, erwidere ich erstaunt. Ebony und Will sind bereits seit vier Jahren verheiratet, es war immer klar, dass sie als Erste heiraten würde. Schon mit fünfzehn Jahren hat sie angefangen, ihre Hochzeit zu planen, und das tatsächliche Fest war dann auch diesen ersten Ideen sehr ähnlich. Sie hat Will im Studium kennengelernt, und die beiden passen wirklich gut zueinander. Sie gehören zu diesen Paaren, die sich perfekt ergänzen, und trotzdem weiß man, dass letztendlich sie die Hosen anhat und immer das letzte Wort behält: Ob es nun darum geht, wohin sie in Urlaub fahren oder welches Duschgel sie benutzen. Ebony hatte vor Will eine Reihe anderer Partner, aber keiner konnte sich damit abfinden, dass sie alles auf »ihre Art« macht. Man könnte sie vielleicht einen Kontrollfreak nennen. Sie selbst würde sich vermutlich eher als »gut organisiert« beschreiben.

»Kann ich dir auch einen Rat geben?« Ihre langen lakritzschwarzen Haare sind zu einem losen Knoten aufgesteckt, der auf und ab hüpft, wenn sie spricht. »Ich weiß, dass du noch nicht so lange verheiratet bist, gerade mal ein Jahr«, flüstert sie, und ein Bild von Jamie taucht vor meinem inneren Auge auf, das ich schnell beiseiteschiebe. »Aber denk daran … je jünger man ist, desto schneller kommt man wieder in Form. Ich trage schon wieder meine Hosen in Größe S, und du bist ja älter als ich, warte also nicht zu lange.« Sie zieht die Augenbrauen hoch, als wäre das völlig okay, so etwas zu sagen.

Auf kleine Schwestern ist einfach Verlass, wenn es darum geht, sich wohl in seiner Haut zu fühlen.

Die Leute fangen tatsächlich bereits an zu fragen, das ist wohl der natürliche Lauf der Dinge, oder? »Ach, du bist doch jetzt verheiratet. Wann habt ihr denn nun endlich vor, Kinder in die Welt zu setzen?« Und man kann schließlich schlecht antworten: »Das geht dich gar nichts an!«, also lacht man höflich und murmelt etwas wie »Mal sehen« oder irgendwelchen anderen Mist. Gott helfe den Frauen, die keine Kinder haben wollen. Was zur Hölle antworten *die* bloß?

Ich möchte immerhin Kinder, nur eben jetzt noch nicht.

»Wie läuft es bei der Arbeit, Matt?«, fragt mein Vater. »Hat mit dem Farrington-Deal alles geklappt?«

»Die Präsentation war wirklich ein Traum. Ich bin mir ziemlich sicher, dass alles unter Dach und Fach ist.«

»Was für tolle Neuigkeiten! Du hast wirklich ein Händchen für solche Geschäfte, Matt. Keine Ahnung, wie du das immer machst, aber es funktioniert«, gerät mein Vater ins Schwärmen.

»Danke, Michael. Engagement und eine gute Arbeitseinstellung führen meiner Erfahrung nach zu den besten Ergebnissen. Ich kann mich am Wochenende noch einmal dransetzen und den Sack am Montagmorgen zuziehen.«

Vater schüttelt den Kopf. »Nein, lass uns erst mal abwarten. Wir sollten sie nicht drängen. Sie kommen bestimmt auf uns zurück.«

»Natürlich, ich wollte sie nicht unter Druck setzen. Nur nachhaken.« Matt ist es wichtig, die Sache noch einmal klarzustellen.

»Gut, jetzt aber zu etwas anderem«, sagt mein Vater und klopft mit der Gabel mehrmals gegen sein Glas. Er ist so tollpatschig, einen Augenblick lang mache ich mir Sorgen, dass er es zertrümmern könnte. Darüber muss ich dann doch lachen, er sieht mich an und weiß sofort, was der Grund für meine Heiterkeit ist. Ein schöner, gemeinsamer Augenblick, bevor er anfängt zu reden.

»Alles nur erdenklich Gute zum Geburtstag für meine älteste Tochter Steph! Ich wollte nur sagen, dass wir alle sehr stolz auf dich sind. Du hast im letzten Jahr viel erreicht. Ja, es ist toll, wie du einiges hinter dir lassen konntest und auch noch den Mann deiner Träume geheiratet hast. Ich bin so froh, dass so viele deiner Wünsche bereits in Erfüllung gegangen sind.«

Alle nehmen ihre Gläser und prosten mir zu: »Auf Steph!«

Höflich lächle ich ihnen zu und fühle mich innerlich etwas schuldig wegen des kleinen Seitenhiebs auf meinen Vater vor ein paar Minuten.

Jude wählt genau diesen Augenblick, um in seinem Autositz hin und her zu wackeln und die nächste Mahlzeit einzufordern.

»Du kannst entspannt zu Ende essen. Ich bin eh schon fertig«, sage ich zu Ebony, die mit Hochgeschwindigkeit ihr Essen in sich hineinstopft. »Ich kann ihn oben füttern.«

Es ist schön, ein wenig Ruhe zu haben, während ich meinem Neffen etwas zu trinken gebe. Bevor er geboren wurde, hatte ich keine Ahnung, wie das ging, und anfangs machte ich mir Sorgen, ich könne ihn falsch halten oder ihn aus Versehen ersticken. Zärtlich drücke ich seinen kleinen Körper an mich, bis er einschläft, und sehe sein vollkommenes kleines Gesichtchen eine Weile an, während die anderen unten zusammensitzen, und schnuppere immer wieder an seinem Köpfchen. Ich habe keine Ahnung was das Besondere daran ist, aber Babyköpfe riechen einfach himmlisch: beruhigend, wohlig und unschuldig zugleich. Wie durch die Wucht eines Paukenschlags zieht sich mein Herz vor Sehnsucht zusammen.

Und dennoch, ich möchte keine eigenen Kinder und weiß nicht, warum. Vermutlich müsste ich mich danach sehnen, da ich nun verheiratet bin, aber es fühlt sich momentan überhaupt nicht richtig an.

Matt schläft auf dem Sofa ein, nachdem alle sich verabschiedet haben. Ich nehme mir ein Glas Wein mit nach draußen und setze mich auf einen der Gartenstühle, seufzend suche ich nach meinem iPod und schalte ihn im Shuffle-Modus ein.

Nothing's Gonna Stop Us Now von Starship. Ich liebe dieses Lied! Ein echter Klassiker aus den Achtzigern.

Die Sterne leuchten am wolkenlosen Himmel, als hätte jemand Glitzer darübergestreut.

Mein Telefon blinkt auf dem Tisch neben mir. Als ich die Nachricht sehe, verspüre ich ein echtes Feuerwerk der Gefühle, und mir läuft es kalt den Rücken hinunter. Die Nachricht endet mit einem x, das steht für einen Kuss, einen Kuss von Jamie, der mir schreibt:

> Hi Stephanie! Wie geht es dir? Ich habe schlechte Nachrichten. Der Workshop ist abgesagt! Dem armen Bob geht es gesundheitlich gar nicht gut. Sag mir Bescheid, was du machen willst. Jamie x

Wir haben die Zimmer schon vor Monaten gebucht. Eine Nachricht reicht, um sicherzugehen, dass wir trotzdem fahren. Mehr braucht es nicht. Dann sind wir der einzige Grund, dort zu sein.

Kein Kunstkurs, niemand sonst, keine Ablenkungen – nur wir.

Während ich auf das Display starre, erinnere ich mich an das Wochenende vor einem Jahr und die Zeit, die wir miteinander verbracht haben. Das gemeinsame Lachen und diesen Kuss. Durch ihn habe ich mich so glücklich und lebendig gefühlt. Schon allein im selben Raum mit ihm zu sein war ein Vergnügen. Aber das war anders. Ich hatte einen Grund, dort zu sein. Dieses Mal wäre das nicht so.

Ich würde Matt anlügen müssen. Ich bin eine wirklich schlechte Lügnerin.

Ich warte, bis das Lied zu Ende ist, und nehme das Telefon, um zu antworten, und frage mich, ob ich gerade dabei bin, die schlechteste Entscheidung meines Lebens zu treffen.

TEIL II

Only love can hurt like this

7. KAPITEL
Samstag, 12. Oktober 2008
Stephanie

»Es tut mir wirklich leid, Mr Dobson«, sagt die Dame am Empfang und gibt irgendetwas in den Computer ein. »Ihre Zimmerreservierung wurde automatisch storniert, als der Kurs abgesagt wurde. Das wurde für alle Dozenten so gehandhabt.«

Beide Hände auf dem Empfangstresen, senkt Jamie den Kopf und macht einen Schritt nach hinten. »Kann ich ein anderes Zimmer bekommen?«

»Wir sind heute Nacht leider vollständig ausgebucht.« Das Schild auf ihrer burgunderroten Bluse verrät, dass sie Avril heißt; sie ist mittleren Alters und trägt an einer Kette um den Hals eine Brille mit rotem Rand, ihre rotbraunen Haare sind zu einem strähnigen Bob gestylt, und der Pony fällt ihr in die Augen. »Oh, warten Sie … wir haben doch noch ein Zimmer frei, die Paisley-Suite, die kostet allerdings 275 Pfund.«

Jamie zieht bei dem Preis hörbar die Luft ein.

»Einen Augenblick bitte.« Ich lächle Avril an und ziehe Jamie vom Empfangstresen fort. Wir gehen am Kamin vorbei und schauen beide zu dem Schild hinauf, ohne ein Wort darüber zu verlieren. »Also, ich möchte wirklich nicht, dass du das bezahlst«, sage ich.

Ich weiß, dass Jamie nicht so viel verdient, und frage mich außerdem, wie er das seiner Frau erklären will.

»Was sollen wir denn bloß machen?«, fragt er leise, da gerade ein paar Leute an uns vorbeilaufen. »Du hast schließlich schon für dein Zimmer bezahlt, es tut mir leid …«

»Ach, so ein Quatsch, kein Grund, sich zu entschuldigen! Ist ja schließlich nicht dein Fehler, sondern nur ein blödes Missverständnis.«

Einer von uns muss es vorschlagen. Es ist die naheliegendste Lösung.

»Warum übernachtest du nicht einfach in meinem Zimmer? Es gibt dort ein Sofa. Darauf kannst du gern schlafen, wenn du möchtest.«

Er sieht mich mit seinen strahlenden blauen Augen einen Moment lang an. »Bist du dir sicher?«, fragt er und schaut mir genau in die Augen.

»Ja.«

Er geht zurück zum Empfang, an dem Avril geduldig darauf wartet, wie dieses Drama weitergeht.

»Ich benötige das Zimmer nicht, vielen Dank für Ihre Hilfe«, sagt er zu ihr.

»Sehr gern, Mr Dobson. Ich gebe Ihnen zwei Schlüssel.«

Die letzten Wochen über habe ich mir immer und immer wieder diesen Moment ausgemalt. Einerseits kann ich selbst nicht glauben, was ich hier tue. Andererseits ist es das Einzige, was mich durchhalten lässt. Insgesamt bin ich fröhlicher, lustiger und lebendiger – allen fällt das auf, auch Ebony, die mich letzte Woche, als wir uns die Nägel machen ließen, argwöhnisch gefragt hat: »*Woher* kommt es, dass es dir auf einmal so gut geht?« Ich habe ihr irgendetwas von das Leben annehmen und Yogaübungen erzählt, was anscheinend genau das Richtige war, zumindest hat sie mir dann ausführlich von einem Artikel berichtet, den sie kürzlich gelesen hatte, in dem es um die positiven Auswirkungen von Endorphinen ging.

Aber hierherzukommen bedeutete auch, Matt anzulügen. Oder zumindest nicht die ganze Wahrheit zu sagen. Es wäre mir zu hinterhältig vorgekommen, ihm zu erzählen, ich würde woandershin fahren. Aber ich wollte auch nicht so tun, als würde ich wieder an dem Kunstkurs teilnehmen, da er das schnell hätte überprüfen können. Also sagte ich ihm, dass ich nach Heathwood Hall fahren würde, um mich dort mit jemandem von früher zu treffen.

Was ja auch stimmt. Irgendwie.

Eine unter der Wahrheit verborgene Lüge. Wenn es nämlich ganz unverfänglich gewesen wäre, könnte ich ihm einfach geradeheraus sagen, wer dieser Jemand ist. Aber das geht nicht, da es sich um einen Mann handelt, den ich erst zweimal in meinem Leben getroffen habe.

Ich werfe die Schlüssel aufs Bett, als wir das Zimmer betreten, in dem wir uns letztes Jahr geküsst haben. Hier ist es ganz ruhig. Der Raum sieht noch genauso aus wie immer – seitdem ich vor zwei Jahren zum ersten Mal hier war, hat sich nichts verändert.

Jamie geht zu dem grauen Sofa auf der anderen Seite des Raumes hinüber.

»Sollen wir uns umziehen und noch auf einen Drink gehen, bevor wir zu Abend essen?«, frage ich genau in dem Augenblick, als auch Jamie den Mund öffnet, um etwas zu sagen.

Wir müssen beide kichern, sind peinlich berührt.

»Entschuldige«, sage ich und ziehe den Mantel aus. »Was wolltest du sagen?«

»Ich wollte genau dasselbe vorschlagen. Ich könnte nach der langen Fahrt wirklich einen Drink vertragen. Wie möchtest du …?« Er verstummt, macht eine seltsame Handbewegung, die ich nicht so recht zu deuten weiß.

Ich sehe ihn verwirrt an.

»Du weißt schon, ähm, also, ich meine, dich umziehen.« Jetzt ist es raus. »Du bist schließlich eine Frau …«

»Das bin ich«, antworte ich amüsiert.

»… du brauchst sicher Raum und Zeit, um zu … um zu tun, was du eben so tust.«

Ich muss kichern, weil er so unbeholfen und verlegen wirkt.

»Ich mache mich schnell im Badezimmer fertig. Ich brauche

keine zwanzig Minuten, dann gehe ich runter und warte dort auf dich«, bietet er jetzt an.

»Super, so machen wir es.«

Ganz schön höflich unser Verhalten, nicht wahr?

Mich für das Abendessen mit Jamie zurechtzumachen kommt mir irgendwie unwirklich vor. Was trägt man denn zu so einem Anlass? Etwas, das gut aussieht, aber nicht zu hübsch oder unangemessen ist. Im Badezimmer riecht es nach ihm, als ich hineingehe. Auf dem Weg nach unten wird mir plötzlich übel. Nervosität, Aufregung ... Gewissensbisse. Ich fühle mich schuldig, da ich Matt angelogen habe, um hier zu sein. Aber noch schlimmer ist fast, dass ich es nicht bereue, hier zu sein. Nicht im Geringsten.

Er wartet in der Bar, die mir so gut gefällt. Es gibt jede Menge glänzender Ledersofas, gedämpftes Licht und vornehme rote Tapeten an den hohen Wänden.

Ich sehe ihn, bevor er mich bemerkt. Er sitzt auf dem Sofa in der Ecke neben dem riesigen Fenster, das auf die Terrasse und den Brunnen hinausgeht, an dem wir uns zum ersten Mal länger unterhalten haben. Sein Arm liegt auf der Rückenlehne des Sofas, er sieht sich die Bilder an der Wand neben ihm an: Porträts, Landschaften – alle in einem Stil, den man an Orten wie diesem erwartet. Er sieht einfach atemberaubend gut aus, wenn er sich zurechtgemacht hat. Er trägt ein weißes Hemd und ein dunkles Jackett, aufmerksam betrachtet er die Bilder und bemerkt nicht, wie ich ihn beobachte. Ich warte kurz, bevor ich zu ihm hinübergehe, sauge den Moment auf.

Dann bewege ich mich zwischen Stühlen, Tischen und anderen Paaren hindurch auf ihn zu.

»Wow! Du siehst ... umwerfend aus«, sagt er, steht auf und betrachtet mein signalrotes, eng anliegendes Kleid. Meine offenen Haare umspielen meine rechte Schulter, wodurch das schulterfreie Kleid noch mehr zur Geltung kommt.

»Danke. Sollen wir etwas essen?«

Stundenlang unterhalten wir uns über Gott und die Welt. Wir sind beide James-Bond-Fans und tauschen uns über den neuesten Film – *Ein Quantum Trost* – aus, der in ein paar Wochen herauskommt.

Es entwickelt sich eine Diskussion darüber, wer nun wirklich der beste Bond-Darsteller ist. Für mich definitiv Pierce Brosnan, für ihn eher Roger Moore, und er muss lachen, als ich ihm sage, dass ich sofort gegangen wäre, wenn er Sean Connery gesagt hätte.

»Und das beste Bond-Girl?«, frage ich und sehe ihn mit zusammengekniffenen Augen an.

»Natürlich Solitaire. Jane Seymour«, antwortet er wie aus der Pistole geschossen.

»Gute Wahl!«

»Und der beste Film?«, fragt er.

»*Der Spion, der mich liebte.* Der erste Bond, den ich überhaupt gesehen habe«, sage ich. »Allerdings …«

»Nein. Nur einen. Kein Hin und Her. Das ist endgültig«, sagt er in sehr ernsthaftem Tonfall.

»Was? Aber ich habe doch ganz verschiedene Favoriten, aus den unterschiedlichsten Gründen«, flehe ich.

»Die musst du dir für die Bond-Jury aufsparen«, lacht er und nimmt einen Schluck Wein, dabei sieht er mich die ganze Zeit über an.

Irgendwie landen wir dann bei den beeindruckendsten Filmen unserer Kindheit und schwelgen in Erinnerungen. Ich dachte, er würde mich für verrückt erklären, als ich ihm davon erzählte, dass ich in den Sommerferien als Kind sechs Wochen lang jeden Tag *Zurück in die Zukunft* geschaut habe, bis er mir gestand, dass er genauso besessen davon gewesen war, ebenso wie von *Star Wars*.

»Schon seltsam, wie Filme einen manchmal in ihren Bann ziehen können, oder?«, frage ich.

»Vermutlich eignen sie sich gut zur Flucht.« Er zuckt mit den Achseln. »Man kann sich in sie vertiefen. Wie auch in kreative Dinge.«

Erst spät bemerke ich, dass mein Lächeln viel zu weit oben auf dem Flirtbarometer anzusiedeln ist.

»Kunst eben«, erklärt er stolz, als würde ich dadurch seiner Welt angehören.

»Was bedeutet die Kunst für dich?«, flüstere ich ihm zu und lehne mich dabei leicht nach vorne. Ich bin wohl etwas beschwipst.

»Und die Musik für dich?«

Ohne Zögern antworte ich: »Sie drückt aus, was ich möchte, ohne dass ich etwas sagen muss.« Ich lächle, gleichzeitig ist es mir irgendwie unangenehm, als hätten wir soeben ein Geheimnis geteilt.

Er wechselt das Thema, fragt mich, wie meine Therapiesitzungen laufen, und ich erzähle ihm, dass alles in Ordnung ist und ich Jane nur noch einmal im Monat sehe.

»Ist dein Leben einfacher, besser geworden durch die Gespräche mit ihr?«

Ich nicke. »Also, es ist natürlich ein Prozess. Häufig gibt sie mir als Antwort noch mehr Fragen mit auf den Weg oder zieht wenig hilfreiche Schlussfolgerungen, ohne mir Ratschläge an die Hand zu geben, wie ich die Situation verbessern kann.«

»Wie zum Beispiel?«

»Tja, es scheint, als sei ich von Natur aus selbstzerstörerisch veranlagt«, gebe ich zu. »Ich werde von Dingen angezogen, die nicht gut für mich sind.«

»Und? Stimmt das?«

»Vermutlich schon«, sage ich widerwillig und spiele dabei an meinem Weinglas herum. »Zumindest für die Vergangenheit.«

»Weißt du, warum das so ist? Hat sie dir gesagt, woher das kommt?«

»Nein! Das ist nicht Janes Art. Sie möchte, dass ich alles selbst herausfinde, auch wenn es eine Ewigkeit dauert. Sie mag es, wenn Themen als Cliffhanger offenbleiben, aber sie kennt alle meine Schwächen und Dämonen.«

»Und du bezahlst diese Frau also, damit sie dich darauf aufmerksam macht?« Er lacht.

»Meine Schwächen sind bei ihr besser aufgehoben als bei jemand anderem«, sage ich und greife nach meinem Weinglas. »Und wie sieht es bei dir aus?«

»Manche halten mich für zu wenig risikobereit, meinen, ich bräuchte zu viel Sicherheit«, antwortet er und sieht mich dabei nicht an.

»In Bezug worauf?«

»Ach, das Leben insgesamt. Du weißt schon, meine Arbeit und solche Sachen.«

»Wirklich?«, frage ich ihn ehrlich erstaunt. Zu den Eigenschaften, die ich an Jamie besonders schätze, gehört, mit welcher Leidenschaft er von seiner Arbeit erzählt. Es ist wirklich beeindruckend, was er alles aus seinen Schülern herausholt. Wie er von ihnen spricht und deutlich macht, wie viel Spaß es ihm bereitet, ihnen dabei zuzusehen, wie sie sich von Kunst beeindrucken und inspirieren lassen, in einem Alter, in dem sie gerade erst herausfinden, wer sie selbst sind. Die Kunst bedeutet ihm offensichtlich sehr viel.

»Aber du bist doch so leidenschaftlich, wenn es um deine Arbeit geht. Man merkt sofort, wie sehr du die Arbeit magst. Es fehlt nur, dass du auch deine eigenen Arbeiten an die Öffentlichkeit bringst, bei deinem Talent!«

»Danke. Das wird sicher nicht so einfach, wenn sich nicht zufällig irgendeine Möglichkeit auftut. Das Leben steht einem manchmal bei solchen Dingen im Weg, findest du nicht auch?« Er zuckt mit den Schultern.

»Unglaublich, diese Worte aus dem Mund des großen Schicksalsgläubigen?«, sage ich übertrieben spöttisch.

»Tja, es kommt, wie es kommt«, sagt er lachend.

»Glaubst du das wirklich?«

»Ja, das tue ich.«

»Und wo sind wir … also wo passe ich da hinein?«, frage ich mit seitlich geneigtem Kopf, spätestens jetzt definitiv im Flirtmodus.

»Tja, der Kurs wurde abgesagt, aber wir sind hier …«

»Und das heißt?«, fordere ich ihn heraus.

»Dich kann ich mir einfach nicht erklären.«

Ich lächle, versuche zu ignorieren, dass ich feuerrot werde. Zum Glück ist es dunkel hier drin. Ich streiche mir die Haare hinter das Ohr und nehme dann einen Schluck Wein, das Glas landet härter auf dem Tisch, als ich möchte. Er sieht mich immer noch direkt an.

»Was?«, frage ich verlegen.

»Du bist bezaubernd, weißt du das?«

»Ach komm schon«, antworte ich.

»Doch, wirklich. Ich finde dich bezaubernd.«

»Warum?«

»Du bist es einfach.«

Das Ganze ist mir geradezu unangenehm, so ging es mir bisher noch nie, wenn mir jemand ein Kompliment gemacht hat. Aber er ist schließlich auch nicht irgendjemand.

Ich muss und will ihn küssen, ganz langsam und zärtlich, bis die Welt um uns herum verschwindet. So geht es mir schon, wenn ich nur mit ihm rede – ich weiß nicht, ob ich es überleben werde, wenn zwischen uns noch mehr geschieht. Ich habe Angst, niemals zurückzufinden.

»Sollen wir gehen?«, flüstere ich ihm zu und sehe ihm dabei tief in die Augen.

»Ja«, antwortet er, ohne zu zögern.

Ich lächle, als er aufsteht und meine Hand nimmt. Wir verlassen die Bar und laufen auf die große, geschwungene Treppe zu. Wir halten uns nicht an den Händen, nur unsere Finger sind lose ineinander verschränkt, und wir laufen ganz nah beieinander.

Mein Herz rast. Noch nie bin ich so aufgeregt und nervös zugleich gewesen.

»Oh, ich glaube, ich habe mein Portemonnaie auf dem Tisch liegen lassen«, sagt Jamie und tastet sein Jackett ab. »Ich hole es schnell. Lauf nicht weg.«

»Ganz bestimmt nicht.« Ich lächle.

Er kehrt um, und ich bleibe zurück, grinse blöd und beiße mir auf die Unterlippe. Mein Kopf ist ganz leicht, in meinem gesamten Körper hat sich etwas entfacht, das ich nie zuvor gespürt habe – ich fühle mich *lebendig*.

Ich drücke meine Handtasche an mich und warte geduldig auf seine Rückkehr. Da spüre ich plötzlich eine Hand auf meiner Schulter. Ich lächle, als ich mich umdrehe, denke, dass er sich an mir vorbeigeschlichen hat.

»Stephanie? Wir dachten doch, dass du es bist! Wie geht es dir?«

Hoffentlich sind Sam Chaplin und seine Frau Liz so angetrunken, dass sie die Panik in meinem Gesicht nicht bemerken.

»Oh, äh, hallo!«, stottere ich. »Es geht mir gut, danke. Und selbst?«

»Wunderbar! Wir feiern hier unseren Jahrestag und bleiben das Wochenende über«, plappert Liz los, ihre auffällig frisierten Haare wippen beim Sprechen. Das ist das Problem, wenn man auf dem Land aufwächst, jeder kennt jeden und weiß über alles Bescheid.

»Hat Matt dir ein Wochenende fern von Zuhause geschenkt? Er ist wirklich ein Romantiker!«, sagt sie und zwinkert mir zu.

»Nein«, ich lache gekünstelt, »es ist eher ein Freundschaftsding.«

Liz legt den Kopf auf die Seite und sagt völlig übertrieben. »Oh! So ist das also!«

»Frauenwochenende«, füge ich hinzu.

Da sehe ich Jamie auf mich zukommen. *Bitte, sprich mich nicht an*. Mein Herz klopft immer stärker und schneller, bis ich kaum noch in der Lage bin, etwas zu sagen oder zu handeln.

»Also, Liz«, sage ich so laut, dass Jamie mich hören kann, »wie lange seid ihr denn jetzt schon verheiratet? Mein Vater und du – ihr kennt euch doch schon bestimmt seit zwanzig Jahren, oder?«

Aus den Augenwinkeln blicke ich zu Jamie hinüber, der direkt an uns vorbeigeht und die Treppe hinaufläuft, ohne uns eines Blickes zu würdigen. Erleichtert atme ich unauffällig auf und lasse Liz' fünfminütigen Monolog darüber, wie sie ins Dorf gezogen ist, über mich übergehen.

»Tja, meine Freundin fragt sich sicher schon, wo ich bleibe. Ich muss los. Wir haben morgen einen frühen Termin im Spa gebucht! Wie schön, euch beide hier zu treffen«, sage ich zu ihnen und bin schon auf dem Weg nach oben.

»Alles in Ordnung?«, fragt mich Jamie, als ich zur Tür hereinkomme. »Die Vorstellungsrunde habe ich mal lieber ausfallen lassen.«

»Ja, ich danke dir. Das war sehr gut«, sage ich, laufe zu dem bleiverglasten Fenster und stoße es auf. Ich mag geöffnete Fenster, selbst wenn es kalt ist. Ein kleines Stück reicht schon, gerade genug, damit ein wenig Herbstluft durch die Vorhänge kommt.

»Jetzt sind wir allein«, stellt er fest.

Das sind wir. Vollkommen allein. Daran habe ich das ganze Jahr gedacht, mir diesen Moment ausgemalt, davon geträumt, Nächte damit verbracht, ihn mir vorzustellen, mich zu fragen, was ich tun würde, wenn es ihn wirklich geben sollte, und mich dafür gehasst. Wir könnten machen, was wir wollten, und niemand würde je davon erfahren.

Aber ich wüsste es und müsste damit leben.

Ich lächle unsicher, gehe zum Bett und setze mich auf meine Hände, ein Überbleibsel aus meiner Jugend. Jamie nimmt neben mir Platz.

»Es hat dich durcheinandergebracht, sie zu sehen, oder?«, fragt er.

Ich kann ihn nicht anschauen, habe Angst, in seinem Blick zu versinken.

»Dass du die beiden getroffen hast, die nichts in unserer Welt zu suchen haben, erinnert dich daran, was du gerade tust, an die Menschen, die du …«

Ich drehe mich zu ihm um. Wir müssen den Satz nicht zu Ende bringen. Wie auch? Belügst? Betrügst? Wir wissen beide, worauf es hinausläuft. Oder zumindest sah es ganz danach aus, bevor wir Mr und Mrs Chaplin begegnet sind.

Jamie zieht meine Hand unter dem Bein hervor und drückt

sie sanft. »Wir müssen gar nichts machen. Ich bin einfach so gern mit dir zusammen. Wir hatten ausgemacht, uns zum Abendessen zu treffen und uns gegenseitig auf den Stand der Dinge zu bringen. Genau das haben wir auch getan«, sagt er lächelnd. »Das ist sicher gut so.«

»Ja, vermutlich schon«, sage ich und schwanke, ob ich stolz auf mich sein oder mich über mich selbst ärgern soll.

Wir warten einen Moment und lassen unsere gerade getroffene Entscheidung erst einmal sacken. Jetzt können wir nicht mehr zurück.

»So.« Jamie springt auf, »Ich mach mich dann mal bettfertig, also ich meine, sofafertig.«

Zweifelnd betrachte ich Jamies Schlafplatz. Bei seiner Größe wird er niemals gemütlich auf dem Sofa schlafen können. »Weißt du was, du kannst auch einfach im Bett schlafen. Das wird schon gehen.«

Sein Blick wandert zu dem riesigen Doppelbett, auf dem ich sitze. »Bist du dir sicher?«

»Ja, es ist groß genug für uns beide. Wir können ja auch ein paar Kissen in die Mitte legen, wenn du dich dadurch besser fühlst«, witzle ich.

»Das passt schon. Ich vertraue darauf, dass du deine Finger von mir lassen kannst.«

Das Himmelbett ist beeindruckend. Oft finde ich Himmelbetten hässlich und geradezu aufdringlich, dieses hier ist jedoch elegant und schön. Die vier Pfosten, an denen der Himmel befestigt ist, sind genau wie das Rückenteil aus dunklem Holz und reich verziert. In jedem anderen Raum sähe es vermutlich ziemlich übertrieben aus, aber hierhin passt es genau.

Ich dachte ja, dass ich mein eigenes Zimmer haben würde, also habe ich zum Schlafen eine altrosa Shorts und ein dazu passendes Trägerhemdchen eingepackt. Als ich darin aus dem Badezimmer komme, versucht Jamie angestrengt, nicht in meine Richtung zu blicken, während er sich die Zähne putzen geht. Normalerweise trage ich im Bett keinen BH, aber heute Nacht lasse ich ihn an. Ein paar Minuten später kommt Jamie nur in

Boxershorts aus dem Bad. Er steht sichtlich verlegen im Türrahmen und weiß nicht, wohin mit seinen Händen.

Um Himmels willen. Ich weiß wirklich nicht, wo ich hingucken soll. Am liebsten würde ich alles an ihm bewundern, aber ich traue mich nicht. »Es tut mir wirklich leid, Steph. Ich habe nur den Pullover von der Hinfahrt und ein Hemd dabei. Soll ich etwas davon anziehen?«

»Ach Quatsch, mach dir keine Sorgen. Das geht schon so!«, sage ich, als sei es das Natürlichste der Welt. Aber meine Stimme klingt höher als sonst. Ich liege auf dem Rücken auf der rechten Bettseite, und er macht es sich neben mir bequem. Ich schalte das Licht aus, jetzt ist es stockfinster. In meinem Kopf wirbeln die Gedanken durcheinander, sie alle gehen in dieselbe Richtung: Was zur *Hölle* machst du da? Das ist Jamie, warum stürzt du dich nicht auf ihn? Und ich weiß es wirklich nicht. Aber es fühlt sich einfach nicht richtig an.

Da merke ich, wie er seine Hand unter der Bettdecke nach meiner ausstreckt, die auf meinem Bauch liegt. Er nimmt sie sanft und legt sie zwischen uns, unsere Finger sind ineinander verschränkt. Langsam und vorsichtig streichelt er mit seinem Daumen die Oberfläche meiner Hand. Unsere Arme und Schultern stoßen aneinander, und obwohl es dunkel ist, weiß ich, dass auch sein Kopf sich in meine Richtung neigt. Sein Atem streift mein Gesicht und wird immer langsamer und ruhiger. Ich passe mich seiner Atmung an, während wir beide ins Land der Träume übergehen.

So schlafen wir ein.

Als ich aufwache, duscht er bereits, und ich bin froh darüber. Vermutlich wäre es für keinen von uns gut, länger im Bett zu bleiben. Ich weiß nicht, wie spät es ist – immerhin schon hell, wie ein dünner Lichtstrahl verrät, der durch die Vorhänge ins Zimmer fällt und es mir ermöglicht, ein paar Umrisse zu erkennen.

Ich mache mir Sorgen, dass ich mich aus Versehen in der Nacht an Jamie gekuschelt oder irgendetwas Peinliches getan haben könnte.

»Guten Morgen!« Er strahlt mich an, als er vollständig angezogen aus dem Badezimmer kommt.

Ich schenke ihm ein Lächeln. »Hast du gut geschlafen?«

»Wie ein Stein – auch wenn du mir immer wieder die Bettdecke geklaut hast.«

»Das stimmt nicht!«

»Das war das letzte Mal, dass ich ein Bett mit dir geteilt habe«, sagt er lachend. »So, es ist schon fast acht. Sollen wir auf dem Zimmer frühstücken, um ein Zusammentreffen mit Mr und Mrs Neugierig zu vermeiden, und dann nach draußen gehen, um noch ein paar Fotos zu machen?«

»Klingt fantastisch!«

Auf dem Parkplatz, nachdem wir zwanzig wundervolle Stunden miteinander verbracht haben, gibt es nicht genügend Wörter, um auszudrücken, wie toll alles gewesen ist. Wir beide wissen es.

»Tja, dann sehen wir uns nächstes Jahr«, wage ich mich vor. Es ist eine Aussage und doch zugleich eine Frage. Ich fühle mich furchtbar, dass ich ihn gehen lassen muss.

Er lächelt. »Zur selben Zeit am selben Ort.«

»Noch etwas«, sage ich und ziehe einen kleinen weißen Briefumschlag aus meiner Handtasche. Darauf stehen seine Initialen in schwarzer Tinte: JD.

»Was ist das?«, fragt er und nimmt den Umschlag entgegen.

»Nur eine Kleinigkeit, die ich dir gern geben wollte. Keine Sorge, nichts Gefühlsduseliges. Nur etwas, das du dir ab und zu ansehen solltest.«

Er beginnt den Umschlag zu öffnen, aber ich lege meine Hand darauf. »Nein – erst wenn ich weg bin.«

»Alles klar.« Er steckt ihn in die Tasche seines Wintermantels. »Pass auf dich auf, Stephanie.« Er legt die Arme um mich, seine Hand in meinen Haaren, während ich seine Taille umfasse. So verweilen wir einen Moment, keiner von uns möchte sich trennen. Als wir uns schließlich aus der Umarmung lösen, küsst er mich auf die Wange und streichelt mir sanft über den Hals. Sein Mund ganz nah an meinem.

Er reißt sich los, geht zu seinem Auto und fährt weg.

In meinem Auto versuche ich gar nicht erst, gegen den Tränenstrom anzukämpfen, der mir über die Wangen läuft. Es ist besser, jetzt zu weinen, als wenn ich nach Hause komme und es Matt erklären muss. Ich fühle mich wie zweigeteilt. Immer und immer wieder flüstere ich mir zu: »Du kannst ihn nicht haben, er gehört jemand anderem.« Aber das macht die Sache kein bisschen besser. Die letzten zwanzig Stunden *gehörte* er schließlich mir und ich ihm. In diesem Paralleluniversum sind wir zusammen. Jetzt werden wir zurück in die Wirklichkeit katapultiert, und ich kann es nicht ertragen.

Ich fahre zu Hause vor und schalte den Motor aus. Eine Welle aus Schuldgefühlen überkommt mich. Ich will nicht hineingehen. Was ist, wenn er es ahnt? Die letzte Stunde habe ich damit verbracht, mir immer wieder vorzusprechen, was ich sagen werde, wenn er mich fragt, wie das Wochenende war … »Ach, es war so schön, sie zu sehen, wir haben in alten Erinnerungen an die Unizeit geschwelgt. Sie hat mittlerweile zwei Kinder, das älteste ist gerade in den Kindergarten gekommen.«

Alles gelogen.

Er ist in der Küche, als ich schließlich hineingehe.

Ich lächle ihm freudig zu. »Hi!« Sofort fällt mir ein Blumenstrauß auf der Kücheninsel auf, lila, rote und zartrosa Nelken. Sie sind noch in Folie verpackt und neigen sich zur Seite. »Womit habe ich *die* verdient?«, frage ich.

»Brauche ich wirklich einen Grund, um meiner Frau Blumen zu kaufen?«, fragt er, lacht, kommt zu mir herüber und nimmt mich in den Arm. Es fühlt sich anders an als die Umarmung vor einer Stunde. »Wie war das Wochenende?«

»Super! Schön, endlich mal wieder Zeit füreinander zu haben. Wir haben die ganze Zeit gequatscht. Aber jetzt bringe ich erst mal meine Sachen hoch«, sage ich zu ihm.

»Ich dachte, wir könnten zusammen eine Runde drehen.«

»Tolle Idee! Gib mir zwei Minuten«, rufe ich und steige die Treppe hinauf, dabei komme ich mir vor wie die furchtbarste

Ehefrau der Welt. Wir verbringen den gesamten Nachmittag bei einem Spaziergang in einem nahe gelegenen Örtchen.

Es ist kalt und stürmisch, also kehren wir in einen Pub ein und setzen uns an den Kamin. Matt erzählt mir vom gestrigen Abend, den er mit seinen Freunden beim Poker verbracht hat. Das scheint eines ihrer neuen Hobbys zu sein. Sie haben sich ein echtes Pokerset mit Chips und allem Drum und Dran gekauft und eine richtige Leidenschaft dafür entwickelt. Ich bemühe mich, fröhlich und normal zu wirken, bin jedoch mit den Gedanken ganz woanders. Es kommt mir so vor, als würde ich das alles nur spielen, weiß jedoch nicht so genau, für wen eigentlich.

Wir kommen erst nach Hause, als es bereits dämmert, und ich gönne mir ein warmes Schaumbad. Als ich, umgeben von nach Vanille duftenden Kerzen, ins Wasser gleite, denke ich über das Wochenende nach: was das alles bedeutet und was ich getan habe.

Das kann ich Matt nicht antun. Er ist ein guter Mensch und verdient das wirklich nicht. Ich sollte aufhören, bevor es zu spät ist. Ich muss alles nur Erdenkliche versuchen, um mir Jamie aus dem Kopf zu schlagen. Ein Glück, dass ich gestern die Chaplins getroffen habe.

Genau der Weckruf, den ich brauchte.

Ich sitze an meiner Frisierkommode und betrachte mich in dem dreiteiligen Spiegel. Mein selbstzerstörerisches Ich, das ich nur zu gut kenne, blickt zurück, die nassen Haare aus dem Gesicht gekämmt, ungeschminkt. Nur ich. Da bin ich.

In meiner Handtasche piepst mein Telefon. Als ich danach greife, sehe ich, dass es eine Nachricht von Jamie ist. Ich halte den Atem an. Ich wische nach rechts, um die Nachricht zu öffnen, und schon sehe ich einen YouTube-Link und ein einfaches »x«. Schnell suche ich nach meinen Kopfhörern.

Der Link führt mich zu einem Musikvideo, das ich schon unzählige Male gesehen habe. Ich habe es immer schon gemocht. Sexy, sinnlich, das Zupfen der Gitarre, seine unvergleichliche, besondere Stimme … und der schöne Text. Chris Isaaks *Wicked Game* hallt in meinem Kopf wider, und ich lausche jedem einzelnen Wort. Wie hypnotisiert sehe ich ihm und Helena Christensen dabei zu, wie sie am Strand miteinander flirten. Wie gern würde ich jetzt Jamie anrufen, ihm schreiben, sagen, wie sehr ich das Wochenende mit ihm genossen habe und wie gern ich ihn geküsst hätte.

Aber das kann ich nicht.

Ich tippe eine Antwort mit einem Link darin und drücke auf Senden. Keine Ahnung, ob ihm das Lied gefallen wird, aber ich hoffe, dass er das ganze Jahr über an mich denkt, immer wenn er *You Do Something to Me* von Paul Weller hört.

8. KAPITEL
Dienstag, 6. Januar 2009

Jamie

Manchmal beobachte ich sie, besonders wenn sie etwas Alltägliches erledigt, sich etwa ein Glas Wein einschenkt, und frage mich: Was tust du ihr da an? Sie weiß von nichts, hat nicht den Hauch einer Ahnung, dass du diese unerklärliche Verbindung zu jemand anderem entwickelt hast. Kann das denn überhaupt sein? Ist das denn möglich, wenn man jemanden erst dreimal gesehen hat? Wir machen körperlich nichts falsch, gefühlsmäßig hingegen jedoch alles.

Ich muss ständig an sie denken. Die Last der Schuld droht mich zu erdrücken, manchmal bekomme ich keine Luft mehr.

Bisher waren Männer, die so etwas machen, für mich arrogante, geschmacklose, selbstgefällige Idioten. Männer, die sich treiben lassen, ohne auch nur einen einzigen Gedanken an ihre armen, unwissenden, leidenden Ehefrauen zu verschwenden. Die damit vor ihren genauso fiesen Freunden prahlen, sich gegenseitig Geschichten von ihren heimlichen Eroberungen erzählen und gemeinsam darüber lachen. Sie buchen Hotelzimmer, erzählen Lügen darüber, wohin sie gehen, und nehmen die Eheringe ab, wenn sie bei einer anderen sind. Sie berauschen sich an der damit verbundenen Erregung.

Bin ich denn wirklich besser als sie? Und Stephanie? Ja, das sind wir und gleichzeitig auch wieder nicht … nehme ich an.

Wir haben keinen Sex miteinander gehabt. Uns nur ein einziges Mal geküsst. Wir genießen es nur, zusammen zu sein. Ist das besser? Oder sogar schlimmer? Macht es wirklich einen Unterschied, wenn man die Sache etwas stilvoller angeht? Wenn man sie für sich behält? Wenn man beginnt, Gefühle zu entwickeln? Man lügt immer. Ist untreu.

Betrügt.

Wie sehr man es auch zu verschleiern versucht.

Und trotzdem kann ich es nicht lassen.

Helen hat etwas Besseres verdient … jemand Besseren als mich. Ich will mir gar nicht vorstellen, was die Leute von mir halten, wenn sie davon wüssten. Unsere gemeinsamen Freunde, mit denen wir so viele Abende im Pub verbracht haben, mit denen wir gelacht und am Pubquiz teilgenommen, über ernste und lustige Themen gesprochen haben. Was würden sie wohl von mir denken? Tja, das kann ich mir nur zu gut vorstellen. Und gleichzeitig bin ich vermutlich der Letzte, dem sie so etwas zutrauen würden.

Ich weiß besser als jeder andere, wie sehr dieses Verhalten schmerzen kann. Niemals werde ich den Tag vergessen, als mein Vater meine Mutter wegen einer anderen Frau verlassen hat. Sie hatten schon seit acht Monaten eine Affäre, und der einzige Grund, warum mein Vater meiner Mutter davon erzählt hat, war, dass alle im ganzen Block schon davon wussten und irgendwer es meiner Mutter verraten wollte. So ein Feigling war er.

Ich war gerade einmal zehn Jahre alt. Ich saß auf meinem Bett und hörte ihnen stundenlang beim Streiten zu. Das war alltäglich bei uns zu Hause. Vater war Gipser und arbeitete immer bis spät, danach verbrachte er lieber die Zeit damit, sich mit seinen Kumpels im Pub volllaufen zu lassen, als zu uns zu kommen. Wir lebten in einem winzigen Reihenhaus in einer rauen Wohnsiedlung in Manchester. Die Art von Gegend, in der jeder einen Spitznamen hat und keiner die Hoffnung, jemals den Verhältnissen zu entkommen. Meine Mutter arbeitete in der Essensausgabe an meiner Schule, und mein Vater hatte so eine unbekümmerte Art, das habe ich damals schon wahrgenommen. Er war ein Schaumschläger, der die Leute in Rage brachte. Männer waren von ihm irritiert, Frauen liebten ihn. Wir hatten nie eine besonders innige Beziehung. Dafür war er auch viel zu selten da. Aber er malte Bilder für mich. Er war talentiert im Zeichnen und hätte vielleicht etwas daraus machen können, wenn er denn eine Chance bekommen hätte.

Ich durfte ihn nicht mehr sehen, nachdem er uns verlassen hatte. Die ersten Jahre lebte er nicht weit entfernt mit »der Frau« zusammen und versuchte ein paarmal halbherzig, mit mir Kontakt aufzunehmen. Meine Mutter sagte immer das Gleiche: So sei es besser, und irgendwann werde er mich eh fallen lassen. Sie hatte recht. Nach nicht einmal zwei Monaten stellte er die Versuche, mich zu sehen, ganz ein. Ich war enttäuscht über die fehlende Hartnäckigkeit, da ich ihn vermisste und manchmal auch gut hätte brauchen können. Er war zwar nicht der beste Vater, aber er war nun einmal mein Vater.

Irgendwann ist er dann weggezogen, Richtung Süden. Das war das letzte Mal, dass ich von ihm gehört habe. Alle sagten, ich sei ihm wie aus dem Gesicht geschnitten – dieselben blauen Augen.

Meine Mutter hat Jahre gebraucht, um über ihn hinwegzukommen. Die Sache mit ihm hat ihr Selbstbewusstsein angekratzt, darüber hinaus war es ganz schön anstrengend für sie, alles allein zu machen, Arbeit und Kindererziehung. Ich war eine Zeit lang ein ziemlich wütendes Arschloch.

Jetzt mache ich das, was auch er getan hat. Der Gedanke daran, dass ich Helen genauso viel Schmerz zufügen könnte wie mein Vater meiner Mutter, bringt mich noch um. Trotzdem fühle ich mich machtlos, da ich es nicht aufhalten kann. Deshalb ist es so wichtig, es zu begrenzen. *Sie.*

Einmal pro Jahr.

Ich möchte, dass sie Teil meines Lebens ist.

Als wir vor dem Haus von Helens Eltern parken, muss ich daran denken, wie ich zum ersten Mal dort war. Ich war achtzehn Jahre alt, und das Haus war das beeindruckendste, das ich je gesehen hatte. Es mit elegant zu beschreiben wäre eine Untertreibung gewesen.

Es lag in einer Sackgasse, in der alle Häuser geschnittene Hecken und perfekt gepflegte Gärten hatten. Es gab keine Autos mit fehlenden Reifen, keine Spielplätze, auf denen die Rutschen mit Graffiti beschmiert waren, und natürlich auch keine Typen, die, mit Ace-Bierdosen in der Hand, ihre Füße in Planschbecken kühlten. Als Helen mich von der Bushaltestelle abholte, versuchte ich meine Nervosität durch ein Gespräch über die Prüfungsergebnisse zu übertünchen, aber sie durchschaute mich sofort.

»Mach dir keine Sorgen«, sagte sie. »Sie können es kaum erwarten, dich kennenzulernen.«

Ihr Elternhaus glich einem Museum. Alles glänzte, stand gerade und roch nach Teppichreiniger oder zumindest irgendwie sauber. Es war völlig makellos. Überall standen Vasen mit künstlichen Blumen herum. Nichts daran ähnelte dem Haus meiner Mutter. Wir hatten kein Geld für solche Sachen. Bei uns war alles abgenutzt, unaufgeräumt und durcheinander.

Ich erinnere mich noch daran, wie ich meiner Mutter davon erzählte, dass Helens Mutter, nachdem wir gegessen hatten, die Tischdecke abnahm – Tischdecke! – und das Mahagoniholz darunter mit einem Lappen und einem Spezialspray polierte. Mum, die ein Poliermittel gekauft hatte und es unter der Spüle für besondere Anlässe aufbewahrte, machte ein verblüfftes Gesicht und fragte, ob sie denn auch einen Wäschetrockner besäßen.

Immer noch fühle ich mich etwas unentspannt, wenn ich sie besuche. Ich werde wohl immer dieser ein wenig seltsame Achtzehnjährige bleiben, der nicht gut genug für ihre Tochter ist.

»Das Bœuf Stroganoff ist ausgezeichnet, Judy«, schwärme ich.

»Danke, Jamie. Ich habe das Fleisch gestern bei unserem Metzger gekauft. Sie haben immer so gute Stücke. Ich muss dir mal welche mitbringen«, bietet sie an.

Ich wüsste zwar nicht, was ich damit anfangen sollte, aber die Geste zählt. Helen sieht mich von der anderen Seite des Tisches aus an und lacht, ich erwidere ihren Blick. Einfache Gerichte kann ich ganz gut kochen, aber mit einem Bœuf Stroganoff wäre ich sicher überfordert.

»Wie war die Kreuzfahrt, David? Helen hat erzählt, dass ihr eine tolle Zeit hattet?«, frage ich Helens Vater. Er ist pensionierter Allgemeinmediziner und interessiert sich neuerdings besonders fürs Segeln und für alle Arten von Booten. Solche Sachen eben. Er ist ein netter Typ, aber von der Sorte, bei der man nie weiß, was man davon halten soll. Manchmal, wenn man mit ihm spricht, schaut er einfach durch einen hindurch. Ich habe ihn noch nie in Alltagskleidung gesehen. Er hat immer ein Hemd an, dazu trägt er irgendein Oberteil mit V-Ausschnitt und elegante Hosen.

»Oh, es war einfach großartig, nicht wahr, Judy?«, sagt er und legt sein Besteck beiseite, um weiter auszuholen. Judy nickt begeistert. »Die italienische Riviera ist einfach zauberhaft. Wirklich unglaublich. Ihr beide solltet sie euch ansehen.«

»Ich würde wirklich gern mal eine Kreuzfahrt machen, Liebling«, sagt Helen.

»Ich bin mir nicht sicher, ob das so mein Ding ist, wenn ich ehrlich sein darf«, informiere ich die Tischgesellschaft, was selbstverständlich die falsche Antwort ist.

»Was sollte daran nicht so dein Ding sein?«, macht sich David über mich lustig. »Beeindruckende Sonnenuntergänge? Wunderschöne Orte?«

Super. Na, die Falle habe ich mir selbst gestellt. »Nein, das klingt natürlich toll. Ich kann mir nur nicht vorstellen, so lange auf einem Boot festzusitzen. Mir würde vermutlich die Decke auf den Kopf fallen.«

David schüttelt den Kopf und lacht spöttisch. »Hast du das gehört, Judy? Ihm würde die Decke auf den Kopf fallen!«

»Dad, bitte!«, sagt Helen streng. »Es ist eben nicht jedermanns Sache. Wir haben noch nicht entschieden, wohin wir dieses Jahr in Urlaub fahren wollen.«

»Ich habe kürzlich einen Artikel darüber gelesen, dass immer mehr Leute hier ihren Urlaub verbringen. Es gibt einige wirklich beeindruckende Orte. Zu gern würde ich mal nach Cornwall fahren, es muss atemberaubend sein«, sage ich. Davon wollte ich Helen schon längst erzählen.

»Cornwall?« Helen lacht. »Schatz, ich arbeite doch nicht fünfundfünfzig Stunden die Woche, um nach Cornwall in Urlaub zu fahren!«

David nickt zustimmend, als hätte ich gerade vorgeschlagen, zwei Wochen in einem Krisengebiet zu verbringen.

»Ihr müsst doch mal rauskommen, was anderes sehen, Jamie!«, gurrt Judy.

»Ich habe ja nur darüber nachgedacht, was das alles kostet und was wir dieses Jahr noch alles an Ausgaben haben, mehr nicht!«, sage ich. Taktvoller geht es nicht vor ihren Eltern, oder soll ich etwa herausposaunen, dass wir für ein Baby sparen wollen?

»Tja, also ich glaube, ich verdiene einen richtigen Urlaub«, sagt Helen. »Ich würde es nicht ablehnen, zwei Wochen lang am Pool zu sitzen und dabei durch die Welt zu schippern.«

»Ich würde es auch nicht ablehnen«, verteidige ich mich. »Ich habe ja nur gesagt, dass es nicht so mein Ding ist.«

Den Rest des Essens höre ich den dreien dabei zu, wie sie sich über Dinge unterhalten, die mich nicht betreffen. Danach biete ich an, den Tisch zu polieren, und denke dabei an meine Mutter. Helen und ich haben beide noch etwas für die Arbeit morgen vorzubereiten, also machen wir uns recht früh auf den Heimweg.

Im Auto auf der Rückfahrt herrscht Stille. Das ist niemals ein gutes Zeichen.

»Was ist los?«, fragt Helen.

»Nichts. Was meinst du?«, antworte ich und fahre auf die Schnellstraße auf.

»Du warst irgendwie so komisch, die ganze Sache mit dem Urlaub.«

»Stimmt doch gar nicht. Ich würde wirklich gern mal nach Cornwall fahren. Was ist daran so komisch?«, frage ich zurück.

»Wirklich?«

»Ich dachte, du wolltest ein Baby, Helen? Das können wir uns nicht leisten, wenn wir so teure Urlaube machen. Außerdem hattest du doch davon gesprochen, den Anbau am Haus anzugehen. Für alles reicht unser Geld eben nicht. Wir sollten uns darauf einigen, was uns am wichtigsten ist, und dann weitersehen. Manchmal habe ich das Gefühl, dass du alles auf einmal möchtest, und das kann ich dir einfach nicht bieten. Es tut mir leid, Helen, aber das geht nicht.«

»Es ginge schon, wenn mehr Geld reinkäme.«

»So ist es aber nun mal nicht«, antworte ich kurz angebunden, weil ich mir schon vorstellen kann, worauf das Gespräch hinausläuft.

»Ich habe dir ja von den Möglichkeiten bei meiner Arbeit erzählt. Du musst einfach nur zustimmen, und bei deiner Kreativität ist dir eine Stelle sicher. Wirklich gut bezahlt, tolle Sozialleistungen, viel Sichtbarkeit …«

»Nein, Helen.«

Sie schweigt, schaut aus dem Fenster vor sich. »Warum denn nicht?«, fragt sie nach einer Weile.

»Weil ich bereits eine Arbeit habe. Dieselbe Antwort habe ich dir auch schon beim letzten Mal gegeben.«

»Das weiß ich doch, mein Schatz. Aber du bist so talentiert, da möchte ich einfach, dass das auch wertgeschätzt und ordentlich vergütet wird, von den zusätzlichen Vorteilen einmal ganz zu schweigen …«

»Ich unterrichte Kinder. Es macht mir viel Spaß, ich habe sechs Wochen Urlaub im Sommer. Was will ich denn mehr?«

»Ich rede hier von *echten* Zusatzleistungen, denk an die Zukunft, Jamie«, sagt sie und betont dabei das Wort »echten« ganz besonders.

»Wie zum Beispiel?«, antworte ich irritiert.

»Wenn wir wirklich Kinder wollen, müssen wir auch an später denken. Du hast seit deinem Abschluss in der Schule gearbeitet und wirklich viel daraus gezogen, aber du könntest so viel mehr verdienen …«

Helen dabei zuzuhören, wie sie derart kalt und nüchtern über meine Fähigkeiten und Leidenschaften spricht, macht mich traurig. Habe ich in der Angelegenheit denn überhaupt nichts zu sagen?

»Der Vorteil, dass ich mich um die Kindererziehung kümmern kann, weil ich so viele Ferien habe, zählt wohl überhaupt nicht? Außerdem könnte ich nicht in deiner Agentur arbeiten, Helen. Das würde mich fertigmachen«, sage ich. »So stelle ich mir mein Leben einfach nicht vor.«

»Ich wollte ja nur helfen, aber das scheint nicht erwünscht zu sein«, sagt sie sichtlich eingeschnappt und wendet das Gesicht ab, schaut starr aus dem Beifahrerfenster. Diese Art von Stille, wenn der Streit nicht zu Ende ausgetragen wurde, kann ich nicht gut ertragen.

»Entschuldige, es tut mir leid. Ich wollte dich nicht anschnauzen. Es war eine lange Woche«, sage ich und fasse nach ihrer Hand.

»Mir tut es auch leid«, sagt sie und sucht im Fußraum nach ihrer Handtasche. Schuldgefühle überkommen mich, und ich umfasse wieder das Lenkrad.

Die Handtasche habe ich Helen zu Weihnachten geschenkt. Sie war sehr teuer, und ich habe sie aus zwei Gründen gekauft. Erstens weil ich wusste, dass sie ihr gefallen würde (so war es auch), und zweitens aus Reue. Ich hatte mir eingebildet, das würde mein Gewissen wegen des Treffens mit Stephanie vor ein paar Monaten erleichtern (was nicht so war). Helen fährt mit der Hand über das stumpfe schwarze Leder der Designertasche, berührt fast zärtlich die Nieten und silberglänzenden Verschlüsse.

»Vielen Dank, mein Schatz. Sie ist einfach wunderschön!«, hatte sie an Weihnachten ausgerufen und mich auf die Wange geküsst, bevor sie das gute Stück erneut begutachtet hatte. Sofort hatte sie das Geschenk von allen Seiten fotografiert und die Bilder auf Facebook gepostet, dazu den Kommentar: »Seht her, was mein *wundervoller* Ehemann mir zu Weihnachten geschenkt hat! Ich bin wirklich ein Glückspilz! Fühle mich gerade ganz doll geliebt!« Sie hatte dafür hundertvierundfünfzig »Gefällt mir« bekommen.

Irgendetwas an Weihnachten lässt einen seinen Partner besonders wertschätzen. Vielleicht liegt es daran, dass man so viel Zeit miteinander verbringt. Oder es sind die vielen Stunden, die man auf der Suche nach dem perfekten Geschenk durch die Geschäfte läuft und darüber nachdenkt, was dem anderen gefallen könnte. Möglicherweise liegt es jedoch auch an den kitschigen Liedern, denen man beim Glühweintrinken zwischen glitzernden Weihnachtsbäumen zuhört und sich fragt, wie, um alles in der Welt, man demjenigen so etwas antun konnte.

»Du hast recht«, sage ich. »Du arbeitest wirklich hart und verdienst einen tollen Urlaub. Ich mache mir einfach nur Sorgen ums Geld, wenn wir ein Kind haben wollen.«

»Wir haben uns beide einen tollen Urlaub verdient. Aber lass uns doch einfach mal gucken, was es in Cornwall so gibt. Da unten finden sich sicher auch ein paar hübsche Hotels. Nur zelten werde ich auf gar keinen Fall!«, sagt Helen und lacht.

Auch ich muss lachen. »Als wenn ich dir das antun würde! Bitte verzeih mir, dass ich so abwesend und ungehalten war. Januar ist in der Schule immer ein schwieriger Monat.«

»Die Sache mit dem Job …«, sagt sie wieder ernst. »Ich hoffe, du weißt, dass ich nur das Beste für dich möchte. Für uns. Für die Familie.«

»Ja, das weiß ich.«

»Ich verstehe natürlich, dass du deine Arbeit liebst, aber ich glaube auch, dass wir in der Verantwortung stehen, das Beste aus unserem Leben zu machen. Und dort, wo du jetzt bist, gibt es keinerlei Entwicklungsmöglichkeiten. Wenn du bleibst, wird es immer so weitergehen. Woanders könntest du die Karriereleiter hochklettern.«

»Ich weiß, was du meinst, Helen. Es fühlt sich jedoch so an, als würde ich mich verkaufen.«

»Tja, vielleicht musst du auch einfach nur akzeptieren, dass du kein Vollzeitkünstler mehr werden wirst?«, sagt sie nüchtern. »Aber du solltest es natürlich auf jeden Fall als Hobby beibehalten.«

Helens Worte treffen mich wie ein Schlag in den Magen. Hat sie wirklich recht? Bisher hatte ich immer diese »Bloß nicht aufgeben«-Einstellung, vermutlich aufgrund meiner Herkunft. Aber jetzt rät mir sogar meine Ehefrau, meinen Traum zu begraben. Vielleicht stimmt es ja doch.

Ich sage nichts dazu. Sie ist das losgeworden, was sie wollte, und wir verbringen den Rest der Fahrt schweigend. Ein paar Minuten später kommen wir bereits zu Hause an. Dunkelheit und Kälte empfangen uns. Helen geht nach oben, um eine Präsentation für morgen fertigzustellen. Ich gebe ihr einen Kuss und umarme sie, sage ihr, dass ich sie liebe, aber noch etwas für meinen Unterricht morgen vorbereiten muss.

Im Winter ist es in der Garage eiskalt. Ich ziehe an der Schnur, und die Neonleuchte flackert auf. Nachdem die Heizstrahler eingesteckt sind, füllt sich der bitterkalte Raum langsam mit heißer Luft. Ich lasse meinen Blick durch mein »Atelier« schweifen und sehe mir die Bilder an, die ich in den letzten Monaten gemalt habe. Sind sie gut? Ich weiß es nicht. Überall stehen Leinwände herum, die Regale quellen über vor Farben und Pinseln. Das ist mein Raum. Ein Platz, an dem ich den Traum am Leben halten kann. Mein kreativer Zufluchtsort.

Ich gehe zu einem Kasten in der Ecke, in dem ich alle meine Sachen von den Kunstwochenenden in Heathwood Hall aufbewahre. Ich hocke mich hin und krame darin herum; jede Menge Formulare und Bilder von den Teilnehmern kommen zum Vorschein. Ich kann mich nicht gut davon trennen, sie haben schließlich viel Arbeit hineingesteckt. Das Papier fühlt sich kalt an, ich sollte es besser auf dem Dachboden aufbewahren.

Zwischen all den Papieren finde ich, was ich gesucht habe. Letzten Oktober habe ich sie dort versteckt, jetzt ziehe ich die Karte hervor, die Stephanie mir gegeben hat, als wir uns das letzte Mal gesehen haben.

Auf der Vorderseite ist ein chaotisches Atelier abgebildet, darin steht ein Künstler und malt auf einer Staffelei.

»*Gib niemals deinen Traum auf!*«, steht darin. Sonst nichts.

Ich überlege, ihr eine Nachricht zu senden, weiß jedoch nicht, was ich sagen soll.

Dann stelle ich mein Telefon aus, drehe die Heizstrahler noch höher und beginne zu zeichnen.

9. KAPITEL
Samstag, 20. Juni 2009

Stephanie

»Was hat Sie zuerst an Matt fasziniert?«, fragt mich Jane in ihrem ausgeprägten Liverpooler Singsang, an den ich mich in den letzten Jahren so gewöhnt habe.

Am Anfang war ich mir nicht ganz sicher, was ich von ihr halten sollte. Sie wirkt immer irgendwie elegant, aber so richtig kann ich ihren Stil nicht einordnen. An einem Tag trägt sie ein männlich wirkendes Hemd zu einer engen Hose und Absatzschuhen, einen Monat später ein luftiges Wickelkleid. Sie erinnert mich an Frauen aus einer längst vergangenen Zeit, vielleicht aus den Fünfzigerjahren, sie hat so eine einnehmende Ausstrahlung.

Zu gern wüsste ich mehr über ihr Privatleben. Ist sie verheiratet? Hat sie Kinder? Wie sind ihre Freunde? Ist es bei ihr zu Hause ordentlich oder chaotisch? Mag sie lieber Kaffee oder Tee? Sie kennt alle meine Geheimnisse, und ich weiß noch nicht einmal, wie alt sie ist.

Heute sitzt sie auf einem neuen schwarzen Stuhl, der mich ganz durcheinanderbringt. Ich kann meinen Blick gar nicht abwenden. Irgendwie ist die Rückenlehne viel zu lang und reicht weit über ihren Kopf hinaus, als wäre sie geradezu aus einem surrealen Horrorfilm entsprungen. Sie lehnt auf der rechten Seite des Stuhls, und dabei hängt ihr Ellbogen herunter.

»Als ich Matt kennengelernt habe, kam er mir so …« Ich

schaue im Raum umher und suche nach dem richtigen Wort. »Er kam mir so begeistert vor«, fahre ich nach einer Weile fort.

»Inwiefern?«

»Wir waren in London auf einer Party. Ich wollte eigentlich gar nicht dorthin, aber mein Mitbewohner hat mich dazu überredet. Matt kam irgendwann zu mir, um sich mit mir zu unterhalten, er schien sehr interessiert an mir. Das war genau das, was ich in dieser Zeit brauchte.«

»In dieser Zeit?«

»Sie wissen schon, wenn man gerade sein Studium abgeschlossen hat und nicht genau weiß, was man mit sich anfangen soll. Wenn man jeden mag, der sich für einen interessiert. Man fühlt sich verloren«, antworte ich und streiche mein orangerotes, seidiges Kleid glatt.

»Aha«, sagt sie und nickt.

»Außerdem war er älter als ich. Vermutlich brauchte ich damals jemanden, der sich um mich kümmert.« Ich lächle. »Bei ihm fühlte ich mich sicher.«

»Okay …«, sagt sie langsam und streicht sich ein paar Strähnen kirschroter Haare aus dem Gesicht.

»Wie der Zufall es wollte, arbeitete er im Bereich Software-Vertrieb und wollte gern in eine andere Firma wechseln, also unterhielten wir uns über Vaters Firma. Ich habe ihm vorgeschlagen, ihn vorzustellen und ihm vielleicht sogar ein Vorstellungsgespräch zu vermitteln …«

»Gut«, sagt sie plötzlich. Ich weiß genau, was jetzt kommt. Wenn sie mich derart barsch unterbricht, will sie immer auf etwas hinaus.

»Würden Sie sagen, dass Matt Ihrem Vater ähnelt?«

Die Frage hat es ganz schön in sich, und ich weiß nicht, wie ich darauf reagieren soll. Es gibt sicher einen Grund, warum sie danach fragt, aber ich habe keine Ahnung, welchen. Mittlerweile bin ich bei ihren Fragen ganz schön argwöhnisch geworden.

»Meinem Vater? Wie meinen Sie das?«

»Haben sie ähnliche Persönlichkeiten?«, fragt sie.

»Nein, eher nicht«, antworte ich und lege die Stirn in Falten.

»Sie sind aber beide sehr umgänglich, mehr noch, Matt ist geradezu charmant. Es stachelt ihn an, von den Leute gemocht zu werden. Er hat immer gesagt, dass sein Charme ihn irgendwann reich machen wird.«

»Hm«, sagt Jane und nickt dann mit geschlossenen Augen. Ich nutze den kurzen Augenblick, um ihre Frisur zu bewundern. Sie steckt ihre Haarpracht jede Sitzung mit derselben schwarzen Schmetterlingsspange hoch.

»Und sie sind beide ziemlich geschäftstüchtig«, fahre ich fort. »Das hat meinem Vater sofort gut an ihm gefallen.«

»Sonst noch etwas?«, fragt sie. »Wie würden Sie die beiden denn auf der Gefühlsebene beschreiben?«

»Auf der Gefühlsebene? Ich habe Matt noch nie als besonders gefühlsorientiert gesehen. Meinen Vater auch nicht. Vielleicht früher einmal, aber nicht seit ... na ja, Sie wissen schon. Matt gibt nicht so viel von seinen Gefühlen preis«, erkläre ich.

»War er immer schon so?«, fragt sie.

»Ja. Na ja, vielleicht nicht ganz am Anfang. Da war er ein wenig offener, wie die meisten Männer vermutlich. Hat die Dinge gesagt, die es braucht, um ...«

»Was für Dinge?«

»Sie wissen schon, so was wie ›Du bist anders als die anderen Frauen‹, und es hat nicht lange gedauert, bis aus einem ›Ich mag dich‹ ein ›Ich liebe dich‹ wurde.« Ich muss an die Hochstimmung dieser ersten Verliebtheitsphase jeder Beziehung denken. Wenn man noch die ganze Nacht über aufbleibt, weil man sich so viel zu sagen hat, alles über den anderen herausfinden möchte, sich ein Lächeln auf das Gesicht stiehlt, wenn man den anderen betrachtet, und er das Erste ist, an das man beim Aufwachen denken muss. Das Problem an dieser Zeit ist, dass sie nicht die Wirklichkeit abbildet. Bei Matt hat sie ungefähr ein halbes Jahr angehalten. Da teilten wir uns schon eine Wohnung, und er hatte angefangen, für meinen Vater zu arbeiten. Wir haben oft Witze darüber gemacht, dass er der Sohn ist, den mein Vater sich immer gewünscht hat, da er mit ihm besser zurechtkommt als Matt und ich häufig miteinander.

»Es ging alles ziemlich schnell, würde ich sagen.«

»Wie haben Sie sich am Anfang mit ihm gefühlt?«

»Begehrt. Behütet. Sicher«, sage ich, ohne groß nachzudenken.

»Und wie ist das jetzt? Wie fühlen Sie sich nun mit ihm?«

»Ich versuche, ihm eine gute Ehefrau zu sein, seine Erwartungen zu erfüllen … aber es scheint nie genug zu sein.«

»Inwiefern ist es nicht genug?«, hakt Jane nach.

»Irgendetwas mache ich immer falsch, oder er redet mit mir, als wäre ich noch ein Kind. Es fühlt sich auf jeden Fall nicht an wie eine gleichberechtigte Partnerschaft. Wir sind kein gutes Team. Wir sind eher wie …«

»… Vater und Tochter?«, vollendet Jane meinen Gedanken.

»Ja«, sage ich und seufze. »Jetzt denken Sie sicher, dass ich mich aus irgendeinem seltsamen freudschen Reiz für ihn entschieden habe, weil er genauso ist wie mein Vater, oder?«

Jane lächelt. »Nehmen Sie an, dass ich das denke?« Das hat sich bei uns mittlerweile zu einer Art Spiel entwickelt. Ich versuche vorherzusagen, was sie denkt, aber sie zieht vermutlich viel mehr daraus, da sie durch meine Ideen besser versteht, was in meinem Kopf so vor sich geht. Sie gewinnt also immer. Ich lache, da wir beide uns dessen bewusst sind.

»Ich denke, dass hier sehr wahrscheinlich ein Beziehungsmuster im Spiel ist, sogar ziemlich sicher«, sagt sie und setzt sich in ihrem Stuhl zurecht.

»Ein Beziehungsmuster?«

»Wenn wir uns zu jemandem hingezogen fühlen, gibt es dafür immer einen Grund. Dabei geht es erst mal um körperliche Anziehung, aber es gibt auch immer eine unbewusste Ebene, wie eine Art Radar, der diese Person überhaupt ausfindig macht.«

Begierig lausche ich ihren Ausführungen, gleichzeitig frage ich mich jedoch noch, während sie spricht, was für eine Rolle Jamie in der ganzen Sache zukommt.

»Und was hat es mit dem Muster auf sich?«, frage ich.

»Wir alle passen in irgendwelche Muster, manche mehr und andere weniger«, erklärt Jane. »Aber vermutlich können Sie anhand Ihrer bisherigen Beziehungspartner Gemeinsamkeiten ausmachen – und ich wäre nicht erstaunt, wenn es da auch Überschneidungen zu einem Elternteil gäbe. Zu Ihrem Vater.«

Das wird mir jetzt alles ein bisschen zu abgefahren. »Aha, okay... Und warum? Wie? Was?«

»Sie suchen nach Anerkennung bei Liebespartnern, die Ihrem Vater ähneln oder die Ihrem Vater gefallen. Sie meinen, wenn Sie diese dazu bringen werden, Sie zu lieben, Sie zu bewundern, wird dadurch auch die Beziehung zu Ihrem Vater besser beziehungsweise geheilt werden. Sie hatten doch eine sehr innige Beziehung zu Ihrem Vater, bevor Ihre Mutter gestorben ist, oder?«

»Ja«, antworte ich und muss schlucken. Mir das einzugestehen bereitet mir geradezu körperliche Schmerzen.

»Dann hat er sich gefühlsmäßig verschlossen, und seitdem ist die Beziehung nicht mehr dieselbe«, betont sie. »Sie sehnen sich jedoch nach dieser engen Vertrautheit zurück. Das stimmt doch?«

Ich seufze und sehe schnell zur Decke hinauf, versuche, die Tränen zurückzuhalten. »Mehr als alles andere«, gebe ich zu.

»Sie suchen sich also einen Partner, der unfähig ist, Vertrautheit zuzulassen, um die Geschichte erfolgreich umzuschreiben.«

»Wie bitte? Das ist doch lächerlich! Warum, bitte schön, sollte sich irgendjemand einen Partner suchen, der nicht gut für ihn ist? Der zurückweisend und kalt ist oder etwas in der Art?«

Jane lacht. »Genau das geschieht jeden Tag, Stephanie! Sonst hätte ich nichts zu tun. Das passiert natürlich nicht bewusst. Stellen Sie es sich wie einen blinden Fleck vor. Die Leute können nicht anders. Wir nennen es ›Wiederholungszwang‹. Deshalb bleiben manche Frauen auch bei Partnern, die sie misshandeln – sie kennen es einfach nicht anders. Oft wird dabei ein Verhalten aus der Vergangenheit ausgelebt, aus der Kindheit, verbunden mit dem Wunsch, den Partner für sich zu gewinnen.«

Mir ist übel.

»Ihr Fall funktioniert so: Sie machen sich selbst für die gestörte Beziehung zu Ihrem Vater verantwortlich, also haben Sie sich Matt als Partner gesucht, als eine Art Vertreter. Das wird jedoch nicht klappen, da Sie letztendlich das Verhältnis mit Ihrem Vater direkt kitten müssen.«

Jane lässt ihre Worte erst mal auf mich wirken. Die richtig harten Sachen trägt sie immer besonders vorsichtig, jedoch mit voller Entschlossenheit vor. Dann lässt sie mir immer einen Moment, in dem ich umherschauen, darüber nachdenken und mich sammeln kann. Das klingt unangenehmer, als es ist. Das ist vermutlich das Zeichen einer gut funktionierenden Beziehung: sich im gegenseitigen Schweigen wohlzufühlen.

»Stephanie«, fährt sie fort. »Das ist nicht Ihr Fehler.«

Ich schweige. Die Worte kommen bei mir an und erscheinen mir stimmig, dennoch kann ich nicht glauben, was ich höre.

»Sie waren damals noch ein Kind, das seine Mutter verloren hat und auf vielen Ebenen auch seinen Vater. Sie wurden damit alleingelassen, mussten für sich und Ihre Schwester einstehen. Sie sind nicht für das Zerbrechen der Beziehung verantwortlich. *Er* ist der Erwachsene gewesen. Diese Last sollten Sie sich nicht auf Ihre Schultern laden. Das haben Sie schon viel zu lange getan und einen hohen Preis dafür bezahlt.«

»Aber ich weiß nicht, wie sich die Beziehung wieder normalisieren lässt«, sage ich leise.

»Sie werden sicher einen Weg finden«, ermuntert sie mich. »Beziehungen werden nicht so einfach unwiederbringlich zerstört. Sie müssen herausfinden, was Sie einander wieder näherbringen kann. Es gibt immer einen Weg. Und Sie werden Ihren finden.«

Hoffentlich behält sie recht.

Als Matt mich abholt, bin ich mit den Gedanken ganz woanders, da passt es mir gerade überhaupt nicht, die Kinderthematik mit ihm durchzusprechen. Nachdem Jane die Bombe hat platzen lassen, dass ich irgendwie meinen Vater geheiratet habe, bin ich dazu wirklich nicht in der Stimmung.

»Ich hatte angenommen, dass du ganz schnell schwanger werden würdest«, sagt Matt. »Möglicherweise liegt es daran, dass du

Alkohol trinkst? Vielleicht solltest du eine Weile darauf verzichten.«

Im letzten halben Jahr häuft sich diese Art von Gesprächen. Matts Enttäuschung wird mit jeder Monatsblutung größer. Ich versuche *nicht,* aktiv eine Schwangerschaft zu vermeiden, die Pille habe ich schon seit einiger Zeit abgesetzt, ich nehme Folsäure ein und treibe so regelmäßig wie möglich Sport, außerdem trinke ich nun wirklich nicht übermäßig viel. Mit achtundzwanzig Jahren bin ich jetzt auch noch nicht gerade altersschwach.

Wir haben zum richtigen Zeitpunkt im Monat Sex, mit dem Ziel, ein Kind zu empfangen, was mir manchmal ganz schön unromantisch vorkommt. Früher hatten wir eigentlich ganz guten Sex, leidenschaftlich, etwa spontan nachts im Auto, am Straßenrand, oder auf der Treppe in unserer Londoner Wohnung, sobald die Tür hinter uns ins Schloss gefallen war. Ungeplant eben, das mochte ich daran.

»Ich denke nicht, dass es daran liegt, Matt. Manchmal braucht es halt seine Zeit. Man kann es nicht herausfordern«, antworte ich, nutze jedes Klischee, das mir in den Sinn kommt.

»Deine Schwester ist in den ersten drei Monaten schwanger geworden, nachdem sie begonnen hatten, es zu versuchen, oder etwa nicht? Vielleicht stimmt irgendetwas mit dir nicht?«, sagt er. »Sollen wir uns an einen Spezialisten wenden?«

»Mit mir ist bestimmt alles in Ordnung, Matt«, erwidere ich, als wir gerade in Ebonys Straße parken. »Du musst nur Geduld haben. Dann wird es schon passieren.«

Er will noch etwas sagen, aber ich steige aus dem Wagen und laufe auf das Haus meiner Schwester zu. Heute ist Ebonys Geburtstag, sie wird sechsundzwanzig und hat eine große Party organisiert. So ist Ebony eben, eine kleine Familienfeier reicht ihr nicht, sie muss allen zeigen, wie viel Geld sie hat (oder eher gesagt, wie viel ihr Ehemann verdient), also haben sie sich wirklich nicht lumpen lassen.

Ebony redet seit Monaten von nichts anderem mehr als dieser Gartenparty. Was hat sie sich vorher für Sorgen gemacht, dass es regnen könnte (tut es nicht), Gäste absagen könnten (haben sie nicht), sie hat sogar einen professionellen Fotografen angeheuert, um »natürliche« Fotos davon zu schießen, wie alle eine tolle Zeit haben (und dabei ganz natürlich wirken). Für die Kinder liegt Spielzeug auf dem Rasen bereit, und im Schatten steht ein Tisch mit Getränken (inklusive Servicekräften, versteht sich). Ein DJ richtet sich unter dem Zelt ein und spielt alle Partyklassiker. Wo sie den wohl herhat? Er ist grauenhaft.

»Matty!«, ruft Vater, als er Matt sieht. Sie begrüßen sich mit einer typischen Männerumarmung, klopfen sich gegenseitig auf den Rücken und brechen sich dabei fast die Knochen. Jetzt sehe ich die beiden mit ganz anderen Augen.

»Na, wie ist das Geschäft mit dieser Firma aus Birmingham gelaufen?«, fragt Vater. »Ich habe gehört, deine Präsentation war wie immer fantastisch.«

Dem Geschwafel der beiden kann ich nichts hinzufügen, also halte ich den Mund. So läuft es immer. Egal was ich sage, es ist niemals spannender als die geschäftlichen Gespräche der beiden, geschweige denn so toll wie Matt. Er ist wirklich wie der Sohn, den sich mein Vater immer gewünscht hat. *Damit* hat Jane auf jeden Fall recht. Es kommt mir so vor, als hätte ich mein Leben damit verbracht, den beiden zu gefallen, sie jedoch ständig nur enttäuscht.

»Steph, deine Schwester sucht dich. Irgendwelche Ballons müssen aufgeblasen werden …«

Natürlich. Sofort.

Gegen 18 Uhr ist der Garten brechend voll mit Ebonys Freunden. Sie haben Spaß. Warum auch nicht? Kostenlose Getränke und fantastische Gastgeber inmitten einer wundervollen Landschaft. Geplauder – und vereinzelt auch ausgelassenes Gelächter – erfüllt den gesamten Garten. Der fürchterliche DJ spielt immer noch seinen besten Mix der Partylieder der letzten dreißig Jahre. Die Frauen bereuen, High Heels angezogen zu haben, da sie ständig damit im Gras stecken bleiben. Leichter wäre es, die Schuhe einfach auszuziehen. Ich weiß schon, warum ich Keilabsätze trage.

Tagsüber Alkohol zu trinken ist mir noch nie gut bekommen. Er steigt mir direkt in den Kopf, und ich beneide alle, denen es nichts ausmacht. Die Vorstellung, in der Sonne Sekt zu trinken, ist wirklich verführerisch, aber bei mir hat das ungefähr dieselbe Wirkung, wie mir Gift direkt in den Rachen zu schütten. Trotzdem halte ich es bei diesem Anlass für eine gute Idee. Vermutlich, weil Matt mich so mit seiner Schwangerschaftsfragerei gestresst hat.

Die meisten Gäste kenne ich nicht, sie scheinen aus Ebonys neuem sozialen Umfeld zu stammen. Genauer gesagt sind es Eltern der hiesigen Privatschule. Auch wenn Jude gerade mal ein Jahr alt ist, lässt sie es sich nicht nehmen, sich kopfüber in die gesamte Szene zu stürzen. Wir haben selbst auch beide diese Schule besucht, auf die Jude irgendwann einmal gehen soll, und konnten am eigenen Leib erfahren, was die richtigen Kontakte ausmachen können. Meine Mutter hat sich nie dafür interessiert. Jeder mochte sie und wollte sie gern in die eigenen Kreise aufnehmen, aber sie war allen gegenüber freundlich und hat sich nie an irgendwelchen Intrigen beteiligt. Dafür hatte sie viel zu viel Klasse.

Ebony stellt mich verschiedenen Eltern vor, die alle Kleinkinder auf den Hüften halten und versuchen, sie mit zuckerfreien Bioknabbereien davon zu überzeugen, nicht alles zusammenzuschreien, oder ihnen irgendwelche Schmiere aus den Gesichtern zu wischen. Nicht gerade die beste Werbung für Elternschaft. Ich finde meinen Neffen wirklich liebenswert, aber die Babys der anderen Leute kommen mir nicht gerade süß vor.

Es ist ein schöner, heißer Tag. Die Musik macht allen gute Laune. Irgendwann wippe auch ich mit. *Crazy in Love* von Beyoncé konnte ich noch nie widerstehen, also schwinge ich die Hüften im Takt und singe den Refrain mit.

»Steph, mach mal halblang«, zischt mir Matt zu und legt mir eine Hand fest auf mein Kreuzbein.

»Was denn? Ich lasse es mir gut gehen.«

»Die Leute gucken schon …«

»Ach ja? Es ist doch nur eine verdammte Party, Matt!« Ich

seufze, werde auf einmal verlegen und komme mir lächerlich vor, auch wenn ich weiß, dass das falsch ist.

»Wie lange müssen wir eigentlich noch bleiben?«, fragt er und leert mit einem kräftigen Zug sein Sektglas.

»Na ja, es ist Ebonys Party. Ich würde also sagen, bis zum Ende.«

Matt seufzt und sieht auf die Uhr. Schon beim Umziehen für die Party hat er sich furchtbar aufgeregt, weil er bei der Hitze nichts Schickes anziehen wollte.

»Dann muss ich mich wohl oder übel besaufen«, sagt er und geht sich ein Bier holen, ich bleibe allein zurück.

Ich lasse meinen Blick durch den Garten schweifen, alle lachen und genießen die Zeit, plötzlich muss ich an Jamie denken. Er würde sich sicher nicht betrinken müssen, um die Zeit mit der Familie seiner Frau zu überstehen.

10. KAPITEL
Samstag, 10. Oktober 2009

Jamie

Für ein Oktoberwochenende ist es untypisch sonnig und warm. Es kommt einem eher wie ein Tag im Mai vor, wenn man *gerade so* im T-Shirt und mit Sonnenbrille herumlaufen kann, ohne für einen Idioten gehalten zu werden. Aber am Licht erkennt man, dass es schon Herbst ist, die Welt sieht aus, als habe man einen orangen Filter darübergelegt.

Auf der Autofahrt nach Heathwood Hall denke ich an Stephanie. Auch Helen und unsere Zukunftspläne schwirren mir im Kopf herum. Die beiden sind auf tragische Weise unvereinbar, und ich weiß, dass ich das Ganze beenden muss, bevor es noch weitergeht. Das Lügen hat bereits begonnen. »Ich treffe mich mit ein paar Freunden aus Unizeiten«, hat sich zu einem ganz eigenen Sorgenkomplex entwickelt, da ich die ganze Zeit darüber nachdenken muss, wer dafür infrage kommt. Welche Namen sie einerseits schon von mir gehört hat, sie den Menschen dahinter jedoch gleichzeitig nicht gut genug kennt, um bei demjenigen nachzufragen.

Ich sollte das wirklich nicht tun. Ich *werde* es beenden.

Wir treffen uns am Nachmittag. Wir haben unsere Zimmer schon sehr frühzeitig gebucht, sodass wir auf keinen Fall noch einmal in so eine Lage geraten wie beim letzten Mal. Stephanie hat dieselbe Suite wie immer und ich ein Einzelzimmer.

»Guten Tag, Mr Dobson! Wie schön, Sie erneut bei uns zu

Gast zu haben«, begrüßt mich Avril, die Empfangsdame, fröhlich.

»Hallo. Vielen Dank! Wie geht es Ihnen?«, frage ich, verunsichert darüber, ob ich mir Sorgen machen sollte, dass sie mich erkennt.

»Fantastisch«, trillert sie und reicht mir den Schlüssel. »Zimmer dreiunddreißig. Die Treppe hinauf und rechts.«

»Ich danke Ihnen«, antworte ich schnell, hebe meine schwarze Wochenendtasche hoch und wende mich der Treppe zu.

»Miss Carpenter ist bereits angekommen«, verkündet sie noch, als ich mich schon auf den Weg gemacht habe.

»Na hallo«, sagt Stephanie, als sie die Tür öffnet.

Ich kann nicht anders, ich muss sie einfach in den Arm nehmen. Ich schlinge meine Arme um ihre Taille, und sie klammert sich an meinen Schultern fest, sodass ich sie gar nicht mehr loslassen möchte. Ich vergrabe mein Gesicht in ihren Haaren und nehme ihren leichten Duft wahr. Wir sagen kein Wort. Als wir uns schließlich voneinander lösen, sehen wir uns an und müssen kichern, wie zwei Schulkinder, die gerade zum ersten Mal miteinander geknutscht haben.

»Ich freue mich, dich zu sehen, Steph!«, platzt es aus mir heraus. Und das tue ich wirklich. Sie ist wunderschön. Das ganze Jahr über musste ich so oft an sie denken, dass es mir jetzt ganz unwirklich vorkommt, mit ihr im selben Raum zu sein.

Sie nestelt an den Ärmeln ihres Pullovers herum, bevor sie die Hände in die Hüften stützt und wir uns höflich über die Hinfahrt austauschen. Im Gegensatz zu der innigen Umarmung wenige Augenblicke zuvor, stehen wir nun einige Meter voneinander entfernt, als würden wir uns kaum kennen.

Und genau darin liegt das Problem.

Wir wissen *nicht,* was wir sind. Eigentlich sind wir nichts so richtig.

»Was hältst du von der Idee«, sage ich aufgeregt wie ein Kind, »wir könnten heute etwas anderes machen. Es ist so ein herrlicher Tag. Lass uns bis ins nächste Dorf laufen, einen Pub aufsuchen, dort schön essen und etwas trinken, und dann kommen wir erst später hierher zurück. Was meinst du?«

»Klingt gut«, sagt sie. »Dann muss ich mir nur noch schnell meine Stiefel ohne Absätze anziehen.«

»Du hast mehr als ein Paar Stiefel dabei?«, frage ich entgeistert.

»Ich bin eine Frau, Jamie«, sagt sie und lacht.

Stunden später, nachdem wir viele Meilen zurückgelegt und so richtig Appetit bekommen haben, sitzen wir in der Ecke eines schönen Landgasthofs in dem kleinen Örtchen Busby Hawkton. Ich bin noch nie hier gewesen, aber es ist wirklich malerisch, ein Dorf, zu dem sicher viele Menschen am Wochenende zum Mittagessen kommen, um den See spazieren und mit den Kindern die Enten füttern. Allein der Blick von den Bänken vor dem Gasthof ist einen Ausflug wert. Ich mag Orte wie diesen, auch wenn ich mir nicht vorstellen könnte, hier zu leben. Stephanie wohnt in so einem Dorf, und es gefällt ihr gut, für mich wäre es allerdings zu beengend und auch, ja ... zu perfekt. Genau das mag ich an meiner Welt, dort ist es immer ein wenig chaotisch und dreckig, mit solchen penibel getrimmten Hecken, gepflegten Blumenbeeten und dem ganzen Dorfklatsch könnte ich nicht umgehen.

Die Begeisterung anlässlich der ehrlichen Hausmannskost anstelle eines eleganten Menüs in Heathwood Hall ist völlig übertrieben. Steph hat Lasagne ausgewählt und ich einen Steak-and-Ale-Pie. Außerdem nehmen wir natürlich hausgemachte Pommes, die gehören einfach dazu.

Die ganze Zeit ist mir bewusst, dass dieses Treffen anders ist als alle bisherigen. Es kommt mir irgendwie alltäglicher vor, als wären wir in einer anderen Welt. Einem Paralleluniversum vielleicht. In dem wir so etwas wie ein Date haben, und zwar ein besonders gelungenes. Wir haben nicht aufgehört zu lachen und uns zu unterhalten, seitdem wir Heathwood Hall verlassen haben. Über Wege und Felder mit ihr zu laufen war unglaublich schön. Dieses Austauschen über alles, was im letzten Jahr passiert ist, hat sich zu einem meiner Lieblingsdinge entwickelt.

Sie hört so gern zu, wenn ich von meinen Schülerinnen und Schülern erzähle und was sie alles so von sich geben.

»›Mr Dobson, gab es damals, als Sie noch zur Schule gegangen sind, auch schon Abschlussprüfungen?‹, fragen sie mich beispielsweise. Was glauben die eigentlich, wie alt ich bin?«, erzählte ich und musste selber lachen, dann zeigte ich ihr auf meinem Telefon ein paar ihrer Kunstprojekte.

»Oh! Und das hier?«, fragte sie und hält mich mit ihrer Hand davon ab, weiter durch die Bilder zu scrollen.

»Ach, das war auch eins der Projekte dieses Jahr. Sie sollten den Text von ihrem Lieblingslied aufschreiben und das Ganze dann interpretieren und passend illustrieren.«

Sie sah sich das Bild genau an, vergrößerte es sogar noch.

»Das ist von Lisa. Sie hat kürzlich die Beatles für sich entdeckt und ist ein großer Fan von *Lucy in the Sky with Diamonds.*«

»Klingt nach einem Projekt für mich«, sagt sie und lächelt.

Danach unterhalten wir uns über Michael Jackson, der im Juni gestorben ist, und diskutieren leidenschaftlich darüber, welche Lieder uns am besten gefallen.

»*Billie Jean*«, sagte ich, ohne nachzudenken.

»Bloß nicht! Ganz sicher *Beat it*.«

»Zugegeben, das Video ist besser. Aber trotzdem: Nein.«

Von da aus gelangen wir zu anderen wichtigen Nachrichten des letzten Jahres, wobei sich schnell herausstellt, dass ich überhaupt keine Ahnung von Klatsch und Tratsch habe.

»Hast du denn nicht mitbekommen, dass Jordan und Peter André sich scheiden lassen?«

»Wer?«

»Du weißt schon, die mit den Brüsten. Sie ist überall im Moment. Und er ist so ein Muskelprotz, er hat in den Neunzigern über ein geheimnisvolles Mädchen gesungen, erinnerst du dich? *Mysterious Girl*.«

»Nur ganz schwach. War das nicht furchtbar peinlich?«

»Ganz genau. Von Keisha und dem ganzen Drama über das Aussteigen bei den Sugababes einmal ganz zu schweigen«, fährt sie fort, als würde sie die Leute alle persönlich kennen. Egal worüber sie spricht, ich könnte ihr die ganze Nacht lauschen und wäre dabei bestens unterhalten.

Sie kommt mir irgendwie angriffslustiger vor als sonst, lacht mehr, als sei etwas bei ihr in Bewegung geraten. Ich weiß nicht, was es ist, aber vielleicht erzählt sie mir später davon. Ich hoffe so sehr, dass sie glücklich ist. Wie gern würde ich ihr ersparen, was ich tun muss.

»Was wird das denn?«, rufe ich ihr zu, als ich sehe, was sie von der Bar mitbringt.

»Snakebite & black. Oder auch Diesel genannt. Komm schon, enttäusch mich nicht, das hast du doch als Student sicher auch getrunken?«, sagt sie stolz und hält die beiden mit einer blutroten Flüssigkeit gefüllten Pint-Gläser fest, die schäumen wie Experimente im Chemieunterricht.

»Ja, es hat auch seinen Grund, dass man so was in der Studienzeit trinkt«, sage ich langsam. »Es ist billig und knallt gut.«

»Es ist köstlich. Und wenn man im Herbst einen Pub auf dem Land besucht, dann gehört es einfach dazu. So sind nun mal die Regeln.«

Sie stellt das Glas vor mich hin, ich nehme es, und wir stoßen an.

»Himmel noch mal, das ist aber *süß!*«, sage ich und verziehe das Gesicht.

»Trink es einfach!«

Sag es ihr. Sag es ihr jetzt.

Ich stelle das Glas auf den Tisch, lege die Hände auf meinen Oberschenkeln ab und setzte mich zurecht. Automatisch muss ich tief einatmen, dann drehe ich mich zu ihr. »Und, wie läuft es mit Matt?«

Super, noch mal aufgeschoben. Das hilft sicher.

Stephanie lächelt auf eine Art, die ich noch nie zuvor gesehen habe. Sonst wirkt sie nie glücklich, wenn sie von Matt erzählt. Zu hören, wie glücklich sie sind, kann ich jetzt einfach nicht ertragen, auch wenn ich weiß, dass mir das nicht zusteht.

»Tja, ehrlich gesagt habe ich eine Menge unternommen …«

»Tisch sechzehn?«, bellt die Kellnerin und kommt mit zwei

Tellern auf uns zu. Sie knallt sie vor uns auf den Tisch und verschwindet wieder.

Ich kann nicht noch länger warten. »Steph, ich muss dir etwas sagen …«

»Was? Worum geht es denn?«, fragt sie und schneidet ihre Lasagne in kleine Stücke.

»Ich glaube nicht, dass ich so weitermachen kann. Es tut mir leid.« Für die wenigen Worte brauche ich meine gesamte Kraft, aber ich weiß, dass ich es tun muss.

Sie hält inne. Als hätte das gesamte Leben sie verlassen. Ihr Gesicht fällt in sich zusammen, und sie sieht weg. Als sie mich schließlich wieder anschaut, kommt eine gefühlte Ewigkeit lang kein einziges Wort über ihre Lippen.

»Helen ist schwanger, stimmt's?«, fragt sie plötzlich.

»Nein«, antworte ich wahrheitsgemäß. »Aber wir versuchen es. Und wenn es passiert, muss das hier aufhören.«

»Natürlich«, antwortet sie leise. »Das verstehe ich.«

Ich frage mich, was gerade in ihrem Kopf vor sich geht. Ich kenne sie so gut, dafür, dass wir eigentlich bisher nur so wenig Zeit miteinander verbracht haben, aber es gibt da etwas in ihr, zu dem sie mir den Zutritt verwehrt.

»Ich war also für dich eine Zeit lang eine nette kleine Affäre«, sagt sie und streut schwarzen Pfeffer aus der Pfeffermühle über ihr Essen. »Und jetzt brauchst du mich nicht mehr, ich verstehe.«

»Glaubst du wirklich, dass du das für mich bist? Eine Flucht aus meiner Ehe?«, frage ich sie ehrlich erstaunt. »Du irrst dich. Ich genieße jeden Augenblick mit dir, mehr, als ich in Worte fassen kann, aber ich bin nicht unglücklich in meiner Ehe …«

Sie sieht einen Moment lang starr durch mich hindurch, und ich habe nicht die geringste Ahnung, was sie gerade denkt. Es wirkt, als wolle sie mich umbringen.

»Warum machst du das hier dann?«, fragt sie und klingt verstört.

Tja, das war ein Eigentor. Ich denke kurz nach, bin mir bewusst, dass die Atmosphäre kühler geworden ist als noch vor wenigen Augenblicken. »Weil ich es nicht … *nicht* tun kann.«

Das ist vielleicht nicht die beste Antwort, aber es ist zumindest wahr.

»Das ist keine Antwort«, sagt sie.

Oh.

»Das ist die beste, die ich habe, und wahr ist es auch. Und du? Warum lässt *du* dich darauf ein?«

Stephanie sieht mich völlig verblüfft an, als ich ihr diese Frage stelle, als hätte sie überhaupt nicht damit gerechnet. Ihre großen grünen Augen mustern mich einen Augenblick lang. Ich kann nicht einschätzen, was sie jetzt sagen wird.

»Lange habe ich mich ganz taub gefühlt«, sagt sie, und ich sehe, wie schwer es ihr fällt. Als müsste sie jedes einzelne Wort herauszwingen. »Selbst als ich Matt traf«, fährt sie fort, »war alles sehr zweckmäßig – ich tat so als ob, wenn ich ehrlich bin.«

Ich höre ihr zu und frage mich, wie es so weit kommen konnte. Eine wundervolle Frau, die so beeindruckend ist und es selbst nicht bemerkt.

»So war es eigentlich immer, bis ich dich getroffen habe«, sagt sie und lächelt.

»Was habe ich denn gemacht?«

»Du hast gemacht, dass ich …« Sie wendet kurz den Blick ab und holt tief Luft, bevor sie sagt: »… fühle. So lange habe ich überhaupt nichts gefühlt, und als ich dich traf, habe ich plötzlich alles gefühlt. Ich weiß, dass es schrecklich ist, weil du jemand anderem gehörst und ich nur an mich denke, aber … Nein, es gibt eigentlich kein Aber …Ich weiß, dass das Ganze zum Scheitern verurteilt ist und keine Zukunft hat«, fährt sie fort. »Aber ich bin ganz verrückt danach, wie ich mich durch dich fühle. Nichts und niemand hat es bisher geschafft, solche Gefühle in mir zu wecken. *Deshalb* mache ich das!«

Es kommt mir so vor, als stünden wir Hand in Hand am Rande einer Klippe inmitten eines Sturms, der gerade an Fahrt aufnimmt. Sind wir schlechte Menschen? Das glaube ich nicht. Aber wir müssen es sein.

»Warum ist es bloß so kompliziert?«, fragt sie mich.

»Ich weiß es wirklich nicht.«

»Also«, sagt sie, »*war* es das dann jetzt? Wirklich?«

In ihrer Stimme schwingt Sorge mit. Natürlich möchte ich nicht, dass es zu Ende ist, aber wenn Helen und ich ein Baby bekommen, kann ich so nicht weitermachen. Daran besteht kein Zweifel.

»Ich glaube, es muss so sein«, zwinge ich mich zu sagen. Ich hatte überlegt, sie zu fragen, ob wir Freunde bleiben wollen, aber jetzt denke ich, dass wir uns nur etwas vormachen würden. Wir sind uns zu nah, unsere Beziehung ist zu besonders, um als Freundschaft funktionieren zu können.

Was für ein verdammtes Chaos. Ich habe wirklich nicht danach gesucht. Ich habe weder darum gebeten noch von irgendjemandem Mitgefühl verlangt. Ich habe mir nicht ausgesucht, sie zu treffen. Ich habe mir nicht ausgesucht, diese Gefühle für sie zu haben – welcher Natur auch immer sie sind. Aber ich habe sie. Ich kann sie nicht ändern. Das ist das Problem mit Gefühlen, man kann sie nicht einfach abstellen – auch wenn ich es mir manchmal wünsche.

Auch wenn ich das hier jetzt beende, werde ich weiterhin die ganze Zeit an sie denken müssen. Ich werde mich auf eine Art nach ihr sehnen, die nicht sein darf. Meine Frau werde ich auch weiterhin lieben, das wird sich dadurch nicht ändern. Wie lautet also die Antwort? Ich kann nur verlieren, egal was ich tue.

Wir beschließen, an unserem letzten gemeinsamen Wochenende nicht Trübsal zu blasen, sondern es noch einmal richtig krachen zu lassen.

Die Atmosphäre hier im Pub ist viel entspannter. Nicht so förmlich und steif wie in Heathwood Hall, wodurch wir noch mehr wir selbst sein können, als wären wir einfach nur zusammen etwas trinken und würden uns gut amüsieren. Wir sind so voll, dass wir uns kaum bewegen können, aber als es langsam dunkel wird, brechen wir schließlich auf. In der Herbstdämmerung liegt etwas Geheimnisvolles und Flüchtiges, deshalb nehmen wir kein Taxi, sondern machen uns zu Fuß auf.

Als wir über Wege und Pfade durch die Herbstlandschaft laufen, geht bereits die Sonne unter und taucht alles in ein leuchtendes Orangerot. Wir sind die Einzigen hier draußen, was sowohl beängstigend als auch befreiend ist.

»Für dich ist das hier ganz normal, oder?«, frage ich und zeige auf die Landschaft um uns herum, mindestens eine halbe Meile weit nichts als sanfte Hügel in alle Richtungen. In der Ferne kann man Heathwood Hall erahnen.

»Ja«, antwortet sie. »Ist es nicht wunderschön? Hier draußen bin ich glücklich. Kannst du dir vorstellen, warum?«

»Nun sag schon.«

Ihr roter Lippenstift hebt sich von der tiefschwarzen Fassung ihrer Ray-Ban-Sonnenbrille ab, ich frage mich, warum sie sie trägt, da es ja bereits dunkel wird.

»Weil niemand sonst da ist. Man kann alles machen, wozu man gerade Lust hat, ohne beäugt oder beurteilt zu werden.«

»Echt? Und was machst du in solchen Augenblicken?«

»Oh, nichts weiter. Ich meinte nur, dass man einfach für sich sein kann«, sagt sie und streicht sich hektisch die Haare hinter die Ohren.

»Steph!«, rufe ich spöttisch. »Jetzt sag schon, was du da draußen machst?«

Sie seufzt und wendet sich ab. »*Mittlerweile* mache ich das nicht mehr!«, sagt sie übertrieben betont.

»Was denn überhaupt, heraus damit.«

»Das verrate ich dir nicht«, erwidert sie, und ihre Mundwinkel zucken. »Steph, erzähl es mir, sofort!«

»Als meine Mutter gestorben ist, hatte ich nicht viel Zeit für mich«, sagt sie und läuft langsam neben mir her. »Ich musste mich um Ebony kümmern, und mein Vater war nie da, während ich verarbeiten musste, was eigentlich geschehen war. Das ist eine ganze Menge mit dreizehn.«

»Das kann ich mir vorstellen«, sage ich. »Also, nicht so richtig natürlich. Aber du weißt, was ich meine.«

»Meine Mutter liebte Musicals. Wir hörten sie immer gemeinsam zu Hause, meine Mutter, Ebony und ich. *Das Phantom der Oper, Miss Saigon, Grease, Joseph,* einfach alle. Wir kannten sie auswendig und sangen mit unseren hohen Stimmen mit.«

»Okay…«

»Als sie starb, war es damit vorbei.«

Ich fasse nach ihrer Hand. Unsere Finger berühren sich, wir nehmen einander einen kurzen Moment lang wahr.

»Das war meine Rettung. Wann immer ich konnte, ging ich in den Feldern in der Nähe unseres Hauses spazieren, hörte auf dem Walkman die Musicallieder, wartete, bis ich ganz allein war, und sang aus voller Kraft mit. Dadurch fühlte ich mich ihr seltsamerweise nah und gleichzeitig, ich weiß auch nicht, weniger unter Druck.«

»Das ist toll!«

»Ja? Findest du es nicht irgendwie … merkwürdig?«, fragt sie misstrauisch.

»Nein, ich finde es wunderbar! So dramatisch!« Ich lache. »War es das, was du mir nicht erzählen wolltest, letztes Jahr?« Jetzt verstehe ich.

Unschuldig zuckt sie mit den Schultern. »Vielleicht!«, sagt sie.

»Wann hast du es zuletzt gemacht?«

»Ha, draußen? Vielleicht so mit sechzehn? Aber …« Sie macht eine Pause, um die Spannung zu erhöhen. »… zu Hause, wenn ich allein bin, *könnte* es durchaus auch heute noch vorkommen.«

»*Ja!* Jetzt ist es raus«, rufe ich und mache einen Luftsprung. »Wie hat es sich angefühlt, wenn du es gemacht hast?«

Sie lacht. »Was meinst du? Abgesehen davon, dass ich mir dabei total irre vorkam? Tja, vielleicht unerschrocken. Lebendig. Wie eine winzige Person auf einer riesigen Bühne. Jemand, dem einfach alles egal ist, der sich nicht darum kümmert, was andere von ihm denken. Eins mit mir. Einfach frei!«

Ihr Gesicht leuchtet, während sie mir davon erzählt, als würde genau in diesem Augenblick das Gefühl von damals erneut durch ihren Körper strömen.

»Dann mal los, Stephanie. Das hier ist deine Bühne, und ich bin dein Publikum.«

»Wie bitte?« Sie sieht mich an. »Nein.«

»Komm schon, warum denn nicht?«

»Das hat noch nie jemand gehört, ich würde vor Scham im Boden versinken.«

»Es ist immerhin das letzte Mal, dass wir uns sehen«, rufe ich uns beiden ins Gedächtnis. Es klingt härter, als ich wollte. Ich versuche die Stimmung zu heben, indem ich ihr sage, dass wir beide schon deutlich mehr als angeheitert sind und ich es morgen sicher schon wieder vergessen habe.

»Dazu brauche ich meinen iPod, und den habe ich leider nicht dabei«, flunkert sie.

Ich gehe zu ihr, nehme ihr die Handtasche von der Schulter, während sie lacht und versucht, sie wieder an sich zu reißen.

»So ein Quatsch, das Ding hast du doch immer bei dir. Man kann schließlich nie wissen, wann man die Gelegenheit bekommt, ein Lied zu schmettern!«, sage ich und durchsuche ihre Handtasche. »Siehe da, hier ist er ja!«

Sie lacht so sehr, dass sie kaum sprechen kann. Es tut gut, sie so zu sehen. Himmel, werde ich sie vermissen.

»Okay, du hast gewonnen«, sagt sie, richtet sich auf und nimmt mir den iPod aus der Hand. »Was willst du?«

Dich. Ich will dich.

»Such du etwas aus«, sage ich.

»Hm. Gut. Lass. Mich. Überlegen.« Stephanie scrollt durch ihre Lieder und murmelt vor sich hin: »Nein. Nein. Auf keinen Fall! Dafür fehlt mir die Kraft!« Ein breites Grinsen zeigt sich auf ihrem Gesicht, als sie ein passendes Lied findet.

»Alles klar. Du musst dich da drüben hinsetzen. Setz deine Sonnenbrille auf, sonst kann ich es nicht«, fordert sie. »Ich bin keine Sängerin. Ich mache das nur, weil ich betrunken bin.«

»Ja, natürlich. Ich bin bereit«, sage ich, hocke mich ins Gras und warte auf die Vorstellung.

»Das hier war eins der Lieblingslieder meiner Mutter und auch von mir. Hoffentlich gefällt es dir genauso gut, Jamie. Es ist aus dem Musical *Dreamgirls.* Das Lied heißt: *And I am Telling You, I'm Not Going.*«

Sie räuspert sich. Ansonsten ist es ganz still, niemand ist zu sehen. Sie steht ungefähr zehn Schritte von mir entfernt, die

Kopfhörer in den Ohren. Ich kenne das Lied nicht, das sie nun für mich singen wird.

Sie beginnt leise, trägt die ersten Zeilen ganz zaghaft vor. Sie wirkt schüchtern, hält sich an dem iPod fest, mit der anderen Hand fummelt sie an ihrer Jackentasche herum. Auch ihre Füße sind ständig in Bewegung, fast wie bei einem Kind. Ich höre die Musik nicht – nur sie –, also ermutige ich sie, sich noch mehr darauf einzulassen.

»Ja, weiter! Mach die Musik lauter!«, rufe ich ihr zu und wedle mit den Armen, um ihr zu zeigen, dass es noch zu leise ist.

Langsam beginnt sie, sich vor mir zu bewegen, ihre Stimme wird dabei immer kräftiger und lauter. Die Vorstellung gewinnt an Spritzigkeit, und Stephanie wirft sich immer mehr in Pose, ahmt die Handbewegungen der großen Sänger nach, um das Publikum anzuheizen.

»Ja! Mariah! Mariah!«, rufe ich.

»Was?«, schreit sie zurück und nimmt einen der Kopfhörer aus dem Ohr.

»Weiter so, Mariah!«

»Das ist nicht Mariah! Sondern Jennifer Hudson!«, ruft sie schnell, mitten im Lied, bevor sie sich wieder den intensiven Klängen zuwendet.

Sie ist keine begnadete Sängerin, und sie schmettert das Lied aus voller Kehle. Aber das ist überhaupt nicht wichtig. Sie ist in diesem Moment eins mit sich selbst und hat etwas von sich zurückgewonnen.

»You're gonna love me …«, singt sie.

Nicht erst in der Zukunft. Das tue ich bereits. Und genau darin liegt das Problem.

Sie kennt jedes Wort auswendig. Jede Bewegung, jedes Zittern, alle Höhen und Tiefen. Sie trifft zwar nicht jeden Ton, aber man merkt, dass sie das Lied schon viele Male gesungen hat und darin aufgegangen ist. Durch Musik fühlt sie sich lebendig. Sie unterstreicht jeden Satz mit den Händen, und zum Ende des Stücks werden die Armbewegungen immer wilder und größer, die Schüchternheit von vor wenigen Minuten ist vergessen.

Nach der Hälfte des Liedes nutzt sie den iPod sogar als Mikrofon, und ich juble ihr dafür zu.

Sie singt diesen Text nur für mich, mit Bedacht ausgewählt, da bin ich mir bei ihr sicher, wodurch er angesichts der Umstände noch bekümmerter scheint. Die Frau, die ich nicht haben kann und niemals wiedersehen werde. Es ist einfach eine wunderschöne, süße, sexy, liebenswerte und herzzerbrechende Vorstellung, alles in einem.

Als das Lied schließlich seinen Höhepunkt erreicht, stehe ich auf und klatsche begeistert Beifall, sie hat es wirklich verdient. Bei jedem unserer Treffen hat sie mehr von sich preisgegeben, ich werde das alles so vermissen.

Als sie fertig ist, nimmt sie die Kopfhörer ab und steckt sie in ihre Tasche zurück. Sie ist sichtlich erschöpft und aufgedreht zugleich. Ich gehe auf sie zu.

»In meinem Kopf hat es sich gut angehört«, keucht sie, noch immer außer Atem.

»Sicher nicht so gut, wie es von außen ausgesehen hat, das kannst du mir glauben«, antworte ich. Dann umfasse ich ihr Gesicht und drücke meinen Mund auf ihre Lippen. Es ist ein unmissverständlicher, leidenschaftlicher Kuss. Sie schlingt mir die Arme um die Taille, und wir beide verschmelzen miteinander, begeben uns an einen Ort, nach dem wir uns die letzten drei Jahre gesehnt haben. Ich werde sie niemals wiedersehen. Die Schuldgefühle werden mich überkommen, und ich werde mich ihnen stellen müssen. Aber nicht heute Nacht.

Diese Nacht gehört uns.

Im Schlaf sieht sie wunderschön aus. Sie liegt auf dem Bauch, die eine Seite ist ins Kissen gedrückt, die andere der Welt entgegengestreckt. Um ihr Gesicht herum sind die blonden Haare ausgebreitet, wild und zart zugleich.

Ich könnte sie so stundenlang betrachten. Im Zimmer herrscht Stille, das einzige Geräusch kommt von ihrem Atem. Es klingt tiefer und gleichmäßiger als im wachen Zustand und drückt Zufriedenheit aus. Ich könnte mich in diesem Rhythmus verlieren und selbst einschlafen, aber das tue ich nicht. Lieber bleibe ich wach und sehe sie an. Das werde ich schließlich nie wieder können.

Ich schlinge meinen Arm um sie und ziehe sie näher an mich heran. Ihr Körper ist angenehm warm, und es tut gut, ihn an meinem zu spüren. Ihre Haut duftet und fühlt sich noch besser an, als ich es mir vorgestellt habe. Jeder geht am Beginn von etwas Neuem durch diese Phase, wenn einfach alles an dem anderen so faszinierend ist und man alles von dem anderen wissen möchte, alles toll findet, was der andere macht, und man gar nicht mehr aufhören kann, sich miteinander zu unterhalten. So ging es mir auch mit Helen.

Aber das hier ist anders. Eine Ebene höher.

Vermutlich liegt es daran, dass ich sie nur ein einziges Mal im Jahr sehe, aber ich finde sie einfach hypnotisierend. Sie lässt sich nicht als lebensfroh, mitreißend, quirlig oder durch ähnliche Floskeln beschreiben. Auch klassisch schön ist sie nicht, hat vielmehr etwas Düsteres an sich.

Wunderbar melancholisch.

Hinter ihrer Fassade passiert so viel, irgendetwas köchelt die ganze Zeit. Sie ist authentisch, ehrlich und zeigt ihre Schwächen.

Steph bewegt sich unter der Bettdecke, also nutze ich den Augenblick, um mich an sie zu kuscheln. Hoffentlich ist ihr der nackte Jamie in ihrem Bett genehm. Wir waren beide betrunken, wollten aber, was letzte Nacht geschehen ist.

»Guten Morgen«, meldet sich da eine leise Stimme aus dem Nichts.

»Guten Morgen, wie geht es deinem Kopf?«

»Fühlt sich ein bisschen zerbrechlich an. Und deiner?«

»Ja, meiner auch«, antworte ich. Ihr Gesicht ist von mir abgewandt, deshalb bin ich mir nicht ganz sicher, wie es um uns steht.

»Ich bereue trotzdem nichts«, sagt sie da, als hätte sie meine Gedanken gelesen, und drückt sich noch fester an mich, als ich meine Arme enger um sie schlinge.

»Ich auch nicht«, sage ich und küsse ihre Schulter. Wie oft

habe ich mir ausgemalt, wie sich der Sex mit Stephanie anfühlen würde. Ich habe mir eingeredet, dass es mir über meine »lächerliche Besessenheit« hinweghelfen könnte, es auszuprobieren. Das war natürlich Quatsch. Ich liebe sie. Wenn überhaupt, hat es das Abschiednehmen nur noch schwerer gemacht.

»Ich vermisse dich mehr, als ich ausdrücken kann«, sagt sie.

»Ich weiß. Mir geht es genauso …«

Es ist furchtbar.

»Ich verstehe, warum du es tust. Es beendest, meine ich. Jetzt erst recht.«

»Es gibt keinen anderen Weg«, flüstere ich. »Du bist mir viel zu wichtig. Es ist besser, dich gehen zu lassen, als mich noch mehr zu verlieren.«

Sie schweigt und liegt ganz still. »Vermutlich«, sagt sie und greift nach ihrem Telefon, um auf die Uhr zu schauen. »Wir haben noch drei Stunden, bevor wir auschecken müssen, lass sie uns genießen.«

Zu schnell ist es an der Zeit für den Abschied auf dem Parkplatz.

»Es tut mir so leid«, sage ich. Das drückt nicht im Geringsten aus, was ich meine.

»Ich weiß, warum du es tust. Auch wenn ich es trotzdem nicht möchte«, antwortet sie.

»Und mit dir und Matt?«, frage ich. »Ist alles in Ordnung? Du wolltest gestern irgendetwas erzählen, als ich mit der ganzen Sache rausgeplatzt bin.«

Sie lächelt verlegen und schaut weg. »Mach dir um mich keine Sorgen. Das wird schon.«

Ich umarme sie schnell. Ich weiß, dass es umso schwerer wird, je länger wir den Abschied hinauszögern. Ich gebe ihr noch einen Kuss, dann weiche ich zurück und sehe in diese großen grünen Augen, die ich so sehr bewundere. »Pass auf dich auf, Stephanie.«

»Du auch, Jamie.«

Ich drehe mich um, gehe zu meinem Auto, steige ein und fahre los.

Um 22:24 Uhr empfange ich eine Nachricht von Stephanie auf meinem Telefon.

Ein YouTube-Link führt mich zu *Feel* von Robbie Williams. Ich sehe mir das Video an, das die Geschichte von einer verbotenen Beziehung erzählt. Besondere Momente und flüchtige Blicke werden gezeigt, der Text des Liedes und das Video sind einfach vollkommen. Ich möchte um diese Frau weinen, der ich nicht mehr nah sein kann.

Unerwartet sendet sie noch eine Nachricht, wenige Minuten später. Darin steht:

Du machst, dass ich etwas fühle. Danke! xx

Auch ich füge einen Link in meine Nachricht ein, zusammen mit drei x und drücke auf Senden. Hoffentlich gefällt ihr das Lied. Ich habe es mit Bedacht ausgewählt. Der Text spiegelt genau meine momentanen Gefühle für sie wider und vermutlich auch die zukünftigen.

Paul McCartneys *Maybe I'm Amazed.*

Ich sehe mir das Video viermal an, bevor ich es nicht mehr ertragen kann und den Laptop zuklappe. Ich frage mich, wie sie sich dabei fühlt, und hoffe, sie damit nicht noch mehr durcheinanderzubringen. Plötzlich komme ich mir verletzlich vor, als hätte ich zu viel geteilt. Aber es ist ja sowieso vorbei. Ihr wird die Geste sicher gefallen. Und wahr ist es schließlich auch.

11. KAPITEL
Donnerstag, 6. Mai 2010

Stephanie

»Wow! Wo kommt der denn auf einmal her? Ich habe dich doch letzte Woche noch gesehen!«, rufe ich und starre auf Ebonys rasant wachsenden Babybauch.

Ich freue mich auf einen weiteren kleinen Neffen oder eine Nichte, aber die Neuigkeit, dass Ebony schon wieder schwanger ist, frustriert Matt nur noch mehr. Sie ist glücklich darüber, macht sich jedoch ein wenig Sorgen darum, wie es wohl mit einem Baby und einem Kleinkind sein wird. Da sie jedoch jeglichen Wunsch, bald wieder zu arbeiten, verworfen hat, nehme ich an, dass es ihr nicht zu viel ausmacht.

»Steph, das bekomme ich schon hin«, sagt sie und greift nach einem Feuchttuch, um Judes Gesicht abzuwischen, auf dem die Reste von irgendwelchen Bio-Karotte-Knusperstangen kleben. Für mich sehen sie ehrlich gesagt aus wie orangefarbene Chips.

»Es wird sicher anstrengend, aber insgesamt soll es wohl einfacher sein, wenn sie nicht so einen großen Altersunterschied haben – dann kann man die durchwachten Nächte schneller hinter sich lassen, und sie spielen schon früh miteinander und bauen eine gute Beziehung auf. Sie werden sicher die besten Freunde«, kündigt sie an und schickt Jude spielen. Es ist schön hier im Park zu dieser Jahreszeit, wenn langsam die Blumen anfangen zu blühen und der Duft nach frisch gemähtem Gras die Luft erfüllt. Kinderlachen ist überall zu hören. Ich mag es sehr.

Ich gucke Ebony an, als sei sie verrückt geworden. »Du erinnerst dich schon noch daran, wie viel wir uns als Kinder gestritten haben, oder? Eigentlich fast immer.«

»Ja, das stimmt schon. Aber als die Phase vorbei war, hatten wir es doch gut miteinander, oder etwa nicht?«

»Ebony, ich möchte da wirklich mal etwas klarstellen«, sage ich mit ernster Stimme. »Die Gameboy-Geschichte verzeihe ich dir nie.«

Ihr bleibt fast die Luft weg, ihr Mund öffnet sich, dann dreht sie sich zu mir.

Ich war damals zehn Jahre alt und Ebony sieben. Sie hat es nicht mit Absicht getan, aber das hat meine *Wut* auf sie nicht geschmälert.

Ich glaubte immer noch an den Weihnachtsmann, und in diesem Jahr hatte ich mir einen Gameboy von Nintendo gewünscht. Ich war das glücklichste Mädchen der Welt, als tatsächlich am Weihnachtsmorgen einer auf mich wartete. Nachdem ich den ganzen Tag über damit gespielt hatte, sah ich am nächsten Morgen, als ich gerade aus der Badewanne kam, mit Entsetzen, dass Ebony damit spielte. Daraus entwickelte sich ein ziemlicher Streit, wie das eben manchmal unter Geschwistern so ist: Sie weigerte sich, mir den Gameboy zurückzugeben, und ich jagte sie durchs Haus. Um es kurz zu machen: Am Ende fiel er in die Badewanne und hat nie wieder funktioniert.

Drei Tage lang habe ich kein einziges Wort mit ihr gewechselt, dann ist meine Mutter eingeschritten. Sie hat uns in ihr Schlafzimmer geschleift, und wir mussten uns auf ihr Bett setzen.

»Jetzt hört ihr beiden mir mal gut zu«, sagt sie entschieden. »Das Leben ist zu kurz, um sich mit den Menschen zu streiten, die man liebt. Ihr müsst diese lächerliche Fehde also umgehend beilegen.«

»Aber …«, unterbreche ich sie.

»Nein«, sagt sie und hebt die Hände abwehrend in die Höhe, um mich zu bremsen. »Kein Aber. Ihr beide funktioniert zusammen so viel besser als getrennt. Durch solche Streitereien verschwendet ihr nur eure Weihnachtsferien, anstatt Spaß zu haben und Dinge zu erleben, die euch in Erinnerung bleiben.«

Ebony und ich sehen uns betreten an.

»Es kann nichts Gutes daraus entstehen, wenn man sich mit den Menschen, die man liebt, überwirft«, fährt sie fort. »Vertraut mir, ich weiß, wovon ich spreche. Es ist reine Zeitverschwendung. Lasst uns die Sache also beenden und zusammen Weihnachtsplätzchen backen.«

Mum breitet die Arme aus und lädt uns zu einer gemeinsamen Umarmung ein, die wir gern annehmen.

»Ihr müsst mir beide etwas versprechen«, flüstert sie in unsere Haare, »überlegt es euch immer zweimal, bevor ihr mit den Menschen streitet, die ihr liebt. Ihr fühlt euch dadurch nur furchtbar und werdet es immer bereuen, immer …«

»Stephanie, du bist wirklich *krass!* Das ist doch schon zwanzig Jahre her«, sagt Ebony schrill.

»Und ich werde auch die nächsten zwanzig Jahre so denken«, sage ich ernsthaft, bevor ich mir das Kichern nicht mehr verkneifen kann und das mitgebrachte Picknick auspacke. »Ich nehme an, dass du dir als Nächstes ein Mädchen wünschst?«

»Ganz ehrlich, das ist mir vollkommen egal. Eigentlich kann ich mir auch einen Bruder für Jude sehr gut vorstellen. Gleichgeschlechtliche Geschwister haben doch eine ganz besondere Verbindung«, sagt sie und wirft mir ein liebevolles Lächeln zu, das ich erwidere. »Aber ich kann nicht verleugnen, dass ich auch gern ein Mädchen hätte. Wäre schön, beides zu haben.«

»Vielleicht werden es ja Zwillinge, ein Junge und ein Mädchen.« Ich muss lachen.

»Hoffentlich nicht! Wie sollte ich das denn bloß schaffen?«

Ich bin mir ganz sicher, dass sie das in den Griff bekommen würde. Ebony ist zwar in manchen Dingen etwas eigen, aber sie ist sehr hartnäckig. Obwohl sie meine kleine Schwester ist, kommt sie mir in vielerlei Hinsicht erwachsener und stärker vor als ich. Sie wirkte schon immer mental deutlich aufgeräumter. Oft habe ich gedacht, dass es sie irgendwann sicher noch treffen wird, vielleicht sogar erst Jahre später, aber das ist nie eingetreten. Zumindest weiß ich nichts davon. Möglicherweise verschließt sie sich auch einfach nur vor der Realität. Wer weiß, wie es hinter der Fassade bei ihr aussieht, vielleicht kann ich gar nicht richtig einschätzen, wie es ihr geht. Auch wenn ich mir wünschte, dass sie mit mir reden würde, wenn etwas wäre.

Wir machen es uns auf der rot karierten Picknickdecke gemütlich, die ich für unseren Nachmittag mitgebracht habe. Ich habe mir ein paar Tage freigenommen, um Zeit mit Ebony und Jude zu verbringen. Da ich meinem Neffen ein Teddybär-Picknick versprochen habe, ist alles kindgerecht angerichtet: Es gibt Schinken-Käse-Sandwich, Chips, Würstchen im Schlafrock, Kekse und Säfte mit viel zu viel Zucker. Ebony sieht mir argwöhnisch beim Auspacken zu. Dann sagt sie in ihrer besorgten Stimme, die drei Tonlagen höher ist als normalerweise.

»Oh! Hast du denn keinen Hummus dabei? Oder Gurken? Er isst so gern klein geschnittene Gurke!«

Ich sehe sie mit schief gelegtem Kopf an. »Ebony, ich bringe doch meinem Neffen nicht nur Kaninchenfutter mit, wenn wir einen gemeinsamen Ausflug machen. Davon bekommt er doch zu Hause schon mehr als genug. Wofür ist eine aufsässige Tante denn überhaupt noch gut, wenn sie noch nicht einmal Chips mitbringen darf?«

»Okay, ein Tag wird ihn schon nicht umbringen. Ich möchte nur nicht, dass er Geschmack daran findet.«

»Wenn er das hier alles isst, muss er zumindest das Crack nicht mehr nehmen, das ich zum Nachtisch mitgebracht habe«, sage ich todernst.

Sie fängt an zu lachen und schlägt die Hände vor dem Gesicht zusammen.

»Alkoholfreien Wein?«, frage ich und halte ihr ein Plastikweinglas hin.

Ich vermisse meine Schwester. In letzter Zeit sehe ich sie viel zu selten, das ist auch ihr aufgefallen.

»Ich habe mich wirklich schon gefragt, ob es an uns liegt. Immer wenn ich euch eingeladen habe, hattet ihr schon etwas anderes geplant«, sagt sie.

Ich lächle. »So ein Quatsch. Im Sommer ist einfach immer so viel los. Genau deshalb habe ich mir ja freigenommen, damit ich Zeit mit dir und Jude verbringen kann … nur wir drei.«

Ich erzähle ihr nicht, dass wir meistens gar nichts vorhaben, sondern Matt einfach keine Lust hat. Irgendetwas an Will, Ebonys Ehemann, passt ihm nicht, und auch zu Ebony hatte er noch nie ein besonders inniges Verhältnis, also verbringe ich lieber die Zeit allein mit den verschiedenen Parteien.

Jude kommt angerannt und stürzt auf mich zu, wirft seine kleinen Arme um meinen Hals. Er hat jede Menge langer schwarzer Locken, die im Kontrast zu seiner hellen Haut stehen. Ich drücke ihn fest an mich und lasse ihn auf meinen Knien sitzen, während ich ihm ein Schinken-Sandwich reiche.

»Du bist ein Naturtalent«, sagt Ebony und betrachtet uns stolz.

Ich gebe Jude einen Kuss oben auf den Kopf und streiche danach seine Haare glatt. Er ist wirklich unglaublich süß.

»Sieht nicht so aus, als wäre ich dafür bestimmt, Ebs«, sage ich, ohne aufzusehen. »Ich versuche schon eine ganze Weile, schwanger zu werden.«

»Willst du denn wirklich jetzt ein Kind?«, fragt sie mich.

»Wie meinst du das?«

»Dein Körper will dir vielleicht nichts geben, für das du nicht bereit bist oder das du noch nicht willst«, sagt sie sehr selbstsicher. Seit wann ist meine Schwester so welterfahren?

»Aber bei dir ging es doch so schnell! Du brauchst Will nur anzusehen, und schon bist du wieder schwanger. Matt findet, das sollte bei mir auch so sein.«

»Er setzt dich doch hoffentlich nicht unter Druck, oder? Das macht die Sache nämlich sicher nicht besser«, sagt sie empört.

»Nein, nein«, antworte ich schnell. »Es ist nur ziemlich frustrierend. Es fühlt sich an, als wäre ein Baby so etwas wie das letzte Puzzlestück, und ich kann es nicht haben. Noch nicht einmal das bekomme ich hin.«

»Das wirst du bestimmt. Wenn die richtige Zeit dafür gekommen ist.« Ebony lächelt mich an. »Du bist doch gerade mal neunundzwanzig.«

»Aber was bin ich bloß für eine Ehefrau, wenn ich kein Kind bekommen kann?«

»Steph, du kannst dich doch nicht über deine Fruchtbarkeit definieren«, sagt sie vorsichtig. »Du hast unzählige andere Qualitäten. Ich weiß, dass du eine schwere Zeit hinter dir hast, und wir alle wünschen uns, dass es dir gut geht, aber das darfst du auf keinen Fall davon abhängig machen, ob du Kinder hast oder nicht.«

Ich nicke verwirrt.

»Du *bist* doch glücklich, oder? Mit allem anderen? Also mit Matt, meine ich?«

»Ja, aber ich möchte auch ihn glücklich machen, wünsche mir, dass er stolz auf mich ist.«

»Na, ich hoffe doch mal, dass er so oder so stolz auf dich ist«, sagt sie.

»Hm … ja.« Ich zucke mit den Achseln.

»Steph? Ist alles in Ordnung mit Matt? Du weißt, dass du mir alles erzählen kannst.«

»Ich weiß nicht«, sage ich und streiche über das kleine Bein von Jude, der immer noch an seinem Brot kaut. »Wir sind irgendwie kein richtiges Team. Zwischen uns besteht nicht so eine enge Bindung, wie es eigentlich sein sollte. Aber vermutlich rede ich nur Unsinn.«

»Hast du mit ihm darüber gesprochen?«

»Wie das denn? Er behandelt mich ja nicht schlecht. Wahrscheinlich bin ich nur seltsam und mache mir über alles zu viele Gedanken. Vielleicht sind auch meine Erwartungen einfach zu hoch. Das kommt bestimmt davon, dass ich mir zu viele Liebeskomödien ansehe«, tue ich die ganze Sache mit einem Lachen ab. Hätte ich doch bloß nichts gesagt!

»Tja, wir wissen besser als andere, dass das Leben zu kurz ist, um nicht das Beste daraus zu machen«, sagt sie sanft und lächelt mich an. »Rede mit ihm. Friss nicht alles in dich hinein.«

Wir bleiben bis zum späten Nachmittag im Park, ruhen uns aus, laufen mit Jude durchs Gras, lachen, spielen, verbringen zusammen eine schöne gemeinsame Geschwisterzeit. Jude ist erledigt, als wir uns auf den Heimweg machen, und schläft in seinem

Buggy ein. Sofort macht sich Ebony Sorgen, dass es schon viel zu spät für ein Schläfchen ist und er bestimmt nachts nicht zur Ruhe kommen wird. Er ist zusammengesackt, seine Arme und Beine hängen seitlich aus dem Buggy heraus, und sein Mund ist leicht geöffnet. Seine langen schwarzen Wimpern liegen beim Schlafen auf den Wangen. Seine Haut sieht so weich und weiß aus. Immer wenn ich ihn betrachte, verspüre auch ich den Wunsch nach einem eigenen Kind.

Als wir am späten Nachmittag nach einem langen Spaziergang unser Haus erreichen, neigt sich ein toller Tag seinem Ende zu. Ebony verabschiedet sich am Gartentor von mir. Es ist ein wunderschöner Abend – die Sonne taucht alles in ein helles gelbes Abendlicht, sobald man jedoch in den Schatten tritt, wird es sofort merklich kühler.

Als ich auf unser Haus zugehe, schreibe ich Ebony eine Nachricht:

Es war ein sehr schöner Tag mit dir und Jude.
Ich habe euch lieb. xxx

Ein Lächeln huscht mir übers Gesicht, als ich mein Telefon zurück in die Tasche meiner Shorts stecke. Es war wirklich ein schöner Tag. Als ich gerade nach meinem Schlüssel suche, piepst mein Telefon. Wenn das mal nicht einer dieser kitschigen Geschwisterchats wird …

Als ich das Telefon aus der Tasche ziehe und auf das Display schaue, muss ich erst einmal tief durchatmen. Die Nachricht ist von Jamie, warum, um Himmels willen, schreibt er mir im Mai? Warum schreibt er mir überhaupt? Ohne nachzudenken, öffne ich die Nachricht, und mir bleibt fast die Luft weg.

Sebastian Dobson kam schnell – und sehr plötzlich – auf diese Welt, einen Monat früher als erwartet wurde er heute Nachmittag, am 6. Mai, um 14:03 Uhr geboren. Mutter und Baby sind wohlauf. Helen war einfach fantastisch, ich könnte die beiden nicht noch mehr lieben.

»Ich könnte die beiden nicht noch mehr lieben.«

Ich könnte sie nicht noch mehr lieben.

Das. Ist. Nun. Wirklich. Zu. Viel. Des. Guten.

Instinktiv greife ich nach dem Pfeiler des Vordachs, um nicht umzukippen. Diese Nachricht muss ich erst mal verdauen, ich starre zu Boden, atme ein paarmal tief durch und sehe mir das Geschriebene erneut an. Dafür brauche ich einen klaren Kopf.

Okay.

Ich wusste, dass sie ein Baby wollten. War sie schon schwanger, als wir uns das letzte Mal getroffen haben? »Einen Monat früher als erwartet«? Angestrengt versuche ich nachzurechnen, ob er es letzten Oktober schon gewusst haben kann. Sie muss zumindest schon in einer ganz frühen Phase der Schwangerschaft gewesen sein. Ab wann man so etwas merkt, weiß ich nicht, so weit bin ich schließlich noch nie gekommen.

Warum zum Teufel schickt er mir das überhaupt?

Zum Glück ist Matt noch bei der Arbeit, also muss ich mich nicht verstecken, um den Tränen freien Lauf zu lassen. Ich schließe die Nachricht und lasse das Telefon wieder in die Tasche gleiten. Aber in meinem Kopf sind nur noch diese Worte in Endlosschleife. Sonst nichts.

Ich hole mir ein Glas Wasser und öffne das Fenster im Wohnzimmer. Ein angenehmes Lüftchen weht herein, als ich im Sessel Platz nehme. Bis auf das ferne Surren eines Rasenmähers ist es still.

Die letzten sieben Monate waren furchtbar. Nein, furchtbar trifft es nicht.

Es gibt nichts Qualvolleres, als einfach so mit seinem Alltag fortzufahren, wenn man innerlich sterben möchte, weil man den Menschen nie wiedersehen wird, der einem so unglaublich viel bedeutet. Was soll man bloß machen, wenn man an nichts anderes mehr denken kann?

Noch schlimmer wird das Ganze allerdings dadurch, dass man mit niemandem darüber reden kann. Kein Ausheulen mit Freunden am Telefon, keine Schulter zum Anlehnen, keine dieser aufbauenden Gespräche, in denen einem gesagt wird, man sei ohne diesen Idioten doch eh viel besser dran, keiner, der einen bei Herzschmerzen, Qualen, Angst oder Verzweiflung aufmuntert.

Mit allem muss man allein fertigwerden.

Alle fragen sich, warum es mir so schlecht geht, und irgendwann gehen mir die Erklärungen aus. Hormone, die Arbeit oder das Leben taugen nur eine gewisse Zeit als Ausrede. Aus Wochen werden Monate. Kein Wunder, dass ich nicht schwanger werde. Die Leute nehmen an, dass mein Gewichtsverlust in letzter Zeit (der sicher nicht nötig war, aber auffällt) eine Vorbereitung auf eine mögliche Schwangerschaft ist. Dabei liegt die Ursache im Kummer. Jane war die Einzige, die verstanden hat, dass etwas Schlimmes passiert sein musste, und mich fragte: »Gibt es da etwas, das Sie mir erzählen wollen?«

Ich hasse mich selbst dafür, in diesem Zustand zu sein. Was hatte ich eigentlich erwartet, als ich ihn letzten Oktober traf? Ach ja, mein großer Plan: ihm zu erzählen, dass ich nicht mehr glücklich mit meinem Mann bin, damit er seine Situation vielleicht noch einmal neu bewerten kann? Hatte ich wirklich erwartet, dass er etwas daran ändern würde? Oh, was für eine Selbsterniedrigung! Glücklicherweise war es dann gar nicht dazu gekommen. Im Nachhinein ein Segen, besonders angesichts dieser Neuigkeiten.

Ich quäle mich selbst mit den Gedanken an Jamies und Helens vermutlich perfektes Geburtserlebnis. Dieses Strahlen nach der Geburt, das sie bestimmt hatte, und er, wie er Fotos von seiner wunderschönen Frau und dem Kind macht (das mit Sicherheit gleich an ihre wohlgeformten Brüste gelegt wurde), ihr perfektes Make-up, die beiden, wie sie nicht aufhören können, dieses vollkommene Wesen zu bestaunen. Immer und immer wieder: »Ich liebe dich.« Igitt. Vermutlich sind auf Facebook bereits jede Menge Bilder des Glücks zu sehen.

Als meine Fantasie gerade mit mir durchgeht, piept mein Telefon schon wieder.

Stephanie. Es tut mir wahnsinnig leid. Ich wollte die Nachricht nicht an dich schicken. Automatisch habe ich sie an alle Kontakte in meinem Adressbuch gesendet und erst hinterher gemerkt, dass du sie ja dann auch bekommen würdest. Es tut mir wahnsinnig leid. x

Ich denke darüber nach, überhaupt nicht zu antworten, so zu tun, als hätte ich nichts bekommen. Aber nachdem ich sie hundertmal geschrieben und wieder verworfen habe, entscheide ich mich dazu, diese Nachricht zu schicken:

Schon gut. Hatte nicht angenommen, noch einmal von dir zu hören, bin aber froh, dass es dir gut geht. Ich weiß, dass es keine Absicht war. Herzlichen Glückwunsch. x

Gern hätte ich ihm noch so viel mehr gesagt. Zum Beispiel, wie sehr ich ihn vermisse oder dass ich ständig an ihn denken muss.

Als er mir gesagt hat, dass er mich nicht mehr würde sehen können, war ich völlig verzweifelt. Ich wollte ihn anflehen, es sich noch einmal zu überlegen. Aber ich wusste, dass es keinen anderen Weg gab. Er versuchte schließlich nur, das Richtige zu tun. Und letztendlich war das, was wir zusammen hatten, wie auch immer man es nennen mag, ja sowieso zum Scheitern verurteilt.

Es ist so unheimlich schwer, das alles auszuhalten. Aber ich kann mich über mein Leben eigentlich nicht beklagen, das muss ich mir immer wieder sagen und lernen, es auch wertzuschätzen. Man kann eben nicht alles haben. Ich bin finanziell abgesichert, habe eine Familie, die mich unterstützt, eine sichere Arbeit, ein wunderschönes Haus, ein tolles Auto und verbringe traumhafte Urlaube.

Warum bloß habe ich mich dann, als Jamie Dobson mir gesagt hat, er wolle mich nicht mehr sehen, gefühlt, als würde mir jemand die Seele aus dem Leib reißen? Ich würde alles dafür geben, ihn weiterhin sehen zu können, ein einziges Wochenende im Jahr. Mehr verlange ich ja gar nicht. Ist das denn wirklich schon zu viel? Ja, anscheinend schon, er hat sich weiterentwickelt, und das muss auch ich tun.

12. KAPITEL
Freitag, 20. August 2010

Jamie

Die erste Nacht in einem neuen Zuhause ist immer mit gemischten Gefühlen verbunden: Man ist erledigt von dem Umzug, traurig darüber, ein Kapitel hinter sich zu lassen, und gespannt darauf, Neues zu entdecken. In diesem speziellen Fall verspüre ich auch besorgte Erregung, die ich nicht so ganz einordnen kann – oder es wohl eher nicht wage.

Als ich das große Licht in dem Raum einschalte, der einmal Sebs Kinderzimmer werden soll, stehe ich vor unzähligen Kartons, die tetrisartig aufeinandergeschichtet sind und auf denen mit schwarzer Schrift KINDERZIMMER und SEB steht.

Mittlerweile weiß ich, dass es in Beziehungen hauptsächlich um Kompromisse geht. Wie groß diese allerdings sind, hängt sehr von den individuellen Paaren ab. Manche Leute bringen mehr Opfer als andere. Ich hätte mir niemals vorstellen können, Richtung Süden zu ziehen, weit weg von dem Ort, an dem ich aufgewachsen bin. Außerdem hätte ich auch niemals gedacht, dass ich meine Arbeit aufgeben würde. Unglaublich, was man alles für die Liebe tut! Die Leute warnen einen immer davor, wie hart es mit einem Baby ist. Nur zu gern reiben sie einem unter die Nase, wie erschöpfend es ist, als hätten sie heimlich Freude daran. Die Eltern von Neugeborenen, Babys und Kleinkindern suchen geradezu den Kontakt zu werdenden Eltern und Frauen kurz vor der Niederkunft, um sie darüber zu informieren, wie beschwerlich ihr Leben zukünftig werden wird. »Versucht, so viel Schlaf zu bekommen wie möglich! Bis sie mindestens sechzehn sind, werdet ihr erst mal nicht mehr dazu kommen!«, unken sie mit einem jammernden Kleinkind auf dem Schoß. Okay, danke. »Genießt die Ruhe und den Frieden! Seid spontan, geht einfach aus, wann immer euch danach ist: Kino, einkaufen, was euch gerade einfällt. Einfach nur, weil ihr es noch könnt.« Also ehrlich! Das klingt, als würde man freiwillig ins Gefängnis gehen.

Bevor Seb geboren wurde, haben Helen und ich bei solchen Sprüchen noch die Augen verdreht, sobald die Leute uns nicht mehr beachteten. Oh, das habe ich schon mal gehört. Ja, vielen Dank für die Info. Gibt es denn nichts Originelleres zu sagen?

Dann kam Seb, und drei Monate später lache ich darüber, wie sehr sie alle recht hatten. Damals habe ich zwar gehört, was sie gesagt haben, aber es einfach nicht verstanden.

Elternwerden ist so eine riesige, das Leben völlig auf den Kopf stellende Veränderung, dass man gar nicht begreifen kann, was da alles auf einen zukommt – zumindest nicht so richtig. Noch nicht einmal, wenn man das Kinderzimmer streicht oder verliebt ein schwarz-weißes Ultraschallbild betrachtet. Da macht man sich ganz viel vor. Natürlich denkt man: »Ich bin so was von gewappnet für alles, was da kommen mag. Schaut her, wie erwachsen ich doch geworden bin. Bald halte auch ich ein Kind im Arm und den ganzen anderen Scheiß«, aber es ist lächerlich, wie unvorbereitet man dann wirklich ist. Man liest die Elternratgeber, kauft die Strampler (in den falschen Größen) und das ganze andere, überteuerte Kinderzeug, zu dem man überredet wird, weil man denkt, dass man das alles braucht, und macht sich selbst vor, dass man bereit ist. Dabei stimmt das nicht. Überhaupt nicht.

Im Kreißsaal fühlt es sich dann zum ersten Mal so richtig echt an, wenn man sieht, wie dieses kleine Wesen das Licht der Welt erblickt.

Was für ein Moment!

Das ist der Zeitpunkt, an dem man erwachsen wird. Auf einmal ist man Eltern geworden und hat die Verantwortung für so eine winzige Person.

Ich hatte mich auf das ultimative Klischee eingestellt, sah Helen schon vor mir, wie sie schreiend nach meiner Hand greifen würde – es wurde tatsächlich schon im Vorhinein zu einem Scherz zwischen uns beiden. Als es jedoch dann tatsächlich so weit war, hat sie weder geschrien noch mich oder meine Hand gebraucht. Sie war mit den Gedanken ganz woanders und hat aufmerksam der Hebamme zugehört. Ich stand da und wusste nicht, was ich tun sollte, fühlte mich ganz schön überflüssig.

Dann wurde er mit einem seltsam geformten Köpfchen geboren, das lag an diesem Saugding, mit dem sie ihn herausgezogen haben. Sie nahmen ihn sofort mit, um ihm Sauerstoff zuzuführen, und ich habe Helen umarmt, die aussah, als wäre sie gerade einen Marathon gelaufen.

»Geht es ihm gut?«, keuchte sie. »Geht es Seb gut?«

Von der Ultraschalluntersuchung um die zwanzigste Woche herum wussten wir, dass es ein Junge werden würde. Wir gehörten nicht zu den Paaren, die sich überraschen lassen wollten. Wir wollten vorbereitet sein, ihm einen Namen und irgendwie auch eine Art Persönlichkeit geben. Es fühlte sich an, als würden wir ihn schon kennen.

»Es wird ihm gut gehen. Du hast das alles so toll gemacht, ich liebe dich so sehr«, flüsterte ich und grinste dabei von einem Ohr zum anderen.

Sie lächelte, schlang mir die Arme um den Hals und zog mich ganz nah an sich heran. »Ich liebe dich auch«, sagte sie, während die Hebamme uns unseren Sohn brachte.

Der Wirbel um ein Neugeborenes ähnelt dem, wenn jemand stirbt. Zuerst eine Phase der Hysterie: Alle wollen vorbeikommen, um den Neuankömmling zu begrüßen, es ist ständig etwas los und das Haus voller Leute, die immer wieder fragen, ob sie etwas tun können – aufräumen, Tee kochen und die Einkäufe erledigen. Die Familie bringt Blumen und Glückwunschkarten, und es duftet im ganzen Haus. Alles ist voller Ballons, Teddybären, und in der Küche stapeln sich selbst gebackene Köstlichkeiten. Das ist schön … aber nicht das wahre Leben. Das Ganze hält ungefähr eine Woche an, bevor es so langsam weniger wird und man sich bewusst macht, dass jetzt das richtige Leben beginnt. Dabei wird man dann völlig alleingelassen.

Plötzlich ist man nur noch zu dritt.

In dem bisher immer ordentlichen Haus sieht es jetzt aus wie nach einem Tornado, der überall Spuren von Babykram hinterlassen hat. Helen war immer eine äußerst penible Person, und auch ich bin gar nicht schlecht im Ordnunghalten, zumindest alles andere als ein Chaot. Aber es ist auch ganz egal, sobald ein Baby dazukommt, ist nichts mehr, wie es einmal war. Im Handumdrehen sieht alles aus wie nach einem Bombeneinschlag, und man weiß gar nicht, wie es so weit kommen konnte. Die Wäsche stapelt sich, das Essen kommt nur noch aus der Mikrowelle, man schläft nicht mehr, duscht nicht und zieht sich noch nicht einmal an. Wie kommt das bloß? Dieses Baby ist so winzig, und ich habe es für mein Leben gern, aber ich frage mich trotzdem, wie ein so kleines Wesen das Leben derart verändern kann!

So richtig hat uns das echte Leben jedoch erst eingeholt, als ich nach meiner Elternzeit wieder angefangen habe zu arbeiten. Es gibt nichts, was einen auf diese Müdigkeit vorbereitet. Spätestens wenn einem drei Stunden ununterbrochener Nachtschlaf wie ein Himmelreich vorkommen, weiß man, dass man ein extremes Leben führt. Man wird zum Monster.

Dann beginnen die Kämpfe. Am häufigsten geht es bei uns um den klassischen Konflikt, wer den anstrengenderen Tag hat. Für mich ist es härter, weil ich arbeiten gehen muss, ohne Schlaf zu bekommen. Aber für Helen ist es härter, weil sie ihre Identität und ihr Sozialleben verloren hat. Ich kann mich immerhin anziehen, rausgehen und den ganzen Tag über mit anderen Menschen reden. Eine Schlacht, in der es keine Gewinner gibt. Wir leiden beide.

Wir haben auch keinen Sex mehr, das ist allerdings keine große Überraschung, wir beide sind viel zu erschöpft, um überhaupt Lust darauf zu haben. Aber auch die Vertrautheit leidet, das ist traurig. Wir werden beide von dem Baby derart in Beschlag genommen, dass wir einander vernachlässigt haben – von uns selbst ganz zu schweigen. Ich hatte mir einen gemütlichen Abend mit Helen auf dem Sofa ausgemalt, während Seb in seinem Stubenwagen lag, brachte ihr ein Glas Wein und nahm sie in den Arm, sofort löste sie sich daraus und sagte, sie brauche ein wenig Platz für sich. Verständlich, da sie ja den Großteil ihrer Zeit mit einem geradezu an den Körper geketteten Säugling verbringt. Dennoch würde ich gern wieder die Verbindung zu ihr aufnehmen.

Wie kann ein drei Monate altes Kind schon so viel Zeug besitzen? Ich lasse meinen Blick über das Gitterbett schweifen, das darauf wartet, morgen von mir zusammengeschraubt zu werden, sowie über die von mir für ihn angefertigten Bilder, die daneben an der Wand lehnen. Ich kann es kaum abwarten, das Zimmer für ihn herzurichten. Als ich einen der Kartons öffne, fällt mir ein flauschiger weißer Kuschelhase in die Hände, ich muss lächeln und streichle über sein Fell. Ich weiß noch genau, wie ich ihn gekauft habe. Mein Lächeln erlischt, da ich daran denken muss, was an diesem Tag noch geschehen ist.

Es war an einem heißen Junitag, acht Monate nachdem ich Stephanie zuletzt gesehen hatte. Seb war gerade einen Monat alt und schlief tagsüber noch ziemlich viel. Er war das bezauberndste Wesen, das mir je begegnet ist.

Helen hatte organisiert, dass wir zu einem Familienpicknick im Park mit ihren Arbeitskollegen gehen würden. Es brauchte schon allein alle möglichen komplexen Vorbereitungen, das Haus für mehr als vier Stunden zu verlassen (inklusive einer fünfundvierzigminütigen Autofahrt hin und zurück). Windeln, Fläschchen, Flaschenwärmer, neunzehn Wechselgarnituren, Babyhüte, Sonnenschirme, Decken, Spielzeug, Feuchttücher, Schnuller, Windelbeutel … Der Kofferraum war fast voll, als wir endlich das Haus verließen. Also ehrlich, das ist doch wirklich lächerlich. Seb schrie die gesamte Hinfahrt über, was uns beide stresste. Im Auto war es heiß, und es ging nur langsam vorwärts, weil so viel Verkehr war. Die Atmosphäre im Wagen erhitzte sich zusehends, da Helen und ich uns die ganze Fahrt über zankten.

»Es ist zu heiß hier drin.«, »Mach das Fenster auf!«, »Er muss gefüttert werden.«, »Nein, braucht er nicht.«, »Mach die Klimaanlage aus!«, »Gib ihm einen Schnuller!«, »Schalt das Radio leiser!«, »Du fährst zu schnell.« ... die ganze Fahrt war furchtbar stressig. Als wir endlich bei diesem National-Heritage-Denkmal ankamen, an dem dieses Fest für Leute der gehobenen Mittelschicht stattfinden sollte – so kam mir das organisierte Teddybärenpicknick zumindest vor, für das wir zwanzig Pfund bezahlt hatten, nur um daran teilnehmen zu können –, waren wir kurz davor, uns gegenseitig umzubringen.

Das gesamte Areal war mit Fähnchen und Heliumballons geschmückt. Sie tanzten im Wind und erfreuten die Kleinkinder, die versuchten, nach ihnen zu greifen. Helens Freunde sind in der Familienplanung alle schon etwas weiter als wir. Wir sind die Neulinge. Die meiste Zeit schwärmen sie von ihren Sprösslingen – besonders davon, wie weit sie für ihr Alter schon sind und dass sie alles Monate früher können, als es in den Büchern steht. Dazu hatten wir natürlich bisher nicht so viel beizutragen, deshalb begnügten wir uns damit, ihnen begeistert und voller Anerkennung zuzulächeln. Ich versuchte darüber hinaus, weniger gelangweilt zu gucken, als ich war. Viel lieber wäre ich zu Hause geblieben und hätte den schönen Tag nur mit Seb und Helen genossen, aber sie mag nun mal gern solche Veranstaltungen.

Wir verteilten uns auf dem Rasen, und alle packten das mitgebrachte Essen aus Kühlboxen und Körben aus. Dabei musste ich darüber nachdenken, wie anders ein Picknick in meiner Kindheit ausgesehen hatte. Ach, wie sehr hatte ich früher ein einfaches Picknick am Strand oder in einem Park geliebt, wenn wir zusammensaßen und labberige Wurstbrötchen und zerdrückte Schinkensandwiches verschlangen – ja, wirklich, sie waren tatsächlich mit ungesundem Weißbrot gemacht. Und erst die bei uns Kindern heiß begehrten und ziemlich billigen Space-Rider-Chips und Trio-Kekse! Heruntergespült wurde das Ganze natürlich mit einer Dose zuckriger Limonade. Das alles schmeckte so viel besser, wenn man es draußen aß, irgendwann wurde meine Mutter dann ganz hektisch und räumte den Müll zusammen.

Heutzutage gibt es Möhrenstifte, Vollkorn-Fladenbrot, Hummus, Gurkenscheiben – jetzt mal ehrlich, welche Kinder freuen sich schon über eine Gurkenscheibe? – und dazu Smoothies, das alles wird in Tupperdosen mit mehreren Unterteilungen perfekt angerichtet. Ich traute meinen Augen kaum. Ich hatte es gerade einmal geschafft, mich anzuziehen und den Tag bisher zu überleben, und die anderen hatten die Zeit gefunden, Tomaten-Gurken-Röllchen für ihre dreijährigen Kinder zu fabrizieren.

Glücklicherweise war Seb nach der anstrengenden Fahrt und dem ganzen Geschrei so erschöpft, dass er tief und fest in seinem Kinderwagen schlief und Helen und ich tatsächlich zu Mittag essen konnten. Es war zwar erst Viertel nach elf, aber das zählt als Mittagessen, wenn man bereits um 5:40 Uhr aufgestanden ist. Während ich gerade Sandwichs in mich hineinstopfte und dabei die ganze Zeit befürchtete, dass Seb sich melden könnte, begann eins der kleinen Mädchen aus unserer Gruppe aufzudrehen und bei der Hitze grantig zu werden. Sie war ungefähr vier Jahre alt, hatte lange blonde Haare und trug ein rosafarbenes Sommerkleid. Sie war nicht ungezogen, nur ein wenig gelangweilt.

»Isabella! Jetzt reicht es aber! Setz dich sofort hin und hör auf, hier so ein Theater zu machen!«, schrie ihre Mutter, eine Arbeitskollegin von Helen.

»Ich mach doch gar kein Theater, Mum!« Sie fing an zu weinen, und ihr Kuschelhase baumelte an ihrer Hand.

»Wir wollen alle in Ruhe essen, also hör jetzt endlich auf, dich wie ein Baby aufzuführen, und setz dich hin!«, zischte die Frau ihr zu. Um Himmels willen, bleib mal locker!

Dort stand das kleine Mädchen ganz allein, weinte, und ich fragte mich – warum macht man so etwas?

Also griff ich in die Wickeltasche, zog meinen Block und ein paar Stifte hervor – die habe ich immer dabei, das gibt mir irgendwie Sicherheit.

»Das ist wirklich ein hübscher Hase«, sagte ich zu Isabella. »Sollen wir ihn zusammen malen?«

»Sie ist ein *Mädchen!*«, sagte Isabella, als wäre das offensichtlich, obwohl der Hase von Ohr bis Pfote einfach nur hellgrau war.

»Ach, natürlich ist sie ein Mädchen!«, antwortete ich. »Sollen wir ihr eine hübsche rosa Schleife malen?«

Sie nickte aufgeregt, und ich begann zu zeichnen. Es dauerte nicht lange, einen schnellen Hasen aufs Papier zu bringen, und sie war eine Viertelstunde oder sogar noch länger beschäftigt. Nachdem sie selbst ein Kleid und eine Schleife dazugemalt hatte, platzte sie beinahe vor Stolz und hüpfte zu ihrer Mutter hinüber, um ihr das Bild zu zeigen.

»Oh, Kleines, das ist aber toll!«, gurrte ihre Mutter und drückte ihr auf einmal engelsgleiches Mädchen an sich. »Hat Jamie dir dabei geholfen?«

»Ja! Er hat die Ohren gemalt«, sagte sie stolz. Alle lachten.

»Was machst du noch mal beruflich, Jamie?«, fragte die Mutter, wodurch ich unangenehmerweise ins Zentrum der Aufmerksamkeit geriet.

»Ich arbeite als Kunstlehrer an einer weiterführenden Schule im Ort.«

»Was für eine Verschwendung«, fuhr da ihr Mann dazwischen. »Du hast Talent. Hast du schon einmal darüber nachgedacht, einen kommerziellen Weg einzuschlagen? Da würdest du ein Heidengeld verdienen. Viel mehr als jetzt, für deutlich weniger Arbeit.«

»Das rate ich ihm auch schon die ganze Zeit, aber er will es einfach nicht!«, mischte sich jetzt auch Helen ein.

»Meine Arbeit macht mir Spaß, danke«, sagte ich in die Runde.

»Puh, ich habe keine Ahnung, wie du das aushältst«, erwiderte ein Mann, der einen viel zu großen Strohhut trug, der sowohl lächerlich als auch unnötig war. »Den ganzen Tag über das Geschrei und Geheule der Kinder zu ertragen.«

»Na ja, sie sind zwischen elf und achtzehn, da schreit und heult man nicht mehr so viel«, erklärte ich.

»Tja, also. Es ist eben nicht so … wie soll ich sagen? Nicht so angenehm, oder?«, fragte er.

»Angenehm?«

»Natürlich ist es eine wichtige und uneigennützige Arbeit, versteh mich nicht falsch«, fuhr er fort. »Aber richtig Geld verdienen und sich weiterentwickeln kann man damit nicht, oder?«

»Als uneigennützig würde ich es ganz und gar nicht bezeichnen, ich lerne dabei jede Menge«, antwortete ich irritiert. Wie kamen diese Leute bloß auf die Idee, dass es angemessen war, solche Dinge zu sagen? Niemals würde ich derart unhöflich sein.

»Ist ja auch egal. Wenn Helen ihre Beförderung bekommt, kann sie ja mal ein gutes Wort für dich einlegen. An dem neuen Standort gibt es sicher jede Menge guter Jobs«, sagte er dann noch.

»Wie bitte?«, fragte ich nun völlig durcheinander. Ich sah zu Helen hinüber, die ihren Kopf schüttelte, als wolle sie dem Typen signalisieren, dass er etwas ausgeplaudert hatte, was er besser nicht getan hätte.

»Was für ein neuer Standort und welche Beförderung?«, fragte ich Helen. Alle anderen wandten sich plötzlich ihren eigenen Angelegenheiten zu, als erwarteten sie, dass es zwischen uns Ärger geben würde. Sie alle wussten mehr als ich. Die Frau des Mannes, dem diese Information herausgerutscht war, machte keinen Hehl aus ihrer Verärgerung und motzte ihn für alle hörbar an.

»Ich hätte dir davon erzählen sollen, wollte aber erst mal sichergehen, dass ich es auch wirklich will«, sagte Helen ruhig.

»Dass du was willst? Was zum Teufel ist denn los?«

»Ich habe eine Beförderung angeboten bekommen. Eine ziemlich große sogar. Sie haben mich gefragt, ob ich die Kreativ-Direktorin des Londoner Büros werden möchte«, erklärte sie mir sichtlich nervös.

»London?«, entfuhr es mir.

»Ja.«

»Und wann?«

»In drei Monaten.«

»Aber dann ist Seb ja gerade einmal vier Monate alt, hattest du nicht vor, neun Monate mit ihm zu Hause zu bleiben?«

»Ja, das hatte ich. Aber dann hat sich diese Möglichkeit ergeben, und ich bin gefragt worden, ob ich mich dafür bewerben möchte, und dann habe ich die Stelle tatsächlich bekommen und kann es selbst noch nicht ganz glauben!«, sagte sie, ohne Luft zu holen.

»Wann hast du sie denn bekommen, und warum hast du mir nichts davon erzählt?«

»Letzte Woche …«

»Und bis wann musst du ihnen zusagen?«

Sie sagte nichts, sah mich nur an und wusste nicht genau, was sie antworten sollte.

»Du hast ihnen bereits zugesagt, stimmt's?«

»Also, tja, äh, noch nicht so richtig. Aber ich habe ihnen gesagt, dass ich es mir sehr gut vorstellen könnte …«

»Verdammt noch mal, das kann jetzt echt nicht wahr sein, Helen. Ohne überhaupt mit mir darüber zu reden? Und alle anderen wussten Bescheid?«

»Ich habe ja noch nicht endgültig zugesagt!«

»Aber es klingt, als hättest du dich bereits entschieden, ohne mir ein Wort davon zu erzählen.«

»Nein, das stimmt nicht. Das würde ich doch niemals tun!«

»Aber jetzt mal ehrlich … London! Ich möchte nicht nach London ziehen!«

Helen setzte an, etwas zu sagen, entschied sich dann jedoch dagegen und sah mich vorsichtig an. Sie wirkte irritiert, gleichzeitig wusste sie natürlich, dass sie jetzt behutsam vorgehen musste, wenn sie in der Situation etwas erreichen wollte. »Ich weiß, dass dir die Vorstellung nicht gefällt. Könntest du trotzdem versuchen, nicht gleich zuzumachen, damit wir darüber reden können?«

»Oh!« Ich schnaubte. »JETZT möchtest du also mit mir darüber reden?«

»Wir müssten ja nicht direkt *in* London wohnen«, schlug sie vor. »Für mich käme auch irgendeine gut angebundene Stadt in der Nähe infrage.«

»Ach, das käme also auch für dich infrage? Und wo bleiben meine Arbeit und meine Karriere in diesen Überlegungen? Hast du daran überhaupt schon gedacht? Oder bin ich zweitrangig?«

»Natürlich habe ich darüber nachgedacht. Aber Schulen gibt es schließlich überall. Bei mir ist das jedoch nicht so einfach. London ist nun mal die nächste Karrierestufe.«

»Und was ist, wenn ich meine Schule nicht verlassen möchte?«

»Jetzt mach aber mal halblang, Jamie. Warum stellst du dich denn so an? Du bist doch nicht an diese eine Schule gebunden«, sagte sie und verzog das Gesicht, als sie einen Schluck Grauburgunder aus dem Plastikglas nahm. Jetzt bereute ich es doch, mich bereit erklärt zu haben, an diesem Tag den Fahrdienst zu übernehmen.

»Das vielleicht nicht. Aber ich arbeite sehr gern dort. Ich habe tolle Schüler und verstehe mich sehr gut mit den Kollegen. Vielleicht möchte ich dort nicht einfach aufhören, um an irgendeinem Ort in London zu arbeiten?«

Dann meldete sich Seb. Erst war es nur ein leises Weinen, das sich jedoch schnell in ein ohrenbetäubendes Gebrüll verwandelte, mit dem er uns sagen wollte, dass er Hunger hatte, und zwar *sofort!* Diese Unterbrechung kam mir gerade recht. Ansonsten hätte sich unser Gespräch sicher zu einem richtigen Streit entwickelt, und danach war mir vor Helens Kollegen nun wirklich nicht zumute.

Ich nahm Seb aus dem Kinderwagen und hielt ihn im Arm, während ich mit einer Hand in der Wickeltasche nach seiner Flasche kramte. Es ist so ein schöner Moment, wenn man dem Baby etwas zu trinken gibt und es aufhört zu weinen. So ehrlich und direkt. Gerade schreien sie noch aus vollem Halse, und im nächsten Augenblick sind sie ganz zufrieden und ruhig, das ist wirklich ein befriedigender Anblick. Ich wünschte manchmal, bei Erwachsenen wäre es auch so – so einfach. Vielleicht ist es das eigentlich, und wir selbst machen es uns komplizierter als nötig. Vielleicht brauchen wir alle nur das Wichtigste: Nahrung, Wasser und Liebe.

Was tut man also, wenn die eigene Frau diese einzigartige berufliche Chance erhält? Stellt man sich der Sache in den Weg, nur weil man nicht umziehen möchte? Wird man sauer, weil man seinen Arbeitsplatz nicht aufgeben will? Oder lässt man riesige Veränderungen im eigenen Leben zu, weil verheiratet sein nun mal Kompromisse eingehen bedeutet? Weil man sie liebt?

Weil man es ihr schuldig ist, da man sie betrogen hat?

Ich erklärte ihr, dass ich besorgt darüber war, dort ganz auf uns gestellt zu sein. Unsere beiden Familien lebten in Manchester, wir würden also jegliche Hilfe mit Seb und möglichen weiteren Kindern verlieren. Außerdem würden wir auch unsere Freunde zurücklassen. Aber auch nach vielen langen Gesprächen wollte Helen den Job immer noch annehmen.

Also reichte ich meine Kündigung ein, und hier sind wir nun.

Wir waren beide der Meinung, dass in London zu leben nicht gut für uns wäre. Helen konnte sich eine Pendelzeit von bis zu einer Stunde vorstellen, was uns ein wenig Spielraum gab. Ihre neue Arbeit wird sehr gut bezahlt und beinhaltete auch eine Umzugspauschale, weshalb wir uns diesbezüglich keine Sorgen um unsere Finanzen machen mussten.

Sie schlug als erstes Cambridge vor.

»Das ist gut angebunden, hübsch, familienfreundlich und auch sehr kunstorientiert. Perfekt für uns!«, sagte sie, als habe sie gerade eine Eingebung gehabt.

Mein Herz begann schneller zu schlagen, als sie es erwähnte.

Konnte ich es so nah bei *ihr* aushalten?

Nein. Das war viel zu gefährlich.

Andererseits erfüllte mich der Gedanke, ständig in ihrer Nähe zu sein, mit Freude.

Sollte ich Stephanie davon erzählen? Was, wenn wir uns zufällig über den Weg liefen? Und wenn ich dann gerade mit Helen und sie mit Matt unterwegs war? Aber das würde heißen, wieder den Kontakt zu ihr aufzunehmen, und wenn ich das täte, käme ich nicht mehr davon los, weil ich ihr nicht widerstehen könnte.

Da bin ich also, umgeben von Kartons und übereinandergestapelten Möbelstücken. Meine Frau und mein Sohn schlafen im Zimmer nebenan, bereit für das Chaos des Auspackens, das morgen losgehen wird. Unser neues Leben in Little Lyton in der Nähe von Cambridge kann beginnen. Das Haus ist schön, allerdings nicht viel größer als das in Manchester, da man hier weniger für sein Geld bekommt. Es ist jedoch eine ansprechende Doppelhaushälfte mit drei Schlafzimmern und hat einen tollen Garten und eine Garage, die ich als Atelier nutzen kann.

Ich werde unser altes Haus vermissen. Ich mag in die Jahre gekommene Häuser lieber als diese typischen Neubauten. Darin ist mehr Leben, sie atmen, machen Geräusche mitten in der Nacht, und manche Dielen knarren unter den Füßen. Ich hatte mich an diese Stellen gewöhnt, ja sie geradezu lieb gewonnen, auf die ich nicht treten durfte, wenn der gerade erst geborene Seb schlief. Das neue Haus kam mir im Vergleich ziemlich nichtssagend vor. Aber vermutlich muss man sich einfach an neue Dinge erst einmal gewöhnen.

Ich habe keine Ahnung, warum es so gekommen ist. Wir wohnen jetzt noch nicht einmal zwanzig Meilen von Stephanie entfernt. So viel zum Thema Schicksal und dazu, dass das Universum schon weiß, warum etwas passiert. Das ist gründlich nach hinten losgegangen, oder? Ich habe keine Ahnung, was das alles zu bedeuten hat. Warum ziehe ich so nah an die Frau heran, von der ich gedacht hatte, ich würde sie niemals wiedersehen?

13. KAPITEL
Samstag, 16. Oktober 2010

Stephanie

Der Zug quietscht und wackelt, als er in den Bahnhof Kings Cross einfährt. Während er langsamer wird, fällt mir plötzlich auf, dass ich mittlerweile auch zu jemandem geworden bin, der aufsteht, bevor der Zug anhält – diese Leute verabscheue ich doch eigentlich.

Ich steige aus und laufe den Bahnsteig entlang, mein Herz galoppiert, und meine Schritte werden immer schneller.

Als er mich letzten Monat kontaktiert hat, konnte ich mein Glück kaum fassen. Minutenlang habe ich auf mein Display gestarrt, ohne die Nachricht zu öffnen. Zuerst musste ich mich gedanklich darauf vorbereiten, da ich überhaupt nicht damit gerechnet hatte, jemals wieder von ihm zu hören, geschweige denn gefragt zu werden, ob wir uns im Oktober treffen könnten.

Aber noch erschrockener war ich, als ich von seinen Plänen hörte, nach Cambridge zu ziehen. Ich war völlig außer mir, das trifft es vermutlich eher. Wir haben uns hin- und hergeschrieben. Die Nachrichten waren alle »freundschaftlich«, glitten nicht in eine andere Gefühlsebene ab. Aber er sagte, dass er mich gern wiedersehen würde und wir nun, da wir so nah beieinander lebten, vielleicht wirklich Freunde werden könnten.

Ist das überhaupt möglich? Es kam mir so vor, als wir noch Hunderte von Meilen entfernt voneinander wohnten, aber irgendetwas verändert sich, sobald wir beisammen sind.

Wir haben uns darauf geeinigt, uns einen Tag lang in London zu treffen. Als Freunde.

Um genau zu sein, wollte er mir etwas zeigen. Das klang ziemlich faszinierend, und da es von Jamie kommt, wird es sicher toll.

Den ganzen Morgen war mir übel vor Nervosität.

Dort steht er wie verabredet, draußen neben der Treppe. Er sieht mich schon an, bevor ich ihn überhaupt entdecke, lächelt auf diese Art, die mir die Knie weich werden lässt.

Wir laufen aufeinander zu und fallen uns sofort wortlos in die Arme. Die Art von Umarmung, mit der ich niemals einen Freund begrüßen würde – ich greife ihm in die Haare und drücke mein Gesicht hinein. Er zieht mich ganz nah zu sich heran, das würde er niemals mit anderen Freundinnen tun, denke ich. Aber dabei bleibt es auch.

»Ich bin so froh, dich zu sehen, Stephanie«, sagt er und löst sich wieder von mir.

Ich lächle ihn an. »Ich bin auch froh … Kaum zu glauben, dass du wirklich umgezogen bist.«

Jamie verdreht die Augen, und wir müssen beide lachen.

»Ich bin natürlich dazu gezwungen worden«, sagt er und macht eine Bewegung, als ziele eine unsichtbare Waffe auf seinen Kopf. »Gut siehst du aus. Sehr gut!«

»Danke. Du auch«, erwidere ich aufrichtig. »Und? Schon aufgeregt wegen unseres Ausflugs?«, grinst er und setzt seine Sonnenbrille auf.

»Sehr! Ich habe schließlich nicht die geringste Ahnung, was mich erwartet. Hat es etwas mit Kunst zu tun?«

»Steph, du kennst mich einfach zu gut! Lass uns gehen …«

»Die National Portrait Gallery?«, frage ich und blicke an dem beeindruckenden Eingangsportal hinauf.

»Ganz genau!«

»Oh, jetzt bin ich aber mal gespannt.«

»Ich hatte dir ja gesagt, dass ich dir mal ein bisschen echte Kultur zeigen will«, sagt er mit seinem typischen breiten Akzent aus Manchester.

»Ich kann es kaum erwarten!«, sage ich und meine es auch. »Porträts sind ja schließlich dein Ding, nicht wahr?«

»Ja, die male ich wirklich am liebsten«, erwidert er, als wir ins Foyer des riesigen Gebäudes gehen. »Ich komme jedes Jahr um diese Zeit hierher, um mir die Finalisten des Wettbewerbs um das Porträt des Jahres anzusehen. Dieses Jahr wollte ich das gern mit dir zusammen erleben, und heute ist bereits der letzte Tag.«

Ich sehe mich um und bemerkte die Werbebanner, mit denen die Ausstellung angekündigt wird, von der er gerade spricht. Von diesem berühmten Wettbewerb habe auch ich schon gehört – er ist wohl weltweit der beste seiner Art.

Wen könnte es Passenderes geben als Jamie, um sich eine Ausstellung anzusehen? Er kennt sich so gut aus, und es macht Spaß, ihm dabei zu lauschen, wie er über die Kunstwerke spricht. Ich beobachte neugierig seinen Gesichtsausdruck, während er sich ein Bild nach dem anderen anschaut. Er ist so inspirierend und strahlt eine unglaubliche Leidenschaft für Kunst aus. Ich verstehe nicht so viel davon, also erklärt er mir alles auf ganz einfache, angenehme Art.

In der Galerie herrscht geschäftiges Treiben. Stimmengewirr und Schritte sind zu hören und ab und zu auch Kindergeschrei. Alles hier sieht sehr »klassisch« aus. An den Wänden hängen riesige Porträts in kunstvollen Goldrahmen. Man kommt sich vor wie in einem dieser Historiendramen, die oft auf BBC2 gezeigt werden.

Als wir bei den Finalisten des Wettbewerbs ankommen, wirkt Jamie schon ganz ausgelassen, er läuft hin und her und sieht sich die Porträts genau an. Jedes der Bilder wird aufmerksam unter die Lupe genommen, und er kommentiert, was darauf zu sehen ist, die Technik sowie seinen Gesamteindruck.

Die Gewinnerin des Wettbewerbs heißt Daphne Todd mit ihrem Beitrag *Last Portrait of Mother.* Der Anblick verschlägt mir die Sprache.

Darauf ist eine hundertjährige Frau zu sehen, die gerade gestorben ist. Es ist schonungslos und verletzlich, entblößend und hart zugleich. Die alte Frau lehnt an einem Kissen, ihre gelbliche

Haut ist bleich, ihr Mund hat nachgegeben, und ihre Augen sind geöffnet. Es ist zweifellos das Porträt einer Leiche. Die Künstlerin hat sie – ihre eigene Mutter – drei Tage lang nach ihrem Tod gemalt.

Meine bisher so fröhliche Stimmung ist hinüber, als wir davor stehen bleiben und es betrachten. Das ist einfach zu viel.

Jamie bewundert es, redet darüber, wie schockierend und beunruhigend es ist. Ich kann meine Augen nicht davon abwenden. Plötzlich steigt Übelkeit in mir auf. Mir wird schwindelig. Der Raum beginnt sich zu drehen, und ich stolpere rückwärts, klammere mich dabei an Jamies Arm fest.

»Steph? Ist alles in Ordnung?«, fragt er und stützt mich.

»Nein«, sage ich und atme tief aus. »Es ist ganz schön heiß hier. Können wir gehen?«

Jamie schaut schnell zu dem Bild hinüber und sieht dann wieder mich an.

»Natürlich«, antwortet er, hält meine Hand und führt mich aus der Galerie hinaus. »Es ist sowieso Zeit fürs Mittagessen.«

Zum Essen gehen wir nach Soho, das mir so gut gefällt. Als ich noch in London lebte, war ich sehr oft hier, weil mir das bunte Treiben und die lebendige Atmosphäre zusagen. Welten liegen zwischen dem Leben damals und heute. Es ist nicht besser, einfach anders.

Wir lassen uns in einer kleinen, angesagten Bar nieder und bestellen überteuerte Wraps – laut Jamie »schicke Sandwiches, von denen man nicht satt wird« – und extradünne Pommes, die er lächerlich findet. Dann werfen wir jede Vorsicht über Bord und gönnen uns eine Flasche Wein.

»Das mit dem Bild tut mir sehr leid«, sagt er, gerade als das Essen gebracht wird. »Es war schockierend. So ist Kunst manchmal. Das habe ich vermutlich vorausgesetzt und dich nicht gewarnt. Ich wusste nicht, welches Porträt gewonnen hat.«

»Ist schon gut, das war ja nicht deine Schuld. Ich fand es nur etwas gruselig, mehr nicht. Mach dir keine Sorgen.«

Ich möchte nicht unsere gemeinsame Zeit damit verbringen,

darüber zu reden, warum es mich so aus der Fassung gebracht hat. Heute ist nicht der Tag dafür.

»Erzähl mir lieber von dir. So viel hat sich verändert – neues Haus, neue Arbeit, neues Baby. Wie geht es dir damit?«, frage ich und nehme einen großen Schluck Wein. Vermutlich werde ich ihn für die Antwort brauchen, die jetzt kommt.

»Ja …« Er lacht, fährt sich mit der Hand durch die Haare. »Es läuft alles … gut. In der Schule fühle ich mich wohl, obwohl sie ganz anders ist als meine alte, sie liegt in einem viel behüteteren Stadtteil. Seb ist wunderbar, aber gleichzeitig auch sehr anstrengend!«

»Und wie läuft es mit Helen?«, frage ich, ohne darüber nachzudenken. Sobald es heraus ist, bereue ich es jedoch.

»Gut. Ich bin glücklich«, sagt er, ohne zu zögern. Seine Antwort fühlt sich an wie eine Million Bienenstiche, ein kurzer, heftiger Schmerz fährt mir durch den Körper. Ich kann es nicht ändern. So ist es nun einmal.

»Also, warum sitzen wir hier?«, frage ich geradeheraus. »Ich dachte, wir wollten damit aufhören?«

Er nickt. »Das dachte ich auch. Aber es ist wirklich schwer, dich nicht zu sehen, wenn du praktisch nur die Straße runter wohnst.«

»Ist das der einzige Grund, warum du mir geschrieben hast? Weil du hierhergezogen bist?«

»Du bist sehr wichtig für mich, Stephanie«, sagt Jamie. »Ich bereue nicht, was beim letzten Mal passiert ist. Und auch wenn ich nicht möchte, dass es sich wiederholt, würde ich dich trotzdem gern sehen, in einem freundschaftlichen Sinne.«

»Was passiert, wenn ich dich in Cambridge treffe? Jetzt, da wir ›Freunde‹ sind? Wenn ich mit Matt zusammen bin und du mit Helen?«

Sein Gesicht spannt sich an, er hat offensichtlich auch schon darüber nachgedacht, und bereits der Gedanke daran bereitet ihm Sorgen.

»Was sollte denn deiner Meinung nach passieren?«, gibt er die Frage an mich zurück.

»Ich denke nicht, dass wir uns grüßen sollten. Das wäre zu viel.«

»Ja, das sehe ich auch so.«

»Und deshalb können wir auch niemals richtige Freunde werden.«

Er weiß, dass ich recht habe, und nickt widerwillig. Unsere Blicke treffen sich, als wir etwas trinken, und ich muss wegschauen, um mich nicht in seinen Augen zu verlieren.

Wir unterhalten uns über die Ereignisse des letzten Jahres. Besonders die internationalen Nachrichten über das chilenische Grubenunglück, bei dem dreißig Männer eingesperrt waren, haben es uns angetan. Nach neunundsechzig Tagen gelang eine fantastische Rettungsaktion, bei der die Männer einzeln in einer Rettungskapsel ans Tageslicht befördert wurden, die aus einem Science-Fiction-Film hätte stammen können.

»Stell dir einmal vor, du wüsstest nicht, ob du mich jemals wiedersehen würdest«, sage ich zu ihm, während wir auf die Rechnung warten.

»Tja, genau das habe ich das letzte Jahr über gedacht«, erwidert er und zieht sich dabei den Mantel an.

»So meine ich das nicht. Unter den Bedingungen könntest du dich jederzeit umentscheiden und mich treffen. Eher so, als würde ich für immer verschwinden.«

»Du meinst sterben?«, fragt er theatralisch und zieht die Augenbrauen hoch.

»Ja, zum Beispiel.«

Er denkt einen Augenblick darüber nach. »Am tragischsten daran fände ich – natürlich abgesehen davon, dich zu verlieren und völlig außer mir zu sein –, dass ich nicht zu deinem Begräbnis kommen könnte«, sagt er und sieht mich mit einer seltsamen Traurigkeit in den Augen an.

»Wieso?«

»Wie sollte ich denn erklären, wer ich bin? Niemand in deinem Leben weiß etwas von mir, ich existiere gar nicht für sie. Ich bin ein Fremder. Da könnte ich doch nicht einfach auftauchen?«

Darüber habe ich mir tatsächlich noch nie Gedanken gemacht, aber während ich ihn darüber reden höre, werde ich furchtbar traurig, da es stimmt. Und umgekehrt ist es dasselbe. Auch ich könnte nicht zu seiner Beerdigung gehen.

»Du weißt aber, dass du einer der wichtigsten Menschen dort wärst, nicht wahr? Ich würde wollen, dass du dort bist. Ich bestehe darauf, dass du kommst«, sage ich mit einem Lachen.

»Hattest du denn vor, in nächster Zeit den Löffel abzugeben, junge Dame?«

»Nee, aber man kann solche Dinge nicht früh genug klarstellen«, sage ich spöttisch. »Was machen wir jetzt?«

»Ich muss dir unbedingt etwas zeigen«, antwortet er. »Es wird dir gefallen.«

Die Tate Modern sieht von außen gar nicht wie ein Museum aus. Eher wie eine Fabrik, und tatsächlich befindet sich dieses Museum für zeitgenössische Kunst in einem umgebauten Kraftwerk. Jamie ist ganz begeistert davon und schwärmt von dem Gebäude. Als wir über die Millennium Bridge auf diesen Komplex zulaufen und dabei die beeindruckende Londoner Skyline betrachten, fragt er mich, was ich darüber denke. Vermutlich spricht mein zusammengekniffenes, nicht gerade euphorisches Gesicht Bände. Er lächelt mich an und sagt: »Warte ab, bis wir erst mal drin sind.«

Innen zeigen sich schräge Winkel, Treppenaufgänge in Industrieästhetik und riesige, leere Räume – ganz im Gegensatz zu der eher traditionelleren Portrait Gallery, die wir am Morgen besucht haben. Er genießt es sichtlich, den Museumsführer zu geben, und weist mich auf Dinge hin, die mir allein niemals aufgefallen wären.

Es ist ziemlich voll. Gespräche und Schritte mischen sich zu einem ständigen, wenn auch nicht zu lauten Geräusch, das einen im gesamten Gebäude begleitet. Wohin man auch geht, ein Flüstern ist immer zu hören.

Er führt mich zu einer großen weißen Marmorskulptur.

Durch das riesige Fenster daneben fällt Tageslicht darauf, wodurch sie milchig schimmert.

Eine kleine Menschenmenge hat sich vor der Skulptur gebildet. Ein paar Teenager kichern über die Nacktheit. Eine Gruppe von kunstinteressiert aussehenden Leuten gestikuliert wild und zeigt darauf.

»Was sagst du dazu?«, fragt Jamie.

Ich ziehe die Augenbrauen hoch. Er hat mich sicher nicht ohne Grund hierher gebracht. Ich lese das Schild neben der Skulptur, um mehr darüber zu erfahren.

AUGUSTE RODIN
DER KUSS
1901–4

Die hier ausgestellte Version von *Der Kuss* ist eine der drei Skulpturen in Originalgröße, die Rodin zu Lebzeiten angefertigt hat. Die Mischung aus Erotizismus und Idealismus macht das Werk zu einer künstlerischen Darstellung der sexuellen Liebe.

Die Skulptur stellt zwei nackte Liebende dar, die sich küssen. Ein sehr sinnlicher Anblick.

»Äh … es ist ziemlich erotisch, oder?«

»Ja«, flüstert er. »Aber da ist noch mehr, guck es dir noch einmal genauer an.«

»Jamie, die beiden sind nackt. Wenn ich näher rangehe, halten mich die Leute noch für pervers.«

Er lächelt, nimmt meine Hand und läuft langsam mit mir um das Kunstwerk herum.

»Es ist allseitig entworfen, sodass man es von überall aus betrachten kann. Guck dir die Körper an, die Art, wie sie sich gegenseitig halten …«

Selbst als Neuling in Sachen Kunst kann ich sehen, was für ein außergewöhnliches Stück es ist. Schon allein, dass es aus einem Marmorblock herausgeschnitten wurde, ist unglaublich.

Egal aus welchem Winkel man es betrachtet, es ist einfach umwerfend.

»Möchtest du die Geschichte zu den Liebenden erfahren?«, fragt Jamie, als wir wieder an unserem Ausgangspunkt ankommen.

»Es gibt eine Geschichte dazu?«

»Und was für eine! Es ist eine Szene aus Dantes *Inferno – Die Hölle.* Die beiden sind Francesca und Paolo. Francesca war mit Paolos Bruder verheiratet, aber nachdem sie über das Liebespaar aus der Artussage, Guinevere und Lancelot, gelesen hatte, verliebte sie sich in ihren Schwager. Guck mal, man kann sehen, dass er ein Buch in der Hand hält …«

Ich schaue schnell nach, ja, es stimmt, er hat ein Buch in der linken Hand.

»Es sind Liebende, die zum Scheitern verurteilt sind. In der Skulptur werden ihre Leidenschaft und die romantische Liebe zwischen den beiden perfekt eingefangen. Man sagt, dass Francescas Ehemann die beiden im Augenblick des Kusses getötet hat«, erklärt er.

Ich ringe nach Luft. »Ja, das gibt der Sache wirklich eine andere Dimension.«

»Also, schau noch einmal genau hin, was siehst du?«, fordert er mich erneut auf.

»Wie meinst du das?«

»Jetzt, wo du die Geschichte dazu kennst, guck sie dir einfach noch einmal an und erzähl mir, was du siehst.«

Darin bin ich wirklich nicht gut – Kunst zu interpretieren und solche Dinge gehören nicht gerade zu meinen Stärken. Ich sage nur, was dort ist. Jamie legt mir die Hände auf die Schultern und dreht mich um, sodass ich den *Kuss* direkt ansehe.

»Komm schon«, ermutigt er mich. »Versuch es!«

Gern würde ich etwas Bedeutsames sagen, aber ich kann nicht. Besonders nachdem er über zum Scheitern verurteilte Liebende und Leidenschaft gesprochen hat. Ich kann gar nicht mehr klar denken. Es ist so laut hier drinnen. Die hohen Decken und die Stimmen der Leute geben mir das Gefühl, als wäre ich zurück in der Schulmensa. Es ist zu laut, ich kann mich nicht konzentrieren.

Ich betrachte die Statue, bemühe mich, sie zu analysieren. Während ich den Kopf schief halte, spüre ich Jamie dicht hinter mir stehen.

Rechts neben mir ist eine Gruppe Touristen, die anscheinend gerade einen Vortrag über das Kunstwerk hören. Ihr Museumsführer sagt: »Die Liebenden, in Leidenschaft vereint, deren geschmeidige und herausgearbeitete Körper in eklatantem Kontrast zu dem nur dürftig herausgemeißelten Stein stehen, auf dem sie sitzen …«

Ich kichere und wiederhole den Satz, Wort für Wort, mit gespielt ernster Stimme. Da höre ich, wie Jamie neben meinem rechten Ohr lachen muss und dann für einen kurzen Augenblick sein Gesicht gegen meine Schulter lehnt.

»Es tut mir wirklich leid, aber so leicht kommst du mir nicht davon«, sagt er. Ich spüre seine Hände auf meinen Schultern, bevor sie sanft an meinem Nacken hinaufgleiten. In meinem gesamten Körper kribbelt und prickelt es, ich erstarre.

»Guck genau hin, versuche, alles andere auszublenden, und beschreibe mir, was du siehst«, flüstert er, während seine Hände noch weiter nach oben wandern und mir die Ohren zuhalten.

Alles ist still. Nur ein gedämpftes Rauschen übertönt noch mein Herzklopfen, das immer stärker wird. Es fällt mir schwer, mich zu konzentrieren, während er mir körperlich so nah ist. Ich atme tief ein und betrachte die beiden ineinander verschlungenen Liebenden.

Wer sind sie?

Ich muss an Jamie und mich denken, während ich mit den Augen die glatten Marmorkörper betrachte. *Zum Scheitern verurteilte Liebende.* Die ganze Zeit über spüre ich seinen Körper dicht hinter mir. Es fühlt sich so gut an so dicht bei ihm. Nach ungefähr einer Minute nimmt Jamie die Hände von meinen Ohren.

»Also? Was siehst du nun?«, fragt er und stellt sich neben mich.

Ohne den Blick von *Der Kuss* abzuwenden, verkünde ich mein Urteil.

»Sie gehen vollkommen ineinander auf. Der Kuss beschäftigt sie so sehr, dass auch die Welt um sie herum zerfallen könnte – sie nehmen nichts und niemanden mehr wahr. Gefühl pur. Sie sind ineinander verwoben, voneinander berauscht, werden eins. Der Kuss ist so vertraut, dass kaum ihre Gesichter zu sehen sind. Dadurch wird die Tatsache, dass sie nicht zusammen sein können, nur noch schlimmer.«

Dann sehe ich Jamie an, löse mich aus dieser Kunsttrance, in die ich seltsamerweise gefallen bin. Er sieht stolz aus, lächelt mich an.

»Bei dem Kuss ist dir jedoch etwas entgangen«, sagt er und geht mit mir um die Skulptur herum, bis an die Stelle, von wo aus die Köpfe am besten zu sehen sind. »Sie küssen sich gar nicht. Obwohl die Skulptur *Der Kuss* heißt, werden tatsächlich die Sekunden *vor* dem Kuss dargestellt. Man sagt, dass ihre verbotene Liebe durch das Nichtberühren ihrer Lippen symbolisiert wird.«

»Also ist es in Wahrheit ein Nichtkuss?«

»Ja«, antwortet er. »Genau das mag ich daran. Es nimmt dem Kunstwerk nichts, sondern macht es eigentlich nur noch bedeutsamer. Manchmal liegen viel mehr Leidenschaft, Bedeutung und Sinnlichkeit in dem, was nicht ist, als in dem, was tatsächlich ist. Sehr häufig sind die schönsten, sinnlichsten Augenblicke die, in denen nichts passiert. Dieses Kunstwerk ist auf diese Weise viel romantischer und drückt viel mehr aus, als wenn es zum Beispiel zeigen würde, wie die beiden Sex miteinander haben.«

»Wie bei den Zeichnungen?«, frage ich. Er sieht mich verwirrt an, als habe er vergessen, was er mir ganz am Anfang gezeigt hat, während unseres ersten gemeinsamen Kunstwochenendes vor einigen Jahren.

»Du weißt schon, ›manchmal sind nicht die gezeichneten Linien das Wichtigste, sondern das, was sich in den Schatten verbirgt‹, oder so etwas in der Art?«, rufe ich ihm das Gespräch von damals in Erinnerung.

»Ja.« Er lächelt. »Genau.«

Wir stehen uns gegenüber, direkt neben diesem wundervollen Kunstwerk, das die zum Scheitern verurteilten Liebenden und das Ineinanderaufgehen darstellt, und ich bin mir nicht sicher, wie lange wir noch hier rumstehen und darauf Bezug nehmen können, da ihr Kampf so sehr den unseren reflektiert. Es ist nicht leicht, für keinen von uns. Außerdem wird mir bewusst, dass uns gerade die Zeit davonläuft und wir schon bald zum Bahnhof aufbrechen müssen. Wir wollen beide nicht, dass der Tag zu Ende geht.

»Okay«, sagt er und holt uns damit von diesem Ort zurück, an dem wir uns beide nicht aufhalten sollten. »Sollen wir noch etwas trinken gehen, bevor wir uns in Richtung Bahnhof aufmachen?«

»Gern!«, antworte ich. Einen Drink kann ich jetzt *wirklich* gut gebrauchen.

Wir sitzen in einer gut besuchten Bar und reden über Gott und die Welt, nur nicht über *uns*. Wir sitzen eng aneinander, da es so voll ist, unsere Arme und Beine berühren sich. Draußen wird es langsam dunkel, und in den Bars in der Nähe des Bahnhofs kehren die Touristen ein. Wir entscheiden, dass ich zuerst den Zug zurück nehme und Jamie einen späteren.

Ich bin versucht zu fragen, ob wir nicht doch noch ein wenig länger bleiben können, aber ich weiß, dass das nicht geht.

Wir betreten Kings Cross und sehen auf der Anzeigetafel, dass mein Zug in zwölf Minuten abfährt.

Während wir zu meinem Bahnsteig laufen, suche ich in meinem Kopf nach den richtigen Worten, um auszudrücken, wie dankbar ich darüber bin, dass wir uns heute getroffen haben. Es muss passen, darf nicht zu emotional klingen. Mir ist übel. Um uns herum herrscht ein geschäftiges Treiben, was wahrscheinlich ganz gut ist. Wenn wir allein wären, würde ich vermutlich zusammenbrechen. Ich darf gar nicht daran denken, dass er nun zu seiner Frau und seinem Kind zurückfährt.

Kurz vor dem Bahnsteig hält er an und dreht sich zu mir um. »Vielen Dank für diesen wundervollen Tag, Stephanie.«

»Nein. Ich danke *dir.* Es war wirklich fantastisch. Ich habe jeden Augenblick genossen. Besonders unsere Gespräche über Kunst!«, sage ich und zwinge mich zu einem Lächeln.

Er antwortet nicht. Stattdessen kommt er auf mich zu, fasst mich mit der rechten Hand um die Taille, während seine linke Hand von hinten in meine Haare greift. Sein Gesicht nähert sich meinem, bis sich unsere Nasen berühren. Seine Augen sind geöffnet, blicken direkt in meine. Es knistert vor Spannung zwischen uns, als ich ihm meine Hände auf die Brust lege. Ganz sanft zieht er eine Handvoll meiner Haare leicht nach unten, damit sich mein Kinn noch ein wenig hebt. Dabei schaut er mich die ganze Zeit über an, sein Mund ist wenige Millimeter von meinem entfernt, dort hält er wenige Sekunden inne, die sich jedoch wie Minuten anfühlen.

Ein Nichtkuss.

Die Welt um uns herum verschwindet, alle anderen sind unwichtig. Weder sehe noch höre noch interessiere ich mich für sie. Als er sich langsam von mir löst, schweigen wir beide. Der perfekte Abschied: Wörter würden ihn nur ruinieren.

Der Zug ist gerade erst aus der Hauptstadt heraus, als mein Telefon blinkt. Jamie!

Ein Schauer läuft mir über den Rücken. Ich habe nichts von ihm erwartet, dieser Nichtkuss war schon mehr als genug. In der Nachricht steht:

Was wir haben … ist genau das.
Danke für einen wundervollen Tag. xx

Dann wie immer ein YouTube-Link. Ein Video in Schwarz-Weiß. Zwei Leute sitzen auf Stühlen und spielen Gitarre, singen … mehr nicht. Kein großes Orchester oder irgendwelche klanglichen Besonderheiten. Zwei Stimmen in außergewöhnlicher Harmonie vereint. Extremes *More Than Words.*

Mir fällt das perfekte Lied für ihn ein. Ich schicke ihm das Video und schreibe hinzu:

Ja. Ich habe jede Sekunde genossen. xxx

Der Text ist wunderschön.

Das Video ist gespenstisch und grobkörnig. Ich liebe diese Filme aus den Sechzigerjahren, sie sind so stimmungsvoll. Dramatisch und bewegend zugleich. Sehnsuchtsvolle Töne hallen durch das Studio, einfach hypnotisierend.

In ihrer Stimme liegt so viel Traurigkeit. Sie kam mir schon immer so melancholisch vor.

Dusty Springfields *You Don't Have to Say You Love Me*. Während ich dem Lied lausche, wird mir bewusst, dass ich mein eigenes Leben in den Griff bekommen muss, wenn er ein Teil davon bleiben soll.

Kann das denn überhaupt funktionieren? Ich weiß es wirklich nicht. Ich muss unabhängig bleiben, darf nicht eifersüchtig werden und muss darüber glücklich sein, dass wir haben, was wir haben.

Heute war einer der schönsten Tage meines Lebens. Nein, vergessen wir das – es war vermutlich *der* schönste Tag. Ich möchte dieses Gefühl immer haben. Geht das überhaupt? Erwarte ich zu viel? Seine Frau hat das, nehme ich an. Und ich bekomme acht Stunden Glückseligkeit pro Jahr.

Jetzt muss ich nach Hause, zurück zu meinem Mann, und so tun, als wäre alles in Ordnung. Ich kann mich noch nicht einmal an das letzte Mal erinnern, dass Matt und ich ausgegangen sind und gemeinsam Spaß hatten – selbst wenn auch das nicht auf dem gleichen Level wäre wie die Zeit, die Jamie und ich miteinander verbringen. O doch, wir waren abends bei dieser Wohltätigkeitsgala, vor ungefähr sechs Wochen. Ich war angeheitert von den ganzen Freigetränken, und Matt hat mich früh nach Hause geschleift, weil er scharf auf mich war. Das sexuelle Erlebnis dauerte insgesamt weniger als zwei Minuten.

Vor sechs Wochen.

Seitdem ist meine Periode ausgeblieben …

14. KAPITEL
Mittwoch, 15. Dezember 2010

Jamie

»Herzlich willkommen zu der Ausstellung von Cal Mendez. Dürfte ich bitte Ihre Einladung sehen?«

Helen und ich werfen uns einen Blick zu. In dem ganzen Chaos, das meiner Fahrt nach London, wo ich mit Helen verabredet war, vorausgegangen ist – in Lichtgeschwindigkeit fertig machen, den weinenden Seb beruhigen, sicherstellen, dass alle Flaschen fertig und die Babynahrung für die Babysitterin aufgetaut ist –, habe ich nicht einen einzigen Gedanken daran verschwendet, dass ich eine Einladung benötigen würde.

Helen lacht die mürrische Frau an und wirft einen Blick an ihr vorbei in den Eingangsbereich der Ausstellung. »Oh, wir brauchen keine Einladung! Wir sind seine besten Freunde.«

»Einlass nur mit Einladung«, schnauzt sie zurück. Ihre streng nach hinten gekämmten Haare und die stark geschminkten Augen wirken, als hätte sie sich auf dem Weg zu Robert Palmers *Addicted to Love*-Video verirrt.

»Lass sie auf keinen Fall rein! Verdammtes Gesindel!«, ruft da auf einmal eine sehr vertraute Stimme. Cal kommt, charismatisch wie immer, durch die Menge auf uns zu und besteht darauf, dass wir auch ohne Einladung eingelassen werden.

»Schön, dass ihr da seid!« Ich bin so froh, ihn zu sehen. Die Menge macht ihm Platz. »Helen, du siehst umwerfend aus!«, sagt er.

»Charmant wie immer, Cal!«, sagt sie und strahlt über das ganze Gesicht. Wir drei beisammen wie in den guten alten Zeiten.

Cal hat sich auf Kunsthandwerk aus Leder spezialisiert. Er entwirft und kreiert exquisite Accessoires, Schuhe und Mode. Ich höre, wie er Helen nach Seb fragt, während ich im Raum umherblicke.

Alle seine Stücke sind mit Bedacht und Kunstverstand angeordnet und geschickt beleuchtet, er versteht es, seine Werke in Szene zu setzen. Ein paar der Kreationen erkenne ich wieder, von dem ein oder anderen Stück hat er mir in den letzten Monaten Fotos geschickt. Jedoch waren sie da noch unfertig, der Entwurf eines Schulterkragens aus Leder, die äußere Struktur einer Kopfbedeckung, nun sind beide reich geschmückt und fertig dekoriert. Intensive Rottöne, braune und goldene Details verzieren die Stücke. Es ist unglaublich zu sehen, was aus ihnen geworden ist. Das mag ich an Kunst besonders, wenn sich einfaches Material in Dinge von ganz besonderer Schönheit verwandelt. Sie sind wirklich eine Augenweide. Man sieht ihnen an, wie hart er daran gearbeitet hat. Ich bin so unglaublich stolz auf ihn. Der Raum ist voller Menschen, die sein Werk zu Recht bewundern.

»Und, was hältst du davon?«, fragt er mich, als Helen etwas zu trinken holen geht.

»Ich bin wirklich sprachlos«, erwidere ich, »unfassbar gut!«

Cal lächelt verschämt. Auch wenn er eindeutig zu den selbstbewusstesten Menschen gehört, die ich kenne, wird er doch nervös, wenn eine Ausstellung bevorsteht. Das weiß jedoch nur ich. Er ist wirklich ein besonderer Mensch, seit unserem ersten gemeinsamen Unitag fasziniert er mich. Er stolzierte mit seiner Sonnenbrille, in engen Jeans, Stiefeln mit Absätzen und einem Hemd, das fast bis zum Bauchnabel aufgeknöpft war, in den Seminarraum. Damals wollte er noch wie Prince sein – wer wollte das nicht? Sein Vater ist Spanier, von ihm hat er den olivfarbenen Teint und die tiefschwarzen, gewellten Haare geerbt. Unnötig zu erwähnen, dass so ziemlich jede Frau und auch so mancher Mann hinter ihm her waren. Viele hielten ihn für schwul. Im Laufe des Studiums ließ er sich tätowieren und begann sich die Augen zu schminken, wodurch seine Fangemeinde nur noch weiter anwuchs. Er ist jemand, der absolut kein Problem mit seiner Sexualität hat – er ist einfach nur ein mitreißender, selbstsicherer Typ, der jeden um den Finger wickelt.

Cal, Helen und ich haben drei Jahre zusammen verbracht. Wir gingen auf Konzerte, entwarfen gemeinsam Kunstprojekte, tranken miteinander, besuchten Museen und erzählten uns unsere Träume.

»Und, wie ist es, Vater zu sein? Ich weiß es wirklich sehr zu schätzen, dass ihr heute hier seid. Auch wenn ihr vermutlich nicht lange bleiben könnt, morgen musst du ja zur Arbeit …«, sagt Cal.

Ich lächle. »Das würde ich mir doch niemals entgehen lassen. Aber ja, es ist ganz schön anstrengend! Wir bekommen das schon hin, ich kann mich nicht beschweren.«

Helen kommt mit drei Gläsern Sekt zurück, und wir stoßen an.

»Auf das Triumvirat!«, sagt sie.

»Jamie! Helen!«, ruft plötzlich eine Stimme mit Tyneside-Akzent hinter uns. Helen und ich drehen uns lächelnd um.

»Vicky! Schön, dich zu sehen!«, sage ich und umarme sie.

Vicky – Cals Frau – ist klein und blond. Wenn sie neben ihrem Mann steht, wirkt sie noch winziger. Sie ist eine wahre Schönheit, mit ihren großen blauen Augen und den dichten blonden Haaren. Sie sieht aus wie ein Sexsymbol der Sechzigerjahre, das ist einfach ihr Stil. Wenn man sie nicht kennt, könnte man sie für ein Model halten, aber tatsächlich arbeitet sie als angesagte Wirtschaftsanwältin in Canary Wharf.

Helen und ich konnten es kaum glauben, als Cal uns erzählte, er habe die Frau seines Lebens gefunden. Da er bis dahin die Freundinnen wöchentlich zu wechseln pflegte, waren wir anfangs etwas skeptisch. Zuvor hatte es noch keine Frau geschafft, längerfristig sein Interesse zu wecken … doch dann kam Vicky. Ich weiß noch genau, wie er uns damals in Manchester besuchte und uns erzählte, dass er sich verliebt hatte … in eine *Anwältin!* Sie hatten sich bei einer Prince-Nacht in einem Club in Ostlondon kennengelernt. Sie war ihm aufgefallen, als gerade *U Got the Look* lief, dann war er zu ihr gegangen und hatte das Lied als Aufhänger genutzt, um das Eis zu brechen. Sie hatten sich die ganze Nacht durch unterhalten, und schon damals war ihm klar geworden, dass er die Frau gefunden hatte, mit der er von nun an sein Leben teilen wollte. Vorsichtig versuchten wir, ihm beizubringen, dass es nicht unbedingt funktionieren musste, da sie aus zwei völlig verschiedenen Welten kamen. Dass sie möglicherweise zu steif für ihn sein könnte, und er wäre … tja … Cal eben. Aber sie zeigten es allen, indem sie einfach nach Las Vegas fuhren und dort heimlich heirateten, ohne irgendwem davon zu erzählen. Das war vor drei Jahren.

Vicky und Cal sind ein tolles Paar.

»Wie geht es euch beiden?«, fragt sie und gibt Helen einen Begrüßungskuss. »Was macht der Nachwuchs?«

»Ihm geht es gut, danke. Und wie läuft es bei dir?«, fragt Helen.

»Ach, wie immer. Langweilige Arbeit! Ich bin nur froh, dass ich den hier jetzt zurückbekomme«, sagt Vicky mit Blick auf Cal, den sie sanft am Arm fasst. »Er hat so viel Zeit und Arbeit in diese Ausstellung investiert, dass ich ihn kaum noch zu Gesicht bekommen habe! Aber du kannst dir sicher vorstellen, wie stolz ich jetzt auf ihn bin!«

»Es ist wirklich der Wahnsinn, Cal«, sagt Helen. »Die ganzen Jahre haben sich ausgezahlt.«

»Und wie läuft es bei deiner Arbeit, Helen? Das ist mit dem Kleinen sicher auch nicht ganz einfach?«, fragt Vicky.

»Ja, es ist hart für uns beide«, gibt sie zu. »Ich bin wegen der Beförderung ja schon nach vier Monaten wieder arbeiten gegangen, das war ganz schön viel. Wir quälen uns gerade unausgeschlafen durch die Tage.«

»Das kann ich mir vorstellen!«

»Du hingegen siehst fantastisch aus!«, sagt Helen. »Neben dir komme ich mir vor wie ein dickes, erschöpftes Wrack!«

»So ein Quatsch«, sage ich und lege Helen einen Arm um die Taille. »Du siehst toll aus.« Das stimmt auch. Sie hat sich so lange den Kopf darüber zerbrochen, was sie heute anziehen und wie sie sich die Haare machen könnte. Sie glaubt, jede Menge an Gewicht zugelegt zu haben, aber das stimmt überhaupt nicht. Sie steckt das alles außerordentlich gut weg, wenn man bedenkt, dass sie Vollzeit arbeitet, gerade erst Mutter geworden ist *und* wir außerdem noch in eine ganz andere Gegend gezogen sind.

Cal und Vicky werden jetzt von anderen Gästen in Beschlag genommen, sodass wir die Zeit nutzen, uns alles genauer anzusehen und uns noch ein Getränk zu holen.

Helen schreibt der Babysitterin eine Nachricht, um zu erfahren, ob bei Seb alles in Ordnung ist – das ist es –, und dann unterhalten wir uns darüber, ob wir genügend Weihnachtsgeschenke für ihn gekauft haben.

»Holst du ihn am Montag um die übliche Zeit vom Kindergarten ab, oder muss er länger bleiben, weil ich erst spät zurückkomme?«, fragt sie mich.

»Nein, Montag müsste es wie gewohnt klappen. Aber am Donnerstag könnte es eng werden ...«

»Okay, ich kümmere mich darum«, sagt sie und tippt irgendetwas in den Kalender auf ihrem Telefon.

»Meinst du, er fängt bald schon an zu laufen? In welchem Alter macht man das denn eigentlich?«, frage ich wie aus heiterem Himmel.

»Jetzt doch noch nicht!« Helen lacht. »Vielleicht in vier oder fünf Monaten! Aber kannst du dir vorstellen, was bei uns los ist, wenn er erst mal so richtig mobil wird? Gott stehe uns bei!«

»Das stimmt!« Schon der Gedanke an ihn zaubert mir ein Lächeln aufs Gesicht.

»Das ist das erste Mal, dass wir seit seiner Geburt etwas ohne Seb unternehmen, oder?«, fragt Helen, als wäre ihr das gerade erst bewusst geworden.

»Stimmt!«, antworte ich, ohne zu zögern. Da bin ich mir so sicher, weil das eine meiner größten Sorgen in Bezug auf den

Umzug war, wie wir das bloß machen würden, so ganz ohne Hilfe in der Nähe.

»Jetzt, wo Daisy das Babysitten übernimmt, können wir ja vielleicht wieder öfter ausgehen«, sagt sie. Daisy arbeitet in Sebs Kindergarten, und abends bessert sie sich ihr Gehalt mit Babysitten auf. Wir beide haben in den letzten sieben Monaten in einem erschöpfenden Zyklus aus Arbeit, Seb und Haushalt gelebt und überhaupt keine Zeit füreinander gefunden.

Später, als es langsam etwas leerer wird, mache ich mich noch einmal auf, um den Mann des Abends zu finden. Die ganze Zeit über standen Leute um ihn herum.

»Du hast alles richtig gemacht, Cal Mendez«, sage ich und lächle, während ich ihm meine Bierflasche hinhalte, um mit ihm anzustoßen, als wir endlich einen Augenblick nur für uns haben.

»Ja, hat mich allerdings auch viel Schweiß, Blut und Tränen gekostet«, sagt er und stößt mit mir an, er setzt sich neben mich, und wir betrachten eins seiner beeindruckendsten Stücke – eine Kopfbedeckung, die er für eine internationale Tanzproduktion entworfen hat. Sie sieht aus wie aus einem Fantasyfilm. Eine Farbexplosion aus goldenen, rosa und braun glänzenden Federn. »Das mit den Tränen bleibt aber unser Geheimnis.«

»Selbstverständlich!«

»Du könntest das hier auch alles haben«, sagt er und lässt seinen Blick durch den Ausstellungsraum schweifen.

»Das ist sehr nett von dir. Aber ich habe nicht dein Talent, Cal.«

»Herrje, jetzt reicht es aber! Glaubst du das wirklich?« Er spricht lauter und wendet mir sein Gesicht zu. »Du gehörst zu den besten Künstlern, die ich je gesehen habe.«

»Quatsch.«

»Glaubst du wirklich, du könntest das nicht? So etwas auf die Beine stellen? Willst du mich veräppeln? Ich habe definitiv nicht mehr Talent als du«, redet er weiter und gestikuliert dabei wild mit den Händen. Oje, er hat zu viel getrunken. »Was ist los mit dir?«

»So ist das Leben eben! Wir können nicht alle Künstler sein, Cal.«

Er sieht mich verwirrt und wütend an, dann schüttelt er den Kopf.

»Weißt du denn nicht mehr, wie gut du eigentlich bist? Erinnerst du dich nicht mehr an das Feuer, das in dir steckt? Deine Werke haben mich immer umgehauen. Das hier«, sagt er und sieht sich dabei um, »ist ein großes Risiko. Es geht darum, sich im passenden Moment an die Öffentlichkeit zu wagen. Seine Sachen den richtigen Leuten zu zeigen. Zur rechten Zeit die eigene Leistung zu präsentieren. Das ist alles.«

Ich nehme einen Schluck von meinem Bier, und er merkt sofort, dass ich nicht überzeugt bin. Welten liegen zwischen mir und so einer Ausstellung.

»Weißt du noch, was du im Sommer 1999 getan hast?«, fragt er unerwartet.

»Was meinst du?«

»Weißt du es noch?«

»Mmh«, murmele ich, ziehe die Augenbrauen hoch und versuche verzweifelt, mich daran zu erinnern, was damals war. »Ich glaube, ich habe diese Sommerassistenz bei Paul Hewitt gemacht.«

»Genau«, sagt er. »Und wie hast du die bekommen?«

»Wir mussten eine Mappe einreichen, ich glaube im Frühjahr zuvor.« Worauf will er denn bloß hinaus?

»Wie viele Leute haben sich darauf beworben?«

»Woher soll ich das wissen?«

»Siebenundachtzig«, sagt er vollkommen sicher.

»Okay …«

»Und du hast sie bekommen.«

»Stimmt.«

»Ich weiß noch, dass sich siebenundachtzig Leute beworben haben, weil ich einer von ihnen war. Zu gern hätte ich diese Chance bekommen, Jamie. Ich war so begeistert von dem Künstler und hätte unheimlich gern mit ihm gearbeitet. Wir *alle* haben uns das damals gewünscht.«

»Es tut mir leid«, erwidere ich verlegen.

»Ich habe dir das nie erzählt«, sagt er und knibbelt dabei an dem Etikett seiner Bierflasche. »Aber ich habe mir deine Mappe angeguckt, bevor wir sie einreichen mussten. Sie lag im Atelier, und ich konnte nicht widerstehen, also habe ich einen Blick hineingeworfen.«

»Echt?«

»Ja.«

»Und?«

»Das hat mich wirklich sauer gemacht, Jamie«, sagt er, als wäre er jetzt gerade, in diesem Augenblick, sauer auf mich. »Weil ich sofort wusste, dass du besser warst als ich. Der ganze Scheiß ist dir so leichtgefallen. Du warst mir um Längen voraus – nicht nur mir, allen anderen auch. Deine Interpretationen der Dinge, mit denen wir anderen zu kämpfen haben, sind manchmal geradezu überwältigend.«

Ich kann ihn nicht ansehen. Gelobt zu werden fand ich noch nie einfach. Und diese Worte von jemandem zu hören, der selbst so talentiert ist, macht es noch schlimmer, mir ist das Ganze furchtbar unangenehm, also starre ich auf sein Ausstellungsstück.

»Du hast dich getraut, etwas anderes zu machen, und dadurch diese Assistenz bekommen – natürlich, du warst schließlich mit Abstand der Beste. Nachdem ich deine Werke gesehen hatte, bin ich wütend nach Hause gegangen, weil ich wusste, dass ich noch eine dicke Schippe drauflegen musste, um aus der Masse herauszustechen. Wer nicht wagt, der nicht gewinnt.«

Als er das sagt, sehe ich plötzlich ein Bild von Stephanie vor meinem inneren Auge. Ich drehe mich zu ihm um, versuche es dadurch abzuschütteln.

»Du kannst das alles noch immer verwirklichen! Du musst dich nur darauf besinnen, wie gut du bist, und den Traum leben. Kunst bedeutet auch, sich angreifbar zu machen, aber die Menschen müssen sie sehen können. Wenn du alles in deiner Garage versteckst, dann wird das nicht passieren.«

»Ich bin Kunstlehrer an einer Schule. Verschwende ich dort mein Talent? Helen glaubt das …«

»Du machst dort fantastische Arbeit«, widerspricht er. »Die

Schüler bekommen eine exzellente künstlerische Ausbildung dank dir. Stell dir doch mal vor, wir hätten als Teenager einen Lehrer wie dich gehabt … Das wäre doch wohl der Hammer gewesen. Ganz zu schweigen von all den Schwärmereien, in deren Zentrum du stehst.«

Ich schüttele den Kopf. »Helen denkt, ich sollte dort aufhören. Nicht meine Zeit verschwenden, sondern richtig Karriere machen.«

»Als was?«, fragt er misstrauisch.

»Na, bei ihr, in der Werbeagentur.«

»Niemals!«, sagt er verächtlich und verzieht sein Gesicht. »Da würdest du untergehen. Das ist auf keinen Fall der richtige Weg. Wenn du einmal in der Mühle drinsteckst, gibt es kein Entkommen. Weißt du was? Wenn es dir in der Schule Spaß macht, dann bleib doch dort. Aber du kannst dich nicht immer dahinter verstecken. Du darfst dein Talent nicht ungenutzt lassen, Jamie.«

»Tja, in nächster Zeit sehe ich da keine Änderungen. Nicht mit einem kleinen Baby«, erkläre ich ihm.

»Muss ja auch nicht sofort sein«, sagt er optimistisch. »Vertrau mir. Du wirst schon merken, wenn die Zeit dafür gekommen ist. Aber glaub daran, dass es irgendwann passieren wird. Verschließe dich nicht demgegenüber.«

»Hier sind sie, Helen!«, verkündet Vicky und stolziert mit Helen an der Hand auf uns zu.

»Ich glaube, wir sollten langsam mal los, Schatz«, sagt Helen.

»Den letzten Zug zurück dürfen wir unter keinen Umständen verpassen. Es war wirklich schön, euch beide zu sehen«, sage ich und reihe mich in die Abschiedsumarmungen ein, die nun zwischen uns vieren ausgetauscht werden.

Als wir schon auf dem Weg zum Ausgang sind, ruft Cal noch hinter mir her: »Vergiss nicht, was ich dir gesagt hab, Kumpel. Ich melde mich bald.«

»Ja klar, vielen Dank noch mal. Habt noch einen tollen Abend!«

»Was meint er?«, will Helen wissen, als wir in die bitterkalte Dezembernacht hinaustreten.

»Nichts weiter. Es ging nur um ein neues Stück, an dem er gerade arbeitet.« Ich weiß selbst nicht, warum ich ihr mein Gespräch mit Cal verheimliche. Vermutlich, weil sie die Erste wäre, die möchte, dass ich all diese »dummen Träumereien« an den Nagel hänge und anfange, bei ihr in der Agentur zu arbeiten. Aber heute Nacht möchte ich meinen Traum am Leben halten und mir vorstellen, dass auch ich eines Tages so eine Ausstellung haben könnte.

»Es war schön, dich heute mal für mich zu haben, Liebling«, flüstert mir Helen ins Ohr und lehnt ihren Kopf an meine Schulter, als der Zug losfährt. Sie ist ein wenig angeheitert.

»Das stimmt«, antworte ich und gebe ihr einen Kuss auf den Kopf und streiche ihr sanft die Haare aus dem Gesicht. Sie ist ziemlich erledigt im Moment, versucht immer ihr Bestes zu geben. Ich lege ihr den Arm um die Schultern, und sie kuschelt sich an mich.

»Ich weiß, dass wir das nicht oft genug machen und es auch nicht leicht ist, so ganz ohne Hilfe …«

»Wir versuchen es. Das bekommen wir schon irgendwie hin.«

»Vielleicht hattest du doch recht, Jamie«, sagt sie träge, bevor sie langsam einschlummert.

»Womit?«, frage ich erstaunt.

»Vielleicht haben wir uns doch zu viel zugemutet, so ganz allein hier unten. Ohne Hilfe. Ich mit einer Vollzeitstelle. Es ist einfach zu viel, oder? Wir sind beide immer so verdammt erschöpft. Es tut mir leid.«

»Dafür brauchst du dich doch nicht zu entschuldigen. Das bekommen wir schon hin. Wie immer«, sage ich und ziehe sie noch enger an mich heran.

Sofort schläft sie ein. Ich taste in meiner Mantelinnentasche und finde schließlich meinen iPod. Genau dieses Szenario hatte ich erwartet und mir vorsichtshalber etwas mitgenommen, um mich wach zu halten. Momentan gehen wir beide eigentlich schon gegen neun ins Bett, heute ist es für uns außergewöhnlich spät geworden.

Durch Cal inspiriert, fühle ich mich in meine Britpop-Phase

zurückversetzt und lasse mich in die Sehnsucht nach den Neunzigerjahren fallen. Damals hatten wir noch nicht so viele Sorgen, glaubten an die heilenden Kräfte von New Labour, und das Wahlfieber erfasste die gesamte Nation, wir lasen das Männermagazin *FHM* und sahen uns im Fernsehen *The Big Breakfast* an.

Schon das Gitarren-Intro, gefolgt von symphonischen Streichern, zaubert mir ein Lächeln aufs Gesicht, und ein unerwarteter Schauder läuft mir den Rücken hinunter. Mein Gott! Ist das wirklich schon so lange her? Die unverkennbare, jammernde und zugleich absolut geniale Stimme setzt ein. Für mich kamen sie immer vor Blur. Außer Konkurrenz.

Whatever von Oasis.

15. KAPITEL
Mittwoch, 1. Juni 2011

Stephanie

Schon lustig, wie man sich, die ersten drei oder vier Monate nachdem es klar ist, ständig im Spiegel mustert. Stundenlang kann man sich aus verschiedenen Perspektiven betrachten, das Becken vorschieben und sich einbilden, dass die Jeans langsam zu eng werden.

Das erste Mal, wenn man dann in Schwangerschaftskleidung das Haus verlässt, ist man noch etwas verlegen darüber, der Welt mitzuteilen: »Ich bin schwanger«, in Sorge, dass der Bauch noch nicht groß genug sein könnte, um ihn so zu zeigen. Werden andere Schwangere, die schon viel weiter sind, einen verurteilen oder auslachen?

Und dann ist man ganz plötzlich bereits im neunten Monat, der Bauch so dick, dass man kaum noch laufen kann.

Am liebsten würde ich entweder überallhin getragen werden – oder einfach sitzen bleiben und weinen, weil mittlerweile jede Bewegung so unglaublich viel Energie kostet. So viel habe ich dann doch gar nicht zugenommen, trotz Ebonys Warnung von vor einigen Jahren.

Ich sitze in Janes Wartezimmer, nehme mir einen Werbeprospekt und fächle mir damit Luft zu. Die bevorstehende Sitzung macht mich nervös. Warum, kann ich nicht so genau sagen – Jane hat bereits viel Schlimmeres von mir gehört. Aber die Sachen beim Namen zu nennen lässt sie erst real werden, und ich bin mir nicht sicher, ob ich schon bereit dafür bin.

Meine rechte Hand ruht auf meinem Bauch, der in ein schwarzes, zeltartiges Jerseykleid gewickelt ist. Meine Haare habe ich zu einem Knoten aufgesteckt, und ich trage Flip-Flops. Mein ganzer Körper sehnt sich danach, sich weniger heiß und wohler in der eigenen Haut zu fühlen.

Die Tür geht auf, und Jane kommt, genauso zurechtgemacht wie immer, in einem rot-weiß karierten Sommerkleid herein.

»Na, da schau einer an, herein, herein!«, fordert sie mich lächelnd auf.

Bei dieser Erfahrung hätte ich mir gewünscht, ganz langsam und sachte an mein Schicksal herangeführt zu werden, damit der Kopf sich an die Idee gewöhnen kann. Stattdessen wurde ich ganz schön überrumpelt. Mir gefällt der Gedanke zweier rosa Linien, die sich auf einem Stück Teststreifen ausbreiten, deutlich besser als diese neumodischen Digitaltests, die einen nicht vorwarnen, sondern direkt die brutale Nachricht »SCHWANGER 4.–6. WOCHE« aufleuchten lassen. Wäre ein Countdown, bevor das Ergebnis angezeigt wird, denn wirklich zu viel verlangt?

Den Test habe ich einen Tag nach meinem Treffen mit Jamie in London gemacht. Wie konnte mir das zuvor entgangen sein? Mir war die ganze Zeit so schwindelig, dass ich annahm, es läge an der Vorfreude, ihn wiederzusehen. Ich hatte so lange (vergeblich) versucht, schwanger zu werden, dass es mir gar nicht in den Sinn gekommen war, meine Symptome damit in Verbindung zu bringen. Aber so war es. Der Digitaltest verriet mir, dass ich Matts Kind in mir trug, und ich rechnete aus, dass es im Juni geboren werden würde. Ich bin unendlich glücklich darüber, Mutter zu werden. Zu gern würde ich wissen, was wohl meine Mutter davon halten würde. Sie wäre eine wunderbare Großmutter gewesen, und es macht mich traurig, dass ich diese Erfahrung nicht mit ihr teilen kann. Sofort rief ich Ebony an, die aufgeregt ins Telefon schrie und keine zehn Minuten brauchte, um mit den beiden Kindern vor der Tür zu stehen.

»Ich freue mich so sehr für dich, Steph«, sagte sie, und ihr standen die Tränen in den Augen. »Du wirst eine fantastische Mutter sein. Mum wäre stolz auf dich.«

»Und? Wie ist es Ihnen ergangen?«, fragt mich Jane, während sie mir dabei zuschaut, wie ich verzweifelt versuche, es mir auf dem steinharten Sofa bequem zu machen.

»Nicht so gut, wenn ich ehrlich sein darf«, sage ich, ohne Zeit zu verlieren.

»Okay …«

»Es gibt da etwas, das ich Ihnen unbedingt erzählen muss, da es mich die ganze Zeit beschäftigt, eigentlich hätte ich schon längst mit Ihnen darüber reden sollen, aber jetzt werde ich es endlich tun, in Ordnung?«, sprudelte es aus mir heraus.

»Okay«, antwortet sie noch einmal ganz ruhig.

»Ich hatte eine Affäre. Also so etwas in der Art. Nein, eigentlich nicht richtig.« Ich zwinkere, als mir Tränen in die Augen steigen. »Oh, Jane, ich weiß nicht weiter. Alles ist durcheinander.«

»Atmen Sie erst mal tief durch«, sagt sie und reicht mir ein Taschentuch aus der Box auf ihrem Schreibtisch. »Danach können wir alles nach und nach auspacken …«

Ich erzähle ihr alles von Anfang an und lasse nichts aus. Warum bloß bin ich überrascht über ihre Antwort? »Ich hatte mir schon gedacht, dass irgendetwas mit irgendwem passiert ist. Ihr Auftreten hat sich verändert.«

Während meiner Enthüllung steht sie plötzlich auf und schaltet den Ventilator in einer der Zimmerecken an, wodurch mir kalte Luft ins Gesicht geblasen wird. Bei ihr ist es immer warm, ständig fühlt sich der Raum stickig und beengend an, egal wie viele Fenster geöffnet sind. Das Zimmer liegt Richtung Süden, sodass Jalousien benötigt werden, was jedoch auch dazu führt, dass es im Sommer erdrückend heiß wird.

»Ich habe gemerkt, dass sich *etwas* in Ihrem Leben – zum Positiven – verändert hat, und ahnte, dass es mit einem Mann zu tun hat«, sagt Jane geradeheraus.

»Aber warum haben Sie denn nichts gesagt? Oder danach gefragt?«

»Sie kennen meine Antwort, Stephanie, oder etwa nicht? Es musste von Ihnen kommen. Die Frage ist nur, *warum* Sie mir gerade *jetzt* davon erzählen?«

Ganz automatisch lege ich meine rechte Hand wieder auf meinen Bauch, der in den letzten Wochen stark gewachsen ist.

»Vermutlich, weil mich die Schwangerschaft einiges überdenken lässt …«

»Ja, das kommt häufig vor«, sagt sie. »Durch eine Schwangerschaft betrachtet man eine Beziehung noch einmal ganz neu, wie durch eine Lupe.« Ich bin mir nicht ganz sicher, ob Jane das aus Erfahrung weiß oder in irgendeinem Lehrbuch gelesen hat.

Ich erinnere mich daran, dass es mich seltsam nervös gemacht hat, Matt von dem Baby zu erzählen. Keine Ahnung warum, er wünschte sich schließlich schon so lange ein Kind. Irgendwie fühlte ich mich sofort unter Druck gesetzt, nur ja alles richtig und es für ihn zu etwas Besonderem zu machen. Ich hatte mir ganz verschiedene Wege überlegt, es ihm mitzuteilen, aber letztendlich platzte es dann doch einfach aus mir heraus, sobald er zur Tür hereinkam.

»Ich bin schwanger!«, schrie ich und hielt ihm den Test vor die Nase.

Er sah mich an, als habe er sich verhört oder könne es nicht glauben. »Was?«

»Ja, es stimmt. Wir bekommen ein Baby! Guck hier!« Ich lachte nervös.

Er ließ seine Tasche fallen, riss mir den Test aus der Hand und starrte ein paar Sekunden lang darauf. Dann grinste er über das ganze Gesicht und umarmte mich stürmisch. »Endlich ist es so weit!«, rief er mir ins Ohr. »Fantastische Neuigkeiten! Ich kann es kaum abwarten, es alle wissen zu lassen! Wann können wir davon erzählen? Wem hast du es bereits gesagt?«, schossen die Fragen aus ihm heraus, während er auf Abstand ging und sich die Hand ungläubig vor den Mund hielt.

»Äh, ich habe es Ebony erzählt. Aber ich glaube, man wartet drei Monate …«

»Aber der engsten Familie können wir es doch jetzt schon sagen! Oh, Stephanie, ich freue mich so, Vater zu werden! Du *bist* doch glücklich, nicht wahr?«, fragte er.

»Ja«, antwortete ich. »Natürlich.«

Er kam mit zu allen Ultraschalls, beschwerte sich höchstens ein kleines bisschen, wenn ich ihn schon wieder mit zum Einkaufen von noch mehr Babysachen schleppte, die wir alle überhaupt nicht brauchten, und erklärte sich theoretisch dazu bereit, die Hälfte aller Windeln zu wechseln.

»Ich hatte vermutlich die Vorstellung, dass uns eine Schwangerschaft – ein Baby – zusammenschweißen würde«, erkläre ich Jane. »Dass alles auf einmal so wäre, wie es sein soll. Wir wären eine Familie, und alles wäre gut.«

»Und …?«

Ich schweige einen Augenblick lang und betrachte die Pflanze in einer Ecke des Raumes.

»Und dennoch denke ich nur an *ihn.*«

Ich hatte nach Jamies Frau auf Facebook gesucht und Fotos von ihrem Mallorca-Urlaub mit Sebastian gefunden. Ich weiß, dass ich sie mir nicht ansehen sollte. Ich *weiß* es. Aber ich kann nicht anders.

Die perfekte Familie.

Aber das sind sie nicht.

Dort sitzen sie abends in einem spanischen Restaurant, schick angezogen und sonnengebräunt von einem ganzen Tag am Strand. Lachen, lächeln, leben ein glückliches Leben. Ihre Freunde ahnen nicht, dass er Gefühle für eine andere Frau hat.

Für mich.

Ich habe mich dabei ertappt, dass ich mir in den letzten Monaten häufiger ihr Profil anschaue. Sobald ich ein »H« in die Suchleiste eingebe, wird sie mir mittlerweile automatisch als Erste angezeigt.

Auf ihrem aktuellen Profilbild lächelt sie, die langen dunklen Haare fallen ihr über die Schultern. Sie trägt ein hübsches geblümtes Sommerkleid, vermutlich auf einer Hochzeit oder so. Ich würde nie so eine Art Kleid anziehen, und auch ansonsten haben wir nichts gemein. Jamie steht neben ihr und hat den Arm um sie gelegt, er trägt einen Anzug mit Krawatte. Er sieht elegant und gut aus, guckt fröhlich in die Kamera. Sie macht einen freudig erregten Eindruck, sie hat schließlich auch jeden

Grund dazu. Wenn er zu mir gehören würde, würde ich sicher auch mit ihm angeben. Ich wäre mindestens so froh wie sie.

Jedes Mal, wenn ich mir das Foto ansehe, geht es mir wie bei einem Autounfall. Ich weiß, dass ich wegschauen sollte, aber ich kann es nicht.

»Wie fühlen Sie sich bei Jamie?«, fragt Jane und stützt ihr Kinn mit der Hand ab.

Unwillkürlich muss ich lächeln. Tja, er bringt mich überhaupt erst dazu, etwas zu fühlen … und das ist noch lange nicht alles.

»Glücklich, lebendig, elektrisiert, als wäre alles möglich, strahlend, geschätzt, begehrt … geliebt«, sprudelt es aus mir heraus.

»Und wie fühlen Sie sich bei Matt?«

Ich mache eine kurze Pause, bevor ich antworte. Ungern möchte ich ihn in schlechtem Licht darstellen, er ist schließlich immerhin mein Ehemann, auch wenn er noch so viele Macken hat, das muss ich respektieren. Einige Sekunden lang starre ich auf die geschlossenen Jalousien, die versuchen, die heiße Junisonne abzuhalten. Janes Blick und die Hitze des Raums lassen mich schwitzen.

»Nicht so.«

»Okay«, sagt sie und nickt. »Dann stelle ich die Frage anders. Wenn Sie sich ein Leben aussuchen könnten – egal was für eins –, wie würde es aussehen? Mit wem würden sie es teilen?«

Sie bringt mich wirklich in Verlegenheit. Aber warum sollte ich sie anlügen.

»Jamie«, sage ich schnell, als würde dadurch der Verrat an meinem Mann irgendwie weniger schlimm.

»Und liegt es daran, dass Jamie so einzigartig ist, oder daran, dass Matt einfach nicht der Richtige für Sie ist?«

Mein Gott, sie hat wirklich eine Art, die Dinge beim Namen zu nennen und sie einem um die Ohren zu hauen.

»Beides«, sage ich und bin selbst überrascht.

»Können Sie sich vorstellen, den Rest Ihres Lebens mit Matt zu verbringen?«

»Ich glaube nicht, dass ich jemals die Partnerin sein werde, die Matt gern hätte …«

»Und wer ist das?«

»Er will eigentlich die Frau, in die er sich damals verliebt hat.«

»Und wer ist sie?«

»Es gibt sie nicht mehr. Ich mochte sie nicht und will sie auch nicht zurück.«

Auf Janes Gesicht bemerke ich ein ganz leichtes Lächeln. Es ist nur für den Bruchteil einer Sekunde zu sehen, dann verschwindet es schon wieder.

»Warum nicht?«

»Sie ist seitdem gewachsen«, erkläre ich. »Sie war …« Ich lasse meinen Blick durchs Zimmer schweifen, suche nach dem richtigen Wort. »Sie war verloren, schwach, verletzlich, verängstigt.«

»Und wer ist sie heute?«

»Ich nehme an, immer noch dieselbe. Aber sie ist daran gewachsen, groß geworden.«

»Wächst sie nur aus sich heraus oder auch mit Matt?«

»Wie meinen Sie das?«

»Damit eine Beziehung funktioniert, müssen beide Partner wachsen und sich gemeinsam entwickeln – aber jeder auch für sich.«

Sobald ich in Janes Therapiezimmer gehe, werde ich in den Strudel der Wahrheit hineingerissen. Sie zwingt mich dazu, mich mit meinem Leben zu beschäftigen, es aus einer anderen Perspektive zu betrachten, es auseinanderzunehmen, bis alles aufgedeckt ist.

»Nein, wir wachsen nicht miteinander oder aneinander«, sage ich und schüttle den Kopf.

»Okay.« Sie ändert ihre Taktik. »Wie fühlen Sie sich wegen der Sache mit Jamie?«

»Das Ganze bringt eine Seite in mir zum Vorschein, die ich nicht mag«, sage ich und kann ihr dabei nicht ins Gesicht sehen. Ich knibble an dem abgeblätterten roten Nagellack, den ich wirklich dringend entfernen sollte.

»Was für eine Seite ist das?«

»Tja, würden Sie mir glauben, wenn ich Ihnen sage, dass ich auf die Eifersucht, die das Ganze bei mir hervorruft, wirklich nicht vorbereitet war? Und auch nicht auf die Schuldgefühle?«, sage ich und muss selbst über meine Naivität lachen.

»Und ob ich das würde. Ganz sicher sogar.«

»Anfangs ließ sich alles noch viel besser trennen. Aber je tiefer ich mich hineinbegebe, desto weniger funktioniert das. Mittlerweile spioniere ich schon auf Instagram aus, was Helen Jamie unter dem Hashtag ›Gemeinsamer Abend‹ zum Abendessen serviert. Oder was für ein fantastischer Ehemann er doch ist, weil er ihr so eine angesagte Handtasche zu Weihnachten geschenkt hat. Und dann werde ich wütend und eifersüchtig, weil sie bei ihm sein kann und ich nicht.«

»Es ist sicher keine einfache Situation, Stephanie.«

»Aber es ist furchtbar, sich so zu fühlen, Jane!« Ich spreche lauter. »Und im nächsten Augenblick überkommen mich die Schuldgefühle. Sie weiß ja schließlich noch nicht einmal, dass es mich gibt. Ich habe sie hintergangen und meinen eigenen Mann auch, es ist also wirklich nur gerecht, dass ich mich so schrecklich fühle. Wir sind beide furchtbare Menschen. Aber ich kann es einfach nicht abstellen. Es ist scheußlich und zerstörerisch, und ich kann es nicht ertragen, mich so zu fühlen.«

Ich vergrabe meinen Kopf in den Händen, schluchze laut, während Jane mir noch mehr Taschentücher reicht. Es tut gut, alles loszuwerden.

»Verdammte Hormone«, schimpfe ich und greife nach den Taschentüchern.

»Lassen Sie mich Ihnen eins mit auf den Weg geben, Stephanie«, sagt Jane und hat nun wieder ihren professionellen Tonfall angenommen. »Wenn es etwas über die menschliche Psyche zu sagen gibt, dann das: Wir sind eine komplizierte Spezies. Wie einfach könnte das Leben sein, wenn alles nur schwarz und weiß wäre. Aber tatsächlich gibt es jede Menge Grautöne dazwischen.«

Ich tupfe mir die Augen trocken, und das Tuch färbt sich schwarz von meiner Wimperntusche. Ich muss unmöglich aussehen.

»Und noch etwas möchte ich Ihnen sagen. Neunundneunzig

Prozent der Leute leben in diesen Grauzonen, egal was sie selbst von sich behaupten oder glauben. Gefühle sind schwierig und haben verschiedene Dimensionen. Es gibt keine richtigen oder falschen Entscheidungen, sie sind immer zuallererst subjektiv. Letzten Endes kann man sich nicht aussuchen, was man fühlt, man kann nur kontrollieren, wie man damit umgeht.«

»Aber *wie*?«, frage ich flehend. »Ich weiß einfach nicht, wie ich damit umgehen soll. Sehen Sie mich doch an. Ich trage das Kind meines Mannes aus. Ich liebe jedoch einen anderen, der auch verheiratet ist und von dem ich glaube, dass er genauso fühlt wie ich. Wir werden niemals zusammen sein können. Wie soll man denn damit bitte umgehen? Wie?«

Es macht mir Angst, es laut auszusprechen.

Ich reibe mir noch einmal mit dem Taschentuch über die Augen – die Schleusen haben sich entschieden, heute geöffnet zu bleiben. Jane wartet, bis ich mich wieder etwas beruhigt habe, bevor sie weiterspricht. Im Zimmer ist es ruhig, nur der Ventilator surrt.

»Warum können sie nicht zusammen sein?«, fragt sie.

Ich sehe sie an, als hätte sie den Verstand verloren. Hat sie mir denn überhaupt nicht zugehört? Wofür bezahle ich sie denn eigentlich? »Wie bitte?«

»Sie haben gesagt, dass sie nicht zusammen sein können«, wiederholt sie und zuckt die Schultern. »Was genau hält Sie denn davon ab?«

»Tja«, platzt es aus mir heraus. »Erstens wäre es eine ganz schön schmutzige Angelegenheit für beide von uns.«

»Die Liebe *ist* nun mal eine schmutzige Angelegenheit, so leid es mir tut. Kein Disney-Film.«

»Wir sind beide verheiratet …«

»Sie könnten sich beide scheiden lassen.«

»Wir würden beide so viele Menschen verletzen …«

»Es wäre schmerzlich für alle, das steht fest, aber ist das wirklich ein Grund dafür, sich ein glückliches Leben zu versagen, wenn Sie beide nun mal zusammengehören?«

»Aber es sind auch Kinder involviert …«

»Stephanie, wenn Sie wirklich füreinander bestimmt sind, werden Sie einen Weg finden, zusammen zu sein, einen Weg, der funktioniert.«

Ich falte ein kleines Viereck aus dem feuchten Taschentuch und streiche es mit den Fingern glatt. »Wissen Sie, meine Mutter hat immer gesagt, dass das Universum einem den passenden Menschen schickt. Plötzlich steht derjenige oder diejenige vor einem, so will es das Schicksal. Genau das ist auch meinem Vater passiert. Sie waren wie füreinander gemacht«, erzähle ich Jane, und sie lächelt. »Ich habe immer gedacht, dass es auch mir irgendwann so ergehen würde. Jemand würde in mein Leben treten und mich völlig umwerfen, und alles wäre gut. Ich hatte nicht erwartet, dass dieser Jemand *seine Ehefrau* mit in mein Leben bringen würde. Deshalb *kann er nicht* der für mich Bestimmte sein, oder?«

»Und genau da gehen unsere Meinungen auseinander, Stephanie. Ich halte das Schicksal oder die Vorsehung oder wie auch immer man es nennen will, woran Sie glauben, eben nicht für derart eindeutig und aufgeräumt. Vielleicht passiert es tatsächlich, dass irgendwann jemand vor einem steht, wie Sie das beschreiben, aber den Rest der Arbeit müssen Sie selbst erledigen.«

»Glauben Sie das *wirklich?«,* frage ich erstaunt, weil ich mir das kaum vorstellen kann. Einen Augenblick lang sieht sie aus, als wäre ihr das unangenehm, da diese Unterhaltung sich eindeutig außerhalb ihrer professionellen Komfortzone befindet, aber ich möchte wirklich zu gern wissen, was sie denkt. Sie rutscht auf ihrem Stuhl hin und her und verändert die Position ihrer übereinandergeschlagenen Beine.

»Sehen Sie sich nur einige der berühmtesten Liebespaare der Geschichte an«, sagt sie. »Johnny Cash und June Carter. Richard Burton und Elizabeth Taylor. John Lennon und Yoko Ono. Was haben sie alle gemeinsam?«

»Ja, sie waren alle unglaublich ineinander verliebt«, sage ich und verdrehe die Augen. »Schön für sie.«

»Alle diese Beziehungen begannen als Affäre. Eine Menge Menschen wurden verletzt, damit diese Paare zusammenkommen konnten, und trotzdem gehören sie zu den größten Liebesgeschichten in unserer Erinnerung. Noch interessanter daran ist jedoch, dass ihr Betrug irgendwie sozial akzeptiert wurde, gerade weil sie so bekannt sind. Und natürlich, weil an diesen legendären Persönlichkeiten einfach alles glamourös ist …«

Ich hänge an ihren Lippen, kann meinen Blick nicht abwenden.

»Also«, sagt sie. »Ich bin sicher nicht hier, um Sie zu verurteilen. Das ist nicht meine Aufgabe. Ob Untreue richtig oder falsch ist, kann ich Ihnen nicht sagen. Aber schwarz oder weiß ist sie sicher nicht. Glauben Sie wirklich, irgendwer würde Johnny und June die ungefähr dreißig glücklichen Jahre nicht gönnen und ihn stattdessen in seine unglückliche Ehe zurückwünschen?«

Ich weiß nicht, was ich dazu sagen soll. Aber natürlich lautet die Antwort: Nein. »Ich glaube nicht, dass irgendwer das wollen könnte. Das wäre lächerlich und dumm, oder?«, antworte ich.

»Ja, genau das wäre es!« Sie lächelt. »Und natürlich sage ich nicht, dass Sie in *Ihrer* Ehe zutiefst unglücklich sind. Ich wollte nur ein Gegenargument einbringen.«

»O ja, natürlich.«

Mit einem Blick auf die Uhr und ihrem mir mittlerweile vertrauten Kopfnicken gibt sie mir zu verstehen, dass die Zeit für heute um ist. Wir haben schon so viele gemeinsame Sitzungen gehabt, heute jedoch wünschte ich mir, diese würde niemals enden. Wie gern würde ich noch bleiben und mich weiter mit ihr unterhalten.

»Okay, Stephanie. Das war eine gute Sitzung, wir sehen uns nächsten Monat, falls Sie dann nicht zu viel mit dem Baby zu tun haben. Ich wünsche Ihnen viel Glück«, sagt sie und lächelt mich an wie immer.

Auf dem Nachhauseweg denke ich die ganze Zeit darüber nach, was sie gesagt hat, dabei höre ich in voller Lautstärke *Walk the Line* von Johnny Cash. Ich genieße die frühe Abendsonne, die durch das Fenster scheint, während ich den langen Weg über kurvige Landstraßen zurückfahre. Das mache ich oft und gern.

Es geht doch nichts über eine lange Spazierfahrt allein im eigenen Auto.

Plötzlich spüre ich einen vertrauten Tritt gegen meine Rippen, ein Ärmchen oder Beinchen macht sich auf meiner rechten Seite bemerkbar, darauf folgt eine wellenartige Bewegung hin zu meiner Linken, sie ist aufgewacht.

Mein kleiner Schatz, den ich bisher nur auf körnigen Schwarz-Weiß-Aufnahmen gesehen habe: die Rundung des Köpfchens, eine winzige Knopfnase, die gebogene Wirbelsäule … Ich kann mir die Aufnahme stundenlang angucken. Wie ist mir bloß dieses wunderschöne, vollkommene Wesen gelungen? Ich weiß natürlich, dass ich dafür nicht ganz allein verantwortlich bin – Matt war ganz am Anfang auch ein bisschen beteiligt, aber um ehrlich zu sein, war sein Teil schon in dem Moment vorbei, als er seinen Penis aus mir herausgezogen hat. Aber *in mir* wächst nun tatsächlich ein kleines Menschlein heran.

Ich hatte mich eigentlich nicht so für den mütterlichen Typ gehalten, sondern mir vorgestellt, dass man eine Schwangerschaft eher durchhalten muss, anstatt sie zu genießen. Wie falsch ich doch lag. Seitdem ich in der zwölften Woche beim Ultraschall zum ersten Mal mein Kind gesehen hatte, nahm ich jedes kleine Wehwehchen und jeden Entwicklungsschritt bewusst wahr. Wenn ich sonntagmorgens im Bett lag, meinen Bauch streichelte und ihr dabei zusah, wie sie sich bewegte, kicherte ich darüber, wie süß sie doch war. Ich sang ihr vor. Ich erzählte ihr von meiner Mutter – ihrer Großmutter. Stellte mir vor, was die beiden alles gemeinsam hätten machen können: Muffins backen, zusammen im Atelier meiner Mutter malen oder im Garten Fangen spielen.

Die Schwangerschaft hat auch mich und meinen Vater wieder etwas näher zusammengebracht. Ihm kamen die Tränen, als ich ihm davon erzählte. Vermutlich wünscht er sich, nach allem, was ich durchgemacht habe, einfach nur, dass ich glücklich und zufrieden bin. Er hat uns zur Feier dieser Neuigkeiten alle zum Abendessen eingeladen und dabei die ganze Zeit über vor Freude gestrahlt.

»Ich freue mich so sehr, dass du diese Erfahrung machen kannst«, sagte er und drückte mich ganz fest an sich.

»Ich auch, Dad«, antwortete ich.

Jeder Mittwoch markierte den Beginn einer neuen Schwangerschaftswoche, also schlug ich aufgeregt nach, was mein Baby gerade machte und welche Entwicklungsschritte anstanden. Ich hatte mir vorgestellt, nur ungern zuzunehmen, aber selbst das fühlte sich gut an. Und zum ersten Mal in meinem Erwachsenenleben war es mir egal, dass ich nichts trinken durfte.

Sie ist zu dem Wichtigsten in meinem Leben geworden, dem Einzigen, was ich je richtig gemacht habe. Momentan interessiert mich nichts anderes, als eine gute Mutter zu sein. Ich möchte, dass meine Tochter mir gegenüber dieselben Gefühle hat wie ich für meine Mutter. Diese bedingungslose, einmalige Liebe; angenommen und geliebt zu werden, was immer auch passieren mag. Hoffentlich bekomme ich das hin, ich weiß schließlich, wie es sich anfühlt, wenn einem genau das genommen und der emotionale Bezugsrahmen über Nacht zerstört wird. Ich bin sicher alles andere als vollkommen, aber ich werde niemals mein Kind im Stich lassen.

Sie reagiert auf Musik, bewegt sich, streckt sich und dreht sich um sich selbst. Es ist wunderschön, wenn sie das macht.

Anscheinend mag sie Johnny Cash.

16. KAPITEL
Samstag, 15. Oktober 2011

Jamie

Erst wusste ich nicht, was es zu bedeuten hatte. An einem sonnigen Julimorgen war ich gerade mit Seb einkaufen, als er einen Wutanfall in der Tiefkühlabteilung bekam, weil er ein Eis am Stiel wollte, also öffnete ich eine Packung und gab ihm eins.

Keine Nachricht, nur das Foto eines neugeborenen Mädchens, was ich an dem winzigen rosa Strampler erkennen konnte. Mein Herz schmerzte ein wenig. Ich kann nicht sagen, warum, es steht mir auch wirklich nicht zu, aber trotzdem schmerzte es. Vermutlich war es ihr genauso ergangen, als sie von Seb erfahren hatte. Was für eine seltsame Situation. Ungefähr eine Minute später schickte sie eine weitere Nachricht:

Evie Elaine Bywater. Geboren am 9. Juni.
Ich wollte es dir erzählen, wusste aber nicht, ob ich es wirklich tun sollte. Hoffentlich geht es dir gut. x

Das war der Beginn unserer Konversation.

Stephanie sagte, dass sie mich trotzdem im Oktober in Heathwood Hall treffen wollte. Als Neuling in dem ganzen Babychaos werde ihr eine Pause von den schlaflosen Nächten sicher guttun, idealerweise würden wir also spät ankommen und früh wieder fahren. Wir buchten ein gemeinsames Zimmer, da es uns überflüssig erschien, zwei zu bezahlen, obwohl wir das zusätzliche in den letzten Jahren noch nie genutzt hatten. Das war also nur eine logische Konsequenz.

Auch wenn keiner von uns daran glaubte.

Ich komme als Erster an. Mittlerweile kennen uns die Hotelangestellten, ich bin mir sicher, dass sie wissen, wie der Hase läuft. Sie bekommen bestimmt jede Menge Schwindeleien mit

Während ich in »unserem« Zimmer auf sie warte, muss ich an unser letztes Treffen denken. Am Bahnhof Kings Cross habe ich sie gehalten und berührt, in einem Nichtkuss vereint. Das hatte ich nicht geplant, es hat sich einfach so ergeben. Ich bin froh, dass sie die Skulptur gesehen hat. Es ist ein beeindruckendes Stück, das viele Parallelen zu unserer eigenen Situation aufweist. Ich wollte ihr begreiflich machen, wie ich fühle, ohne es direkt auszusprechen. Als die Zeit für den Abschied gekommen war, geriet ich in Panik darüber, wie ich mich verabschieden sollte, wenn wir uns am Bahnsteig trennen mussten. Der Nichtkuss war für mich eine passende Antwort.

Hier sind wir nun. Zurück in Heathwood Hall.

Bisher läuft alles gut. Als sie hereinkommt, strahlt sie mich an, erfreut darüber, mich zu sehen. Wir umarmen uns, lächeln viel. Sie trägt jetzt die Haare kürzer, das steht ihr gut.

Wir sitzen auf dem Sofa und öffnen eine Flasche Wein, dabei erzählen wir uns wie immer, was alles in der Zwischenzeit geschehen ist, ich mag ihre Einstellung den Dingen gegenüber.

Sie wird ganz lebhaft, als sie mir davon berichtet, wie sie mit Ebony die Hochzeit von Kate Middleton und Prinz William im April zelebriert hat.

»Ich war natürlich schon ganz schön schwanger, also hat Ebs jede Menge zu essen angeschleppt und wir haben auf der Couch gesessen und den ganzen Tag über gefuttert, während wir uns im Fernsehen die Liveübertragung angesehen haben«, erzählt sie. »Zwölf Stunden lang haben wir geweint, uns über irgendwelche Outfits lustig gemacht und von der Prinzessin geschwärmt. Was für ein schöner Tag! Du hast es doch sicher auch gesehen?«

»Ich war mit Seb auf dem Spielplatz«, sage ich und verdrehe

die Augen. »Seine Mutter hat es sich auch angeschaut, aber mein Ding ist das nicht.«

»Ah, ich fand es wundervoll. Wie im Traum. Sie wirkten so glücklich miteinander, ich konnte gar nicht mehr aufhören zu weinen! Wie er sie angesehen hat, sie geküsst hat, alles war so …« Sie verliert sich in ihrer eigenen Welt.

Mir gefällt, wie sie sich durch die Mutterschaft verändert hat. Es kommt mir so vor, als gäbe es da eine neue Schicht an ihr. Sie wirkt einfach vollständiger. Sie redet von ihrer Tochter mit so viel Liebe und Innigkeit. Ihre Schwester passt heute Nacht auf Evie auf.

Sie fragt mich, ob ich dieses Jahr in Urlaub gefahren sei, und ich erwähne kurz, dass ich eine Woche lang auf Mallorca war. Als sie wissen will, ob ich eine schöne Zeit gehabt habe, sage ich Ja. Ich erzähle ihr nicht, dass Helen und ich uns die ganze Zeit über gestritten haben und dass Urlaub mit einem Einjährigen einfach kein Urlaub ist – außer vielleicht für das Baby.

»Und wie geht es dir?«

»Ich bin völlig erledigt! Aber du hast ja selbst ein Kleinkind, du weißt also, wovon ich rede.«

»Nein«, sage ich und streiche ihr über die Haare. »Wie geht es *dir?*«

»Ganz in Ordnung, wirklich. Das ist alles so überwältigend und lebensverändernd, nicht wahr?« Sie seufzt. »Durch sie habe ich so viel Liebe und Sinn in meinem Leben gefunden. Das hatte ich vorher noch nie so richtig.«

»Wie kannst du so etwas sagen? Es gibt genug Leute, die dich lieben. Du bist eine beeindruckende Person«, sage ich. Ich finde es schrecklich, dass sie das selbst nicht sehen kann.

Sie zuckt mit den Achseln und trinkt einen Schluck Weißwein.

»Du bist viel zu hart zu dir selbst«, fahre ich fort. »Das hast du doch überhaupt nicht nötig.«

Sie verzieht das Gesicht, diese Art von Lob ist ihr sichtlich unangenehm. Ich glaube, sie bekommt normalerweise nicht genug davon, und das ärgert mich.

»Ich mag mich selbst gerade nicht besonders, wenn ich ehrlich sein darf.«

»Wie bitte? Du hast gerade ein Baby bekommen und siehst einfach fantastisch aus!«

Stephanie streicht sich die Haare hinter die Ohren. »Nein, kein bisschen«, erwidert sie und lacht.

»Für mich schon«, sage ich ernst.

Es herrscht ein Augenblick Stille zwischen uns, bevor sie aufspringt und zu ihrer Übernachtungstasche geht, die auf der cremefarbenen Chaiselongue unter dem Fenster steht. Sie nimmt etwas Schwarzes, Schlafanzugähnliches heraus und läuft auf das Badezimmer zu.

»Was machst du?«, frage ich sie.

»Äh, ich wollte mir nur schnell etwas anderes anziehen, in dem Kleid fühle ich mich nicht besonders wohl«, antwortet sie verlegen und spielt mit dem Stoff, streicht ihn glatt. Sie schaut die Kleidungsstücke an, nicht mich. »Seitdem ich das Baby bekommen habe, mag ich meinen Körper nicht mehr. Ich fühle mich nicht gerade attraktiv. Entschuldige. Ich meine, ich weiß, dass ich nicht mehr diejenige bin, die ich einmal war«, sagt sie und schaut dabei geradezu verschämt zu mir auf.

Die wahrscheinlich schönste Frau – innen wie außen –, die ich je in meinem Leben kennengelernt habe, steht dort vor mir und sieht mich unbeholfen an. Sie fühlt sich schrecklich, da sie ein paar Pfund zugenommen hat, weil sie ein menschliches Wesen zur Welt gebracht hat.

Ich gehe zu ihr hinüber, nehme ihr den Schlafanzug (oder was auch immer) aus den Händen und werfe ihn auf den Boden. Ich lege ihr die Hände um die Taille, ziehe sie dicht an mich heran, bis sich unsere Gesichter fast berühren. Dann streichle ich ihr zärtlich über den Rücken, am Nacken entlang, bis zu ihrem Gesicht. Während ich ihr die ganze Zeit über in die Augen sehe, fahre ich langsam mit meinen Händen über ihr Kleid, an jeder ihrer Kurven entlang.

»Ich erinnere mich an diesen Körper«, flüstere ich ihr zu.

Sie spannt sich leicht an, als meine Hände ihre Brüste streifen, die seit letztem Jahr größer geworden sind. Ihre Taille und ihre Hüfte sind jetzt schärfer umrissen. Als meine Hände über ihren Bauch gleiten, küsse ich sie sanft. Sie drückt sich an mich, fasst mir in die Haare. Entschieden greife ich nach ihrem Po und schiebe ihr Kleid nach oben und ziehe es ihr über den Kopf. Ich werfe es auf den Boden, und sie steht nur in schwarzem BH und Höschen vor mir.

Sanft lasse ich meine Finger vom Ansatz ihrer Oberschenkel bis hinauf zu ihren Brüsten gleiten, sie fängt an zu kichern. Jetzt halte ich ihr Gesicht in meinen Händen. Mit den Daumen berühre ich ihre Lippen, mein Gesicht ist ganz nah an ihrem, sodass sich ihre leuchtend grünen Augen in meinen verlieren.

»Du bist noch schöner geworden«, sage ich und meine es auch.

Sie lächelt mich mit ihrem so besonderen Lächeln an, und ihre Augen strahlen. An den Rändern tauchen kleine Lachfältchen auf, als hätten sie ein Eigenleben. Normalerweise wendet sie den Blick ab, wenn ich ihr ein Kompliment mache, guckt zu Boden oder schaut peinlich berührt aus dem Fenster. Dieses Mal nicht. Sie sieht mich direkt an.

»Danke«, sagt sie leise.

Um halb zwölf liegen wir nach einem Glas Wein und einer Tasse Tee bereits im Bett und unterhalten uns bei geöffneten Vorhängen. Der Mond steht direkt vor dem Fenster, sodass genügend Licht hereinfällt, um die pechschwarze Finsternis zu vertreiben.

Ein vollkommener Augenblick.

»Du weißt, dass es jetzt auch möglich wäre, sich häufiger zu treffen, nicht wahr?«, sagt Stephanie, und ihre süße Stimme zerteilt die Dunkelheit.

Mein Körper spannt sich leicht an. »Ja, das wäre vermutlich möglich. Aber ich denke, dass wir es besser so lassen sollten, wie es ist. Es funktioniert doch ganz gut, findest du nicht?«, zwinge ich mich zu sagen. Ich bin dankbar, dass es so dunkel ist und sie nicht erkennen kann, wie schwer mir die Worte fallen, als ich dort neben ihr liege und sie anschaue. Unsere Hände sind ineinander verschränkt.

»Würdest du mich denn nicht gern öfter sehen?«, fragt sie.

Verdammt noch mal, natürlich. Die ganze Zeit.

Ich nehme mir einen Augenblick, um über die Antwort nachzudenken, nicht weil ich nicht weiß, was ich sagen will, sondern weil es mich so viel Kraft kostet.

»Stephanie«, sage ich. »Die gemeinsame Zeit mit dir ist so besonders, und ich genieße sie so sehr … ich kann einfach nicht zulassen, dass es mehr wird, als wir jetzt haben.«

Daraufhin sagt sie erst einmal nichts, das ist nie ein gutes Zeichen.

»Aber wir könnten doch dasselbe haben wie jetzt, eben nur … häufiger.«

Ich streiche mit der Hand ihren Arm entlang, bis hinauf zu den Haaren. Dann rücke ich näher an sie heran, ich muss es sagen, auch wenn es wehtut.

»Es würde alles nur noch schwerer machen«, sage ich. »Ich würde dich ein paar Stunden lang sehen, mir dann wünschen, die Nacht mit dir zu verbringen. Oder gleich das ganze Wochenende. Als Nächstes die ganze Woche, oder ich würde dich anrufen wollen, um zu wissen, wie deine Woche war, oder dir morgens schreiben, dann würden wir uns unter der Woche treffen, nur um uns kurz zu sehen …«

Sie sagt immer noch nichts, atmet nur ein wenig schwerer.

»Weißt du eigentlich, wie oft ich schon kurz davor war, dich anzurufen. Den Finger schon auf dem Anrufsymbol? Nur schnell deine Stimme hören, zumindest die Ansage von deiner Mailbox?«, frage ich. »Häufiger, als du dir vorstellen kannst.«

»Was hat dich davon abgehalten?«

»Ich kann dich nur treffen, wenn es klare Regeln gibt. Es wird zu kompliziert, wenn wir uns häufiger sehen als bisher.«

»Wenn du so fühlst und es so kompliziert ist, wirft das nicht schon allein Fragen auf, über die du besser nachdenken solltest …?«

»Steph, du wusstest doch immer, woran du bist, ich habe nie versprochen …«

»Ja, ich weiß, aber …«

»Nein, lass mich ausreden. Mein Leben wäre so viel einfacher, wenn ich nicht meine Frau lieben würde oder es mir wirklich schlecht ginge. Aber so ist es nicht.« Keine Ahnung, wie sie das aufnehmen wird – aber ich muss es einfach sagen. »Und genau das macht es für mich so schwer zu verstehen. Ich bin voller Verlangen und Sorge, mein Herz fühlt sich an, als würde es von zwei Seiten zerrissen, es macht mich fertig, Stephanie.«

Ich drehe mich zurück auf den Rücken, fahre mir mit den Händen durch die Haare. Was tue ich diesen Frauen bloß an? Ich habe keine von beiden verdient.

Die Stille zwischen uns beiden wiegt schwer, es kommt mir vor wie eine Ewigkeit. Ich musste es ihr sagen, aber zugleich fühlt es sich an, als würde ich sie verraten.

»Ich weiß, dass es hart ist – für uns beide«, sagt sie und schmiegt sich an mich. »Lass uns weitermachen wie gehabt. Du hast recht, das ist sicher einfacher.«

Ich schlinge meine Arme um sie, drücke sie an mich und gebe ihr einen Kuss auf den Kopf. Sie duftet traumhaft. Was es ist – vielleicht ein besonderes Shampoo? –, kann ich nicht sagen, aber es riecht köstlich.

»Danke, dass du so ehrlich bist«, flüstert sie in der Dunkelheit. »Das ist sicher nicht immer einfach. Ich rechne dir das wirklich hoch an. Dadurch verstehe ich viel besser, wer du eigentlich bist.«

»Was hast du für morgen geplant?«, frage ich sie, in dem Versuch, die Stimmung etwas aufzuheitern.

»Ehrlich gesagt muss ich von hier aus direkt zur Arbeit fahren.«

»Zur Arbeit? Ich dachte, du bist noch zu Hause?«

»Tja, theoretisch schon«, antwortet sie, »aber ich muss etwas für die Ausschreibung des Kunstwettbewerbs erledigen, und es geht schneller, wenn ich das eben selber mache, als wenn ich es anderen erkläre.«

»Was denn für ein Kunstwettbewerb?«

»Den veranstalten wir jedes Jahr zum Gedenken an meine Mutter.«

»Ah, okay. Klingt gut. Was genau macht ihr denn da?«

»Meine Mutter war als Künstlerin in der ganzen Gegend bekannt, also haben wir uns nach ihrem Tod dazu entschieden, in ihrem Namen einen Kunstpreis auszuloben. Dieser Wettbewerb findet einmal pro Jahr statt und soll Künstlern aus der Region zugutekommen.«

»Echt? Klingt gut.«

»Ja. Du könntest eigentlich jetzt auch daran teilnehmen, da du ja schließlich ganz in der Nähe lebst.«

»Ja, vielleicht. Aber das wäre irgendwie nicht richtig.«

»Gut genug bist du auf jeden Fall, geradezu fantastisch meine ich natürlich. Doch ich kann deine Vorbehalte verstehen.«

»Aber jetzt noch mal zurück«, sage ich. »Deine Mutter war Künstlerin, wie kommt es, dass ich das bisher nicht wusste?«

Ich kenne Steph mittlerweile schon fünf Jahre, und wir sind uns gegenseitig so vertraut, zumindest auf manchen Ebenen, auf anderen hingegen überhaupt nicht. Ihre Augen leuchten, als sie ihre Mutter erwähnt. Immer wenn sie von ihr spricht, zeigt sich darin dieses besondere Glitzern, und ein unwillkürliches Lächeln huscht über ihr Gesicht. Doch dann wechselt sie schnell das Thema, als würde ein Schmerz durch ihren Körper zucken und sie daran hindern fortzufahren.

»Ich spreche nicht so oft über sie«, sagt sie.

»Warum nicht?«

»Weil ihr Verlust das Schlimmste war, was mir je widerfahren ist.«

»Möchtest du mir davon erzählen?«

Ich merke, wie ihr Körper sich anspannt. Ihre Finger hören auf, mich zu liebkosen, und sie legt ihre flache Hand auf meine Brust. Ich nehme ihre Hand, küsse ihre Fingerknöchel und lege sie dann zurück auf meinen Oberkörper.

»Wovon?«, fragt sie.

»Ich würde dich einfach gern ein bisschen besser verstehen, und das ist ein Teil von dir, über den ich so gut wie nichts weiß«, erkläre ich. Nur zu gut erinnere ich mich noch an den schmerzvollen Ausdruck auf ihrem Gesicht, als wir uns im letzten Jahr in der National Portrait Gallery das Kunstwerk angesehen haben, das den Wettbewerb gewonnen hatte.

»Aber … es könnte da Dinge geben, die du nicht magst«, sagt sie. »Über mich …«

»Unmöglich. Mir fällt einfach nichts ein, was du von dir erzählen könntest, wodurch sich meine Meinung von dir verändern könnte«, rede ich ihr gut zu. Und es stimmt. »Ich weiß, dass es sich unheimlich anfühlen kann, Dinge von sich preiszugeben.« Dabei sehe ich nach draußen in die Dunkelheit und streichle ihr über den Kopf. »Aber ich möchte einfach alles über dich wissen.«

»Meine Mum war so wunderbar«, beginnt sie. »Sie hatte so eine einnehmende Persönlichkeit, jeder mochte sie. Sobald sie einen Raum betrat, stand sie im Mittelpunkt der Aufmerksamkeit. Als ich klein war, hielt ich sie für die schönste Frau der Welt und wollte genauso werden wie sie.«

»Ich wette, du siehst ihr sehr ähnlich.«

»Ja, mein Vater sagt immer, ich sei ihr wie aus dem Gesicht geschnitten.«

»Entschuldige, erzähl weiter …«

»Eine Mum wie sie wünscht sich jeder. Sie mochte es, unsere Freunde nach der Schule zu uns einzuladen, kochte für sie leckeres Abendessen, und alle kamen gern zu uns. Sie lachte viel, machte Späße, sang und kuschelte gern. Nie hat sie schlecht über andere geredet.«

»Klingt, als wäre sie eine ganz besondere Frau gewesen.«

»Und kreativ war sie auch. Als mein Vater nach der Hochzeit das Haus gekauft hat, hat Mum es zu ihrem eigenen gemacht. Sie interessierte sich sehr für Inneneinrichtung und verbrachte eine Menge Zeit auf Flohmärkten und in Secondhandläden. Sie brachte irgendwelche abgewetzten Couchtische und Schränke mit nach Hause und verschwand dann stundenlang im Garten, um sie wiederherzurichten und anzumalen, bis sie ganz besonders aussahen. ›Guter Geschmack und Stil lassen sich nicht kaufen‹, sagte sie immer.«

»Und wie recht sie damit hatte! Mein Freund Cal lebt genau nach diesem Motto.«

»Mum, Ebony und ich pflückten im Sommer oft Blumen und stellten im ganzen Haus Vasen damit auf, im Winter hing alles voller Lichterketten. Sie war das Herz des Hauses, die Seele – sie verlieh dem Ganzen Leben«, erzählt Steph aufgeregt.

»Dad ließ zu ihrem dreißigsten Geburtstag im Garten ein Atelier für sie bauen, kurz nachdem Ebony zur Welt gekommen war. Es war ein Anbau aus Backstein mit riesigen Schiebefenstern, damit ganz viel natürliches Licht hereinfallen konnte, alles stand voll mit Staffeleien, Farben und anderem Künstlerzubehör. Sie verbrachte Stunden darin, hörte Musik und arbeitete an ihren Kunstwerken. Sie war gut, verkaufte auch Bilder an die Kunstgalerie vor Ort. In der gesamten Gegend war sie als Künstlerin bekannt. Manchmal gingen auch Ebony und ich ins Atelier und malten etwas. Wir hatten unseren eigenen Bereich und bekamen von ihr diese dickflüssige Kinderfarbe, die es überall zu kaufen gibt, und dann malten wir immer wieder dasselbe: sie. Zwei grüne Punkte als Augen, einen kirschroten Mund und ganz viel gelbe Haare.«

»Mrs Bywater, wie konnten Sie mir nur verheimlichen, dass Sie eine erfahrene Künstlerin sind!«

»Schön wär's! Meine Fähigkeiten sind noch immer dieselben wie damals!«, erwidert sie lachend. »Im Atelier roch es nach Acrylfarben und nach Plastik. Immer wenn ich diesen Geruch wahrnehme, fühle ich mich dorthin zurückversetzt.«

»Du hast gerade den Ort beschrieben, an dem ich ungefähr achtzig Prozent meiner Zeit verbringe – allerdings ist meiner deutlich bescheidener. Ich mag diesen Geruch, er hat etwas von Heimat für mich.«

Es ist so schön zu sehen, wie sie sich mir öffnet und von ihrer Mutter erzählt. Wir liegen im Dunkeln, lachen und lernen uns noch besser kennen.

Eine bittersüße Erfahrung. Auch wenn es schön ist, mehr über die Beziehung zwischen Stephanie und ihrer Mutter zu hören, weiß ich schließlich, dass die Geschichte kein gutes Ende nehmen wird. Als sie zu diesem Teil kommt, stockt ihr die Stimme, sie braucht eine Weile, um überhaupt weitersprechen zu können, bis ihr die Stimme ganz versagt. Sie kuschelt sich dabei die ganze Zeit über an mich, und ich muss mich manchmal wirklich zusammenreißen, nicht in Tränen auszubrechen, da ich noch nie jemanden so ehrlich und traurig über einen derartigen Verlust einer geliebten Person habe sprechen hören.

Als sie schließlich in meinen Armen einschläft, hat sie sich mir anvertraut. Ich habe ganz neue Seiten an ihr entdeckt: ehrliche, aufrichtige, schöne … aber auch hässliche. Ich habe sie, glaube ich, noch nie so sehr geliebt.

Jetzt ergibt alles einen Sinn: warum sie Matt geheiratet hat, warum sie das hier – *mich* – in ihrem Leben braucht und warum sie ist, wie sie ist. Sie braucht es, geliebt zu werden.

Als die Sonne aufgeht, habe ich mich schon eine ganze Weile hin und her gewälzt. Der Vorteil daran, mit offenen Vorhängen zu schlafen, ist, dass einem das Tageslicht direkt auf die Bettdecke fällt.

Der Morgen vergeht wie im Zeitraffer, bevor wir uns versehen, müssen wir bereits auschecken und abreisen. Wir versuchen, gute Miene zum bösen Spiel zu machen, aber es führt kein Weg an der bitteren Wahrheit vorbei, dass wir uns nun für die nächsten dreihundertvierundsechzig Tage nicht sehen werden. Es wird von Jahr zu Jahr schwieriger.

Stephanie wirkt seit letzter Nacht ziemlich nervös. Sie redet ohne Punkt und Komma von ihrer Arbeit, fast wie eins dieser Aufziehspielzeuge.

»Ich muss jetzt los, mich um den Kunstwettbewerb und die Aufnahme der Zweite-Chancen-Leute kümmern …«

»Was ist das denn?«

»Ach, das sind sechs Leute, die eine zweite Chance im Leben brauchen, sie werden uns von einer Wohltätigkeitsorganisation geschickt – Drogenabhängige, Alkoholkranke oder irgendetwas in der Art. Sie arbeiten zum Einstieg ein halbes Jahr bei uns zum Mindestlohn, um eine Empfehlung und ein gutes Zeugnis zu bekommen, und so gut wie alle finden danach eine richtige Arbeit. Manche bleiben auch bei uns, das ist echt eine gute Sache für sie.

Ich habe diese Woche wirklich alle Hände voll zu tun. Und wie sieht es bei dir aus?«

Ich gehe zu ihr hinüber und nehme sie in den Arm.

»Es tut mir so leid wegen letzter Nacht«, sagt sie.

»Warum das denn? Mich stört es überhaupt nicht, wenn du so mit mir redest«, sage ich ihr vollen Ernstes.

»Es war ganz schön … ganz schön viel, oder nicht?«, sagt sie. Ich kann ihr ansehen, dass es ihr peinlich ist.

»Sei nicht albern. Ich freue mich sehr, dass du dich bei mir sicher genug fühlst, um dich so zu öffnen.«

»Ich rede sonst nie mit jemandem darüber.«

»Ich weiß.«

»Und ich will jetzt nicht gehen«, sagt sie und wölbt die Unterlippe nach vorne.

»Ich auch nicht. Aber wir müssen wohl oder übel, daran führt kein Weg vorbei.«

Sie wirkt, als wolle sie noch etwas sagen, dann entscheidet sie sich jedoch dagegen. Das ist vermutlich besser so.

Nach gerade einmal vierzig Minuten Fahrt komme ich zu Hause an. Das reicht nicht. Vom Stephanie-Modus in den Familienmodus zu wechseln braucht mehr Zeit, aber die habe ich nicht. Ich mache es mir selbst nur schwerer, indem ich sie treffe. Es wird immer schwieriger, mich von ihr loszusagen. Ganz zu schweigen davon, dass ich mir Helen und Seb gegenüber wie ein verdammtes Arschloch vorkomme. Irgendetwas muss sich ändern.

Nachdem ich in unserer Straße geparkt habe, bleibe ich noch ein paar Minuten im Wagen sitzen, ich muss die Dinge in meinem Kopf ordnen, bevor ich hineingehe und meine Frau und meinen Sohn begrüßen kann. Alles gut voneinander trennen. Das ist wichtig. Das muss ich tun, bevor ich das Haus betrete.

Mit diesem Lied gebe ich alles. Es ist dramatisch und monumental zugleich. Vielleicht ist es sogar zu viel, aber es passt so gut zu meinem momentanen Zustand, daran will ich sie unbedingt teilhaben lassen. Keine Nachricht, das Lied spricht für sich.

Auf Senden drücken, und das war es dann bis zum nächsten Jahr. Hoffentlich gefällt es ihr. Es vermittelt all das, was ich momentan über sie sagen kann und will. Wenn ich es höre, denke ich an ihr Gesicht, ihre Haut, ihre Haare, wie ich mich fühle, wenn ich mit ihr zusammen bin, daran, dass nichts und niemand bisher in mir diese Gefühle geweckt hat.

Irgendwie wirkt die gesamte Produktion des Liedes altmodisch. Die Stimme des Sängers klingt samtig und überraschend gut dafür, dass es live aufgenommen wurde.

Unchained Melody von den The Righteous Brothers drückt genau das aus, was ich sagen möchte.

Dann schalte ich mein Telefon aus, steige aus dem Auto und gehe hinein.

17. KAPITEL
Dienstag, 25. September

Stephanie

»Sie ist tot, oder? Das ist die Stelle, an der ich immer aufwache. Immer dieselbe Abfolge. Genau gleich«, sage ich und starre auf Janes Stiefeletten. »Die Ähnlichkeit zu den tatsächlichen Ereignissen macht mir Angst. Als hätte mein Gehirn jede noch so kleine Einzelheit der Geschehnisse dieser zwanzig Minuten gespeichert.«

»Wiederkehrende Albträume sind unangenehm, kommen jedoch sehr häufig vor.«

»Meiner beruht aber auf tatsächlichen Erlebnissen«, sage ich. »Es ist wirklich so passiert. Und ich muss es immer und immer wieder durchleben. Herausfinden, dass meine Mutter gestorben ist, nachdem ich an einem Freitagnachmittag aus dem Französischunterricht ins Büro des Schuldirektors gerufen wurde. Es ist ... tja, es gibt keine Worte dafür.«

»Nein«, stimmt sie mir zu. »Die gibt es nicht.«

Man ist einfach nicht darauf vorbereitet, im Alter von dreizehn Jahren seine Mutter zu verlieren. So ein Ereignis zu Beginn der Pubertät bringt jede Menge Schwierigkeiten mit sich.

Trinken, Rauchen, Jungs – in all das habe ich mich in den Jahren danach gestürzt. Mir war einfach alles egal, ich hörte noch nicht einmal zu, wenn mein Vater versuchte, mit mir zu reden. »Was würde deine Mum zu einem derartigen Verhalten sagen?«, ermahnte er mich, was mein Verhalten jedoch nur noch schlimmer machte.

»Wären Sie eher damit zurechtgekommen, wenn Sie ein besseres Verhältnis zu Ihrem Vater gehabt hätten? Was meinen Sie?«, fragt Jane.

»Ich denke schon, so habe ich allerdings einen richtigen Keil zwischen uns getrieben.«

»Hören Sie auf, die Schuld bei sich zu suchen«, sagt sie und zieht die Augenbrauen hoch. »Sie waren noch ein Kind. Sie wussten einfach nicht, wie Sie damit umgehen sollten.«

»Ich habe es ihm auch nicht gerade leicht gemacht. Ebony ist viel besser mit der ganzen Sache zurechtgekommen als ich.«

»Jeder hat seine ganz eigenen Strategien, sich mit einer traumatischen Situation auseinanderzusetzen«, konstatiert sie.

»Vermutlich fühle ich mich einfach schlecht, weil ich ihm das alles angetan habe. Jetzt, da ich selbst ein Kind habe, sehe ich die Dinge ganz anders.«

Es ist nicht einfach, diese Perspektive einzunehmen, wenn man selbst noch keine Kinder hat: die Ängste und Sorgen zu verstehen, die man seinen Eltern zumutet. Man weiß irgendwie, dass man es tut, kann es aber nicht stoppen. An meinem achtzehnten Geburtstag bekam ich einen Brief, den meine Mutter kurz vor ihrem Tod für mich geschrieben hatte. Er war so voller Liebe und Zukunftshoffnungen, dass mich die Gefühle darin derart überforderten und nur noch mehr daran erinnerten, wie ich auf ganzer Linie versagt hatte.

Ich *lebte* mit einem Finger über dem Selbstzerstörungsknopf und war mir meiner selbst genug bewusst, um zu verstehen, was mit mir passierte. Am Anfang glaubte ich, dass es höchstens ein Jahr dauern würde, aber eins folgte dem Nächsten. Ich trank immer weiter, ja es verschlimmerte sich sogar, der Alkoholkonsum wurde zu einem echten Gefühlsersatz. Ich war ein Partygirl, permanent auf Achse, und man traf mich ständig mit einem Drink in der Hand an.

Ein Mädchen auf der Suche nach ausgelassener Stimmung. Zu allem bereit. Steph.

Die Partys wurden wilder, das Level an Selbstzerstörung stieg an und wurde immer gefährlicher. Ich habe keine Ahnung, wie ich die Unizeit überlebt und sogar einen guten Abschluss gemacht habe. Im Anschluss an mein Studium blieb ich natürlich in London und ignorierte die Bitten von Ebony und meinem Vater, wieder zurückzuziehen und »ein wenig zur Ruhe zu kommen«. Warum sollte ich das wollen, wenn mir doch andererseits offenstand, noch weiter außer Kontrolle zu geraten? Denn genau das passierte.

An den Augenblick, als mir bewusst wurde, dass ich Hilfe brauchte, erinnere ich mich noch haargenau. Der war noch nicht gekommen, als ich von meinem Marketingjob gefeuert wurde, weil ich betrunken zur Arbeit erschienen war. Und auch nicht, als ich mir in den Pausen auf der Toilette Kokain reinzog, um den restlichen Tag zu überstehen (Ebony war allerdings schockierter darüber, dass ich den Klodeckel dafür benutzte und ihn nicht vorher mit einem antibakteriellen Tuch abrieb, als von der Sache selbst).

Nein.

Es geschah in einer kalten Aprilnacht, als ich fünfundzwanzig Jahre alt war und mich gerade mit Matt in einem Pub im Zentrum von London aufhielt. Irgendetwas in mir zerbrach, und ich bekam eine Panikattacke. Ich rang nach Luft. Etwas schien den letzten Atem aus mir herauszupressen und mir das Leben zu nehmen. Ich würde sterben.

Irgendwie wankte ich aus dem Pub und brach auf der Straße zusammen, während Matt meinen Vater anrief. Er holte mich ab, und ich zog zurück nach Hause. Darauf folgten jede Menge ernste Gespräche.

»So kannst du nicht weitermachen«, pflegte er zu sagen. »Matt möchte sich um dich kümmern, gib ihm eine Chance.«

Wie kann man sich jemandem gegenüber erkenntlich zeigen, der es jahrelang mit einem ausgehalten und den ganzen Ärger mitgetragen hat? Wenn dieser Jemand einen derart verzweifelt ansieht und nur von einem verlangt … *aufzuhören*. Nachdem er schon so viel mit meiner Mutter durchmachen musste und dann noch weitere zehn Jahre mit mir. Was macht man da? Tja, vermutlich heiratet man den Mann, den er für einen vorgesehen hat. Da ist der Ärger natürlich vorprogrammiert. Andererseits trifft man so viele schlechte Entscheidungen im Leben, oder? Wie meine Mum immer sagte: Keiner ist vollkommen. Wir alle machen Fehler.

Ich erklärte mich bereit, eine Therapie zu beginnen und mit dem Trinken, den Drogen und den Dingen, die nicht gut für mich waren, aufzuhören. Es war an der Zeit, erwachsen zu werden und mich endlich der Realität zu stellen.

»Wie sehen Sie die Dinge nun, da Sie selbst Mutter geworden sind?«, fragt mich Jane.

»Es kommt mir so vor, als würde ich noch einmal von Neuem um sie trauern«, gebe ich leise zu. »Seitdem ich Evie habe, weiß ich nur noch mehr zu schätzen, was sie alles für uns getan hat, was sie geopfert hat und welche Verantwortung sie auf sich genommen hat, damit wir sorglos aufwachsen und uns immer geliebt fühlen konnten.«

Jeden Tag denke ich an sie, auch heute noch.

Wenn mir Freunde erzählen, dass sie ihre Mütter zum Kaffee treffen, versetzt es mir einen Stich, und wenn ich stolze Großmütter sehe, die ihre Enkelkinder im Kinderwagen umherschieben, würde ich am liebsten losheulen. Ich wünsche mir so, ich könnte sie einfach anrufen und bitten vorbeizukommen. Wie gern würde ich sie nach all den albernen Sachen fragen: »Hast du uns auch so gebadet?«, »Wie hast du uns dazu gebracht, ein Bäuerchen zu machen?«, »Mache ich denn, verflucht noch mal, irgendetwas richtig?«

»Und wie fühlt es sich für Sie an, Mutter zu sein?«

»Ich mag es wirklich. Ich liebe Evie mehr, als ich jemals ausdrücken könnte, aber … es ist auch ganz schön hart«, gebe ich zu. »Ich fühle mich ständig unter Druck? Matt verlangt von mir, dass ich arbeiten gehe, also bringe ich sie drei Tage die Woche in den Kindergarten und fühle mich unglaublich schuldig dabei. Aber man kann es einfach als Mutter nicht richtig machen, oder? Wenn man arbeitet, vernachlässigt man sein Kind. Wenn man zu Hause bleibt, gibt man sich selbst und seine Karriere auf. Man kann nur verlieren.«

»Es ist schwer, eine Frau zu sein, Stephanie«, sagt sie trocken. Und ich frage mich, was Jane aufgegeben hat und welche Hürden sie nehmen musste, um anzukommen, wo sie heute ist. »Letztendlich kann man nur das machen, was sich für einen selbst richtig anfühlt.«

Ich bin gerade zur Marketing-Direktorin befördert worden. Eigentlich heißt das nur, dass ich eine neue Berufsbezeichnung habe und etwas mehr Geld für dieselbe Arbeit bekomme. Mein Vater zerrte mich letztens in sein Büro und sagte, ich hätte mir das durch meine harte Arbeit wirklich verdient. Ich arbeite hart, das stimmt, aber ich bin schließlich gerade erst aus der Babypause zurück, deshalb glaube ich, dass er wohl eher mein Selbstbewusstsein stärken wollte, damit ich nicht in irgendein postnatales Depressionstief abrutsche.

Ich bin mir gar nicht sicher, ob ich überhaupt arbeiten möchte. Viel lieber würde ich mit Evie zu Hause bleiben, ihr beim Wachsen und Entdecken zusehen. Meine Gedanken wandern zu dem Gespräch zurück, das ich vor ein paar Jahren mit Ebony geführt habe, als sie mir erzählte, sie wolle die Juristerei an den Nagel hängen, um bei Jude zu sein. Damals konnte ich nicht fassen, dass sie ihre Arbeit aufgeben wollte, um bei einem Baby zu bleiben. Mittlerweile verstehe ich sie. Auch ich möchte dabei sein, wenn Evie etwas zum ersten Mal macht, ich möchte mit ihr kuscheln und zusehen, wie sich ihr Gesicht verändert. Sie läuft seit Kurzem, klammert sich am Sofa fest, um sich zu stabilisieren, und rennt dann einmal durch den ganzen Raum, getragen nur von ihrem eigenen Schwung. Ich juble, rufe und applaudiere, wenn sie läuft. Wir beide quietschen und klatschen, und sie lässt sich in meinen Schoß fallen. Jedes Mal muss ich weinen. *Mein kleiner Schatz.* Sie ist so stolz auf sich.

»Es fühlt sich momentan so an, als könnte ich es niemandem recht machen – ich bin entweder eine Rabenmutter, die nicht zu Hause bei ihrem Kind ist, oder eine schlechte Ehefrau, die keinen finanziellen Beitrag leistet. Für nichts gut genug!«

»Das ist ja wohl absoluter Blödsinn!«, sagt Jane schroff. »Wenn Sie so weitermachen, werde ich wirklich sauer.«

»Aber es stimmt doch!«

»Nein, das tut es nicht. Sie haben momentan viele Dinge um die Ohren und schlagen sich großartig. Hören Sie endlich damit auf, sich selbst schlechtzumachen. Da wir nicht mehr viel von unserer Sitzung übrig haben, möchte ich gern noch nach Jamie fragen. Sehen Sie ihn nächsten Monat?«

Die direkte Frage überrumpelt mich. Sie hat etwas Entblößendes, und ich fühle mich sofort schuldig und schlecht. Schändlich. Aber es ist ja auch wirklich falsch, was ich tue, also habe ich es vermutlich verdient, mich so zu fühlen.

»Ja, das werde ich.«

»Wie fühlen Sie sich bei dem Gedanken daran?«

»Aufgeregt«, sage ich und lächle. Jane kennt diese Art zu lächeln, sie hat sie schon oft von mir gesehen. Ich weiß, dass sie es bemerkt, deshalb spreche ich es direkt an.

»Immer muss ich lächeln, wenn ich an ihn denke, ich kann gar nicht anders. Auch nach all den Jahren. Es hört nie auf. Das bewirkt er in mir«, platzt es aus mir heraus, ich fühle mich, als müsste ich mich rechtfertigen.

»Es ist eben eine besondere Beziehung, diese Wirkung haben Sie aufeinander. Ich kann mir sehr gut vorstellen, dass es ihm genauso geht«, sagt sie und klatscht in die Hände.

»Ja, also, das hoffe ich. Sie wissen, was ich meine. Ich fühle mich trotzdem schlecht dabei, es auszusprechen«, murmele ich.

»Das weiß ich.«

»Ja, ich werde ihn nächsten Monat treffen. Am selben Ort. Ich freue mich so darauf, mich wieder so zu fühlen, so …« Ich sehe mich im Zimmer um, suche nach dem richtigen Wort, um zu beschreiben, wie sich eine Nacht mit Jamie anfühlt, bis ich mich schließlich für »… so besonders« entscheide.

»Die ganze Beziehung mit Jamie basiert darauf, dass Sie beide sich nur einmal im Jahr sehen. Sie erzählen mir, er mache Sie aus verschiedenen Gründen glücklich, aber aus anderen Gründen können Sie nicht zusammen sein – das verstehe ich.«

Während sie redet, betrachte ich sie, ohne eine Miene zu verziehen. Mein Körper spannt sich jedoch an, während sie über uns spricht. Es fühlt sich nicht richtig an, wenn jemand anders unsere Beziehung analysiert, und plötzlich komme ich mir so vor, als hätte ich Jamie hintergangen, weil ich Jane von ihm erzählt habe.

»Aber ich wüsste doch wirklich zu gern, warum Sie sich damit zufriedengeben, nur einmal pro Jahr glücklich zu sein?«

»Wie bitte?« Ich sehe sie verständnislos an. »Wollten Sie mir nicht eine Frage über die Beziehung zu Jamie stellen?«

»Ja, das habe ich gerade«, antwortet sie.

»Ich bin mir nicht sicher, ob ich die Frage verstanden habe, Jane …«

»Wie lange geht das nun schon, Stephanie? Sechs Jahre?«

Ich nicke.

»Warum geben Sie sich damit zufrieden, sich so häufig nicht geliebt zu fühlen?«, fragt sie vorsichtig.

Ich antworte nicht.

»Warum geben Sie sich damit zufrieden, nur eins von zweiundfünfzig Wochenenden im Jahr so unglaublich glücklich zu sein? Sie sollten *jedes* Wochenende glücklich sein, Stephanie.«

Fast eine Minute lang sage ich nichts. Ich habe darauf keine Antwort. Nicht eine einzige. Sie kennt vermutlich die Antwort, wird sie mir aber wohl nicht verraten. Jeden Augenblick wird sie ihre verfluchten Dreiecksdiagramme rausholen und mit mir durchsprechen, was meiner Meinung nach die Antwort sein könnte. Ich bin wirklich verwirrt.

»Ich weiß es nicht«, antworte ich schließlich.

»Doch, das tun Sie«, sagt sie. »Tief in Ihnen drin wissen Sie es. Das ist doch immer so.«

»Ja, okay, ich gebe zu, dass ich mit Matt nicht überglücklich bin, aber das ist nun einmal die Wahl, die ich getroffen habe«, antworte ich wie ein eingeschnappter Teenager.

»Sie wissen, dass es mehr als das ist«, sagt sie. »Sie könnten Matt morgen verlassen, wenn Sie wirklich wollten, jemanden finden, der Sie wertschätzt und der Sie genauso besonders fühlen lässt wie Jamie. Der Unterschied wäre, dass Sie sich dann immer so fühlen könnten und nicht nur einmal im Jahr.«

»Aber es wäre eben nicht dasselbe«, seufze ich. »So einfach ist es nicht …«

»Nein, das ist es nicht. Dann erzählen Sie mir doch bitte, warum Sie es wirklich tun?« Jane hat manchmal so eine Art, mit mir zu sprechen, die streng und Respekt einflößend und zugleich freundlich und verständnisvoll ist. Ich weiß wirklich nicht, wie sie es anstellt, aber es ist geradezu unmöglich, sie dafür zu hassen, weil ich weiß, dass sie sich nur um mich kümmert. Also auf einer professionellen Ebene, versteht sich.

Ich weiß es wirklich nicht.

Mein Blick fällt auf die Uhr an der hellgrauen Wand. Ihr Ticken ist laut im Raum zu hören, wenn keiner von uns beiden spricht. Jane macht die Stille nichts aus, aber ich ertrage sie nicht. Manchmal kommt es mir so vor, als würde sie sie als Taktik einsetzen, weil ich unter Druck einfacher nachgebe. Was auch immer sie damit bezweckt, ich mag diese Situation nicht, und sie weiß es.

»Das ist eben mein Leben, okay? Man versucht doch immer, das Beste aus den Umständen zu machen, oder etwa nicht? Manche Leute sind eben dafür bestimmt, ein glückliches, liebevolles, vollkommenes Leben zu führen. Sie machen es einfach. Bei ihnen scheint immer alles glattzulaufen.«

»Und bei Ihnen ist das nicht so?«

Ich versuche wirklich, mich zusammenzureißen, aber die Tränen steigen mir viel schneller in die Augen, als mir lieb ist.

»Ich habe jemanden aus Loyalität geheiratet und weil ich das Gefühl hatte, meiner Familie das schuldig zu sein, nach allem, was ich ihr angetan habe. Ich arbeite für meinen Vater, mache etwas, das keinerlei Herausforderungen für mich zu bieten hat, und ich habe meinen Hochzeitstag nicht genossen. Meine Tochter wurde per Kaiserschnitt auf die Welt gebracht, noch nicht einmal *das* habe ich so hinbekommen, wie ich es mir vorgestellt hatte. Ich bin mir ziemlich sicher, dass ich meinen Mann die meiste Zeit über verärgere. Und ich liebe einen anderen.«

»Deshalb haben Sie sich also einem Leben verschrieben, das

Sie unglücklich macht? Weil Sie meinen, dass Sie einfach kein Glück haben?«

»Nein … ja … also, ich *weiß* es doch selbst nicht!« Ich hebe verzweifelt meine Hände und schaue zum Fenster hinaus, wo mittlerweile der Regen in Strömen niederprasselt.

Dann fragt mich Jane ruhig: »Stephanie, warum geben Sie sich damit zufrieden, nur ein einziges Wochenende im Jahr glücklich zu sein?«

18. KAPITEL
Samstag, 13. Oktober 2012

Jamie

Es tut mir wahnsinnig leid, Steph. Ich werde mich ein wenig verspäten. H muss arbeiten und wird erst am frühen Abend zurück sein. Ich komme, so schnell ich kann, zu dir und halte dich auf dem Laufenden. Ich freue mich sehr darauf, dich zu sehen. x

Ich starre auf die Nachricht, die ich ihr heute Nachmittag geschickt habe. Sie hat bisher nicht geantwortet, und mittlerweile ist es schon nach 18 Uhr. Hoffentlich ist sie nicht sauer. Normalerweise arbeitet Helen samstags nicht, aber sie steckt gerade mitten in einem lukrativen Projekt, und ihr Team schuftet rund um die Uhr. Ausgerechnet dieses Wochenende.

»Es tut mir leid, aber es sieht so aus, als müsste ich heute länger bleiben. Ich bin wahrscheinlich so gegen sechs oder sieben zurück, dann schaffst du es doch immer noch zu deiner Verabredung, oder?«, hat sie gefragt. Ein Reuegefühl übermannte mich bei ihren Worten.

»Äh, ja, das passt schon noch. So weit ist Peterborough ja nicht, und ich treffe mich ja nur mit ein paar Kumpels. Vor zehn werden wir vermutlich gar nicht das Haus verlassen. Du weißt ja, wie sie sind!«, log ich sie an.

Der restliche Nachmittag fühlte sich nicht gut an. Ich ging mit Seb auf den Spielplatz und formte mit ihm Tiere aus Knete, aber irgendetwas stimmte nicht.

Um 18:45 Uhr steht meine gepackte Tasche im Flur. Seb ist, ganz anders als sonst, hellwach und möchte überhaupt nicht ins Bett, tobt im Wohnzimmer herum und schleudert seine Spielsachen durch die Gegend. Hinter ihm herzuräumen ist wie Schneeschippen während eines Schneesturms. Er hat gegessen, ist gebadet und bettfertig, hat aber ganz offensichtlich andere Pläne. Während ich hinter ihm herlaufe, gucke ich alle zwei Minuten auf mein Telefon und warte auf Nachrichten von Helen und Stephanie.

Seb ist mittlerweile völlig überdreht – das kommt vor, wenn er müde ist. Er schmeißt sich theatralisch auf den Boden, wackelt mit den weit von sich gestreckten Armen und Beinen wie ein Tintenfisch und jammert grundlos vor sich hin. Ich nehme ihn auf den Arm, und er macht sich ganz steif, das Gewimmer ist mittlerweile zu einem Schreikonzert angewachsen. Das hat mir heute Abend gerade noch gefehlt.

Mein Telefon piept, und ich ziehe es aus der Tasche, Seb noch immer auf dem anderen Arm. Es ist Stephanie:

> Kannst du mich bitte wissen lassen, ob du vorhast, heute noch zu kommen? Es wird langsam spät und lohnt sich vielleicht nicht mehr.

Mist! Sie klingt ziemlich verstimmt. Es ist wirklich ein Balanceakt zwischen den beiden, und ich möchte keine von beiden verärgern. Ich rufe bei Helen an, während ich Seb aufs Sofa verfrachte; sofort klettert er wieder runter, läuft zum Bücherregal und fängt an, die Bücher auszuräumen.

»Hi!«, sage ich und reibe mir die Stirn. »Läuft es gut?«

»Ja, so weit. Sollte jetzt nicht mehr allzu lange dauern.«

»Ah, okay«, sage ich und versuche dabei so entspannt und unbeeindruckt von der Situation zu klingen wie nur möglich. »Hast du schon irgendeine Ahnung, wann du wieder hier sein wirst?«

»Ich denke so gegen acht. Darauf kannst du dich einstellen, um loszufahren.«

»Bist du dir sicher? Wenn es doch später wird, sag es einfach. Ich muss es nur ... den anderen sagen. Sie wollen vielleicht schon los, also würde ich ihnen gern mitteilen, wann sie mit mir rechnen können, damit sie wissen, ob sie noch warten oder schon mal losziehen sollen«, sage ich und schaudere, da ich mich immer tiefer in Lügen verwickele, während ich mit meiner Frau telefoniere.

»Nein. Ich bin um acht da. Keine Sorge. Sag ihnen, sie sollen dir schon mal ein paar Schnäpse mitbestellen, damit du aufholen kannst.«

Ich täusche ein Lachen vor. »Das mache ich. Bis gleich.«

Sobald ich aufgelegt habe, schreibe ich eine Nachricht an Stephanie:

> Es tut mir wirklich unendlich leid. Sie kommt gegen acht zurück, also sollte ich ungefähr um neun bei dir sein. Besser spät als nie. Ich kann es kaum erwarten, dich zu sehen. x

Vielleicht hätte ich sie besser anrufen sollen? Was hätte ich ihr noch sagen können? Ich weiß ja auch, dass es sich um einen besonderen Abend handelt, aber was soll ich machen? Als Seb gerade anfängt, das nächste Bücherregal auszuräumen, piept mein Telefon, und ich lese die Nachricht:

> Gut. Ich warte in der Bar.

Ich glaube, noch nie ist eine Stunde so langsam vergangen. Immer wenn ein Auto draußen vorbeifährt, schiebe ich die Vorhänge zurück und gucke nach, ob es Helen ist, die es wie durch ein Wunder doch früher geschafft hat. Zum Glück hat sich Seb in der halben Stunde, in der er das Haus auseinandergenommen hat, derart ausgetobt, dass er nach einer warmen Milch auf meinem Arm einschläft. Er schlingt die kleinen Ärmchen um meinen Hals, als ich ihn die Treppe hinauftrage, sein kleines Köpfchen mit den vielen schwarzen Haaren fällt bei jedem Schritt gegen meine Schulter. Ich denke darüber nach, wohin ich nun fahren und wen ich treffen werde, als ich die Wärme seines kleinen Körpers spüre, der sich eng an mich schmiegt, woraufhin ich ihn noch fester drücke.

Ich. Bin. Eine. Furchtbare. Person.

Als ich ihn sanft auf seinem Bettchen ablege und ihn gut zudecke, höre ich die Eingangstür. Ich küsse ihn auf die Stirn und flüstere in sein Ohr: »Bis morgen, Kleiner. Ich liebe dich.«

Dann laufe ich die Treppe hinunter, so schnell wie möglich, damit ich zügig das Haus verlassen kann, aber gleichzeitig so gelassen wie nötig, um nicht den Eindruck zu erwecken, schnellstmöglich wegzuwollen. Ich frage Helen, wie ihr Tag war.

»O Mann, ich bin wirklich froh, dass er nun vorbei ist«, sagt sie und seufzt.

»Gönn dir ein Glas Wein, und bestell dir eine Pizza.«

»Genau das habe ich vor!«, antwortet sie und sieht wirklich ziemlich erschöpft aus. Die Haare stehen ihr zu Berge, und die Brille schützt ihre müden braunen Augen.

»Nun fahr schon los«, fordert sie mich auf. »Viel Spaß!«

Ich nehme meine Tasche, umarme sie und gebe ihr einen Kuss auf die Stirn.

»Ich liebe dich«, sagt sie.

»Ich dich auch«, erwidere ich lächelnd und ziehe die Tür hinter mir zu.

21:12 Uhr

Zeigt die Uhr im Auto an, als ich auf den Parkplatz von Heathwood Hall fahre.

Ich lasse meine Tasche im Auto und laufe zum Eingang. Ich freue mich so sehr darauf, sie zu sehen, auch wenn uns jetzt nur noch ein Bruchteil der Zeit bleibt. Von Jahr zu Jahr wird es schwieriger, Helen anzulügen, Seb zurückzulassen, das schlechte Gewissen und die Sorgen wiegen immer schwerer. Und dennoch mache ich es, weil ich sie einfach sehen muss.

Der Stress heute und die Tatsache, dass ich nicht früher hier sein konnte, haben alles nur noch komplizierter gemacht; ich habe mich den gesamten Hinweg über selbst gequält, mich gefragt, was ich hier eigentlich mache. Dieses Jahr kam es mir irgendwie »noch falscher« vor als sonst. Ich hatte schon den ganzen Tag damit gehadert, ob ich überhaupt fahren sollte. Irgendetwas war aus dem Gleichgewicht geraten.

Eine Frau sitzt mit dem Rücken zu mir auf einem Hocker an der Bar. Sie trägt ein verführerisch aussehendes, schwarzes, ärmelloses Kleid, ihre langen blonden Haare sind gewellt und umspielen ihre rechte Schulter.

Sie ist es. Unwillkürlich zeigt sich ein breites Lächeln auf meinem Gesicht, als ich zu ihr gehe.

»Stephanie?«

Sie dreht sich um, wirkt etwas wackelig und sieht mich einfach nur an.

»Oh«, seufzt sie. »Hallo Jamie.«

Ein wenig amüsiert verziehe ich das Gesicht und beuge mich vor, um sie zu umarmen, aber sie ist alles andere als herzlich; sie legt mir gerade einmal eine Hand ganz leicht auf den Rücken, als ich mein Gesicht in ihren Haaren vergrabe.

»Es tut mir so leid, dass ich erst jetzt kommen konnte«, erkläre ich ihr. »Was hast du bisher gemacht?«

»Nichts«, fährt sie mich an. »Ich habe mich nur mit meinem Freund Greg unterhalten«, sagte sie stolz, ihre Worte klingen ein wenig gelallt, während sie mit dem Kopf in Richtung des sehr jungen Barkeepers nickt, der offensichtlich mit der ganzen Sache nichts zu tun haben möchte.

»Ich heiße Craig«, korrigiert er sie unbeholfen und geht zum anderen Ende der Bar.

»Okaaaay«, sage ich und ziehe die Augenbrauen hoch. Ihrem fast leeren Weinglas und der vollständig geleerten Flasche daneben nach zu urteilen – ganz zu schweigen davon, dass man ihr ansieht, wie betrunken sie ist –, muss sie schon eine ganze Weile hier sitzen. »Na gut, sollen wir nach oben gehen?«

»Hm … nein!«, sagt sie und klammert sich an der Bar fest, um nicht aus dem Gleichgewicht zu geraten.

»Warum nicht?«

»Glaubst du wirklich, dass es in Ordnung ist, mich hier stundenlang sitzen zu lassen und einen auf glückliche Familie zu machen?«

»Ich habe keinen auf ›glückliche Familie‹ gemacht …«

»Und dann einfach aufzutauchen und zu erwarten, dass ich mit dir nach oben gehe, um Sex zu haben?«, schimpft sie los. Ein paar der anderen Hotelgäste lauschen nun gespannt.

»Ich hatte eher daran gedacht, dass wir uns unterhalten können und ich mich umziehe, um wieder nach unten zu kommen und noch einen Happen zu essen.«

»Und warum können wir uns nicht hier unterhalten?«, fragt sie und breitet theatralisch die Arme aus.

Sanft, aber nachdrücklich lege ich eine Hand unten auf ihren Rücken und führe sie von der Bar weg. Im Empfangsbereich halten sich ein paar Leute auf, weshalb wir nach draußen gehen.

Es ist ein bitterkalter Oktoberabend. Sofort fühlt es sich an, als würde sich eine dünne Eisschicht auf unseren Körpern bilden.

Wir stehen uns direkt vor dem Eingang zu Heathwood Hall gegenüber. Sie zittert in ihrem hübschen Kleid, versucht, sich mit den Armen zu wärmen. Der Gedanke, dass sie stundenlang hier auf mich gewartet hat, ist unerträglich. Sie hat sich extra für mich herausgeputzt, sieht einfach umwerfend aus.

»Hier«, sage ich und ziehe meinen Mantel aus. »Nimm bitte.«

»Ich will deinen Mantel nicht. Den brauche ich nicht.«

»Stephanie, was ist los mit dir? Ich bin gerade den ganzen Weg gefahren, um dich zu sehen. Wir haben beide ein Jahr darauf gewartet. Mach es nicht kaputt, bitte!«

»Ich bin nicht diejenige, die alles zerstört. Du bist doch schließlich zu spät.«

»Ja, und ich habe mich dafür entschuldigt. Können wir jetzt bitte einen Strich unter die Sache ziehen? Ich bin schließlich jetzt hier.«

»Nein! Das können wir nicht.«

»Dann erkläre mir bitte mal, was das Problem ist. Ich verstehe es nämlich nicht.«

Sie nähert sich mir, sodass unsere Gesichter sich fast berühren.

»Bedeute ich dir *so* wenig, dass du es nicht hinbekommst, die eine Nacht, die wir im Jahr miteinander haben, anders zu organisieren? Dich ein bisschen anzustrengen? Pünktlich hier zu sein?«

»Wirklich, es tut mir leid. Aber ich konnte es leider nicht ändern. Helen musste den ganzen Tag arbeiten und auch noch länger bleiben als gedacht, und ich war eben für Seb zuständig. Er ist mein Sohn – was hätte ich denn deiner Meinung nach tun sollen?«

»Ach ja, ich vergaß. Deine perfekte Familie, deine perfekte Ehe, wie konnte ich das nur vergessen?«

»Stephanie, bitte nicht …«

»Was nicht?«

»Meine Ehe ist meine Ehe und steht hier nicht zur Diskussion.«

»Verdammt noch mal, als ob ich das nicht wüsste! Du bist ja *so* glücklich. Wie oft willst du mir das eigentlich noch unter die Nase reiben? Du Glückspilz!«

»Das tue ich doch gar nicht. Aber du hast recht, alles in allem bin ich glücklich.«

»Das ist doch Schwachsinn, Jamie! Völliger Schwachsinn!« Sie lacht und wirft die Arme in die Luft. »Wenn du wirklich so glücklich wärst, würdest du das hier mit mir nicht machen. So sieht es nämlich aus.«

»Ich hatte es nicht geplant, das hier zu machen, Stephanie. Du füllst nicht etwas aus, das mir in der Beziehung mit Helen fehlt. Du bist sehr schön und besonders, ich …«

Sie sieht mich verständnislos an, als könne sie nicht glauben, was ich sage.

»Ich bin also eine Art Hobby für dich?«, spottet sie und wird dabei immer wütender. Sie ist mittlerweile ziemlich laut, ohne es zu bemerken, das liegt daran, wie betrunken sie ist. »Etwas, das man neben der Ehe noch ganz gut machen kann?«

»Was? Nein, so meinte ich das doch gar nicht.«

»Echt jetzt, was machen wir hier eigentlich?«, schreit sie mich an.

»Ich weiß auch nicht, wie es so weit kommen konnte«, antworte ich ehrlich. »Wir versuchen, miteinander befreundet zu sein, aber …«

»Und genau *das* ist das Problem«, sagt sie, lacht und wedelt mir mit ihren Fingern vor dem Gesicht herum.

»Ich möchte einfach nur bei dir sein. Das kann ich nicht erklären … Es tut mir leid«, bekenne ich.

Sie zittert nicht mehr. Ihr scheint durch das wütende Affentheater und das ganze Geschrei warm geworden zu sein. Ich weiß nicht, was ich noch sagen kann, um die Situation zu verbessern. Es kommt mir so vor, als wollte sie das schon länger einmal loswerden.

»Weißt du denn eigentlich, wie viel du mir bedeutest?«, frage ich sie. »Wir müssen gar keinen Sex miteinander haben. Ich möchte nur bei dir sein. Dich sehen. Und ich weiß selbst nicht, was das alles ist, ich weiß nur, dass ich es brauche, dich zu sehen.«

»O ja, du musst mich wirklich dringend sehen, sodass du es noch nicht einmal schaffst, pünktlich hier zu sein, an dem einzigen Tag im Jahr …«

»Stephanie, ich bitte dich, hör auf damit!«

»Es geht immer nach deinem Willen, nicht wahr?«

»Steph«, flüstere ich und bewege mich auf sie zu. Ich drücke mich an sie, fasse ihr in die Haare und spüre, wie sie ihre Arme um meine Taille schlingt. Dann stößt sie mich weg und sieht mich wütend an.

»Weißt du was?«, sagt sie. »Ich glaube, ich kann das nicht mehr. Ich möchte, dass du mich *willst,* nicht *brauchst.* Ich muss wissen, dass ich dir etwas anderes geben kann als sie. Wenn sie so verdammt perfekt ist, dann willst du mich nicht …«

Bitte nicht, Stephanie. Ich kann dich nicht verlieren.

»… warum fährst du dann nicht einfach nach Hause und hast Sex mit ihr?«

Jedes ihrer Worte ist wuterfüllt. In der Stille danach sind nur gedämpfte Geräusche aus der Eingangshalle zu hören.

»Meinst du, ich verstehe nicht, was du hier machst?«, sage ich sanft.

»Was?«, fragt sie mich verwirrt.

»Du stößt mich von dir, weil du dich damit am wohlsten fühlst. Ich sehe dich vielleicht nur einmal im Jahr, aber ich kenne dich gut, Stephanie.«

»Ach nun hör schon auf mit diesem Psychokram. Davon habe ich schon genug durch Jane.«

»Wenn du mir nicht sagst, dass ich bleiben soll, gehe ich jetzt zu meinem Wagen und fahre nach Hause. Ich werde dich nicht mehr kontaktieren.«

»Mit Drohungen kommst du bei mir nicht weit, Jamie. Geh nach Hause, und spiele den perfekten Ehemann, für den du dich *hältst.* Ich habe genug von dir.«

»Willst du wirklich, dass es so endet? Bitte, Stephanie, mach es nicht. Ich …«

»Jamie, du spielst doch nur mit mir«, unterbricht sie mich. »Entweder willst du mich wirklich oder eben nicht.«

»So einfach ist das nicht, Stephanie. Bitte …«

Sie steht da und sieht mich an, schüttelt mit undurchdringlichem Gesicht den Kopf. Sie hat sich entschieden. »Weißt du was, Jamie? Ich wünschte, wir hätten uns niemals getroffen«, sagt sie. Und hier in diesem Augenblick meint sie es auch. In ihren Augen ist nichts als Schmerz.

Ich nehme die Worte in mir auf. Es ist brutal, jemanden so fühlen zu lassen. Ich werfe einen letzten Blick auf sie, diese Frau, die ich so liebe. Ich weiß, dass ich es bereuen werde, ihr nicht meine Gefühle offenbart zu haben, aber ich habe schon genug angerichtet. Ich drehe mich um, laufe zu meinem Wagen, steige ein und fahre los.

TEIL III

Nothing compares 2U

19. KAPITEL
Mittwoch, 22. Mai 2013

Jamie

»Zehn Jahre!«, stellt Helen fest, als könne sie es selbst kaum fassen. Ich spüre die Luft der Klimaanlage auf der Haut, während ich den Panoramablick von unserem Tisch aus genieße. Die sengende Hitze der Wüstenlandschaft in Nevada brennt auf die bunten Gebäude draußen nieder. So etwas habe ich noch nie erlebt.

»Kommt mir weniger vor«, erwidere ich und gähne. Es fällt mir schwer, wach zu bleiben. Ich habe schon so lange nicht geschlafen und mittlerweile jegliches Zeitgefühl verloren, ich weiß noch nicht einmal, welcher Tag gerade ist. Ich stürze den Espresso vor mir wie einen Tequila hinunter und warte hoffnungsvoll auf den wach machenden Effekt, der in den nächsten zwei Minuten eintreten sollte. »Wie kommt es eigentlich, dass du so munter bist?«

»Ich habe im Flugzeug geschlafen, das hättest du auch besser tun sollen«, sagt sie.

»Du weißt doch, dass ich das nicht kann. Dafür bin ich viel zu nervös.«

»Tja, vermutlich haben die Wodka-Colas dabei auch nicht gerade geholfen, aber zumindest bist du jetzt hier.«

Sie hat sicher recht. Das macht es allerdings nicht gerade besser. Es ist so ein seltsam betrunkener und gleichzeitig verkaterter Jetlag-Zustand, gerade kommt mir alles unwirklich vor. Wie gern würde ich einfach ins Bett gehen.

»Schlafen verboten«, sagt Helen und pikst mich mit ihrem Finger in den Arm. »Damit versaust du dir sonst noch die nächsten Tage. Vertrau mir, du wirst mir noch danken! Was möchtest du frühstücken?«

Ein paar Tische weiter sitzt ein kleiner Junge, ungefähr in Sebs Alter. Er ist mit seinen Eltern hier, trägt einen kleinen blauen Cowboyhut und isst Pfannkuchen. Mein Herz zieht sich ein wenig zusammen, bisher bin ich noch nie so lange von meinem Sohn getrennt gewesen.

»Glaubst du, dass es Seb gut geht?«, frage ich Helen.

»Natürlich! Du weißt doch, wie sehr meine Eltern ihn immer verwöhnen.« Sie lächelt. »Wenn wir ihm Geschenke mitbringen, wird es ihm ganz egal sein, dass wir die paar Tage nicht da waren.«

»Vermutlich hast du recht! Lass uns die nächsten fünf Tage genießen. Ich kann kaum glauben, dass wir so viel Zeit nur für uns haben!« Ich lasse langsam meine Hand an ihrem Arm hinabgleiten, während sie in die Karte guckt. »Und das hast du tatsächlich alles geplant, ohne dass ich etwas davon mitbekommen habe.«

»Wir haben es uns beide verdient, Jamie«, sagt sie und wendet sich dann wieder der Frühstücksauswahl zu.

»Entschuldigt unsere Verspätung!«, sagt Cal, der aus dem Nichts aufgetaucht ist, den Arm um Vickys Schulter gelegt.

»Keine Sorge, Kumpel. Wir sind auch gerade erst angekommen«, versichere ich ihm.

»Ich dachte schon, ihr hättet euch hingelegt. Ich war kurz davor, mich in die Jetlag-Polizei zu verwandeln und euer Zimmer zu stürmen«, sagt Helen den beiden.

»Auf keinen Fall!«, erwidert Vicky entrüstet. »Wir sind doch nicht in Las Vegas, um zu schlafen. Entschuldigt, wir wurden nur, äh … abgelenkt.«

Sie wirft Cal einen verschwörerischen Blick zu, der sich dann an Helen und mich wendet.

»Also bitte«, sagt er und lacht. »Jetzt, kommt schon. Ihr seid schließlich ohne Kind hier – euch geht es doch sicher genauso!«

Ich nehme einen Schluck von meinem Orangensaft, um den unangenehmen Moment zu durchbrechen, ich weiß, dass es Helen genauso geht wie mir.

Als wir in unser Zimmer kamen, gab es nicht die kleinste Geste in diese Richtung. Wir sahen uns die Minisuite an, bewunderten den tollen Ausblick, und Helen packte ein paar ihrer Kleider aus, während ich ihren Eltern schrieb, dass wir gut angekommen waren, und fragte, wie es Seb ging. Keine Küsse, keine Umarmungen und ganz sicher kein Sex. Aber da uns der Jetlag so richtig aus der Bahn geworfen hat, dachte ich eh, dass wir eine Weile brauchen würden, um uns zu akklimatisieren.

Bis wir am Flughafen ankamen, hatte ich angenommen, dass Helen und ich ein romantisches Wochenende zu zweit in Rom verbringen würden, um den Jahrestag unserer Hochzeit zu feiern, zum ersten Mal seit Sebs Geburt nur wir beide. Helen hatte darauf bestanden, die ganze Sache in die Hand zu nehmen, und ich war völlig verwirrt, als wir mitten in der Nacht am Flughafen ankamen und dort bereits Cal und Vicky auf uns warteten.

»Tja, da es ein runder Jahrestag ist, dachte ich, wir würden uns mal so richtig was gönnen und auch Cal und Vicky einladen!«, kreischte Helen, als sie mein verdattertes Gesicht sah.

»Wow! Toll, dass ihr dabei seid! Das sind doch fantastische Aussichten, mit euch allen Rom zu erkunden!«

»Und damit wären wir auch schon bei der größten Überraschung«, sagte Helen stolz. »Wir fliegen nicht nach Rom, sondern nach …«

»*Las Vegas*«, jubelten alle drei gleichzeitig.

Vierundzwanzig Stunden später habe ich es mir auf einem Liegestuhl am Pool bequem gemacht, beschallt von lauter Musik und umgeben von freizügig gekleideten Frauen in Bikinis, die mit Cocktails in Plastikbechern anstoßen. Das gesamte Bild wird von dem Duftgemisch aus Sonnencreme und Pommes vervollständigt. Leute waten in den riesigen Pool hinein, um sich abzukühlen. Es ist kein normaler Pool, nein, er soll das Meer imitieren, und man kann direkt daran liegen. Natürlich, weil es hier in der Mitte der Wüste kein Meer gibt. Und es ist *heiß*. So eine Hitze habe ich noch nie erlebt, überwältigend, drückend, als würde man tatsächlich gebraten. Zu heiß, um sich irgendwohin zu bewegen, kein Meer weit und breit, um sich abzukühlen. Einfach verrückt, wenn man genauer darüber nachdenkt.

Unsere Frauen sind total begeistert. Sie brauchen eine Ewigkeit, um sich zurechtzumachen, laufen zwischen den Zimmern hin und her und probieren Bikinis, Schuhe und irgendwelche Kleidchen für über die Badesachen an. Als ich irgendwann gewagt habe zu fragen, ob es denn wirklich so wichtig sei, wurde ich von beiden mit fassungslosen Blicken bedacht. Offensichtlich macht es sehr wohl etwas aus, was man in Las Vegas am Pool trägt.

Ungefähr eine Stunde später sind sie endlich so weit und kommen aufgemotzt, als wären sie geradewegs *Dallas* entsprungen, auf uns zu.

»Verflucht noch mal! Wenn wir mal nicht die glücklichsten Männer hier sind!«, sage ich zu Cal.

Helen und Vicky stolzieren auf unsere Sonnenliegen zu und lassen ihre Taschen auf den Boden fallen. Niemand weiß, was sie da wohl alles mit sich herumtragen – der Größe nach zu urteilen, würde das Gepäck für ein ganzes Wochenende hineinpassen, und sie sind bis zum Bersten gefüllt. Helen sieht ganz verändert aus. Normalerweise trägt sie schlichtere Kleidung, eher maskulin. Aber heute wirkt sie ganz anders als sonst. Ich kann mich nicht erinnern, dass sie jemals solche Absätze getragen hätte, und sicher nicht in Kombination mit Badesachen, aber sie läuft darin mit einem Selbstbewusstsein, das ich von ihr gar nicht kenne. Ihre langen Haare hängen ihr über eine Schulter und sind irgendwie ein bisschen gewellt, normalerweise sind sie ganz glatt. Sie hat sich richtig ins Zeug gelegt, ist auch stärker geschminkt als sonst. Sie sieht umwerfend aus.

»Und? Wie findest du mich?«, fragt Helen, die Hände in die Hüften gestemmt. »Vicky hat mich eingekleidet und zurechtgemacht.«

»Das habe ich.« Vicky strahlt stolz wie eine Mutter und

klatscht leise in die Hände. »Sieht sie nicht fabelhaft aus? Kaum zu glauben, dass du ein Baby bekommen hast, Süße!«

Vicky sieht aus wie ein Püppchen. Sie trägt einen glitzernden Bikini mit dem Muster der amerikanischen Flagge und eine Fliegersonnenbrille. Ihre ausladenden blonden Haare bedecken nur teilweise das riesige Drachentattoo auf ihrem Rücken, was die Vorbeigehenden dazu veranlasst innezuhalten, um es näher zu betrachten.

»Ihr seht beide klasse aus! Ihr lasst uns allerdings dumm dastehen«, sage ich.

»Vorsicht! Sprich nur für dich selbst – ich bin immer gut gestylt, vielen Dank«, sagt Cal lachend, als sich Vicky auf sein Knie setzt und die Beine übereinanderschlägt. Er fasst nach ihrem Hintern, während sie ihre Arme um seinen Hals schlingt. Als sie sich an ihn lehnt, flüstert sie ihm etwas ins Ohr, wodurch er nur noch lauter lacht und sie küsst.

»Möchtest du etwas trinken, Schatz?«, frage ich Helen, lehne mich zu ihr und lasse meine Finger an der Außenseite ihres Schenkels hinabgleiten.

»Schon gut«, sagt sie und geht in Richtung Bar davon. »Ich hole uns etwas.«

Ich hatte angenommen, ein Baby zu haben würde mich gut auf einen Jetlag vorbereiten. Falsch gedacht. Am Nachmittag will ich nur noch schlafen, Cal hält mich jedoch davon ab, indem er mir Poolwasser ins Gesicht spritzt und noch mehr Margaritas bestellt. Alkohol, extreme Hitze, Jetlag – der Tag kam mir vor wie eine dieser Prüfungen, die man aus manchen Fernsehformaten kennt.

Unsere Frauen machen Selfies von sich und kreischen dabei: »Nein, mach noch eins! Um Himmels willen, das doch nicht. Das könnte gehen, wenn man noch einen Filter darüberlegt. Ja. Ach nee, ich weiß nicht – du bist schließlich die Designerin!« Sie zwingen Cal und mich, Fotos von ihnen zu schießen: im Pool, neben dem Pool, auf den Liegen, zwischen Palmen, mit Blick in die Kamera, lachend, in die Ferne schauend – eine richtige Fotosession.

Als die beiden irgendwann zur Poolbar gehen, um noch weitere Getränke zu bestellen, bemerke ich, wie sie mit zwei Typen ins Gespräch kommen. Alle hier haben perfekte Körper. Muskulös, gut gebräunt und knapp bekleidet, auch die Männer. Glücklicherweise war ich die letzten Monate regelmäßig im Fitnessstudio. Ich sehe Helen dabei zu, wie sie sich mit ihnen unterhält. Eifersüchtig bin ich nicht, das ist es nicht. Helen hat viele männliche Freunde, das hat mich nie gestört, und in Vegas spricht eh jeder mit jedem. Es ist die Art, wie sie lächelt, lacht. Sie müssen etwas wirklich Witziges sagen, da sie lauthals lacht, über das ganze Gesicht strahlt und dabei ganz sie selbst ist.

Warum kann ich sie nicht mehr so zum Lachen bringen?

Früher konnte ich das.

Es heißt immer, Kinder zu bekommen schweiße Paare noch mehr zusammen. Tja, ja und nein. Es nimmt auf vielen Ebenen alles weg, was ein Paar zusammenhält, und zwingt einen dazu, sich damit auseinanderzusetzen, wer man wirklich ist und was für eine Beziehung man führt. Die Gespräche werden viel geschäftsmäßiger und sachlicher. Wir fragen uns nicht mehr gegenseitig, wie unser Tag gewesen ist, sondern diskutieren, wer als Nächstes dran ist, das Kind in den Kindergarten zu bringen, es zu baden, oder wer noch einkaufen geht. Alles dreht sich um das Kind, über etwas anderes spricht man kaum noch. Die Tage, die wir früher damit verbracht haben, über irgendwelche Märkte zu schlendern oder spontan etwas trinken zu gehen, wurden mit kinderfreundlichen Aktivitäten gefüllt.

Man fragt sich plötzlich: Worüber haben wir uns eigentlich früher unterhalten? Dinge, die wir unternommen haben, Orte, an denen wir waren, etwas, das wir uns gemeinsam angeschaut haben. Jetzt machen wir aber all diese Sachen nicht mehr, die Option fällt also weg. Alles wurde auseinandergenommen und offengelegt.

Ein Kind zu bekommen ist der wahre Test, ob man wirklich zueinanderpasst; wenn nicht, offenbart sich das sehr schnell.

Überleben oder untergehen.

Schwächen und seltsame Angewohnheiten, die zuvor jahrelang geschlummert haben, kommen, wenn man ein gemeinsames Kind hat, plötzlich ans Tageslicht. Seitdem Seb auf der Welt ist, sind Helen eine Reihe von nervigen Angewohnheiten an mir aufgefallen. Wir beide führen im Kopf eine Liste mit den Dingen, die wir für ihn getan haben, die wir uns dann gegenseitig um die Ohren hauen, wenn es zu einem Streit kommt. »Ich bin Samstagmorgen mit ihm aufgestanden, damit du ausschlafen konntest.« – »Und ich habe Sonntagnachmittag einen Ausflug mit ihm gemacht, damit du ins Fitnessstudio gehen konntest.«

Keiner sagt einem vorher etwas darüber.

Natürlich hilft es nicht gerade, wenn man außerdem noch in eine andere Frau verliebt ist. Das macht die Sache nur noch schlimmer, besonders wenn alles total schiefläuft und in einer eisig kalten Oktobernacht mitten auf dem Land endet.

Die ersten Monate danach waren ziemlich hart. Ich konnte an nichts anderes als sie denken, und damit meine ich *ständig*. Es beeinträchtigte meine Arbeit, ich ertappte mich dabei, wie ich im Unterricht oder bei anderen Schulveranstaltungen mit den Gedanken abschweifte. Immer wieder sah ich ihr wütendes Gesicht vor mir. Was war ich doch für ein Idiot, der diese beiden Frauen gleichzeitig zerstörte. Ich sah den Schmerz in Stephanies Augen in jener Nacht, Wut, Frustration, Traurigkeit, Verbitterung und Eifersucht darüber, dass sie niemals den Mann haben konnte, den sie liebte. Das tat ich ihr an. Es gab kein »So ist es sicher das Beste, pass auf dich auf« oder »Ich wünsche dir alles Gute«. Es war reiner, tiefer Schmerz, der sich über die Monate, wenn nicht sogar über die Jahre hinweg angestaut hatte. Ich habe sie niemals belogen, sie wusste, woran sie war, dass ich Helen nicht verlassen würde, weil ich glücklich mit ihr war. Trotzdem habe ich ihr das angetan.

Dann ist da noch Helen. Sie hat nicht die geringste Ahnung, dass ihr Mann etwas mit einer anderen hat. Und dabei geht es eben nicht nur um Sex, sondern um Liebe. Das würde sie niemals verstehen. Warum sollte sie auch? Aber ich habe es nicht geplant. Nichts davon war geplant. Gefühle kann man sich nicht aussuchen. Eine Erklärung, die in der realen Welt keinen Wert hat.

Ich musste mir einfach immer wieder sagen, dass es so sicher für alle das Beste war. Vielleicht sollte es zwischen Stephanie und mir einfach nicht sein. In mir brannte der Schmerz, aber ich hatte ihn verdient. Ich musste mich damit abfinden und die Beziehung zu Helen wiederaufbauen.

Und genau das werde ich auf dieser Reise versuchen …

Am dritten Tag, unserem eigentlichen Jahrestag, gehen Helen und ich allein Mittag essen. Es ist schön, sie mal nur für mich zu haben. Wir bestellen Champagner und fühlen uns fast schon sorglos.

»Wer hätte gedacht, dass es bei uns so lange halten würde!«, ruft Helen und lacht, während sie die perlende Flüssigkeit genießt.

»Ich habe das nie bezweifelt.« Ich lehne mich zu ihr hinüber, stoße mit ihr an und bewundere die fantastische Aussicht. Sie hat schon wieder einen Überraschungscoup gelandet, andererseits, wer, wenn nicht sie, sollte die besten Restaurants vor Ort ausfindig machen? Wir sitzen an einem Glasbalkon mit Blick auf die atemberaubenden Bellagio-Fontänen. Während sie kraftvoll in den Himmel schießen, werden ein paar Tropfen in unsere Richtung geweht – eine willkommene Erfrischung bei dieser Hitze.

»Das ist wirklich schön«, sage ich.

Sie lächelt mich an. Es ist gut, sie so entspannt zu sehen. Ihr leuchtend oranges Kleid unterstreicht ihre sonnengebräunte Haut.

»Ich kann es immer noch nicht glauben, dass wir ganz allein ohne Seb hier sind!«, sagt sie und beugt sich aufgeregt zu mir. »Natürlich vermisse ich ihn, aber, du weißt schon …«

»Ja, ich weiß«, stimme ich ihr zu und greife nach ihrer Hand.

»Es macht dir nichts aus, hier zu sein, oder?«, fragt sie. »Mir ist klar, dass du dich auf Rom gefreut hattest, und ich kam mir ganz furchtbar dabei vor, dich anzulügen.«

»Jetzt hör aber auf«, sage ich. »Natürlich hätte mir Rom auch gefallen, aber die Hauptsache ist doch sowieso, dass wir zwei allein Zeit miteinander verbringen können, ganz egal, wo. Es ist schon so lange her, seit wir das zuletzt gemacht haben.«

Sie lässt ihren Blick über die tanzenden Fontänen schweifen, die sich im Takt der Musik bewegen.

»Mit Cal und Vicky ist es ein bisschen so, als würden wir Flitterwochen mit einem frisch verheirateten Paar erleben, findest du nicht auch?«, sagt sie mit einem etwas gekünstelten, spöttischen Unterton.

»Wie meinst du das?«

»Na ja, sie können ja gar nicht die Finger voneinander lassen, ist dir das nicht aufgefallen?«, sagt sie und zieht ihre Hand zurück, um einen Schluck Champagner zu trinken. »Ich weiß oft gar nicht, wo ich hinschauen soll.«

»Sie sind halt in einem anderen Beziehungsstadium als wir.« Ich zucke mit den Schultern. »Wir waren früher auch so.«

Sie hält inne, bevor das Glas ihre Lippen berührt. »Jamie, du hast mich noch *nie* so angesehen wie Cal Vicky.«

Ich bin mir nicht ganz sicher, wie ich darauf reagieren soll.

»Wie kommst du darauf?«, frage ich sie. »Natürlich habe ich das und tue das auch immer noch.«

Sie starrt mich durch das Champagnerglas hindurch an, während sie ganz langsam einen Schluck nimmt. Ich schaue weg und rücke lieber das Besteck auf der makellos weißen Tischdecke zurecht.

»So sind sie eben. War doch schon immer so«, erinnere ich Helen. »Warum hast du sie eingeladen, wenn du das nicht um dich herum haben willst?«

»Ich habe doch gar nicht gesagt, dass ich sie nicht um mich herum haben möchte«, verteidigt sie sich.

»Wir hatten uns doch vorgenommen, allein zu verreisen zu unserem Jahrestag, an irgendeinen romantischen Ort«, stelle ich fest. »Und dann lädst du Cal und Vicky ein. Versteh mich nicht falsch, ich genieße die Zeit mit ihnen, aber so ganz genau weiß ich nicht, warum du sie gefragt hast.«

Helen seufzt und lehnt sich in ihrem Stuhl zurück. Sie spielt eine Weile an ihrem Champagnerglas herum, woraus ich schließe, dass sie entweder selbst keine Antwort darauf hat oder nicht damit herausrücken möchte.

»Ich weiß auch nicht. Vermutlich zeigt es nur …«

»Was?«

»Sind wir zu einem dieser Paare geworden, die nie Sex haben und immer nur über die Kinder sprechen?«

Uff! Jetzt ist es also raus.

Ich nehme einmal an, dass unser zehnter Hochzeitstag sich genauso vorzüglich eignet wie jeder andere Tag, um dieses Fass aufzumachen.

»Wie wäre es, wenn wir weniger hart zueinander wären?«, schlage ich vor. »Wir versuchen, einen Zweijährigen und zwei Karrieren unter einen Hut zu bekommen. Die letzten Jahre waren eine ganz schöne Herausforderung, und wir werden zum Licht am Ende des Tunnels kommen, wenn wir es beide wollen.«

»Vermutlich hast du recht. Aber … wenn ich die beiden so sehe, frage ich mich schon, ob wir jemals dahin zurückkommen.«

»Das wird schon werden. Wir sind jetzt schon zehn Jahre verheiratet. Das können wir doch nicht so einfach hinwerfen«, sage ich und streichle ihr über die Wange.

»Ja, du hast recht. Aber es ist so verdammt hart. Härter, als ich erwartet hatte, verstehst du? Alles unter einen Hut zu bekommen.«

»Es wäre sicher einfacher mit einer Gebrauchsanweisung.« Ich lache. »Aber wir bekommen das schon hin.«

Wir genießen den Rest des Mittagessens, sind ein wenig angeheitert und reden darüber, wie wir uns kennengelernt haben. Sie erzählt noch einmal, wie aufgeregt sie war, als ich bei einem Wochenende in Edinburgh um ihre Hand angehalten habe. Ich rufe mir die Begeisterung ins Gedächtnis, als ich von ihrer Schwangerschaft erfuhr. Und all die anderen vielen Erinnerungsmomente dazwischen.

Ich bin froh über unsere Unterhaltung. Sie unterstreicht noch einmal meinen Vorsatz, Helen wieder näherzukommen. Außerdem wird mir dadurch noch einmal bewusst, dass die Beziehung zu Stephanie aus und vorbei ist. Endgültig.

Allerdings bringt mir, wann immer ich das beschließe, das Schicksal, das Universum oder irgendeine andere vermaledeite kosmische Kraft Stephanie ins Bewusstsein zurück. So auch später am selben Tag, als die Frauen von einem Spaziergang zurückkommen und Cal und mir eröffnen, sie hätten eine »Überraschung« für uns.

»Ratet mal, was wir heute Abend vorhaben?«, spannt uns Helen auf die Folter.

»Einer Horde Stripper zugucken?«, antwortet Cal aufgeregt.

»Ha, nicht schlecht«, sagt Vicky. »Das steht für morgen auf dem Programm, Schatz!«

»Wir sehen uns ein Musical an!«, kreischt Helen.

Cal und ich könnten nicht weniger beeindruckt sein.

»Wie bitte? Ich gucke mir auf keinen Fall in Las Vegas ein Musical an. Da könnt ihr zwei gern allein hingehen«, sagt er.

»Ich stimme Cal zu. Ich bin für spontanes Singen oder Tanzen oder irgendetwas in der Art auch nicht zu haben«, sage ich klipp und klar.

»Ach kommt schon, jetzt stellt euch doch nicht so an! Da machen sogar berühmte Leute mit. Ein ehemaliges Mitglied von *Destiny's Child* und jemand von der amerikanischen Version von *X-Factor*«, fügt Helen hinzu, als wenn das irgendeinen Unterschied machen würde.

»Dann heraus damit, was ist es denn?«, frage ich und verziehe das Gesicht.

»Dreamgirls!«

Ich habe es noch nie gesehen oder etwas davon gehört. Bis auf ein Lied, das Stephanie an jenem warmen Oktobertag für mich gesungen hat.

Leider scheint Cal Gefallen an der Idee zu finden, da ihn die Kostüme interessieren.

Da ich nicht der einzige Spielverderber sein will, sitzen wir also hier in der dritten Reihe und schauen Effie White dabei zu, wie sie über den Mann singt, den sie liebt und nicht aufgeben wird: *And I am telling you I'm not going …*

Es ist schön, das Lied nun in seinem Kontext kennenzulernen. Es geht darin um das Auflehnen und die Stärke einer Frau, die einiges durchgemacht hat, und das Lied erlaubt es ihr, die Verletzlichkeit ganz ohne Scham aus jeder Pore ihrer Haut sickern zu lassen.

Während ich der Schauspielerin zuhöre, fühle ich mich an diesen Tag zurückversetzt, und mir huscht ein bittersüßes Lächeln über das Gesicht. Wie gern würde ich wissen, wie es ihr geht, was sie gerade macht. Hoffentlich ist alles in Ordnung.

Diese Frau ist der Wahnsinn. Es ist ein Genuss, ihr zuzuhören und zuzuschauen, wie sie die Lieder schmettert und jeden Ton trifft. Aber trotzdem nicht so gut wie die Version, die ich an jenem Abend hören durfte.

Nichts geschieht ohne Grund, und meistens ist es auch gut so. Wir sind offensichtlich nicht dazu bestimmt, zusammen zu sein. Wenn ich dafür bestimmt wäre, wäre ich es auch.

20. KAPITEL
Samstag, 26. Oktober 2013

Stephanie

»Warte noch! Zehn Sekunden, gleich ist es so weit!«, verspreche ich ihm.

Wir sind beide ganz still, bewegen uns nicht. Seine Hände liegen ausgebreitet auf meinem riesigen Bauch, warten auf die wellenförmige Bewegung, die jeden Augenblick kommen muss. Ich befinde mich in den letzten Wochen meiner Schwangerschaft, und dieser Teil gefällt mir sehr: wie sich das Kind bewegt, um sich schlägt, tritt und windet, als wolle es sich befreien.

Wie erwartet stößt plötzlich von innen etwas gegen meine Bauchdecke und versetzt Matts rechter Hand einen Schubs.

»Ui!«, ruft er. »Das ist ja richtig gruselig.«

»Deine Tochter ist gruselig?«, necke ich ihn und lege schützend meine Hand auf den Bauch. »Pst, leise, sonst hört sie dich noch.«

»Ich kann es kaum abwarten, sie kennenzulernen«, sagt er und küsst meine Stirn. »Bist du so weit?«

»Ja, wie sehe ich aus?«, frage ich ihn und betrachte mich im Spiegel.

»Hinreißend!«

»Danke!« Ich lächle ihm gerührt zu. »Meinst du wirklich, dass es nicht zu viel ist?«

»Was meinst du?«, fragt er und legt die Stirn in Falten.

»Das hier …«, sage ich und schaue an meinen ausladenden

Brüsten hinab, die sich in den letzten Monaten entwickelt haben. Sie werden heute Abend von einem Jersey-Wickelkleid gehalten, aber ich freue mich schon darauf, wenn ich später meinen Schlafanzug anziehen kann.

»Steph, zu viel davon geht gar nicht«, sagt er und lacht. »Du bist mit Abstand die verführerischste Schwangere hier.«

»Hoffentlich setzen nicht die Wehen ein – du hast mir versprochen, nichts zu trinken«, sage ich ernst zu ihm. »In zwei Wochen ist schon der Termin, es kann jederzeit losgehen.«

»Dann lass uns das Essen besonders genießen!«

Das hier war Matts Idee. Eine Nacht wegzufahren, bevor das Baby kommt. Ich habe es dann arrangiert, um zu vermeiden, dass er Heathwood Hall bucht. Ob ich bei meinem Hormonlevel damit hätte umgehen können? Ebony hat angeboten, auf Evie aufzupassen, also haben wir sie dort abgeliefert und sind in der Dämmerung angekommen.

Endlich gehen wir essen, das ist gut; im neunten Monat schwanger als Mutter einer Zweijährigen, bin ich derart erledigt, dass ich mir nicht vorstellen kann, nach zehn ins Bett zu gehen.

Matt reizt mich ein wenig mit seiner Art, alles zu kritisieren, und damit meine ich *wirklich alles,* die er an den Tag legt, sobald wir allein das Haus verlassen. Ob nun »Warum ziehst du das an?«, »Das Essen ist aber nicht besonders« oder »Die Musik hier kann ich nicht leiden«, alles bekommt einen negativen Beigeschmack. Das nervt. Heute Abend beschwert er sich über das Pärchen am Nebentisch, das angeheitert und deshalb zu laut für seinen Geschmack ist. Sie sind ungefähr Mitte zwanzig und haben schätzungsweise ein leidenschaftliches Wochenende geplant. Sie prusten immer wieder vor Lachen und verbringen einfach eine tolle Zeit miteinander.

»Sie sollten die Leute erst mal überprüfen, bevor sie hierbleiben dürfen«, sagt er und klingt dabei ziemlich verbittert und unfreundlich. »Wer will schon ein Vermögen für das Essen hier ausgeben, nur um dann von solchen Leuten umgeben zu sein?«

»Welche Leute meinst du?«, fordere ich ihn heraus. »Leute, die Spaß haben?«

»Rüpel eben. Sie haben vermutlich ein billiges Angebot übers Internet gebucht und sich gedacht, sie könnten sich hier unter die Leute mischen, die sich einen Aufenthalt tatsächlich leisten können.«

Seine offene, schamlose Überheblichkeit schockiert mich.

»Hörst du dir eigentlich selbst zu?«

»Wie bitte?«, fragt er mich, verblüfft, dass ich seine Aussage infrage stelle, während er sich ein Stück überteuertes Steak in den Mund schiebt.

»Warum ist es denn überhaupt wichtig, wie irgendjemand hierhergekommen ist?«

»Ach, Steph, ich bitte dich«, macht er sich über mich lustig. »Willst du hier jetzt etwa den Gutmenschen raushängen lassen? Schau sie dir doch mal an.«

Diskret schaue ich in ihre Richtung, um zu verstehen, was er meint. Ja, sie trägt vielleicht ein knappes Kleidchen. Es ist weiß, eng anliegend, und ich würde es wohl eher nicht anziehen, besonders in meinem momentanen Zustand. Sie hat braune Haare, scheint falsche Wimpern zu tragen und ist ziemlich stark geschminkt. Und? Der Typ, mit dem sie hier ist, scheint vor Freude ganz aus dem Häuschen zu sein, dass er seine Zeit mit ihr verbringen darf. Er hat sich für seine Verhältnisse in Schale geworfen, um chic für sie zu sein, er trägt einen Blazer, ein weißes Hemd, und seine dunklen Haare wurden penibel zurückgekämmt. Diesen Trend verstehe ich ehrlich gesagt nicht. Mir ist ein etwas verwuschelter Look lieber, aber die Geschmäcker sind nun mal verschieden.

»Und? Sie lassen es sich einfach gut gehen. Wir waren auch mal so, erinnerst du dich?«, sage ich, greife nach meinem Wasser und nehme einen Schluck.

»So über dich hergefallen bin ich noch nie.«

»Nein«, sage ich und sehe zu ihnen hinüber. »Da hast du vermutlich recht. Aber anders als heute waren wir damals schon.«

»Natürlich waren wir das. Wir hatten noch kein Kind, du warst ein ganz anderer Mensch …«

»Ja, das war ich«, sage ich zurückhaltend. »Aber daran ist ja auch nichts Schlechtes. Menschen und Beziehungen wachsen, verändern und entwickeln sich. Man kann nicht immer gleichbleiben. Wenn etwas bleibt, wie es ist, stirbt es.«

Solche Gespräche frustrieren mich immer, da Matt nicht an dieselben Dinge glaubt wie ich. Er findet solche Konzepte schwer zu verstehen. Für ihn ist alles immer nur schwarz oder weiß. Er nennt solche Themen meinen »Hippie-Quatsch«. Für mich ist es jedoch ein grundsätzliches Verständnis der Prozesse des Lebens und der menschlichen Wesen.

Ich beobachte ihn dabei, wie er über das gerade Gesagte nachdenkt. Das wird er verstehen, oder? So kompliziert war es ja nun auch wieder nicht.

»Nee, ich glaube nicht, dass ich mich verändert habe«, sagt er dann nüchtern.

»In den zehn Jahren unserer Beziehung, seitdem wir ein Kind bekommen haben, älter geworden sind und geheiratet haben, glaubst du nicht, dass du dich verändert oder entwickelt hast? Kein bisschen?«

Er zuckt mit den Schultern. »Nein, eigentlich nicht. Darin unterscheiden wir uns eben, Stephanie. Du bist besessen von diesem ganzen Wachsen und Sichverändern«, sagt er und verdreht die Augen. »Dabei vergisst du, dass du schon zu Beginn toll gewesen bist. Ja, du hattest vielleicht so deine Probleme, aber die hast du in den Griff bekommen. Damals, als wir uns kennengelernt haben, warst du lustig, unbekümmert, wild, und vieles war dir einfach egal. Dahin musst du wieder zurück. Du denkst viel zu viel nach.«

Ich sitze ihm gegenüber – diesem Mann – und glaube nicht, dass ich jemals jemanden so verachtet habe.

»Wenn ich ehrlich bin, kommt mir diese Therapie manchmal eher wie ein Hindernis als wie eine Hilfe vor«, sagt er, und es klingt nach einer achtlos dahingeworfenen Bemerkung.

Ich muss sofort an Jane denken. Sehe sie ihre unbeeindruckte Miene aufsetzen, die jedes weitere Wort überflüssig macht. Sie wird normalerweise von einem leichten, dennoch unmissverständlichen Einatmen begleitet.

Warum geben Sie sich damit zufrieden, nur ein einziges Wochenende im Jahr glücklich zu sein?

Eine Frage. Fünfzehn Wörter.

Sie hat meine Welt einstürzen lassen. Warum versuche ich eigentlich *nicht*, auch an den anderen dreihundertdreiundsechzig Tagen des Jahres glücklich zu sein? Das Glück muss doch irgendwo sein. Nur wo? Warum verlasse ich ihn nicht und mache mich auf die Suche danach? Tja, der riesige Bauch, den ich gerade mit mir herumtrage, steht dem im Weg. Wir hatten die Schwangerschaft nicht geplant, aber ich bin froh, dass es so gekommen ist, auch wenn es eine zweischneidige Sache ist.

Einerseits bekommt Evie eine Schwester, die unheimlich viel Freude in unser Leben bringen wird, jeden einzelnen Tag werde ich beim Aufwachen dankbar dafür sein.

Andererseits jedoch ist sie Teil des eisernen Käfigs, den ich mir selbst durch die Hochzeit gebaut habe, und das Baby symbolisiert das Zuschnappen des Schlosses.

Ich kann nicht mehr einfach gehen.

Als wir schließlich oben im Bett liegen, kann ich nicht schlafen. Ich drehe mich stundenlang hin und her und grüble.

Irgendwann stehle ich mich aus dem Bett, ziehe den weichen Hotelbademantel und die UGG-Boots an, in denen ich gekommen bin, und gehe nach unten. Zum Glück schläft Matt, er würde ausrasten, wenn er wüsste, dass ich mich so unpassend gekleidet hinaustraue.

Es hat etwas Beruhigendes, mitten in der Nacht wach zu sein. Hier in der Abgeschiedenheit ist niemand wach, von dem Nachtportier und der Empfangsdame einmal abgesehen. Auf dem Weg in die Empfangshalle sind die Flure nur schwach beleuchtet.

»Kann ich etwas für Sie tun? Geht es Ihnen gut?«, fragt mich die Angestellte am Empfang alarmiert, als sie meinen Babybauch bemerkt.

»Ach, ich kann nicht schlafen. Wäre es in Ordnung, wenn ich mich in den Salon setze? Ich finde keine gemütliche Position im Bett.«

»Selbstverständlich«, antwortet sie. »Ich kann den Portier bitten, Ihnen einen heißen Kakao zu machen. Mit Marshmallows?«

»Das wäre sehr nett von Ihnen, vielen Dank!«

Ich lasse mich auf einem bequemen Sofa in der Ecke mit dem Fenster nieder, und die Empfangsdame bringt den Kakao. Ich schäme mich nicht bei dem Gedanken, dass das hier der beste Augenblick der Reise ist.

Als ich den Gürtel des Bademantels enger ziehe, spüre ich heftig wogende Bewegungen des Babys. Als hätte sie meine seltsame nächtliche Aktivität gestört.

»Entschuldige, Adelaide«, flüstere ich. »Ich wollte dich nicht aufwecken.«

Aus der Tasche des Bademantels ziehe ich meinen iPod hervor, setzte die Kopfhörer auf und drücke die zufällige Wiedergabetaste.

Das Klavier-Intro verrät alles. Bei diesem Lied kann ich mir selten die Tränen verkneifen, aber in meinem momentanen hormonellen Ausnahmezustand bleiben meine Augen sicher nicht trocken – also lasse ich es einfach zu.

Als die Melodie und der Gesang Fahrt aufnehmen – bei diesem Lied über das Loslassen, wodurch alles wird, wie es sein soll –, trinke ich einen Schluck Kakao, da nehme ich aus den Augenwinkeln plötzlich etwas in einer Ecke des Raumes wahr.

Bisher war es mir noch gar nicht aufgefallen, aber das Bild an der Wand wirkt irgendwie vertraut. Es kommt mir durcheinander und wild vor, obwohl es in verschiedenen Grautönen, Weiß und neutralen Farben gehalten ist. Warum hat es bloß meine Aufmerksamkeit geweckt? Es ist nicht gerade kraftvoll.

Ich rapple mich auf und gehe darauf zu, um es besser betrachten zu können.

Als ich mich dem Bild nähere, fällt es mir wie Schuppen von den Augen. Ich lächle, und jetzt muss ich doch weinen.

Dort an der Wand hängt eine Interpretation von Rodins *Der Kuss*. Die beiden Liebenden sind ineinander verschlungen wie an dem Tag in der Tate Modern, als ich die Skulptur mit Jamie zusammen sah.

Ich muss ein paarmal tief durchatmen, lache und schluchze zugleich.

Let It Be.

Allerdings.

21. KAPITEL
Samstag, 2. August 2014

Jamie

Meine Mutter war die ganze Woche über bei uns zu Besuch, an dem Tag, bevor sie fährt, gehen wir noch gemeinsam zu einem jahrmarktähnlichen Fest im Rotherton House, ich mag diese Art von Veranstaltungen in den alten Herrenhäusern. Dieses Jahr wird dort außerdem die Ausstellung eines Fotografen aus der Gegend gezeigt, er heißt Richard Horlock, und seine Bilder interessieren mich sehr.

Es ist eins dieser typischen Familienfeste mit Karussell, Heliumballons und einer Hüpfburg. Seb besteht darauf, sich als Spider-Man schminken zu lassen. Die Sonne brennt vom wolkenlosen Himmel, und es ist ziemlich heiß. Natürlich möchte Seb alles einmal ausprobieren, weshalb wir die erste Stunde draußen bei den verschiedenen Attraktionen verbringen.

»Guck dir nur sein Gesicht an!«, sagt meine Mutter und schaut Seb dabei zu, wie er ausgelassen auf der Hüpfburg herumtollt. Sie hat es sichtlich genossen, diese Woche so viel Zeit mit ihm zu verbringen, und ist in ihrer Rolle als Oma aufgegangen. Ich fand es auch schön, Gesellschaft zu haben. Seit unserem Umzug habe ich mich schwer damit getan, neue Freunde zu finden. Es gibt ein paar ganz nette Leute an meiner Schule, und ab und zu gehen wir zusammen ein Bier trinken, aber das war es dann auch. Manchmal fühle ich mich schon etwas einsam.

»Er ist wirklich ein ganz schöner Frechdachs«, antwortet Helen und winkt ihm von der Seite aus zu. Es scheint ihm überhaupt nichts auszumachen, dass er mit Abstand der Jüngste ist. Er kann sich gut durchsetzen.

»Und? Wollt ihr noch mehr davon?«, fragt meine Mutter uns völlig unerwartet.

Helen sieht mich an, sie wirkt alles andere als begeistert von dieser Direktheit.

»Ich denke eher nicht, Heather«, sagt sie leise. »Momentan zumindest nicht. Bei der Arbeit starte ich endlich so richtig durch, und wir sind gerade erst dabei, die Erschöpfung der ersten Lebensjahre von Seb hinter uns zu lassen!«

»Ich hätte mir wirklich ein Geschwisterchen für dich gewünscht«, wendet sich meine Mutter mir zu. »Ich hatte den Eindruck, dass du das sehr vermisst hast, damals.«

»Na, so schlecht habe ich mich nun auch wieder nicht geschlagen.«

Sie lächelt. »Das stimmt natürlich, ich bin wirklich stolz auf dich.«

»Schön, dass du dir heute freinehmen konntest, Helen«, sagt sie. »Du arbeitest so viel, kommst erst so spät nach Hause ...«

»Ich weiß. Bei uns ist grad unglaublich viel los. Entschuldige, dass ich diese Woche kaum Zeit für dich hatte.«

»Ich hätte zu gern für euch beide auf Seb aufgepasst«, fährt meine Mutter fort. »Es ist sicher nicht leicht für euch, mal gemeinsam rauszukommen. Vielleicht beim nächsten Mal.«

Helen winkt Seb auf der Hüpfburg, bevor sie sich meiner Mutter zuwendet.

»Ja, das wäre sehr nett, Heather. Vielen Dank, dass du uns besucht hast. Seb hat es wirklich genossen.«

Meine Mutter wartet, bis Helen mit Seb hinüber zum Riesenrad gegangen ist, um etwas loszuwerden, das sie offensichtlich schon die ganze Woche über mit sich herumgeschleppt hat. Sie hat kein besonders ausgeprägtes Taktgefühl, also hält sie mit ihrer Meinung nicht hinterm Berg.

»Jamie, ist alles in Ordnung?«, fragt sie und lehnt sich zu mir herüber. Ihre dunkelbraunen Haare berühren mein Gesicht.

»Ja, natürlich. Was meinst du denn?«

»Also die ganze Woche über, die ich mit dir verbracht habe, hatte ich das Gefühl, dass irgendetwas mit dir … nicht stimmt. Du und Helen, ihr seid so distanziert.«

Ich ziehe die Augenbrauen hoch, gebe vor, nicht zu wissen, wovon sie spricht. »Ich denke, wir sind beide nur ziemlich erledigt, Helen muss berufsbedingt jede Menge reisen und hat auch ansonsten viel um die Ohren.«

»Bist du glücklich?«, fragt sie mich geradeheraus.

Bin ich glücklich? Tja, das ist eine ziemlich große Frage. Ich nehme es doch mal an. Irgendwie. Ich kann mich nicht beschweren. Also, das wäre natürlich schon möglich. Könnte ich glücklicher sein?

Ja. Aber darüber sollte ich lieber nicht nachdenken.

»Ja«, antworte ich viel zu überschwänglich. »Natürlich. Es war wirklich schön, dich diese Woche hierzuhaben. Du hast uns vermutlich nur in einer besonders harten Zeit erwischt, Mum.«

Sie sieht mich nachdenklich an. »Du weißt, dass du jederzeit mit mir reden kannst? Ich bin nur einen Telefonanruf entfernt.«

Ich umarme sie, und sie drückt mich fest. Sie scheint es zu vermissen, mich in der Nähe zu haben.

Als Helen und Seb zurückkommen, nehme ich mit ihm an einer Schatzsuche teil, die uns über das gesamte Grundstück führt. Überall sind Hinweise versteckt, die einen immer weiter leiten, und am Ende bekommt man einen kleinen Preis. Sie winken mir lachend hinterher. »Viel Vergnügen!«

Es macht tatsächlich Spaß. Ich unternehme gern etwas mit meinem Sohn. Er versucht oft, mich nachzuahmen, heute trägt er zum Beispiel sein Basecap andersherum, um so auszusehen wie ich. So ein niedlicher kleiner Kerl. Das Fest ist gut besucht, mindestens dreißig andere Familien scheinen auch gerade an der Schatzsuche teilzunehmen. Ich halte Seb gut fest, damit er mir nicht davonläuft – schon der Gedanke macht mich nervös. Als nächster Hinweis muss ein Schmetterling auf der Rückseite des Herrenhauses gefunden werden, also machen wir uns auf die Suche. Es kommt mir so vor, als wären die anderen Familien gerade auch alle an demselben Punkt. Die Sonne brennt, und es herrscht ein geschäftiges Treiben, überall genervte Kinder und noch genervtere Eltern.

Da sehe ich sie.

Mitten in dem ganzen Trubel steht sie mit ihrem Mann und ihren Kindern.

Kindern, Mehrzahl. Direkt neben ihr ist ein hübsches blondes Mädchen, das muss Evie sein. Außerdem hat sie noch einen Kinderwagen mit einem Baby dabei. Der Größe nach zu urteilen, ist es ungefähr acht Monate alt, und die Farbwahl der Ausstattung deutet auf ein weiteres Mädchen hin.

Seb versucht, mich hinter sich herzuziehen, aber ich bin wie angewurzelt. Ich stehe nur wenige Meter von ihr entfernt. Es fühlt sich an, als wäre mir der Magen herausgerissen worden. Mein Herz schmerzt. Sie lächelt und spricht mit Evie, dabei guckt sie sich etwas an, das ihre Tochter auf die Schatzkarte gemalt hat. Ihre blonden Haare harmonieren mit ihrem langen roten Kleid. Das muss Matt sein neben ihr, der blonde Typ mit dem Telefon. Bei seinem Anblick überkommt mich Eifersucht. Ich möchte einfach dort stehen bleiben und sie anschauen. Oje, das klingt irgendwie gruselig.

»Dad! Da ist er!«, ruft Seb und zeigt auf einen großen Plastikschmetterling oben auf einem Brunnen, ein paar Schritte von uns entfernt. Ich werfe ihr noch einen letzten Blick zu, schnappe mir meinen Sohn und entferne mich.

»Und? Wie war die Schatzsuche?«, fragt Helen.

»Da siehst du es«, antworte ich und zeige auf Seb, der genüsslich einen riesigen Schokoladenlutscher verzehrt. In mir dreht sich immer noch alles, wenn ich an Stephanies Anblick denke. Ist sie wohl noch hier? Wo mag sie bloß sein?

»Oh!« Sie gratuliert ihm. »Was für ein cleveres Kerlchen du doch bist!«

»Warum geht ihr beide nicht rein und schaut euch die Ausstellung an, die du so gern sehen wolltest? Ich bleibe bei Seb«, schlägt meine Mutter vor.

»Bist du dir sicher, Heather?«

»Aber natürlich! Dann könnt ihr mal ein bisschen Zeit zu zweit genießen, dafür bin ich schließlich hier.«

Die Ruhe drinnen tut gut. Das gefällt mir so an Galerien. Die Stille. Ich sehe mir gern Fotoausstellungen an, die sich in manchen Dingen von anderen Kunstausstellungen unterscheiden, etwa was die Anordnung, die Raumnutzung und das Licht betrifft. Mit Helen durch die Galerie zu laufen erinnert mich an früher, daran, wie alles angefangen hat. Auch wenn wir nicht so viel Zeit haben, ist es doch schön, einmal die Seele baumeln lassen zu können. Besonders nachdem ich Stephanie gesehen habe. Ich brauche einen Moment, um meine Gedanken zu ordnen.

Die Fotografien sind über verschiedene Räume verteilt, alle sind eher dunkel, nur einzelne strategisch platzierte Lichtquellen holen das Beste aus den Bildern heraus.

Wir schlendern in den Hauptausstellungsraum, vorbei an leisem Stimmengemurmel. Helen wird von einer Fotoauswahl in der Nähe des Eingangs in den Bann gezogen, also schaue ich schon einmal, was sich hinter dem Raumteiler verbirgt.

Ich halte die Luft an, als ich erneut Stephanie erblicke, diesmal sehe ich nur ihren Rücken. Sie steht vor einem der Fotos. Das rote Kleid und die blonden Haare sind unschwer zu erkennen.

Diese schöne Frau. Aber sie gehört nicht mehr zu mir. Ich möchte zu ihr gehen, sie berühren. Keine Ahnung, ob sie allein hier ist. Sie hat ihre iPod-Kopfhörer in den Ohren, ich muss lächeln. Nur zu gern wüsste ich, was sie gerade hört.

Mir der Tatsache bewusst, dass Helen sich auf der anderen Seite der Trennwand befindet und jeden Augenblick um die Ecke biegen könnte, gehe ich auf sie zu. Ich denke nicht nach. Will nur, dass sie mich sieht. Ein Spiel mit dem Feuer.

Ich bin jetzt direkt hinter ihr, an ihrer rechten Schulter, und mein Spiegelbild zeigt sich langsam in dem Bilderrahmen des Fotos, das sie gerade betrachtet. Sie sieht mein Spiegelbild an, dann noch einmal. Sie muss zweimal hinschauen, kann nicht glauben, dass ich es wirklich bin. Sie will sich die Kopfhörer aus den Ohren nehmen, aber ich schüttle den Kopf und sie hält inne. Durch das Glas betrachten wir einander.

Ein paar Sekunden verstreichen. Ich bin ihr ganz nah und würde alles dafür geben, ihren Nacken küssen zu dürfen, dessen Duft die Luft erfüllt. Aber ich tue es nicht. Ich lächle sie an, und sie lächelt zurück.

Ich trete einen Schritt zurück, und mein Spiegelbild verschwindet, gerade als ich Helens Stimme von der anderen Seite des Raumteilers höre. Ich wende mich ihr zu und sehe aus dem Augenwinkel, wie Stephanie die Galerie verlässt.

22. KAPITEL
Samstag, 17. Oktober 2015

Stephanie

Die dicke Bettdecke liegt wie eine Million Federn auf uns beiden; gleich einer sanften, zärtlichen, liebevollen Umarmung. Ich höre das Geräusch des gerade angesprungenen Heizkörpers unter dem Schiebefenster am Ende des Bettes und weiß deshalb, wie spät es ist.

Es ist einer dieser riesigen, schweren historischen Heizkörper, von denen es jede Menge im ganzen Haus verteilt gibt. Da wir auf dem Land sind, ist es draußen stockfinster. Nur die Sterne leuchten am Himmel. Ein schwacher Lichtschein fällt von dem Nachtlicht in Adelaides Zimmer herein.

Es ist 5:30 Uhr. Neben mir schläft ein kleiner blonder Engel. Verrückt, wie viel Platz eine Zweijährige benötigt. Sie streckt alle viere von sich und drängt mich so ganz nach außen, dabei hält sie ihre heiß geliebte Belle-Disneypuppe umklammert. Ihr wird es in meinem Zimmer immer zu warm, also schlage ich die Bettdecke zurück und streiche ihr die Haare hinter das Ohr. Ich kann ein Lächeln nicht unterdrücken – meine süße, kleine Adelaide.

Kurz darauf höre ich schon meine zweite Tochter über den Treppenabsatz hüpfen. Ein Schatten kommt auf das Bett zu, auch wenn sie wahrscheinlich nicht sieht, wo es langgeht, hat sie mittlerweile ein wunderbares Gespür dafür entwickelt, da sie im letzten Jahr jede Nacht zu uns ins Bett gekommen ist. Evie springt aufs Bett, und ich decke sie neben uns zu. Die Körperchen der beiden strahlen so viel Liebe aus und drücken sich wohlig warm an mich.

Manche sagen, ich solle das nicht zulassen. Ich habe mir schon alles anhören müssen: »Gemeinsames Schlafen im Familienbett ist eine ganz *schlechte* Idee«, »Sie sind doch schon viel zu alt dafür« und »Dein Rücken wird es dir danken«. Schon die entsetzten Gesichter, wenn ich es mir herausnehme, anderen Leuten zu erzählen, dass ich Adelaide mitten in der Nacht in unser Bett bringe, weil ich einfach zu müde bin, um nachts um 2 Uhr einen Machtkampf auszutragen, wenn ich an meinen Arbeitstagen bereits um 6:30 Uhr aufstehen muss. Oder weil ich Evie morgens noch eine Stunde vor dem Aufstehen zu uns ins Bett kommen lasse. Als würde ich sie schlagen.

Das ist unsere gemeinsame Zeit, und ich genieße sie sehr. Auch die beiden lieben diese Kuschelstunde.

Außerdem hält es mir Matt vom Hals. Er konnte nicht schlafen, wenn die Mädchen mit im Bett waren, also hat er es irgendwann vorgezogen, in unserem Gästezimmer zu nächtigen. Und dort ist er seitdem geblieben. Es ist ungewöhnlich und seltsam, aber keiner von uns erwähnt es, auch wenn wir beide wissen, dass es nicht richtig ist. Er glaubt, dass ich die Mädchen ihm gegenüber vorziehe, und damit hat er wohl auch recht.

Heute kommt Ebony mit den Kindern zum Frühstück. Jude und Jett sind richtige Rabauken und halten Ebony mit ihren fünf und sieben Jahren ganz schön auf Trab, sodass sie sich momentan nicht vorstellen kann, noch weitere Kinder zu bekommen. Die Kinder spielen miteinander, während wir Kaffee trinken und uns über Gott und die Welt austauschen. Ehrlich gesagt sind es eher Ebonys Themen. Sie gehört nun endlich dem erlauchten Kreis der Privatschulmütter an; ist also offizielles Mitglied der coolen Gang.

»Ehrlich, du würdest es *nicht für möglich* halten, was bei denen alles abgeht, Steph«, flüstert sie mit vielsagendem Blick.

»O doch, das kann ich mir gut vorstellen«, antworte ich.

»Nein, echt jetzt. Das sind vielleicht Dramen«, sagt sie und beugt sich zu mir herüber. Ich muss darüber lachen, wie sehr sie in dem Ganzen aufgeht. Sie genießt es sichtlich. Ein paar lustige Geschichten zur Ablenkung kann ich gerade gut gebrauchen.

Wir schalten den Kindern im Wohnzimmer *Die Schöne und das Biest* ein, sie haben den Film schon x-mal gesehen. Ebony kann ihn mittlerweile nicht mehr ertragen, aber ich mag ihn. Die Lieder laden einfach zum Mitsingen ein, und die eine oder andere Träne muss ich auch jedes Mal am Ende vergießen.

Anhand des Films erkläre ich Evie, dass es im Leben nicht nur um Äußerlichkeiten geht. Seit sie auf der Welt ist, hat sie ein kleines erdbeerrotes Geburtsmal auf einer Seite ihres Gesichts, und mittlerweile ist sie in dem Alter, in dem sie fragt, warum sie anders aussieht als andere. Wir erklären ihr, dass sie von einer Fee geküsst wurde – das hat uns meine Mutter damals auch über sich erzählt, wenn es um die Narben auf ihrem Körper ging. Eine war genau in ihrer Augenbraue, weshalb an der Stelle keine Haare mehr wuchsen, und eine silbrige unten an ihrem Rücken. Ich habe nie herausgefunden, woher sie wirklich stammten, aber wie ich meine Mutter einschätze, müssen sie bei irgendwelchen lustigen Aktivitäten entstanden sein.

Ebony fragt mich, ob ich bei meiner Kontrolluntersuchung im Krankenhaus gewesen sei – sie war letzten Monat bei ihrer. Ich sage Ja, um sie nicht zu beunruhigen, und notiere in meinem Kopf, dass ich sofort am Montag einen neuen Termin vereinbaren muss, da ich den letzten verpasst habe.

»Hast du schon die Ergebnisse? Bei mir war alles in Ordnung«, sagt sie und seufzt erleichtert.

»O ja«, stammle ich. »Bei mir auch. Es ist wirklich beruhigend, den Brief zu bekommen.«

Ich fühle mich furchtbar dabei, meine Schwester anzuflunkern. Ich muss mich SOFORT darum kümmern.

»Und wie läuft es mit deiner Therapie? Du gehst doch noch hin, oder?«

»Ja«, schwindle ich. »Aber nicht mehr so regelmäßig, nur noch, wenn ich ein bisschen Unterstützung brauche.«

Ehrlich gesagt war ich seit der Nacht nicht mehr, in der ich mich so mit Jamie gestritten habe.

Ich habe Ebony heute mit Absicht eingeladen, um mich selbst vom Grübeln abzuhalten. Es ist unser Wochenende.

Herrje, was fühle ich mich heute … leer. Ich sitze auf dem weißen Sessel, kuschle mich an Adelaide, die gebannt den Film anschaut, und fühle mich furchtbar verlassen. Als würde ein Teil des Puzzles fehlen.

Matt streckt seinen Kopf durch die Wohnzimmertür herein, und die Kinder laufen zu ihm und lassen sich umarmen. Er hebt sie hoch und bedeckt ihre Gesichter mit Küssen.

»Ich gehe raus«, sagt er plötzlich. Er sieht bleich aus, seine Augen sind geschwollen und glasig. Er hat einen Kater. Ich habe gehört, wie er nachts gegen 1 Uhr die Treppe heraufkam, nachdem er zuvor allein im Wohnzimmer getrunken hat.

Ich nicke. »Möchtest du später Mittag essen?«

»Ich weiß noch nicht, wann ich zurückkomme. Plan mich am besten auch nicht fürs Abendessen ein. Ich weiß noch nicht genau, was ich machen werde.«

»Okay«, sage ich. »Bis später!«

Er verschwindet, und Ebony guckt mich entgeistert an. »Was zur *Hölle?*«, flüstert sie, ihre grünen Augen blitzen wütend.

»Reg dich nicht auf, Ebs. So sind wir nun mal.«

Als Matt anruft und mir sagt, dass er die Nacht über wegbleibt, bin ich ehrlich gesagt erleichtert darüber, den Abend allein mit den Mädchen zu verbringen. Nachdem ich die beiden ins Bett gebracht habe, genehmige ich mir ein Gläschen Wein und mache es mir im Wohnzimmer gemütlich, den Fernseher ausgeschaltet genieße ich die Stille.

Immer und immer wieder rufe ich mir diesen Augenblick im Rotherton House ins Gedächtnis. In Wirklichkeit waren es nicht mehr als fünfzehn Sekunden, aber es kam mir viel länger vor. Ich hätte etwas sagen sollen, aber ich konnte nicht. Ich hatte einfach nicht damit gerechnet, ihn dort zu treffen. Ich war völlig unvorbereitet, und es hat mich fürchterlich aufgewühlt. Mich nicht umdrehen, ihn ansehen und mit ihm sprechen zu dürfen – vermutlich war es besser so.

Die Tatsache, dass er nicht mehr Teil meines Lebens ist, versuche ich damit zu rechtfertigen, dass er ein rücksichtsloser, verwirrender, mich zur Raserei bringender Idiot ist. Aber ich weiß natürlich, dass das nicht stimmt. Am schlimmsten ist allerdings der Grund, warum er nicht mehr in meinem Leben ist: meine Eifersucht. Nicht allein *ihr* gegenüber. Eher weil sie ihn haben kann und ich nicht. Sie kann allen erzählen, dass er ihr Ehemann ist, aber ich weiß, dass ein kleiner Teil von ihm zu mir gehört und auch immer gehören wird. Ich hatte nicht damit gerechnet, dass mich die Eifersucht so überfallen würde. Ich dachte, ich könnte sie im Zaum halten, sie wäre nicht so schlimm. Dachte, ich könnte sie einsperren. Ich bedeutete ihm so viel, und er riskierte alles, um mit mir zusammen zu sein, warum also sollte ich eifersüchtig sein? Mein Gott, wie naiv ich doch war. Tagelang, wochenlang war ich wie besessen von diesem Mann, den ich nur einmal im Jahr sehen konnte. Dem Mann, mit dem ich mir selber vorgemacht hatte, keine Affäre zu haben.

»Es ist harmlos«, hatten wir uns am Anfang gegenseitig eingeredet. Es hätte vermutlich weniger Schaden angerichtet, wenn wir uns sechs Monate lang ständig gesehen, jede Woche miteinander Sex gehabt und es dann irgendwann an Reiz verloren hätte. Was wir haben, ist ehrlich gesagt viel zerstörerischer. Wenn man bewusst die Entscheidung trifft, sich gegenseitig nicht zu sehen, nicht zu kontaktieren, sollte man eigentlich wissen, dass man etwas Gefährliches tut. Sobald Gefühle im Spiel sind, ist man geliefert.

Wie konnten wir nur so dumm sein?

Letztendlich muss man sich entscheiden, was man aushalten kann, und das dann damit abwägen, wie das Leben ohne denjenigen aussehen würde. Wir alle machen das irgendwie. Jeder hat Gewohnheiten, Verhaltensweisen und Marotten, die der Partner nicht leiden kann, oder etwa nicht? Es ist nur eine Frage des Ausmaßes und danach, wie viel man ertragen kann. Wie kann ich jemanden vermissen, den ich kaum gesehen habe?

Als ich mich im Zimmer umschaue, dämmert mir erst, in welchem Zustand das Haus momentan ist. Normalerweise mag ich es gern ordentlich – so aufgeräumt, wie das halt mit Kindern möglich ist. Es schön zu haben hat mich immer schon mit Stolz erfüllt. Aber in letzter Zeit fehlt mir dafür jegliche Motivation. Ich lasse meinen Blick durch das Zimmer schweifen, und der Anblick von Gläsern, aus denen die Mädchen ihre Getränke vor dem Zubettgehen getrunken haben, und zerkauten Strohhalmen in Resten aus warmer Milch, lässt mich noch nicht einmal eine Miene verziehen. Überall auf dem Boden liegen Puppen verstreut, dazwischen ganze Bauernhöfe aus Plastiktieren. Es macht überhaupt keinen Sinn, das alles aufzuräumen, morgen wird eh wieder damit gespielt.

Am Haus konnte man damals erkennen, dass meine Mutter krank war. Im Nachhinein ist es so offensichtlich. Immer war unser Haus so sauber und ordentlich. Sie hatte nach der Hochzeit mit meinem Vater aufgehört zu arbeiten, das brauchte sie nicht mehr. Sie war eine stolze Hausfrau und lebte nur für ihre Familie. Sie kümmerte sich um uns und machte unser Zuhause zu einem wunderbaren Ort. Dann, plötzlich, begann das Haus unordentlich zu werden. Mein Bett war noch nicht gemacht, wenn ich von der Schule nach Hause kam, und im Wohnzimmer lagen alle Kissen in einer Sofaecke. Normalerweise war das überhaupt nicht Mums Art. Was war los mit ihr?

»Eurer Mutter geht es nicht so gut«, sagt mein Vater. »Sie muss sich ausruhen.«

»Wird alles wieder gut?«, frage ich.

Er sieht mich mit sorgenvollem Gesicht an. Das merke ich auch im Alter von dreizehn Jahren schon. Erwachsene versuchen, Dinge vor Kindern zu verheimlichen, aber sie sind nicht doof, sondern verstehen viele Dinge eher als Erwachsene.

»Sie muss sich nur ausruhen, Liebes«, sagt er.

Dann begann plötzlich Granny Moira uns von der Schule abzuholen. Bis Mum krank wurde, hatte ich noch nie etwas von dieser Oma gehört. Mein Vater stellte sie uns als Mums Mutter vor. Sie sah freundlich aus, hatte eine graue Bobfrisur, bei der sich die Haarspitzen leicht kräuselten, ihre Augen leuchteten ebenso grün wie Mums, sie trug blassrosa Lippenstift, und ihr

Parfum blieb an mir haften, selbst wenn sie mich gar nicht mehr umarmte. Sie kam häufig zu uns, nachdem Mum krank geworden war. Also fragte ich meinen Vater, warum wir sie bisher nicht kennengelernt hatten, worauf er nur antwortete: »Das ist eine lange Geschichte.« Mein Opa war wohl ein paar Jahre zuvor gestorben. Es war alles ziemlich seltsam.

Plötzlich begann Mum mehrere Tage hintereinander zu verschwinden, ohne irgendeine Art von Erklärung. Wenn sie zurückkam, sah sie nicht mehr aus wie sie selbst, als hätte man ihr die Seele ausgesaugt. Ihr Glanz war verschwunden. Jedes Mal, wenn sie nun das Haus verließ, kam sie zurück und war wieder ein bisschen weniger geworden. Auch wenn sie schon sehr krank gewesen sein muss, versuchte sie für uns so normal wie möglich auszusehen. Sie trug ihre übliche Kleidung und kämmte sich die Haare, aber es war nicht dasselbe. Ihre Haut wirkte grau, und sie war dünner. Ich war alt genug, um zu verstehen, dass etwas mit ihr wirklich nicht stimmte, gleichzeitig war ich jedoch naiv genug zu glauben, dass es sich bessern würde. Ich hätte jemanden gebraucht, der mir die Wahrheit sagte. Aber das tat niemand.

Es dauerte nicht lange, und sie konnte nicht mehr richtig laufen, und ihr fehlte die Kraft, um zu sprechen. Ihr dabei zuzusehen, wie sie verzweifelt versuchte zu lächeln, brach mir das Herz. Diese Frau – meine Mutter –, die das blühende Leben gewesen war, verdorrte nun … und ich wusste nicht, warum.

In den darauffolgenden Wochen kam sie immer seltener nach Hause, bis sie schließlich ganz verschwand.

Eines Tages ging sie einfach los und kam nicht mehr zurück. Erst nachdem sie gegangen war, erzählte man uns, dass sie unter Brustkrebs gelitten hatte. Ich spürte nur das erdrückende Gewicht des Verlustes – als könnte ich nicht mehr atmen, weil sie nicht mehr da war. Es ist so unwirklich, wenn man noch ein Kind ist und die eigene Mutter stirbt. Alle wollen einen trösten und beschützen, aber keiner bekommt es hin oder findet die richtigen Worte.

»Du musst jetzt stark sein, Steph. Du bist jetzt die Frau im Haus. Pass auf deinen Vater auf«, sagten sie, was mir seltsam vorkam, ich war schließlich noch ein Kind. Sollte *er* nicht auf mich und Ebony aufpassen? Warum musste ich mich um einen Erwachsenen kümmern?

Warum muss ich immer die Frau im Haus sein, die sich um jeden kümmert?

Ich leere mein Weinglas und gehe nach oben, dabei muss ich daran denken, wie Leanne angefangen hat bei uns zu arbeiten. Mein Vater stellte eine Kinderfrau ein, kurz nachdem meine Mutter gestorben war, weil er keine Ahnung hatte, wie er mit allem allein fertigwerden sollte. Wir hörten ihn nachts in seinem Schlafzimmer weinen. Die meiste Zeit über arbeitete er und ließ uns bei Leanne. Sie war sehr nett, aber Ebony und ich wollten sie nicht bei uns im Haus haben. Ebony weigerte sich, sich für die Schule anzuziehen oder irgendetwas zu essen, das sie für uns gekocht hatte, also sagte ich meinem Vater schließlich, dass er Leanne entlassen solle und ich mich um alles kümmern würde: Hausarbeit, Essen, uns für die Schule und fürs Bett fertig zu machen.

Das ist eine ganze Menge Verantwortung, wenn man gerade einmal dreizehn Jahre alt ist und um die Person trauert, die man ersetzen muss.

Während ich in meinem Bett liege und in die Decke eingewickelt meiner Musik lausche, verspreche ich mir selbst, das anzugehen, wovor ich mich verstecke. Das hätte meine Mutter sicher gewollt, und ich schulde es ihr, die Dinge in die Hand zu nehmen. Auf dem iPod beginnt das nächste Lied, und es erscheint mir so passend, dass ich in einem verrückten Moment beginne, eine Nachricht an Jamie zu verfassen und einen YouTube-Link zu dem Song einzufügen.

Soll ich es wirklich machen? Der Text könnte nicht besser ausdrücken, wie ich mich gerade fühle, mein Finger schwebt noch immer über dem Telefon, bereit, auf Senden zu drücken. Ich höre die Blues-Stimme von Solomon Burke *Don't Give Up On Me* singen, dann habe ich einen Geistesblitz. Warum bin ich bloß nicht schon früher darauf gekommen? Lächelnd lösche ich die Nachricht. Ich habe eine bessere Idee.

Es heißt: Wenn man ganz unten ist, führt der einzige Weg nach oben. Es stimmt, das weiß ich aus eigener Erfahrung. Aber manchmal bin ich mein schlimmster Feind. Mit dreizehn habe ich diese Achterbahn der Gefühle betreten, und erst durch *ihn* habe ich mich so sicher gefühlt, dass ich abspringen konnte.

23. KAPITEL
Freitag, 6. November 2015

Jamie

Heute Abend gehe ich mit Helen und ihren Arbeitskollegen aus. Ab und zu organisieren wir Pärchenabende, bei denen wir uns mit ein paar Freunden und ihren Partnern treffen. Es sind immer Helens Freunde. Sie würde sich mit meinen Leuten aus dem Lehrerkollegium nicht verstehen, die sind ihr bei Weitem nicht cool genug. Ihre Werbungsleute sind jetzt auch nicht gerade meine besten Kumpels, aber sie sind in Ordnung. Wenn ich frei wählen könnte, würde ich mich wohl eher nicht mit ihnen treffen. Sie interessieren sich einfach für ganz andere Dinge als ich. Kaufen alle möglichen angesagten Lebensmittel bei Waitrose, von denen ich noch nie gehört habe, und gehen dreimal die Woche zum Pilates. Solche Sachen eben. Früher habe ich mir noch mehr Mühe mit ihnen gegeben, aber da sie sich eh nur um sich selbst drehen, ist es mir mittlerweile auch egal. Sie machen sich über mich lustig, nennen mich den »Helden der Arbeiterklasse«, aber sollen sie ruhig, das bin ich nämlich deutlich lieber als ein hochnäsiges Arschloch.

Sie unterhalten sich gern über Politik und aktuelle Ereignisse, und sogar Helen beteiligt sich daran, was mich jedes Mal wundert, da sie sonst nicht so großes Interesse dafür zeigt. Mir fällt auf, dass sich ihr Tonfall verändert hat. Sobald sie in ihrer Agentur ist, spricht sie mit so einer hochnäsigen Telefonstimme. Ich mache mich darüber lustig, was sie ganz schön auf die Palme bringt.

Heute sind wir zum Abendessen bei John und Lucy eingeladen. Sie leben in einem riesigen, minimalistisch eingerichteten Haus, das aussieht wie aus *Schöner Wohnen,* nur zwanzig Minuten von uns entfernt. Nachdem wir ein Vermögen für das Taxi dorthin ausgegeben haben, begrüßt uns Lucy und winkt uns herein, vor dem Abendessen macht sie noch eine kleine Führung durchs Haus.

Die meisten Gespräche drehen sich um Arbeitsdinge, zu denen ich nichts beitragen kann. Dann jedoch kommt plötzlich das Thema des verflixten siebten Jahres auf, da eins der Paare gerade den siebten Jahrestag gefeiert hat. Sofort beginnen Klatsch und Tratsch über einen nicht anwesenden Kollegen, der bei einer Affäre mit einer der Junior-Texterinnen erwischt wurde. Der Typ, schon ziemlich weit oben auf der Karriereleiter, war verheiratet (keine Kinder) und hat sich wohl Hals über Kopf in diese junge Frau verliebt, wodurch eine ziemlich unschöne Situation entstand, die zum Skandal des Jahres aufgebauscht wurde.

»Gemma tut mir so unglaublich leid. Stell dir mal vor, du findest heraus, dass dein Mann ein derartiges Arschloch ist!«, sagt Claudia, während ich unruhig auf meinem Stuhl hin und her rutsche. Alle stimmen ihr natürlich zu, nicken und murmeln »Arschloch« und »Was für ein Idiot!«.

»Was hat er sich denn, verdammt noch mal, dabei gedacht? Habt ihr euch Gemma schon mal *angeguckt?*«, sagt John und verzieht das Gesicht, bevor er den Kopf schüttelt. »Warum sucht man sich eine andere, wenn man *so jemanden* zu Hause hat?«

»Aber echt! Sie ist eine gut aussehende Frau! Und so eine interessante Persönlichkeit«, fügt Lucy hinzu. »Diese verdammten Männer meinen doch wirklich, sie können sich alles erlauben.«

»Stimmt!«, sagt da auch Helen. »Er hat auf mich allerdings nie den Eindruck gemacht, dass er zu der Sorte Mann gehört, oder? Er kam mir immer so … so nett vor.«

»Nett?«, frage ich. Alle sehen mich an.

»Oh, Jamie, wirklich, er ist der Letzte, von dem man so etwas erwarten würde. Und jetzt verlässt er seine Frau für diese

Schlampe! Sie waren gerade einmal zwei Jahre verheiratet! Unglaublich!«, regt sich John auf.

Ich weiß nicht, ob es daran liegt, dass ich den Großteil der beiden Flaschen Wein getrunken habe, oder an der Gesellschaft dieser voreingenommenen Arschlöcher, aber irgendwer muss hier wirklich den Advocatus Diaboli spielen. Vielleicht bin ich aber auch einfach nur unvorsichtig, da mir das alles ziemlich nahegeht. »Vielleicht steckt ja auch mehr dahinter, John«, antworte ich in einem verärgerten Tonfall.

Helen wirft mir einen strengen Blick zu.

»Mehr? Was denn zum Beispiel? Er ist in sie verliebt, oder was? Jetzt mach mal halblang! Er ist in ihre sechsundzwanzig Jahre alten straffen Brüste verliebt, so sieht es nämlich aus!«, sagt John und lacht, wie auch alle anderen am Tisch.

»Wie du meinst. Ich könnte mir allerdings vorstellen, dass jemand, der seine Ehe aufgibt und seiner Frau solche Schmerzen zufügt, ziemlich lang und gründlich darüber nachgedacht hat. So etwas macht man doch nicht aus Lust und Laune«, sage ich und merke, wie mich alle anstarren. »Wenn, dann könnte man ihn wahrscheinlich als ziemlich mutig bezeichnen. Wenn sie wirklich ineinander verliebt sind, wünsche ich ihnen viel Glück. Hoffentlich geht es gut.«

Ich lehne mich in meinem Stuhl zurück und trinke den letzten Schluck Wein aus. Leute, die nichts Besseres zu tun haben, als die Gefühle anderer zu verurteilen, gehen mir wirklich auf die Nerven. Würden sie so auch über mich reden, wenn sie herausfänden, was ich getan habe? Dieser Typ hatte immerhin den Mut, etwas zu verändern. Ganz im Gegensatz zu mir.

Es herrscht betretenes Schweigen. Ungelenk beginnt irgendwann ein Gespräch über monatliche Verkaufsmargen und Kundenanfragen, und Helen verhält sich den Rest des Abends über sehr kühl mir gegenüber. Sobald ich mit ihr rede, bekomme ich nur einsilbige Antworten zurück und werde keines Blickes gewürdigt. Jeder Versuch, einen Arm um sie zu legen, endet darin, dass sie sich schnellstmöglich wieder herauswindet. Als wir endlich im Taxi nach Hause sitzen, halte ich es nicht länger aus.

»Kannst du mir bitte sagen, was ich jetzt schon wieder falsch gemacht habe?«, frage ich sie, während sie sich so weit wie möglich von mir entfernt in die eine Ecke der Rückbank kauert.

»Musste das denn wirklich sein?«, faucht sie mich an.

»Was denn?«, frage ich, obwohl ich natürlich ganz genau weiß, worauf sie hinauswill.

»Na, dein ganzes Geschwafel darüber, wie ›mutig‹ es ist, eine Affäre zu haben.«

»Helen, das habe ich sicher nicht gesagt, und das weißt du ganz genau«, antworte ich ihr. »Verdreh mir nicht die Worte im Mund.«

»Musstest du denn wirklich einen auf Klugscheißer machen vor meinen Freunden?«

»Ach, deshalb bist du also sauer. Ich bin dir peinlich!« Dem Taxifahrer ist unser Gespräch sicher furchtbar unangenehm. Oder vielleicht genießt er es auch.

»Es geht mal wieder nur um dich und deine tollen Arbeitskollegen, wie immer«, werfe ich ihr vor, was eigentlich nicht so meine Art ist. Traurigkeit liegt in meiner Stimme, egal ob sie es abstreitet oder nicht, sie weiß, dass es stimmt. »In letzter Zeit dreht sich alles bei dir nur noch um die Arbeit. Du verbringst dort mit ihnen mehr Zeit als zu Hause mit Seb und mir.«

»Ich verdiene unseren Lebensunterhalt, Jamie«, bellt sie mich an.

»Bis spät in die Nacht? Bei den Drinks mit Kunden? Kollegen? Es sieht fast so aus, als wolltest du nicht nach Hause kommen.«

»Du weißt ganz genau, dass das Teil meiner Arbeit ist. Und ganz ehrlich, wundert es dich wirklich, dass ich nicht nach Hause kommen will, wenn ich dort solchen Scheiß zu hören bekomme? Es tut mir leid, Jamie, aber wenn du dich für Typen starkmachst, die ihre Ehefrauen betrügen, kommst du rüber wie ein ziemlicher Mistkerl.«

Das ist ein sehr untypisches Verhalten für Helen, aber sie hat einiges an Alkohol intus, und es scheint ihr völlig egal zu sein, ob ihr jemand zuhört. Normalerweise ist sie eher die Art Mensch, die einen bittet, etwas leiser zu sprechen, wenn es in der Öffentlichkeit irgendetwas zu diskutieren gibt.

»Ich habe mich nicht für ihn starkgemacht, Helen. Das Einzige, was ich gesagt habe, ist, dass es nicht nur Schwarz und Weiß gibt, wenn es um die Ehe und Gefühle füreinander geht. Außerdem finde ich, dass die Leute nicht so voreingenommen sein sollten, und damit meine ich auch deine Freunde. Gib ruhig zu, dir ist es peinlich, was sie über mich denken, und du hast Sorge, dass das auf dich zurückfällt.«

»Ach jetzt hör aber auf, Jamie. Das ist doch totaler Quatsch!«

»Ich weiß wirklich nicht, was mit dir los ist, Helen. Ich weiß wirklich nicht ...«

»Du hast gut reden! Ich weiß wirklich nicht, was in dich gefahren ist«, kontert sie. »Seitdem wir hierhergezogen sind, bist du ein völlig anderer Mensch. Du interessierst dich für nichts und niemanden, wir sind uns überhaupt nicht mehr nah, und Sex haben wir auch keinen mehr ...«

Seine Frau so etwas sagen zu hören ist demütigend. Nicht, weil sie nicht recht hat (das hat sie), sondern weil es so hart ist, wenn jemand die privatesten, intimsten Eigenheiten und Schwächen bemerkt und aufdeckt. Dabei ist es doch viel einfacher, das alles zu ignorieren und so zu tun, als wäre alles in Ordnung. Wir beide wissen, dass das nicht stimmt. Und das Problem daran ist, dass ich auch nicht mit hundertprozentiger Gewissheit sagen kann, dass es an Stephanie liegt.

Helen und ich sind schon, seitdem wir achtzehn waren, ein Paar, mittlerweile eine halbe Ewigkeit. Damals waren wir noch ganz anders. Wir waren Kinder. Wie kann man als Teenager entscheiden, mit wem man den Rest seines Lebens verbringen möchte? Man wächst noch auf so vielen Ebenen. Zwanzig Jahre später ist man nicht mehr derselbe. Wie lautet also die Antwort? Was soll man machen? Hält man daran fest und arbeitet man daran, weil man schon so viel miteinander erlebt hat? Oder löst man es auf und fängt ein neues Leben an?

»Die letzten Jahre waren nicht einfach«, flüstere ich. »Du hast dich in deiner neuen Arbeit eingewöhnt, wir haben Seb bekommen, ich hatte mit meinem Kunstunterricht viel um die Ohren. So ist das Leben eben manchmal.«

»Es ist besorgniserregend, Jamie«, sagt sie und übergeht den letzten Teil meiner Äußerung. »Besonders, wenn du dann auch noch anfängst, Männer mit Affären zu verteidigen …« Sie unterbricht sich. Da verstehe ich, worauf sie hinauswill.

Bitte frag mich nicht.

»Ich frage dich das nur ein einziges Mal, Jamie«, sagt Helen. Und erst da wird mir klar, dass sie das schon eine ganze Weile über gern gefragt hätte. Ich bin sofort ganz da, und mein Herz beginnt zu rasen. Meine Körpersprache wird mir bewusst, und ich muss daran denken, dass Frauen so gut darin sein sollen, diese zu lesen.

Mir gehen eine Million Sachen durch den Kopf, bevor sie die Frage stellt, die ich schon seit Jahren befürchtet habe.

Ich möchte sie nicht anlügen, aber die Wahrheit ist einfach zu hart, um sie ihr zuzumuten.

»Hast du eine Affäre, Jamie?«

Sie sieht mich direkt an, beobachtet, ob sie irgendein Anzeichen entdeckt, das auf eine Lüge hindeutet. *Blinzle ich zu oft? Sollte ich ihr in die Augen sehen? Wäre es gut, eine Pause zu machen, bevor ich antworte? Oder macht es das alles nur schlimmer?* Ihr Blick lastet schwer auf mir, sie wartet ungeduldig auf eine Antwort.

»Nein«, sage ich. »Das habe ich nicht.«

Es ist die Wahrheit, fühlt sich jedoch an wie eine riesige, unerträgliche Lüge. Diese Frage gestellt zu bekommen rührt am Kern des Verrats, den ich unserer Ehe in den letzten neun Jahren aufgebürdet habe. Es ist viel einfacher zu lügen, wenn man nicht direkt von der Person, die man betrogen hat, über seine Untreue befragt wird. Sein Alltagsleben mit kleinen Notlügen zu durchziehen ist viel weniger teuflisch, als einem geliebten Menschen eine riesige Lüge mitten ins Gesicht zu sagen, auch wenn es letztendlich alles auf dasselbe hinausläuft. Und ich es auch nicht anders verdiene. Den Schmerz, den Helen durchleben würde, wenn sie das gesamte Ausmaß kennen würde – nein, darüber will ich nicht nachdenken.

Wir starren uns gegenseitig eine gefühlte Ewigkeit lang an. Ob ich dadurch schuldiger wirke oder nicht, weiß ich nicht. Die Lichter von Scheinwerfern und Straßenlaternen beleuchten im Vorbeifahren ihr Gesicht. Dann dreht sie den Kopf und schaut den Rest der Fahrt über aus dem Fenster.

Als wir zu Hause ankommen, verlässt Helen hastig das Taxi und schlägt die Autotür zu. Ich entschuldige mich dafür bei dem Fahrer, der mir »Viel Glück« wünscht und die Augenbrauen hochzieht. Helen verschwindet sofort nach oben, und ich bezahle die Babysitterin. Ich gehe in die Küche und schenke mir einen Whisky ein. Nachdem ich die Schuhe abgestreift habe, nehme ich das Glas mit ins Wohnzimmer und schalte das Licht an. Überall liegen Sebs Spielsachen verteilt. Halb fertige Legobauwerke, ferngesteuerte Autos und irgendwelche anderen elektronischen Gadgets ruhen noch immer dort, wo sie vor dem Ins-Bett-Gehen zurückgelassen wurden, warten darauf, früh am Morgen wieder benutzt zu werden.

Ich schlendere in mein Atelier, um Skizzenblock und Stift zu holen, dabei nehme ich auch die Post mit, die ich heute aus der Schule mit nach Hause gebracht habe. Als ich zurück ins Wohnzimmer komme, mache ich es mir auf dem Sofa gemütlich und beginne zu zeichnen, während *Stop Me If You Think You've Heard This One Before* sich auf dem Plattenspieler dreht, den ich mir zu meinem dreißigsten Geburtstag gegönnt habe. Ich mag das rauschende, knackende Geräusch, wenn die Nadel auf das Vinyl trifft – es versetzt mich in meine Kindheit zurück. Manche Dinge gehen durch die modernen Technologien verloren.

Während der Bleistift über das glatte weiße Papier gleitet, muss ich an die frühe Phase der Beziehung mit meiner Frau denken. Wir waren so anders damals. Sie war so lustig, unkonventionell, und ich liebte ihre Kreativität. Wir konnten uns gemeinsam in dieser Welt der Kunst und der Schönheit, dem Himmel für Ästheten, verlieren und die Zeit vergessen. Ihre Leidenschaft für all das begeisterte mich, da auch ich sie spürte. Noch nie zuvor hatte ich jemanden wie sie getroffen. Ihre freie, wilde Art beeindruckte mich. Sie mochte meine Hingabe und meinen Ehrgeiz. Vermutlich haben wir uns damals in ganz andere Menschen verliebt, als wir heute sind. Menschen verändern sich.

Mir fällt ein, dass ich immer noch auf einen Scheck von einem Kunstkurs warte, den ich gegeben habe, also schaue ich die Post aus der Schule durch. Das meiste sind irgendwelche Alumni-Veranstaltungen von meiner Uni. Bis auf den letzten Brief.

Ein weißer DIN-A4-Umschlag, auf dem »Persönlich« steht. Die Adresse der Schule wurde per Hand geschrieben. Ich öffne ihn und nehme einen Stapel Broschüren heraus.

Sehr geehrter Mr Dobson,
wir danken Ihnen herzlich für Ihr kürzlich bekundetes Interesse an dem jährlich ausgelobten Elaine-Carpenter-Kunstpreis 2016. Bitte lesen Sie sich das beigefügte Informationsmaterial gründlich durch, bevor Sie sich zu einer Teilnahme entschließen. Um für den Wettbewerb in Betracht gezogen zu werden, müssen Sie uns bis zum 15. März 2016 drei Originalbilder von sich einreichen.
Bis zum 1. April 2016 werden wir Ihnen mitteilen, ob Ihre Kunstwerke es in die nähere Auswahl geschafft haben.
Den drei Finalisten wird die Möglichkeit geboten, während einer Ausstellung in Cambridge im Dezember 2016 eine Auswahl ihres Schaffens der Öffentlichkeit zu präsentieren. Diese Ausstellungen sind dafür bekannt, landesweite Presseorgane, wichtige Kunstkritiker und Sammler aus London anzuziehen. Sollten Sie zu den Finalisten gehören, muss es sich bei Ihrem Hauptwerk um ein extra für diesen Anlass entworfenes Bild handeln, in der Interpretation des Themas sind Sie jedoch frei. Zusätzlich wird eine kurze schriftliche Begründung gefordert, in der Sie die Wahl Ihres Sujets darlegen. Das diesjährige Wettbewerbsthema lautet: »Die Perfektion der Schönheit in einer zerstörten Welt«.
Die Ausstellung der Finalisten wird von drei unabhängigen Juroren aus den entsprechenden Kunstgebieten bewertet, dafür konnten wir in diesem Jahr unter anderem den berühmten Künstler David Nelson gewinnen. Der Gewinner des Wettbewerbs wird mit einem Preisgeld von 10 000 Pfund ausgestattet, die ihm dabei helfen sollen, seine Karriere als Künstler zu verfolgen. Zusätz-

lich ist eine Assistenz des Gewinners bei David Nelson geplant, mit einer beachtlichen Medienresonanz wird gerechnet.

Die Vorauswahl wird in diesem Jahr von den folgenden Personen übernommen:

Michael Carpenter – Ehemann der verstorbenen Elaine Carpenter und Geschäftsführer von Carpenter Software Solutions

Hannah Thornton – Dozentin für Kunstgeschichte an der Universität Cambridge

Dominic Jervis – Kunstredakteur der Zeitschrift The Cambridge Arts Review

Einen Augenblick lang bin ich ziemlich verwirrt, da ich nichts in Bezug auf diesen Wettbewerb unternommen hatte. Es muss sich dabei um den Kunstpreis handeln, den Stephanies Vater im Gedenken an ihre Mutter veranstaltet, da ich ihre Namen wiedererkenne: *Michael* und *Elaine Carpenter.*

Dann ergibt alles plötzlich Sinn. Ich muss über die Ironie des Ganzen lachen und würde ihm nur zu gern erzählen, warum. Aber das geht nicht, also schreibe ich ihm stattdessen folgende Nachricht:

> Cal, danke für diesen Tritt in den Hintern und dafür, dass du mich zu diesem Kunstwettbewerb angemeldet hast. Vielleicht ist es wirklich an der Zeit, meine Werke der Welt zu zeigen!

Ich warte auf seine Antwort und muss über Cal lachen, meinen besten Freund, der mir immer den Rücken stärkt. Er hat immer gesagt, ich würde schon merken, wenn die Zeit reif sei. Allerdings bin ich mir nicht sicher, ob das wirklich so eine gute Idee ist. Kurz darauf piepst mein Telefon.

> Ich habe keine Ahnung, was du meinst!

Während ich auf die Nachricht schaue, wird mir bewusst, dass es nur einen anderen Menschen gibt, der mir das gesendet haben kann.

24. KAPITEL
Dienstag, 5. April 2016

Stephanie

»Nur bis zur Straße!«, rufe ich hinter Evie her, die mit besorgniserregender Geschwindigkeit in Richtung der Landstraße davonsaust. Es ist eine der am wenigsten befahrenen Straßen, die ich kenne, und trotzdem bleibt mir jedes Mal fast das Herz stehen. Innerhalb von Sekunden kann ein geliebter Mensch für immer verschwinden. Gerade war er noch da, hat gelacht, geatmet und geredet, und im nächsten Augenblick ist er schon für immer fort. Matt nennt mich überängstlich. Ich denke, ich bin einfach nur vorsichtig. Für meine Mädchen würde ich mein Leben aufs Spiel setzen.

Es macht mir Spaß, die beiden zu Fuß in die Schule beziehungsweise in den Kindergarten zu bringen. Meine liebste Zeit des Tages. Wir könnten auch mit dem Auto fahren, aber wir brauchen auch so nur eine Viertelstunde, und es ist schön, mich auf dem Weg mit ihnen zu unterhalten. Evie redet über alles Mögliche, sie zeigt auf Schmetterlinge, Bienen und Vögel. Sie pflückt Gänseblümchen für Adelaide, reicht sie ihr vorsichtig und kichert dabei. Es ist eine Freude, sie den Weg entlanghopsen zu sehen in ihrer süßen Schuluniform mit den weißen Söckchen in den glänzenden schwarzen Schuhen. Das königsblaue Trägerkleid wippt bei jedem Schritt auf und ab, wenn sie stolz neben dem Buggy ihrer Schwester herläuft. Sie besteht darauf, dass ich ihr jeden Tag Bänder in die Haare binde, meine kleine Modepuppe. Adelaide wird sicher genauso.

Als wir an den Landstraßen entlang und durch den blauen Glockenblumenwald laufen, erzählt mir Evie von der Ostereiersuche in der Schule, auf die sie sich schon so freut. Als Kind mochte ich Ostern auch immer gern. Wenn Ebony und ich am Ostersonntag aufwachten, hingen schon kleine Osterkörbchen an unseren Kinderzimmertüren, und wir machten uns sofort im Haus auf die Suche nach Eiern und Schokohasen. Im Garten hatte meine Mutter Süßigkeiten an die Sträucher gehängt, und wenn wir aufwachten, glitzerte alles bereits farbenfroh vor zuckersüßer Glückseligkeit. Unsere Körbchen quollen über von all den Köstlichkeiten.

Ich bin so froh, dass nun endlich Frühling ist. Überall im Dorf sprießen jetzt die Osterglocken, zusammen mit anderen hübschen Blumen, deren Namen ich nicht kenne. Fuchsienrosa, violette, gelbe, leuchtend orange, lindgrüne und rote Farbtupfer. Es kommt mir so vor wie im Fernsehen: das typische verschlafene englische Dorf, in dem niemals etwas passiert. Makellose Gärten und perfekte Leben. In echt sind sie das natürlich nicht, aber so wirken sie von außen.

Nachdem ich die Kinder abgegeben habe, spüre ich auf einmal Schmetterlinge im Bauch, die mir verheißen, dass etwas Großes bevorsteht. Ich habe mich den ganzen Morgen dazu gezwungen, nicht darüber nachzudenken, mich auf die Kinder zu konzentrieren und sie fertig zu machen. Aber jetzt, da sie gut versorgt sind, kann ich nicht mehr anders.

Schnell laufe ich nach Hause und ziehe mich für die Arbeit um. Da es kein x-beliebiger Tag ist und ich mich sorgfältig zurechtmachen wollte, habe ich zuerst die Mädchen weggebracht, um mich dann in Ruhe zu duschen und zu schminken.

Ich weiß einfach nicht, was ich anziehen soll. Zu geschäftlich soll es nicht wirken, aber auch nicht extra herausgeputzt. Gleichzeitig möchte ich gut aussehen. Nein, nicht gut.

Besonders.

Das war ja klar, wenn ich einmal pünktlich bei der Arbeit sein muss, ist der Verkehr grauenhaft. Ich stecke eine halbe Stunde auf der Schnellstraße fest, es geht weder vor noch zurück. Jede Zelle meines Körpers zittert vor Wut.

Ich rufe Georgia, unsere Empfangsdame, an, um ihr mitzuteilen, dass ich zu spät kommen werde.

»Alles klar, Stephanie. Sie haben gerade mit der Präsentation begonnen, hoffentlich schaffst du es noch rechtzeitig bis zur Kaffeerunde«, sagt sie munter.

»Ja, danke. Natürlich möchte ich sie kennenlernen. Bitte lass sie nicht gehen, bevor ich da bin!«, antworte ich und hoffe, dass sie nicht die Verzweiflung in meiner Stimme wahrnimmt. Jetzt ist es schon 10:46 Uhr.

Der Aufzug hält im zweiten Stock, und ich eile heraus. Mittlerweile zeigt die Uhr 11:25 an.

Ich stürme am Empfang vorbei, wo Georgia gerade mit einem Lieferanten zu tun hat und für irgendwelche Dokumente gegenzeichnet.

O Gott, hoffentlich sind sie noch da.

Auf dem Weg zu unserem Hauptveranstaltungsraum werde ich noch schneller, mein Magen spielt vor Sorge schon wieder verrückt und fühlt sich an, als lägen Steine darin. Ich atme ein paarmal tief ein, um ruhiger zu werden, aber weil ich so schnell gehe, hilft es überhaupt nicht. Meine Absätze bleiben am Teppich hängen, und ich habe das Gefühl, jeden Augenblick nach vorne zu kippen.

Wenn ich es mir recht überlege, hätte ich besser erst mal durch die Fenster in den Raum geschaut, anstatt sofort hineinzuplatzen. Oder erst mal innegehalten, um mich zu sammeln, anstatt unbeholfen die Klinke hinunterzudrücken und mit voller Geschwindigkeit in den Raum zu stürzen.

Aber das tue ich nicht.

Ich laufe einfach hinein, und als Erstes fällt mein Blick auf Jamie Dobson. Nicht auf meinen Vater oder einen der anderen Finalisten oder Juroren. Nein, auf Jamie Dobson.

Ich muss erst mal zu Atem kommen. Dort steht er und spricht mit meinem Vater. Drei Jahre ohne Kontakt, voller versteckter

Gefühle und einem großen Bedürfnis, sich zu entschuldigen (meinerseits), stehen zwischen uns, und wir müssen so tun, als würden wir uns nicht kennen.

Als er sich zu mir umdreht, huscht ein Lächeln über sein Gesicht, als wäre er froh, mich zu sehen. *Gott sei Dank!*

»Jamie, darf ich Ihnen meine Tochter Stephanie vorstellen? Sie ist unsere Marketing-Direktorin«, sagt Vater.

O mein Gott.

»Steph, das ist Jamie.« Mein Vater zeigt auf den Mann, in den ich seit zehn Jahren hoffnungslos verliebt bin. »Er ist einer der Finalisten für unseren Kunstpreis.«

Jamie streckt die Hand nach mir aus, damit ich sie schütteln kann. Ich sehe ihm ins Gesicht, als sich unsere Hände berühren, und ich fühle mich wie elektrisiert, ein wohlbekanntes Prickeln in meinem Körper, das nur er auszulösen vermag. Als würde er mich an ein Schaltbrett anschließen.

»Ich freue mich sehr, Sie kennenzulernen«, sagt er. Der Blickkontakt ist nur kurz, gerade einmal eine oder zwei Sekunden lang. Dann beginnt mein Vater Jamie von dem Wettbewerb im letzten Jahr zu erzählen und wie erfolgreich der Gewinner danach geworden ist. Ich stehe verlegen daneben, weiß nicht, wohin mit den Händen. Jamie steckt seine in die Taschen. Unsere Augen suchen einander, während mein Vater spricht, und wir lächeln uns an. Keiner von uns hört ihm zu, glaube ich.

Er wirkt schlanker als letztes Mal, aber es steht ihm gut. Irgendwie wohlgeformt, als wäre er ins Fitnessstudio gegangen. Seine Haare sind so lang und wuschelig wie immer, das hat mir von Anfang an gefallen, gerade genug zurückgekämmt, dass sie ihm nicht ins Gesicht hängen, und trotzdem natürlich.

Ich muss ihn allein sehen, ohne irgendeinen Verdacht zu wecken.

»Ach ja, Jamie. Ich bräuchte noch ein paar Daten von Ihnen. Vielleicht kommen Sie noch kurz in meinem Büro vorbei, bevor Sie gehen«, sage ich ganz nebenbei, vor meinem Vater.

Jamie nickt. »Natürlich, gern.«

Ich lächle den beiden zu, bevor ich weiter zu den anderen

Finalisten gehe, und merke, dass Jamie mich die ganze Zeit über ansieht. Ich spüre seinen Blick, wo auch immer im Raum ich mich gerade befinde.

Eine halbe Stunde später halte ich es einfach nicht mehr aus und unterbreche das Gespräch, das er gerade mit einem der anderen Finalisten führt.

»Jamie, wäre es Ihnen jetzt recht, mich kurz in mein Büro zu begleiten? Sie müssten noch ein paar Formulare für mich ausfüllen«, frage ich etwas lauter als nötig.

»Natürlich, kein Problem«, antwortet er.

Jamie schüttelt allen im Veranstaltungsraum zum Abschied die Hände. Es überrascht mich überhaupt nicht, dass er jetzt schon alle mit seinem Charme eingewickelt hat. Hoffentlich hilft ihm das für die Endauswahl.

Wir gehen aus dem Raum hinaus und laufen schweigend den Flur entlang, enger beieinander als Geschäftspartner das normalerweise tun, und unsere Arme berühren sich immer wieder leicht. Wir sehen uns nicht an, wenn es passiert. Dann sind wir am Aufzug, ich drücke den Knopf, und der Pfeil leuchtet rot auf, während sich die Maschinerie lautstark in Bewegung setzt.

»Wir müssen zwei Etagen weiter hoch«, erkläre ich ihm. »Mit diesen Absätzen gehe ich lieber nicht die Treppen.«

Die zehn Sekunden bevor der Aufzug kommt, sehen wir uns verlegen um. Dabei will ich eigentlich nur sein Gesicht betrachten, das ich in den letzten drei Jahren so vermisst habe.

Die Aufzugtüren öffnen sich. Ich gehe hinein, und Jamie kommt hinter mir her. Ich drücke auf die Zwei, und wenige Sekunden später schließen sich die Türen.

Der Aufzug rappelt, als er sich zwischen den Etagen bewegt. Wir stehen nur ein paar Schritte voneinander entfernt, sprechen kein Wort. Ich weiß nicht, was ich tun oder sagen soll. Jamie sieht mich an und weicht meinem Blick nicht aus. Er wirkt nicht wütend, er guckt mich einfach nur an, weil er mich so lange nicht gesehen hat – so geht es mir auch.

Irgendwie bin ich erleichtert, als der Aufzug hält.

Ein eigenes Büro gehörte zu meinen Bedingungen, als ich

angefangen habe, bei meinem Vater zu arbeiten. Ich bin nicht der Typ Mensch, der sich in einem farblosen, grauen Raum konzentrieren kann. Ich muss meiner Umgebung meinen eigenen Stempel aufdrücken, auch wenn sie natürlich gleichzeitig professionell wirken muss. Bei mir hängen Kunstwerke an den Wänden, es gibt ein Sofa in der Ecke, und alles ist angenehm beleuchtet. Fotos meiner Töchter stehen auf dem Schreibtisch. Auch wenn ich nur Teilzeit arbeite, habe ich sie trotzdem gern bei mir.

Jamie sieht sich in meinem Büro um, während ich die Tür schließe. Wie gern würde ich ihn umarmen, aber es fühlt sich nicht richtig an … noch nicht. Ich nehme auf dem Sofa Platz, und er setzt sich zu mir. Er hält Abstand, und ich glaube, keiner von uns weiß genau, was jetzt passieren wird. Ich sitze aufrecht an der Kante des Sofas und überlege fieberhaft, womit ich anfangen soll. Ich bin dran.

Er lächelt über das ganze Gesicht. »Es ist großartig, dich zu sehen, Steph!«

»Ich dachte, du hasst mich!«, flüstere ich.

»Ich könnte dich niemals hassen«, antwortet er, ohne zu zögern.

»Es tut mir so unendlich leid, was damals passiert ist«, sprudelt es aus mir hervor. »Alles, was ich gesagt habe, war ziemlich unangebracht.«

»Manches schon. Anderes hingegen musste ich vielleicht einfach mal hören«, gibt er zu. »Vermutlich hatte sich da schon eine Weile etwas bei uns beiden angestaut.«

»Ich wusste nicht, wie du darauf reagieren würdest, dass ich den Brief an deine Schule geschickt habe. Nachdem ich dich getroffen hatte, musste ich dich einfach kontaktieren.«

»Es hat mich gerührt, dass du an mich gedacht hast. Dass du an mich glaubst. Das hast du immer getan. Das ist …« Er verstummt.

»Was?«

»Also, weißt du, ich möchte wirklich nicht undankbar klingen, aber ich muss es wissen. Es sind schließlich du – und dein

Vater. Tja, also, es ist natürlich aufregend, in die Endauswahl gekommen zu sein, aber ich möchte das alles nicht, wenn du dafür sorgst, dass ich gewinne«, sagt er verlegen.

»Ich habe überhaupt keinen Einfluss darauf, wer in die Endauswahl kommt, Jamie, geschweige denn, wer den Wettbewerb gewinnt«, gebe ich zurück. »Ich habe dir nur die Anmeldeunterlagen zugeschickt, die kann jeder anfordern. Das war alles. Ich bin hier wirklich nur fürs Marketing zuständig. Ich kümmere mich um die Öffentlichkeitswahrnehmung des Wettbewerbs, das ist alles.«

Es ist wichtig, dass er mir das abnimmt, weil es die Wahrheit ist. Ich wollte nur, dass er an sich glaubt.

»Das habe ich mir schon gedacht, ich wollte nur noch einmal sichergehen.«

»Das hier ist deine Chance, Jamie. Du kannst allen zeigen, wie talentiert du bist. Es fehlt jetzt nicht mehr viel! Ich habe gesehen, welche Erfolge die Gewinner und Finalisten durch diesen Wettbewerb gefeiert haben. Ich weiß, wozu du in der Lage bist, und du hast das Talent dafür. Was wirst du bei deiner Ausstellung zeigen? Hast du dir schon ein Thema ausgedacht?«, mir ist ganz schwindelig vor Aufregung für ihn.

»Ich habe gerade erst angefangen, darüber nachzudenken. Bisher ist noch nichts entschieden. Bis zu der Ausstellung im Dezember ist ja auch noch jede Menge Zeit.«

»So«, versuche ich das Thema zu wechseln. »Wie geht es dir … sonst?«

»Ja, ich kann nicht klagen. Alles beim Alten. Seb wird nächsten Monat sechs, er ist ein echter Frechdachs und hält uns ganz schön auf Trab.«

»Das kann ich mir vorstellen, habt ihr noch mehr Kinder bekommen?«, frage ich. Ich weiß, wie neugierig das klingt, aber ich kann es mir einfach nicht verkneifen.

»Nein. Ich glaube auch nicht, dass sich das noch mal ändert«, sagt Jamie und sieht zu Boden. »Also, ich könnte es mir gut vorstellen, aber Helen will sich lieber auf ihre Karriere konzentrieren und möchte keine weiteren Kinder. Besonders, da es an der

Spitze des Londoner Büros so gut für sie läuft. Ihre Entscheidung.« Er zuckt mit den Schultern.

Ich lächle halbherzig. Jamie ist sicher ein toller, engagierter Vater.

»Und wie sieht es bei dir aus?«, fragt er.

»Oh, ein zweites Mädchen! Evie ist vier und Adelaide zwei.« Ich muss lächeln, als ich ihm von den beiden erzähle.

»Ich wette, sie sehen dir beide ähnlich«, sagt er.

»Ja, das tun sie. Ich hatte eigentlich nicht geplant, noch ein Kind zu bekommen, aber nach …« Ich halte inne, blicke nach unten auf meinen Schoß. »… nach der Sache mit dir ging es mir nicht so gut. Ich dachte, ich müsste versuchen, Matt eine Chance zu geben, dann bin ich wieder schwanger geworden …«

Jamie fasst nach meiner Hand, ich halte seine und drücke sie.

»Meine Welt ist aus den Fugen geraten. Das hat auch mich eine Zeit lang ins Trudeln gebracht. Aber Adelaide hat mich in vieler Hinsicht gerettet«, sage ich und lächle. »Durch sie hatte ich etwas, auf das ich mich konzentrieren konnte. Ich liebe meine beiden Mädchen, ich habe mit diesem Wettbewerb den Kontakt zu dir gesucht, ich gehe wieder zur Therapie – mein Leben wandelt sich gerade zum Guten.«

»Das freut mich! Aber …«, fragt er zögernd, »… warum hast du mich gerade jetzt kontaktiert?«

Ich atme tief ein, um die Rede, die ich seit Wochen in meinem Kopf vorbereite, endlich zu halten.

»In den letzten Monaten habe ich viel nachgedacht. Oder eher, in den letzten Jahren. Dabei habe ich bemerkt, dass ich dich in meinem Leben brauche. Es fühlt sich mit dir einfach besser an. Und ich weiß auch, dass ich dich nicht so haben kann, wie es mir am liebsten wäre. Das habe ich nun endlich akzeptiert«, sage ich.

»Aber …«

»Nein, bitte«, unterbreche ich ihn und lege ihm meine Hand aufs Knie. »Lass mich erst zu Ende reden. Ich habe es lange geübt, und es ist schon so schwierig genug.«

Mit Mühe hält er sich zurück, lässt mich weiterreden.

»Lange habe ich mich an den Strohhalm geklammert, dass du irgendwann realisieren würdest, wie besonders, wie schön, wie wunderbar unsere Beziehung ist, dass du eines Tages aufwachen und merken würdest, wie sehr du das alles – mich – brauchst, mehr als deine Frau. In den letzten Jahren habe ich jedoch verstanden, dass das nicht passieren wird. Vermutlich bin ich erwachsen und weniger selbstsüchtig geworden. Ich weiß, dass dir die Schuldgefühle zugesetzt haben, mehr als mir, wenn ich ehrlich bin. Und wenn der einzige Weg, dich in meinem Leben zu haben, ist, dass wir befreundet sind, dann soll es eben so sein.«

»Hältst du das wirklich für möglich, dass wir Freunde sind, richtige Freunde?«, fragt er zurück. »Hast du nicht mal gesagt, dass wir niemals nur Freunde sein könnten?«

»Das habe ich auch bisher immer gedacht, ja, das stimmt«, gebe ich zu, schüttele den Kopf. »Aber vielleicht liegst du mit diesem ganzen Schicksalskram doch nicht so falsch.«

»Wie meinst du das?«, sagt er verwirrt.

»Es geht jetzt schon zehn Jahre, Jamie. Wie oft haben wir versucht, uns nicht mehr zu sehen?«

»Ich weiß es nicht.«

»Jedes Mal, wenn wir versuchen, uns voneinander loszureißen, bringt uns irgendetwas wieder näher zusammen. Ich hatte nicht erwartet, dich jemals wiederzusehen nach dem Abend in Heathwood Hall, und dann tauchst du auf einmal aus dem Nichts, fast gespenstisch, in einer Ausstellung irgendwo auf dem Land hinter meinem Rücken auf.«

Er lacht und sieht sich im Zimmer um. »Ja, entschuldige bitte. Das war eine ziemlich vertrackte Situation.«

»Vielleicht. Aber es ist trotzdem geschehen. Und hat mich ganz schön durcheinandergebracht. Ich versuche ein besserer Mensch zu sein und habe dabei gemerkt, dass ich es nicht schaffe, wenn ich nicht auch das in den Griff bekomme, woran mir am meisten liegt. Dich.«

Jamie beugt sich vor und umarmt mich. Die Art von Umarmung, die man auch mit einem Freund haben könnte: nicht zu eng, nicht zu lang.

»Die Alternative – dich überhaupt nicht zu sehen – ist zu hart. Also muss ich einen Weg finden, der funktioniert. *Wir* müssen es einfach hinbekommen.«

Er nickt. »Ja, das müssen wir. Ich habe dich furchtbar vermisst. Meine Welt war viel farbloser ohne dich. Sehr gern hätte ich dich zurück in ihr. Auch unsere jährlichen Plauderstunden haben mir sehr gefehlt.«

»Tja, da kannst du beim nächsten Mal die doppelte Dosis von bekommen!«, sage ich und lache. »Jetzt sollte ich dich aber besser wieder meinem Vater überlassen, bevor er annimmt, dass ich dich ihm gestohlen habe.«

Ich bringe ihn zurück zum Aufzug. Als sich die Türen öffnen, geht er allein hinein und dreht sich zu mir um.

In den letzten zehn Jahren hat sich jeder Abschied von ihm so angefühlt, als würde meine Welt zusammenbrechen, der Boden sich auftun und ich hineinfallen, immer tiefer bis weit in die Erdkugel hinein. Ihm dabei zuzusehen, wie er in sein Auto stieg und losfuhr, sich von mir entfernte, hat mich jedes Mal vor Traurigkeit fast ersticken lassen.

Dieses Mal ist jedoch alles anders. Zum ersten Mal lächle ich, als er geht, da sich etwas verändert hat. Ich bin mir nicht sicher, warum, was geschehen ist oder wie. Aber etwas ist anders.

Als ich in mein Büro zurückkomme, höre ich den Dreiklang meines Telefons, das mir eine gerade eingegangene Mitteilung anzeigt. Ich sehe nach, von wem sie stammt, aber sie kommt von einer unbekannten Nummer.

In der Nacht unseres Streits habe ich Jamies Nummer gelöscht, um nicht in Versuchung zu geraten, ihn wieder zu kontaktieren, also erscheint sein Name nicht – ich weiß trotzdem, dass die Nachricht von ihm ist. Darin steht:

Die zweite Strophe … xx

Der YouTube-Link bringt mich zu *Purple Rain* von Prince. Die ersten Gitarrenklänge, diese unverwechselbaren Akkorde, eine zweite Strophe, die für uns geschrieben sein könnte. Ich lausche, wie seine mitreißende Stimme sich steigert und das fantastische Gitarrensolo beginnt. Dort auf dem Sofa, wo wir eben noch zusammengesessen haben, bekomme ich eine Gänsehaut. Als Prince seine letzten Töne herausschreit, lächle ich und fühle mich seltsam glücklich.

Ich kann nichts an dieser Situation ändern. Es geht nicht darum, ob er mit seiner Frau glücklich genug ist oder ob er mich genug liebt. Es ist viel komplizierter, und das war es immer.

Als das Video zu Ende ist, schalte ich mein Telefon aus und widme mich wieder meiner Arbeit.

25. KAPITEL
Samstag, 20. August 2016

Jamie

Die Perfektion der Schönheit in einer zerstörten Welt.

Das ist das Wettbewerbsthema.

Ich habe lange darüber nachgedacht. Gemälde sind nicht einfach Bilder, sie sagen wirklich mehr als tausend Worte, und ich kann mich durch meine Kunstwerke so viel besser ausdrücken als mit Sprache. So war es schon immer. Es ist wichtig, dass ich dieses Mal alles richtig mache.

Ich bin mir sehr bewusst, wer sich dieses Werk anschaut – Kritiker und bedeutende Künstler, die mir zu einem Karrierestart verhelfen könnten, wenn ihnen meine Arbeit gefällt. Das ist meine Chance, allen zu zeigen, wer ich bin und was ich kann. Mein Stil war immer schon originell. Ich lasse mich nicht in die typischen Künstlerkategorien einordnen. Ich kann natürlich auch traditionelle Techniken, aber mir persönlich gefällt es besonders farbenfroh, leuchtend und gewagt. So wird auch das Porträt sein. Bisher habe ich mich immer zurückgehalten und war immer mit meiner öffentlich sichtbaren Kunst lieber auf der sicheren Seite, meinen eigenen Stil habe ich eher für mich selbst ausgelebt. Damit ist nun Schluss. Entweder jetzt oder nie.

Sie hat mich dazu ermutigt.

Manchmal halte ich mich selbst für verrückt, weil ich das wirklich tue. Wenn die falsche Person es zur falschen Zeit sieht, bin ich aufgeschmissen.

Helen hält die Sache für mein Hobby, ein nichtssagender Wettbewerb, reiner Zeitvertreib für mich. Sie versteht nicht, dass es für mich den Durchbruch bedeuten könnte. Sie weiß, dass ich ein besonderes Bild eigens für den Wettbewerb anfertigen muss, und hat mir zu einer auffälligen, modernen Landschaft geraten. Ich habe mir ihren Vorschlag angehört und freundlich, aber mit wachsender Reue abgelehnt. Es gibt nur eins, was ich malen kann und womit ich eine Chance habe zu gewinnen. Ein Porträt – und ich weiß auch schon, von wem.

Vor einem Monat hat Helen davon angefangen, über den Urlaub nächstes Jahr zu reden.

»Ich muss erst mal abwarten, was sich durch diesen Wettbewerb ergibt, bevor ich etwas buche«, sagte ich.

»Wie meinst du das?«, fragte sie mich verwirrt.

»Na ja, ein Teil des Preises ist eine künstlerische Assistenz«, erklärte ich ihr. »Ich müsste meinen Job an den Nagel hängen und jeden Tag nach London fahren. Die Bezahlung ist nicht besonders üppig, und ich könnte nicht einfach so Urlaub nehmen.«

Sie sah mich einen Moment lang an, als ob ich verrückt geworden sei. »Jamie, du hast ein Kind zu versorgen und ein Haus, das abbezahlt werden muss. Ich kann gut verstehen, dass du dir diesen Traum erfüllen willst, aber das ist sicher nicht der richtige Weg.«

Ich erinnere mich daran, dass ich in diesem Moment dachte, noch nie etwas so Selbstsüchtiges gehört zu haben.

»Helen, seitdem wir zusammen sind, habe ich dich immer in deinen Karriereplänen unterstützt. Das sind nun schon fast zwanzig Jahre. Ich habe jede deiner Entscheidungen mitgetragen, selbst wenn sie zu meinem eigenen Nachteil waren. Ich denke, ich habe auch etwas Wohlwollen verdient«, sage ich. »Und wer weiß, ob ich überhaupt gewinne.«

»Und wie stellst du dir das bitte schön finanziell vor, falls du wirklich gewinnen solltest?«

»Wir werden es schon irgendwie hinbekommen. Weniger Luxus, ein paar Jahre lang keinen Urlaub, insgesamt etwas zurückstecken bei den Dingen, die wir nicht unbedingt brauchen«, schlage ich vor. »Ich wünsche mir das wirklich sehr, Helen.«

Sie räumt gerade das Wohnzimmer auf und beginnt Sebs Sachen mit deutlich mehr Kraft als nötig in die Spielzeugkiste zu werfen.

»Wie kommt es überhaupt, dass du dich jetzt dafür beworben hast?«, fragt sie, ohne mich dabei anzusehen.

»Ich habe einfach gemerkt, dass ich weit genug bin«, antworte ich.

Früher mochte sie gerade meinen unkonventionellen Künstlerstil, und ich war fasziniert von ihrer Entschlossenheit. Was zu Anfang bezaubert, sind vermutlich genau die Dinge, die einem später irgendwann auf die Nerven gehen.

Mittlerweile könnten wir kaum unterschiedlicher sein. Sie hat ihre eigene Freundesgruppe, die hauptsächlich aus Kollegen besteht, und es ist offensichtlich, dass sie lieber ihre Zeit mit ihnen als mit mir verbringt. Jeden Freitag nach der Arbeit gehen sie zusammen aus, und sie kommt erst spät in der Nacht nach Hause. Ich höre, wie sie wankend hereinkommt, im Flur die Schuhe von den Füßen schüttelt und dann in die Küche geht, um noch ein Glas Wasser zu trinken und etwas zu essen. Zusammen unternehmen wir gar nichts mehr. Worüber sollten wir uns auch unterhalten? Irgendwann muss es sich einfach noch mehr zuspitzen, wir beide wissen das, aber keiner traut sich, es anzusprechen. Es schmerzt zu sehr.

Ich übernehme dafür die Verantwortung. Habe ich uns eigentlich jemals wirklich eine Chance gegeben, seitdem Stephanie Teil meines Lebens ist? Nein. Andererseits denke ich, dass auch Helen sich verändert hat. Die heutige Helen würde nicht den Jamie heiraten, zu dem ich geworden bin, wir sind einfach zu unterschiedlich und erwarten nicht dieselben Dinge vom Leben. Die Menschen verändern sich in zwanzig Jahren Beziehung. Wir beide lieben unseren Sohn, das ist es, was uns zusammenhält. Das altbekannte Klischee.

Ich frage mich oft, wie alles gelaufen wäre, wenn ich mehr Mut gehabt hätte. Wenn ich Helen verlassen und Stephanie meine wahren Gefühle eingestanden hätte – und mir selbst auch. Es wäre sicher schmerzhaft für uns geworden, aber wir alle wären darüber hinweggekommen. So ist das Leben nicht schön. Wir beide fühlen uns schrecklich und warten darauf, dass der andere einen Schlussstrich zieht.

Dinge in Worte zu fassen fällt mir schwer. Besonders wenn es darum geht, meine eigene Arbeit minutiös zu beschreiben. Ich bin Künstler, kein Schriftsteller. Wenn ich gut mit Worten umgehen könnte, müsste ich nicht malen. So mache ich mir selbst die Welt begreifbar.

Ich wartete bis zu den Sommerferien, um mit meinem Werk zu beginnen. Wenn ich abgelenkt bin, kann ich meiner Kreativität keinen freien Lauf lassen, also kam es gar nicht infrage, während der Schulzeit daran zu arbeiten. Das heißt allerdings nicht, dass ich einer dieser »Ich bin gerade nicht in der Stimmung«-Typen bin, die nur vollkommen ungestört kreativ sein können. Wenn ich etwas fertigstellen muss, bekomme ich es auch hin. Aber am besten läuft es, wenn ich nicht abgelenkt werde und keinen Zeitdruck habe. Ich suchte mir die Tage aus, an denen ich eine ganze Weile Zeit am Stück für mich selbst hatte, zum Beispiel, wenn Helen mit Seb bei ihren Eltern übernachtete oder einen Tagesausflug mit Freunden und deren Kindern machte. Sobald Ruhe eingekehrt war, ging ich in die Garage und machte mich an die Arbeit.

Jetzt ist das Werk vollbracht, und ich bin sehr zufrieden damit. Richtig glücklich. Am Anfang war ich ziemlich aufgeregt, starrte lange auf die leere Leinwand, bevor ich das erste bisschen Farbe auftrug, hellgrau für den Hintergrund. Als sich die Ölfarbe auf der Leinwand ausbreitete, begann das ganze Projekt Form anzunehmen. Das mag ich besonders an Ölfarben, ihre Beweglichkeit. Die langen Trockenzeiten bedeuten, dass sich die Farbe noch eine ganze Weile über verändern kann. Erst gefiel es mir nicht, wie immer. Bei Porträts ist es oft so, dass sie nicht besonders gut aussehen, bis die letzten Feinheiten hinzukommen. Es hilft, wenn man sie eine oder zwei Wochen stehen lassen kann und dann mit einem frischen Blick erst die letzten Einzelheiten erledigt. Ich hatte mir vorgenommen, verschiedene Schichten und verschwenderische Texturen zu kreieren – passend zum Thema. Porträts werden erst dadurch interessant, wenn sie die Betrachtenden einladen, näher hinzusehen – die feinen Einzelheiten hinter der Oberfläche wahrzunehmen. Ich verwendete Pinsel und Malspachtel, um die Textur der Farbe sichtbar zu machen, dann verwischte ich schließlich die Farbe auf dem Gesicht mit meinen Fingern, um es zum Leben zu erwecken. Es sollte so persönlich wie möglich wirken, wofür ich mich der Leinwand nähern, sie berühren und liebkosen musste.

Alle Künstler haben ihre Eigenheiten und persönlichen Vorlieben. Manche arbeiten besser, wenn es still ist, ich hingegen lasse mich am liebsten dabei mit alten Hip-Hop-Liedern beschallen. Bevor ich beginne, genehmige ich mir zwei Tassen Kaffee, aber dann steige ich auf Wasser um, weil ich sonst verrückte Dinge auf die Leinwand bringe. Bei mir funktioniert es am besten, wenn ich ein paar Stunden intensiv arbeite und das Bild dann erst mal ruhen lasse. Am schlimmsten ist es nämlich, wenn man langsam müde oder frustriert wird und etwas fabriziert, das man dann nicht wieder rückgängig machen kann. Nach fünf Sitzungen werden die Pinselstriche weniger, dafür feiner und zarter. Es kommt mir so vor, als würde die Person langsam zum Leben erweckt, der Leinwand eine Seele eingehaucht.

Als es fertig war, trat ich ein paar Schritte zurück. Noch nie zuvor bin ich derart zufrieden mit einem meiner Werke gewesen. Es ist das Beste, was ich je gemalt habe, und gleichzeitig war es das Schwierigste.

Jetzt muss ich nur noch diese verdammte Beschreibung verfassen. Der Text sollte nicht hinter dem Werk zurückfallen, das ist sicher wichtig. Die Kunstszene legt ziemlich viel Wert auf solche Dinge.

Helen fährt mit Seb das Wochenende über zu ihren Eltern, sodass ich ungestört daran arbeiten kann. Die Sonne scheint durch die Eingangstür in den Flur, Seb sagt mir, dass er mich vermissen wird. »Ich werde dich auch vermissen, Großer!« Helen steht ein paar Schritte von mir entfernt und beobachtet uns. Es fühlt sich so gut an, wenn er seine Beinchen um meine Taille schlingt wie ein kleines Affenjunges.

»Wir kommen morgen gegen fünf zurück«, sagt Helen und geht aus der Tür. »Komm schon, Seb.«

Er läuft hinter seiner Mutter her. Wie konnte es bloß so weit kommen?

Ich schlurfe ins Wohnzimmer und nehme meinen Zeichenblock und einen Stift, um es hinter mich zu bringen. Maximal fünfhundert Wörter.

Fünfhundert Wörter! Mir wird es schon schwerfallen, fünfzig zu Papier zu bringen. Ich starre auf das leere Blatt und warte auf eine Eingebung. Na ja, das ist gelogen. Ich erwarte nicht, dass da etwas kommt.

Vielleicht messe ich der ganzen Sache zu viel Bedeutung zu. Schreib einfach drauflos, irgendetwas.

Die Spitze des Stifts berührt das Papier, ich schließe die Augen und versuche, einen klaren Kopf zu bekommen. Ungefähr dreißig Sekunden vergehen. Nichts. Ich schlendere in die Küche und hole mir ein kaltes Bier aus dem Kühlschrank. Vielleicht hilft es mir ja. Es zischt, als ich es öffne, und ich nehme einen Schluck. Zurück im Wohnzimmer verhöhnen mich der Block und der Stift.

Sag einfach, was du denkst.

Nein, du kannst nicht einfach sagen, was du denkst. Das ist ja gerade das Problem.

Wie, verdammt noch mal, soll man denn bloß das Unbeschreibbare beschreiben?

Oh, das ist doch eigentlich gar nicht so schlecht. Also bis auf das »verdammt noch mal« natürlich. So ähnlich könnte ich doch anfangen. Ich würde es gern so wenig emotional wie möglich gestalten. Das Kunstwerk spricht für sich, da mein ganzes Ich darin steckt, also kann ich es mit der Beschreibung nicht übertreffen. Selbst wenn ich wollte, könnte ich es vermutlich auch nicht. Ich würde einfach nur lächerlich klingen. Meine Gedanken schweifen ab, und ich bemerke, dass ich oben rechts auf der Seite angefangen habe, etwas zu kritzeln. Ich reiße das Blatt ab, knülle es zusammen und werfe es quer durchs Zimmer.

Zwei Stunden, drei Flaschen Bier und ein Fußballspiel später bin ich immer noch nicht weiter.

Ich möchte den Text wirklich dieses Wochenende fertig bekommen, während ich das Bild noch so frisch im Kopf habe und ich allein bin. Wenn Helen und Seb hier wären, könnte ich mich vermutlich noch weniger konzentrieren. Herrje, es ist wirklich schwer.

Mein Blick fällt auf den sandfarbenen Teppich in unserem Wohnzimmer, der mit zusammengeknüllten Papierkugeln bedeckt ist. Heute bin ich wirklich nicht gerade weit gekommen. Ich versuche, klug und wie ein Künstler zu klingen. Vielleicht sollte ich es einfach halten und mich auf das Wichtigste konzentrieren. Ich schwanke dazwischen, ihnen das zu liefern, was sie hören wollen – was für mich einfach nur lächerlich klingt –, und wie ein Kleinkind zu schreiben: ebenso bescheuert. Etwas anderes kann ich nicht.

Okay.

Ich muss es hinkriegen.

»Die kraftvollen und ungezähmten Pinselstriche laden die besonderen Merkmale des abgebildeten Subjekts mit Leidenschaft auf …«

Ich kann nicht weiterschreiben, da ich so sehr lachen muss. Wirklich, das bin doch nicht ich! Andere Künstler können sich mit so etwas sicher identifizieren, aber zu mir passt es einfach nicht. Vielleicht liegt das daran, dass ich aus dem Norden stamme?

Möglicherweise wäre es gut, mich stärker auf die Technik zu konzentrieren. Über den künstlerischen Prozess selbst zu sprechen und den ganzen Interpretationskram anderen zu überlassen. Ja, das ist es.

»Die verschiedenen, durch den Einsatz von Pinseln und Fingerkuppen erzielten Texturen machen die unterschiedlichen Schichten des Kunstwerks taktil in seiner Intimität erfahrbar …«

O Mann!

Warum ist es bloß so schwer, über ein Bild zu sprechen? Es ist doch einfach nur ein verdammtes Porträt.

Ich entscheide mich dazu, Cal anzurufen und um Rat zu fragen. Er hat schließlich schon häufiger solche Texte verfasst und kann mir hoffentlich ein wenig Inspiration geben.

»Hey, Cal! Ich komme irgendwie mit dieser Beschreibung nicht zurecht«, sage ich seufzend und reibe mir dabei die Stirn.

»Ja, das ist immer das Schlimmste. Es ist ein ganz schmaler Grat zwischen dem, was sie hören wollen, und wie ein Vollidiot zu klingen.«

Ich lache. »Es fällt mir schwerer als das Gemälde selbst.«

»Versuch, dich auf das Wichtigste zu konzentrieren. Was denkst du, wenn du es ansiehst? Was fühlst du? Was siehst du? Besinn dich auf deine Wurzeln, und versuche es dann noch einmal. Du solltest nicht zu viel darüber nachdenken.«

»Du hast ja so recht, herrje. Ich hasse diesen Quatsch.«

»Und benutz auf keinen Fall Wörter wie majestätisch oder überbordend, dann klingst du nämlich wie ein Vollidiot. Sei du selbst.«

Er hat recht. Ich muss es mir ansehen, während ich darüber schreibe, auch wenn ich mich an jeden einzelnen Pinselstrich erinnere, mit dem ich es gemalt habe. Immer wieder habe ich die Farbe nach dem Auftragen mit den Fingern auf der Leinwand verteilt. Ich sollte mich wirklich davon inspirieren lassen.

In der Garage schalte ich das Licht ein und gehe zu meinem Wettbewerbsbild hinüber. Ich nehme die Schutzabdeckung herunter und sehe es an. Unwillkürlich muss ich lächeln. Es gibt so viele Dinge, die ich dazu sagen könnte. Die Wörter wirbeln in meinem Kopf umher, aber ich bekomme sie einfach nicht geordnet. Ich gehe ein paar Schritte zurück und betrachte das Porträt aus unterschiedlichen Winkeln.

Schreib einfach, was du siehst.

Die Augen.

Sie fallen als Erstes auf. Sofort, ohne Vorwarnung reißen sie einen mit, der Betrachter wird gebannt durch ihr intensives Leuchten. Ich greife nach Stift und Papier und notiere: »Augen, die einen mitreißen«. Ich sitze auf dem alten, klapprigen Stuhl in einer Ecke meines Ateliers und betrachte das Gemälde, suche nach Worten, die es beschreiben.

Der Mund.

Sinnlich. Aufregend.

Aber es steckt doch noch mehr dahinter, viel mehr. Deshalb fällt es mir so schwer, Worte dafür zu finden. Wie beschreibt man Perfektion? Wie erklärt man sie? Sie ist nicht abgeschlossen, genau wie das Gemälde. Ich wollte, dass es einen unfertigen, unvollkommenen Eindruck macht; um noch Raum zu lassen, dass es wachsen, sich entwickeln und verbessern kann, während die Tage, Wochen und Monate verstreichen … genau wie sie.

Dann macht es auf einmal klick.

Ich atme tief ein und setzte links oben auf einer neuen Seite den Stift an. Ich bin die ganze Sache völlig falsch angegangen, habe mich ihr aus der verkehrten Richtung genähert. Ich habe es mir viel zu schwer gemacht. Das Einzige, was ich tun muss, ist zu sagen, wie es wirklich ist …

Ein paar Stunden später sitze ich mit einem Bier im Garten. Die tief stehende Abendsonne leuchtet wunderschön orange am Himmel.

Ich lese mir den Text, an dem ich den Nachmittag über gefeilt habe, noch einmal durch.

Neun Sätze.

Ich habe alles hineingelegt und bin nun sehr zufrieden. Aus meiner Hosentasche hole ich mein iPhone hervor und sende Steph eine Nachricht.

Danke, dass du an mich glaubst.
Ich wollte dir nur sagen, wie wichtig mir das ist. J x

Keine zwei Minuten später piept mein Telefon. Die Antwort zaubert mir ein Lächeln aufs Gesicht. Der krönende Abschluss eines tollen Tages.

Das werde ich immer tun. x

26. KAPITEL
Samstag, 8. Oktober 2016

Stephanie

»Was ist das?«, fragt er und nimmt das Geschenk an, das ich ihm hinhalte. Es ist in dunkellila Papier gehüllt, auf das zierliche Baumsilhouetten gedruckt sind. Ich habe es ausgesucht, da es mich an den Herbst – unsere Lieblingsjahreszeit – erinnert.

»Da du ständig mein Leben durch die Kunst bereicherst«, sage ich, »habe ich mir überlegt, dass ich dir gern etwas aus meiner Welt schenken würde. Mach es schon auf, keine Angst, es beißt nicht.«

Er öffnet vorsichtig die Verpackung, pellt sacht die Klebestreifen vom Papier, um das Muster nicht zu zerstören. Als er das Buch herauszieht, blickt er mich fragend an.

»*Sturmhöhe* von Emily Brontë?«

»Ja«, bestätige ich. »Hast du es gelesen?«

»Nein!«, sagt er und blättert darin. »Warum gerade dieses Buch?«

»Es ist mein Lieblingsroman. Ich habe von dir die zum Scheitern verurteilten Liebenden aus der Tate Modern bekommen und erhöhe nun um Cathy und Heathcliff.«

»Magst du es deshalb so sehr?«, sagt er lächelnd.

»Es ist eine wunderschöne Liebesgeschichte zwischen zwei sehr leidenschaftlichen Persönlichkeiten, die sich manchmal auch ziemlich dumm benehmen können«, sage ich und ziehe die Augenbrauen hoch. »Du solltest es lesen.«

Ein guter Schachzug, um das Eis zu brechen. Wir treffen uns heute nicht in Heathwood Hall. Eine neue Ära ist angebrochen, und wir treffen uns in einem hübschen Landgasthof mit dem Namen Haywood Arms, in einem Dorf, das genau zwischen unseren beiden Wohnorten liegt. Wir haben uns zum Mittagessen verabredet … als Freunde.

»O Gott! Und was passiert am Ende mit ihnen?«, fragt er alarmiert.

»Tja, das wird nicht verraten, du willst es ja sicher noch lesen«, spotte ich und nehme einen Schluck von meiner Cola light.

Es fühlt sich zugleich seltsam und ganz normal an, mit ihm zusammen zu sein. Wir sitzen uns gegenüber, anders als früher, da haben wir es uns meist nebeneinander gemütlich gemacht. Er trägt einen dunkelblauen Pullover, passend zu seinen Augen.

»Ich bin froh, dass wir das so machen können«, sage ich ihm.

»Ich auch. Von dir getrennt zu sein ist mir sehr schwergefallen«, antwortet er. »Der Oktober war am schlimmsten, wenn ich wusste, dass ich dich nicht sehen würde.«

Ich nicke, dann nehme ich die Speisekarten und reiche ihm eine.

»Wie läuft es so? Bei dir zu Hause?«, frage ich.

»Ach ja, na ja, alles in Ordnung«, sagt er und guckt noch angestrengter auf die Speisekarte.

»Gut. Ich glaube, ich nehme den Shepherd's Pie«, sage ich und fahre mit dem Finger an den Speisen entlang. »Der klingt doch gut.«

»Du trägst ja gar nicht deinen Ehering«, stellt Jamie fest, und sein Blick gleitet zwischen meinem Gesicht und meiner linken Hand hin und her.

Instinktiv verschränke ich die Arme, sodass meine Hand nicht mehr zu sehen ist, das ist natürlich Quatsch, da er es ja sowieso bereits bemerkt hat. »Schon seit ein paar Monaten nicht mehr«, sage ich, unsicher, wie seine Reaktion darauf ausfallen wird.

»Okay«, erwidert er. »Ist … ist denn alles in Ordnung?«

Ich nicke schnell. Das wollte ich gar nicht zum Thema machen. Dass ich den Ring nicht mehr trage, ist mittlerweile selbstverständlich für mich.

»Keine Sorge, mir geht es gut«, erkläre ich ihm. »Mehr als gut.«

Jamie sieht mich aufmerksam an. Er weiß, dass ich ihm etwas verheimliche.

»Ich werde Matt verlassen«, platzt es da aus mir heraus.

»Wie bitte?«, sagt er ziemlich laut und wirft die Speisekarte auf den Tisch. Das zusammen mit seinem Gesichtsausdruck bewirkt ein nervöses Lachen bei mir.

»Ich bin schon ziemlich lange mit ihm unglücklich«, sage ich und streiche meine Haare zurück. »Ich möchte mein Leben einfach nicht mit jemandem vergeuden, mit dem ich gar nicht zusammen sein will. Ich brauche jemanden, der mich liebt.«

»Wow!«, sagt er und lehnt sich in seinem Stuhl zurück. »Das freut mich für dich.«

»Danke«, sage ich und lächle. »Wie du siehst, bekomme ich so langsam mein Leben in den Griff. Es wird Zeit, Freude und Glück in mein Leben zu lassen, nicht zuletzt für meine beiden Töchter. Ich bin es ihnen schuldig.«

»Da hast du sicher recht«, sagt er. »Du bist wirklich ein bewundernswerter Mensch, du hast es verdient, mit jemandem zusammen zu sein, der dich zu schätzen weiß und so nimmt, wie du bist.«

»Ja, das denke ich auch.«

»Weiß Matt es bereits?«, fragt er.

»Nein, noch nicht. Ich muss es erst mal alles in meinem Kopf klar haben, bevor ich mich auf einen Krieg mit ihm einlasse, er wird um alles kämpfen, da bin ich mir sicher«, erkläre ich. »Ich muss vorbereitet sein. Es wird sicher schwer mit den beiden Kindern, aber mein Vater und Ebony wissen, dass ich nicht glücklich bin. Ich werde die Kinder über Nacht zu ihnen bringen und mit ihm reden.«

Jamie nickt. »Das klingt nach einem guten Plan. Pass auf dich auf!«

»Und«, frage ich aufgeregt, da ich mich nicht länger mit diesem Thema aufhalten will. »Hast du dich schon entschieden, was du als Hauptwerk für den Wettbewerb einreichen wirst?«

»Ich habe ein paar Ideen, mich aber bisher noch nicht entschieden.«

»Ganz schön hochtrabend, oder? *Die Perfektion der Schönheit in einer zerstörten Welt*«, sage ich und versuche dabei zu klingen wie eine Kunstkritikerin.

»Das kannst du wohl laut sagen.« Er lehnt sich in seinem Stuhl zurück und spielt mit dem Besteck herum. Jetzt ist mir mein Kommentar unangenehm, ich wollte mich auf keinen Fall über die ganze Sache lustig machen.

»Wie läuft denn der Abend eigentlich ab? Der Gedanke daran stresst mich jetzt schon.«

Bisher habe ich ihn noch nie nervös erlebt, aber jetzt wirkt er doch etwas angespannt. »Die drei Finalisten bekommen alle ihren eigenen Platz zugewiesen, wo sie dann der Presse und der Jury ihr Werk vorstellen.«

»Und die Juroren haben nichts mit der Firma zu tun und sind vollkommen unabhängig? Kennst du sie?«

»Es sind jedes Jahr andere, um immer einen neuen, frischen Blick auf die Künstler zu haben. Ich habe sie einmal kurz getroffen, mich aber ansonsten aus der Sache rausgehalten, da ich ja weiß, dass jede Form der Verknüpfung dir unangenehm ist«, sage ich, um ihn zu beruhigen.

»Ich weiß, dass sich das jetzt ziemlich undankbar anhört, nach allem, was du für mich getan hast«, sagt er und schaut auf sein Essen. »Aber du darfst nicht zu der Abendveranstaltung kommen. Ich werde schließlich mit Helen dort sein.«

»Ich weiß, da habe ich natürlich auch schon drüber nachgedacht«, versichere ich ihm. »Das ist für mich völlig in Ordnung. Das ist dein Abend, und du sollst dich damit so wohl wie möglich fühlen.«

Er sieht erleichtert aus. Die ganze Unterhaltung hat ihn ziemlich unruhig gemacht, warum auch immer.

»Herrje, Matt wird doch hoffentlich auch nicht da sein, oder?

Ich hätte wirklich keine Lust, ihm dort zu begegnen.« Er lacht nervös.

»Niemals!« Ich schüttle den Kopf. »Er hasst diesen Wettbewerbsabend. Für kein Geld der Welt würde er dorthin gehen. Das ist ihm alles viel zu langweilig.«

»Dein Vater macht einen sehr netten Eindruck, ein wirklich angenehmer Zeitgenosse«, sagt Jamie. »Wird er an der Veranstaltung teilnehmen oder eher nicht? Irgendetwas habe ich darüber gelesen, dass er sich zu der Zeit geschäftlich in den USA aufhält?«

»Ja, normalerweise ist er Teil der Jury an dem Abend, aber dieses Jahr klappt es nicht. Er muss leider zu einer Konferenz in Portland, aber es ist ziemlich wichtig. Die Firma hat in letzter Zeit Kunden verloren, also muss er dort sein.«

»Ach wirklich, hoffentlich nichts, worüber man sich ernsthaft Sorgen machen muss?«, fragt er.

»Ja, das hoffe ich auch. Eine ganze Reihe von Kunden hat sich entschieden, die Verträge mit uns nicht zu verlängern, das war ein ziemlicher Rückschlag. Sie haben ihre Geschäfte mit anderen Partnern fortgeführt, das hat meinen Vater ganz schön fertiggemacht. Es ist alles ziemlich seltsam«, sage ich und runzle die Stirn. »Wenn ich ehrlich bin, hätte er den Kunstpreis dieses Jahr besser nicht ausgelobt, aber er hat darauf bestanden, da er es seit dem Tod meiner Mutter noch nie *nicht* getan hat. Für ihn war es sehr wichtig.«

»Klingt, als wäre er ein wirklich toller Mensch«, sagt Jamie lächelnd.

»Das ist er auch«, erwidere ich stolz. »Die Tatsache, dass er an dem Abend nicht dabei sein wird, macht es dir vielleicht noch leichter zu glauben, dass die Jury unparteiisch ist. Du kannst dir – wenn du gewinnst – sicher sein, dass alles mit rechten Dingen zugegangen ist.«

»Ich kann mir eh nicht vorstellen, dass ich gewinnen werde. Es ist wirklich schon eine Ehre, so weit gekommen zu sein und zu wissen, dass ich in den Augen mancher Leute gut genug bin, um bei der Endauswahl dabei zu sein. Und nicht nur irgendwelcher Leute, nein, Experten aus meinem Fachgebiet. Das ist …«

»Ja, ich weiß!«, sage ich mit einem Lächeln. Ich freue mich so sehr für ihn. So ein Selbstbewusstseinsschub. »Es kann wirklich deine Karriere ankurbeln. Selbst wenn du nicht gewinnen solltest, wer weiß, was sich daraus sonst noch so ergibt.«

»Ich bin auf jeden Fall schon ziemlich aufgeregt«, sagt er und strahlt mich an. »Ich danke dir so sehr.«

»Wofür?«

»Dass du zu mir zurückgekehrt bist.«

Auch ich lächle. »Danke, dass du mich zurückhaben möchtest.«

Verdammt noch mal! Was für ein Mann! Diese wunderbare Beziehung – das ist es nämlich wirklich. Es mag keine Affäre mehr sein, aber Jamie Dobson ist und bleibt die Liebe meines Lebens.

Auf dem Weg nach Hause fahre ich noch schnell bei Ebony vorbei, um die Mädchen abzuholen.

Mittlerweile habe ich mich an dieses ungute, nervöse Gefühl in der Magengegend gewöhnt. Es überkommt mich, sobald ich auf dem Weg zurück bin, zurück zu *ihm*. In welcher Stimmung wird er sein? Was habe ich nun schon wieder falsch gemacht? Wie bin ich bloß so tief gesunken?

Als wir ankommen, ist Matt bereits zu Hause und hat hörbar schlechte Laune. Die Mädchen rennen hinein, freuen sich, ihn zu sehen, und platzen mitten in sein Arbeitszimmer, wo er gerade telefoniert. Ich bekomme mit, wie er sie anschreit, sie sollen gefälligst rausgehen, und sie kommen sofort zu mir, schlingen auf der Suche nach Trost ihre Arme um meine Beine und weinen. Ich beuge mich zu ihnen hinunter, um beide zu drücken, und spüre ihre feuchtklebrigen, heißen Wangen an meinen. Wir gehen zusammen in die Küche, und ich beruhige sie, indem ich ihnen den Fernseher mit Peppa Wutz einschalte. Kurze Zeit später kichern sie bereits wieder.

Ich gehe ins Arbeitszimmer, wo Matt hinter seinem Schreibtisch sitzt.

»Musste das wirklich sein? Du hast die beiden ganz schön durcheinandergebracht.«

Als ich den Raum betrete, beugt er sich gerade über seinen Schreibtisch und studiert irgendwelche Dokumente, die er schnell zudeckt, sobald er mich bemerkt.

»Kannst du nicht anklopfen?«

»Ich klopfe bei mir zu Hause nicht an. Wir sind hier nicht in der Schule«, antworte ich und verschränke die Arme.

»Ich zahle immerhin die meisten Rechnungen.«

»Und von wem bekommst du dein Gehalt? Von meinem Vater.«

»Was soll das heißen?«, schnauzt er mich an.

»Nichts weiter. Ich habe nur keine Lust, in meinem Haus gesagt zu bekommen, was ich zu tun und zu lassen habe.«

»Dann sei nicht so furchtbar kompliziert, Stephanie! Verflucht noch mal! Du nervst mich doch die ganze Zeit und drängst mich zu irgendwelchen Sachen.«

»Nein, das tue ich nicht.«

»Und ob«, sagt er, als wäre ich ein Kind. »Dann werde ich sauer, und du tust so, als wäre ich an allem schuld. Aber du bringst mich doch immer erst dahin. Ich möchte keinen Streit, aber du provozierst ihn ständig.«

»Ach, so ist das also«, sage ich mit einem sarkastischen Unterton. »Sind wir also wieder bei meinem Lieblingsspiel: Was ist noch alles Stephanies Fehler?«

»Es ist immer dein Fehler.«

»Ich gehe mit den Kindern raus, ich möchte nicht, dass sie ihre Zeit mit dir verbringen«, sage ich und versuche, die Tränen zurückzuhalten.

»Sehr gut«, antwortet er. »Ich kann eh nicht nachdenken, wenn sie die ganze Zeit das Haus zusammenschreien.«

Stundenlang laufen wir im Park umher und treten gegen hart gewordenes braunes Laub. Evie hält die ganze Zeit über Adelaide an der Hand, und sie streiten sich so gut wie gar nicht (normalerweise sind sie ganz gut darin). Es macht richtig Spaß, mit ihnen durch das Gestrüpp zu streifen, Stöcke zu suchen und zu gucken, wie weit sie fliegen können, dabei bewerfen wir uns mit goldgelben Blättern und laufen mit unseren Gummistiefeln durch den Matsch. Erschöpft kommen wir zu Hause an.

Ich bringe sie ins Bett und gehe dann auch schlafen, liege jedoch noch lange wach.

Denke nach.

Die Leute sagen: »Warum gehst du nicht, wenn du unglücklich bist?« Aber so einfach ist das nicht, wenn man Kinder hat. Manchmal kommt es mir so vor, als bräuchte man irgendetwas, das einen dazu zwingt. Nur selten entscheiden sich Leute, eine Situation hinter sich zu lassen, wenn sie nicht müssen. Ich wünschte mir, ich könnte mit meiner Mutter darüber reden. Andererseits weiß ich gar nicht, ob ich das wirklich tun würde. Es wäre mir vermutlich viel zu peinlich. Was würde sie von mir denken? Das alles so lange auszuhalten. Eine gescheiterte Ehe mit zwei Kindern. Ich habe es wirklich geschafft, alles durcheinanderzubringen.

Warum geben Sie sich damit zufrieden, nur ein Wochenende im Jahr glücklich zu sein?

Mein Telefon zeigt mir eine neue Nachricht an, sie ist von Jamie. Damit hatte ich heute wirklich nicht gerechnet. Aber der Mensch ist und bleibt eben ein Gewohnheitstier. Eine Nachricht mit einem YouTube-Link:

Ich werde niemals aufhören, sie zu senden.
Just thinking out loud … x

Als ich das Video zum ersten Mal sah, habe ich mich sofort in dieses Lied verliebt. Ich erinnere mich sogar daran, in Tränen ausgebrochen zu sein. Es war eine Mischung aus dem Lied, dem Video und daraus, wie glücklich Ed Sheeran und die Tänzerin aussehen – das ist natürlich lächerlich, weil sie ja schauspielern. Aber es hat mich ergriffen und seitdem nicht mehr losgelassen.

Genau das möchte ich. *Genau das.* Alles, in diesem Lied. Küsse unter den Sternen, alt werden mit jemandem, den ich wirklich durch und durch liebe. Immer.

Ich schreibe eine kurze Nachricht zurück:

Viel Spaß mit dem Buch! x

Gleichzeitig schicke ich auch den Link zu Kate Bushs Lied *Wuthering Heights*, Sturmhöhe, in dem sie tanzt, so wunderschön wie eine Magierin. Ich sehe es mir bis zum Ende an, bevor ich aufstehe und meinen Bademantel überziehe. Dann sehe ich nach den Mädchen, die tief und fest schlafen. Evies Bein hängt aus dem Bett heraus, also schiebe ich es sanft zurück unter die Eiskönigin-Elsa-Bettdecke.

Unten öffne ich leise die Tür zum Wohnzimmer, in dem Matt einen Film schaut. Er liegt auf dem Sofa, eine Hand hinter dem Kopf. Er sieht mich nicht an, als ich hereinkomme.

»Matt«, sage ich zu ihm. »Ich verlasse dich …«

27. KAPITEL
Mittwoch, 16. November 2016

Stephanie

Auf diese Sitzung mit Jane habe ich gewartet. Eine Viertelstunde zu früh nehme ich im Wartezimmer Platz und kann es kaum erwarten, an die Reihe zu kommen, um alle meine Neuigkeiten vor ihr auszubreiten. Es ist jetzt Mitte November, und der Dezember naht bereits. Mir kommt es so vor, als würde 2016 sich mit einem großen Knall verabschieden.

»Fangen Sie bitte vorne an, wir sollten das Ganze Stück für Stück entwirren«, sagt Jane wie gewohnt.

»Ich habe ihm gesagt, dass ich die Scheidung will, und er hat zugestimmt. Einfach so. Kein Kampf. Sehr ruhig, als würde für uns beide der Druck nachlassen.«

»Sehr gut«, sagt sie. »Das war wirklich sehr mutig von Ihnen. Es klingt, als hätten Sie es mit Anstand und Reife hinter sich gebracht.«

So hat es sich nun auch wieder nicht angefühlt. Ich saß mit übereinandergeschlagenen Beinen ihm gegenüber auf dem Sofa, der Fernseher war auf stumm gestellt. Mein Herz raste, und mein Körper zitterte unkontrolliert. Ich wusste immer, dass der Tag kommen würde, hatte ihn mir aber explosiver vorgestellt. Ich hatte keine Lust, mich in einen Streit verwickeln zu lassen, das brachte schließlich sowieso nichts.

Es funktionierte einfach nicht mehr mit uns beiden. Wenn es denn überhaupt jemals funktioniert hat.

Aber irgendetwas an Matts seltsamem Verhalten in den letzten Monaten bereitete mir Sorgen – jede Menge Arbeitstermine im Kalender, die jedoch nicht dazu passten, wo er war, zu Hause verhielt er sich außerdem sehr geheimnisvoll, solche Dinge eben. Also stellte ich Nachforschungen an, da ich vermutete, er könnte eine Affäre haben, was ich ihm ehrlich gesagt noch nicht einmal übel nehmen konnte.

Aber es kam viel schlimmer.

Wir hatten vereinbart, die nächsten Wochen noch gemeinsam im Haus zu verbringen, bis wir es den Kindern sagen wollten. Also wartete ich, bis er dienstlich verreist war, um mich in seinem Arbeitszimmer umzuschauen. Ich sah mir seinen privaten Kalender an, und dabei fiel mir auf, dass er immer wieder mit einem Typen namens Simon Grayson zum Golfspielen verabredet war. Jeder in unserer Branche kennt Grayson, er ist ein zwielichtiger Geselle, dem man nicht über den Weg trauen sollte.

Aber am besorgniserregendsten an der ganzen Sache war, dass Grayson der Geschäftsführer unseres direkten Konkurrenten ist. Ich wusste noch nicht einmal, dass Matt ihn kannte, er hatte ganz sicher nicht für ihn gearbeitet – was also verband die beiden? Matt ist sicher gut, aber er dürfte für so ein hohes Tier überhaupt nicht von Interesse sein. Aber plötzlich wurde mir alles klar.

Carpenter Software Solutions hatte schließlich im letzten Jahr eine Menge Kunden an die Konkurrenz verloren.

»Es sieht ganz so aus, als hätte Matt unseren Konkurrenten Einzelheiten unserer Kalkulationen zugespielt«, erkläre ich Jane und spüre dabei, wie sich mein Magen vor Wut zusammenzieht.

Matt verstand, dass er aufgeflogen war, als er zu einer Vorstandssitzung mit allen Aktionären und mir gerufen wurde. Als ihm seine Kontoauszüge und Seiten aus seinem persönlichen Kalender vorgelegt wurden, sah er mich an, weil er wusste, dass sie nur von mir stammen konnten. Noch nie habe ich jemanden wütender erlebt.

»Bist du jetzt endlich zufrieden?«, fuhr er mich an, als er nach seiner Entlassung in mein Büro kam.

»Nein, Matt. Nur traurig«, antwortete ich ehrlich. »Aber ich denke, dass wir nun auf allen Ebenen fertig miteinander sind.«

»Ja, das sind wir. Ich will mit dir und deiner verrückten Familie nichts mehr zu tun haben.«

Tränen traten mir in die Augen, die ich ihn nicht sehen lassen wollte. Also atmete ich tief ein, um mich zu sammeln, ging um meinen Schreibtisch herum und lehnte mich daran, um ihm ins Gesicht zu sehen.

»Warum, Matt? Sag mir bitte, warum. Was willst du?«

Er stand in seinem dunkelblauen Anzug, in dem er wirklich gut aussieht, nur wenige Schritte von mir entfernt. Die rote Krawatte passte ausgezeichnet dazu. Seine blonden Haare waren in den letzten Jahren dunkler geworden, aber er hatte immer noch diesen skandinavischen Touch.

»Dich, Stephanie«, sagte er, ohne zu zögern. »Wir waren vierzehn Jahre ein Paar, und du hast dich mir nie geöffnet. Du warst immer verschlossen, Steph, die Eiskönigin. Jetzt siehst du, wozu es geführt hat …«

»Ach Matt, hör auf«, unterbrach ich ihn. »Du warst einzig und allein an der jungen, zweiundzwanzigjährigen Frau interessiert, die ich war, als wir uns kennenlernten. Es gibt gute Gründe dafür, warum du sie in den ganzen Jahren nicht mehr zu Gesicht bekommen hast, sie ist Vergangenheit, es gibt sie nicht mehr. Und das ist auch gut so. Sie war ein Häufchen Elend, ich möchte sie gar nicht zurück.«

»Zumindest hat sie mit mir geredet«, rief er und klang geradezu verzweifelt. »Hat Dinge mit mir geteilt.«

»Matt, damals war unsere Beziehung ausgelassen und erlebnisreich, das hat uns beiden gutgetan, aber wir hätten nicht so lange zusammenbleiben dürfen. Wir sind nicht zusammengewachsen, sondern haben uns gegenseitig heruntergezogen.«

»Jetzt fang bloß nicht an, mir auch die Schuld daran zuzuschreiben«, giftet er mich an. »Ich habe alles in diese Ehe investiert. Es hätte sicher funktionieren können, aber nichts war gut genug für dich, die arme Steph, das Opfer.«

In einer Sache hatte er recht, dafür irrte er ansonsten umso mehr. Aber das war nicht wichtig. Nicht mehr.

»Wir haben beide den falschen Partner geheiratet, Matt. Ich habe in der Beziehung mit dir sehr viel über mich selbst gelernt und darüber, was ich vom Leben erwarte und was ich gerade nicht möchte, viel mehr, als in jeder Therapie möglich gewesen wäre.«

»Menschenskind!«, ruft Jane mit weit aufgerissenen Augen. »Das sind wirklich wichtige Neuigkeiten. Wie fühlen Sie sich damit?«

»Frei. Wunderbar. Glücklich ... glaube ich.«

»Und was hat das jetzt für die Beziehung mit Jamie zu bedeuten?«, fragt sie.

Ich sehe sie verwirrt an, die Stirn in Falten gelegt. »Warum sollte es irgendeinen Unterschied für unsere Beziehung machen, ob Matt und ich uns scheiden lassen?«

»Na ja, immerhin bedeutet es, dass Sie jetzt frei sind ...«

»Aber er nicht«, betone ich noch einmal das Offensichtliche.

»Nein«, gibt sie zu. »Aber egal, ob es Jamie oder jemand anders ist ... Sie können endlich dort draußen nach dem Glück suchen. Vielleicht dauert es eine Weile, aber Sie haben es wirklich verdient, in einer glücklichen Beziehung zu sein, und zwar immer, nicht nur ein Wochenende im Jahr.«

Mir ist es unangenehm, wenn Jane etwas in dieser Richtung sagt. Es gefällt mir überhaupt nicht.

Es fühlt sich an, als würde ich eine Last auf den Schultern tragen, die mich immer weiter nach unten zieht. Sie hat sicher ihre Gründe dafür, das Thema jedes Mal von Neuem zur Sprache zu bringen, aber ich möchte es einfach nicht hören.

»Na ja, eigentlich bin ich mit der Situation gerade zufrieden. Das passt mir alles ganz gut so«, schwindle ich sie an.

»Nein, das stimmt nicht«, sagt sie. »Sie treffen sich mit einem Mann, den Sie lieben, und tun so, als wären Sie Freunde. Das macht Sie sicher nicht glücklich.«

Ich sehe sie trotzig an, komme mir dabei vor wie ein kleines Kind, das eine Puppe im Spielzeugladen haben will und gesagt bekommt, dass daraus nichts wird. Es ist aussichtslos, Jane entscheidet solche Situationen immer für sich.

»Was, glauben Sie, würde Ihre Mutter zu der ganzen Sache sagen, wenn sie noch unter uns wäre?«, fragt sie mich ohne Vorwarnung.

»Ich würde meine Mutter da lieber raushalten, wenn es Ihnen nichts ausmacht.«

»Na ja, es macht mir schon etwas aus. Sie ist schließlich der Schlüssel zu dem Ganzen – zu Ihrer Ehe zum Beispiel«, sagt sie nüchtern.

»Wie bitte?«

»Ist Ihnen das denn immer noch nicht bewusst?«

Ich sehe sie fassungslos an und weiß wirklich nicht, was sie gerade von mir will. »Was zum Teufel hat meine Mutter denn mit der Beziehung zu Matt zu tun?«

»Nicht nur Matt, auch Jamie«, sagt sie, als wäre das so selbstverständlich, dass jedes Kind es sofort verstehen müsste.

»Jane, ich weiß, dass Sie sehr gut in dem sind, was Sie tun, aber ich habe wirklich den Eindruck, dass Sie da gerade nach dem nächstbesten Strohhalm greifen.«

»Ehrlich gesagt ist es bei Ihnen wie im Lehrbuch und kommt häufiger vor, als Sie glauben. Selbst Matt hat das verstanden.«

»Wie bitte?«

»Er hat recht mit dem, was er sagt.«

»Sie stimmen mit Matt überein?«

Entweder ist Jane auf Drogen, oder sie bringt jetzt mein gesamtes Leben in Ordnung, mir wird schwindelig.

»Stephanie«, sagt sie ganz ruhig. »Als Ihre Mutter starb, waren Sie selbst noch ein Kind, mit ihr haben Sie das Herzstück der bedingungslosen Liebe verloren, die sie in ihrem jungen Leben bis dahin erfahren hatten. Ihr Vater hat sich in seiner eigenen Trauer eingenistet und sich von Ihnen entfernt. Also haben Sie in der Phase des Erwachsenwerdens und darüber hinaus eine riesige emotionale Leere mit sich herumgetragen, die sich nicht füllen ließ.«

»Und?«, frage ich mit hochgezogenen Augenbrauen.

»Sie denken, Sie wären es nicht wert, wahre Liebe zu erfahren.«

Mein Gott, wie weh es tut, es laut ausgesprochen zu hören.

»Sie wissen nicht, *wie* es sich anfühlt, geliebt zu werden«, fährt sie fort. »Und selbst wenn Sie es wüssten, würden Sie es nicht zulassen, da der Gedanke, sich jemandem emotional zu öffnen, Ihnen viel zu viel Angst einjagt.«

»Warum macht er mir denn Angst?«, frage ich sie und schlinge die Arme eng um mich. Meine Augen werden schwer und brennen. Ich muss meine gesamte Konzentration darauf verwenden, die Tränen zurückzuhalten.

»Weil Sie Ihr wahres Ich sehen könnten, und *das* verängstigt Sie«, sagt sie sanft, um den großen Knall abzudämpfen. »Matt hat in vierzehn Jahren Ihr wahres Ich nicht kennengelernt. Sie haben ihn nie nah genug an sich herangelassen.«

Übelkeit steigt in mir auf. Ich atme tiefer. Diese Frau läuft in meinem Kopf herum und spricht jeden meiner Gedanken einfach laut aus. Das gefällt mir überhaupt nicht.

»Das kann nicht ganz stimmen, oder wie erklären Sie sich meine Beziehung zu Jamie?«, frage ich zurückhaltend, auch wenn ich mir sicher bin, dass Sie auch darauf eine Antwort weiß.

»Jamie ist verheiratet«, sagt sie und lächelt. »Nicht verfügbar. Er ist sicher – Sie können sich ihm gegenüber öffnen, müssen jedoch nicht alles preisgeben –, das wäre schließlich viel zu verstörend. Jamie gibt Ihnen die Art von zuverlässiger, bedingungsloser Liebe, die Sie durch den Verlust Ihrer Mutter vermissen. Es besteht nicht der geringste Zweifel daran, dass Sie eine tiefe, unglaubliche Verbindung und Liebe zu ihm spüren, aber Sie haben es überhaupt nur zugelassen, von ihm geliebt zu werden, weil Sie sich sicher gefühlt haben.«

Das ist alles ganz schön viel für mich.

»Und was für eine Rolle spielt Matt?«, frage ich gespannt.

»Matt ist, in psychologischem Sinne, ein Vertreter für Ihren Vater, das haben wir ja bereits besprochen.«

Herrje!

»Okay! Jamie ist also quasi meine Mutter und Matt mein Vater!« Ich muss lachen und schlage dann die Hände vors Gesicht. »Jane, mein Leben ist doch keine griechische Tragödie!«

»Was ist denn daran so schwer zu verstehen? Es ist wirklich ganz einfach. Und so etwas kommt ständig vor«, sagt sie. »Von Anfang an war klar, dass Sie sich Matt gegenüber nicht emotional öffnen würden. Aber er zeigte ähnliche Charakteristika wie Ihr Vater – er war emotional verschlossen und unnahbar, in mancher Beziehung geradezu kalt. Durch die Ehe mit Matt wollten Sie die Beziehung zu Ihrem Vater spiegeln, erreichen, dass er Sie liebt, aber Sie konnten ihm nie nahekommen, da Sie selbst sich ihm gegenüber verschlossen haben. Die Beziehung war von *vornherein* zum Scheitern verurteilt.«

Ich weiß nicht, was ich dazu sagen soll. Es gibt viel zu viel zu verdauen. Am seltsamsten daran ist jedoch, dass sie recht hat und ich es weiß. Sie liegt mit allem genau richtig.

Allem.

Ich glaube nicht, dass ich mich bewusst den Leuten gegenüber verschlossen habe, aber vermutlich war die Aussicht darauf, zu zeigen, wer ich wirklich bin, mit allen meinen Schwächen, einfach zu furchterregend. Da die einzige Person, die mich so geliebt hat, wie ich wirklich bin, gestorben ist. Die zweite Person, bei der das so ist, hat eine andere geheiratet.

»Was soll ich also machen?«, frage ich sie, die Tränen in meinen Augen sind nicht mehr aufzuhalten. »Ich weiß einfach nicht weiter.«

Jane seufzt und lächelt.

»Wenn Sie glücklich sein möchten – wirklich glücklich –, müssen Sie sich anderen Menschen öffnen. Sie müssen sie an sich heranlassen. Zeigen Sie ihnen, wer Sie wirklich sind. Ja, das ist furchterregend, aber Sie sind eben ein Mensch … wie wir anderen auch.«

Was sie sagt, fasziniert mich. Jane hat einen Nerv bei mir getroffen.

»Erlauben Sie sich, verletzlich zu sein, Stephanie«, fährt sie fort. »Erlauben Sie sich, geliebt zu werden und zu lieben … ganz und gar. Nur dann können Sie glücklich werden.«

28. KAPITEL
Samstag, 26. November 2016

Jamie

Wenn irgendjemand wirklich mit mir Tacheles redet, dann Cal. Er spürte schon am Telefon, dass etwas nicht stimmte, und willigte daraufhin ein, sich am Samstag vor dem Kunstpreis mit mir in Camden zu treffen.

»Alles in Ordnung bei dir?«, fragte er mich besorgt.

»Ja, ich würde dich nur gern mal wieder sehen.« Wir sind beide ganz schön beschäftigt – ich mit der Arbeit und Seb, er mit seinen Geschäften –, sodass ich normalerweise nicht häufig frage. Wir treffen uns eher selten, nur ein paarmal pro Jahr. Ich musste mit ihm reden, das war ihm sofort klar. Es fiel mir nicht leicht, ihn zu fragen, da ich schließlich wusste, wie eingespannt er ist.

»Kein Problem, ich freue mich auf unser Treffen«, sagte er und schlug das Wochenende vor.

Wir verabreden uns in einem Pub, in dem wir schon als Studenten häufiger waren. Ehrlich gesagt ist es eine ziemliche Spelunke, strahlt aber trotzdem Charme aus und hat einen ganz eigenen Charakter. In all den Jahren hat sich hier nichts verändert, sogar die Kundschaft ist dieselbe geblieben. Manche Gesichter erkenne ich tatsächlich wieder. Sie sind sichtlich gealtert, aber immer noch da, sitzen an der in die Jahre gekommenen Bar und bestellen die gleichen Getränke wie früher. Irgendwie ein beruhigender Anblick.

Als ich eintreffe, ist Cal bereits da und sieht genauso stylish aus wie immer in seinem knallbunten Hemd, das er bestimmt secondhand gekauft hat. Es wartet auch schon ein kaltes Bier auf mich, also nehme ich ihm gegenüber Platz und trinke erst mal. Das kann ich wirklich brauchen, bevor ich ihm erzähle, warum ich hier bin.

Wir unterhalten uns über eins seiner Kunstwerke, das er kürzlich an einen berühmten Popstar verkauft hat, und ich freue mich (wenngleich es mich nicht überrascht), wie gut es bei ihm läuft. Vicky ist gerade zur Partnerin befördert worden, und ich sehe ihm an, wie stolz er auf sie ist. Sobald er von ihr redet, strahlt er über das ganze Gesicht.

»Das sind ja wunderbare Neuigkeiten. Sie ist sicher völlig aus dem Häuschen.«

»Das kannst du wohl laut sagen, aber sie hat es sich auch wirklich verdient.«

»Natürlich.« Ich trinke einen Schluck Bier. »Wie lange seid ihr beiden jetzt schon verheiratet?«

Er rechnet kurz in seinem Kopf nach, bevor er antwortet: »Neun Jahre, warum?«

»Denkst du, dass Vicky sich in der Zeit, wie soll ich sagen … verändert hat?«, frage ich unbeholfen.

Cal sieht mich fragend an, legt die Stirn in Falten und verschränkt die Arme, als er sich nach vorne lehnt. »Wie meinst du das?«

»Also, na ja, ich nehme an, dass sich Menschen verändern, wenn sie älter werden. Ihre Interessen, Ambitionen und all das. Hat das eure Beziehung irgendwie beeinträchtigt?«

Sein verdutztes Gesicht von eben ist verschwunden, und er scheint verstanden zu haben, worauf ich hinauswill.

»Eigentlich nur in einem guten Sinne. Ich denke, wir holen immer noch das Beste auseinander heraus. Wir beide sind karriereorientiert, auch wenn sich unsere Bereiche – Jura und Kunst – natürlich deutlich unterscheiden, weshalb man unsere Wege nicht vergleichen kann. Aber wir haben uns immer aufeinander verlassen können und uns gegenseitig unterstützt, selbst wenn wir dafür Opfer bringen mussten. Wenn wir von

Veränderungen reden, dann würde ich fast sagen, dass wir heute sogar ein noch besseres Team sind als zu Beginn. Ist es das, was du meinst?«

Ich weiß nicht genau, ob ich lachen oder weinen soll.

»Was ist los, Jamie?«

»Ich bin mir nicht sicher, ob Helen und ich zusammenbleiben sollten«, sage ich geradeheraus.

Er zieht die Augenbrauen hoch und atmet langsam aus.

»Es fühlt sich so an, als hätten wir uns in den letzten Jahren immer weiter voneinander entfernt«, fahre ich fort.

»Hast du mit ihr darüber gesprochen?«, fragt er nach einer langen Pause.

»Oft«, sage ich. »Wir hatten so viele Gespräche darüber, wie sich die Dinge verändert haben, besonders seitdem Seb auf der Welt ist. Es ist natürlich nicht seine Schuld. Wir haben uns bemüht, damit es weiterläuft, aber irgendwie empfinden wir gar keine Freude mehr aneinander.«

»Vielleicht seid ihr nur zu sehr im Alltagstrott gefangen?«, mutmaßt er. »Wie lange sind wir nun alle schon miteinander befreundet? Fast zwanzig Jahre. Ich möchte keinen von euch unglücklich sehen und weiß, dass es Vicky ähnlich gehen würde.«

»Es geht schon eine ganze Weile so«, gebe ich zu. »Vielleicht muss man einfach irgendwann akzeptieren, dass man sich verändert hat. Wir machen uns gegenseitig einfach nicht mehr glücklich. Ich weiß nicht, was ich tun soll, Cal.«

»Es ist furchtbar mit anzuhören, dass ihr gerade durch eine so schwierige Phase geht. Aber wenn ihr nicht glücklich seid, müsst ihr natürlich etwas verändern. Wenn ihr beide versucht habt, es wieder ins Lot zu bringen, und es trotzdem nicht klappt, vielleicht ist es dann tatsächlich an der Zeit, es zu beenden. Das tut mir wirklich leid.«

»Es kommt mir einfach so vor, als würde ich mich an Dingen festklammern, die es gar nicht mehr gibt – an meiner Ehe, meiner Kunst. Einfach allem. Ich bin als Ehemann genauso gescheitert wie als Künstler. Wie konnte es bloß so weit kommen?«

»Jetzt mach aber mal halblang!«, unterbricht er mich. »Du bist weder mit deiner Ehe noch mit deiner Kunst gescheitert. Manchmal funktionieren Sachen einfach nicht, Jamie. Das sage ich schon seit Jahren. Du traust dich einfach nicht genug, das ist dein Problem. Du musst zeigen, was du hast. Du bist nicht gescheitert … du hast nur *Angst* davor zu scheitern.«

Er hat recht. Ich hatte tatsächlich immer schon Angst davor, meine Ziele nicht zu erreichen.

»Warum hast du Helen geheiratet?«, fragt er mich.

»Wie meinst du das?«

»Es gab doch sicher einen Grund. Welcher war das?«

Ich sehe ihn verwirrt an. Was für eine seltsame Frage. »Warum heiratet man? Man … tut es einfach, oder nicht?«, erwidere ich.

»Man tut es einfach? Das war der Grund?«

»Nein, natürlich nicht. Ich habe sie geliebt.«

»Man kann jemanden auch lieben, ohne verheiratet zu sein. Ich möchte den *Grund* wissen.«

Oje! Wenn ich geahnt hätte, dass hier ein Kreuzverhör auf mich wartet, wäre ich besser zu Hause geblieben. »Es fühlte sich richtig an. Eben der nächste logische Schritt«, gebe ich zu.

»Klingt, als würdest du von deiner Steuererklärung sprechen«, sagt er trocken. »Willst du wissen, *warum* ich Vicky geheiratet habe?«

»Vielleicht besser nicht, aber du wirst es mir sicher trotzdem gleich erzählen.«

»Ich konnte den Gedanken nicht ertragen, nicht jeden verfluchten Tag mit ihr zu verbringen. Die Vorstellung, irgendwann in meinem zukünftigen Leben ohne sie zu sein, hat mir einfach Angst gemacht. Das mit uns ist etwas so Besonderes, nur durch sie bin ich ganz ich. Wir sind so unterschiedlich und dennoch irgendwie gleich. Es kommt mir manchmal so vor, als könnte ich alles erreichen, wenn ich nur mit ihr zusammen bin.«

»Das brauchst du mir nicht zu erzählen, das kann schließlich jeder sehen«, sage ich und muss an unsere gemeinsame Reise nach Las Vegas denken. Helen hatte recht, so hatte ich mich ihr gegenüber nie gefühlt.

»Bei Helen und dir kam mir das nie so vor. Versteh mich jetzt bitte nicht falsch, ich liebe euch beide von ganzem Herzen, aber es hat mich schon damals überrascht, dass ihr ein Paar geworden seid. Und eure Hochzeit noch viel mehr.«

»Wirklich?«

»Vermutlich ist die Chemie nicht bei allen Paaren so gut wie bei uns, eure Beziehung kam mir dafür immer so stabil und sicher vor. Aber aus eigener Erfahrung weiß ich, dass zwischen zwei Menschen auch ein ständiges elektrisierendes Prickeln und überglückliches Hochgefühl herrschen kann. Und ich denke, dass du das auch mit jemandem haben könntest. Du musst nur danach suchen.«

Ein Bild von Stephanie taucht augenblicklich vor meinem inneren Auge auf, als er das sagt. Ganz unwillkürlich muss ich lächeln.

»Es gibt keine andere, oder?«, fragt Cal und sieht mich aus zusammengekniffenen Augen an, wodurch mein Lächeln sofort verschwindet. »Das würdest du mir sagen, oder?«

Ich zögere, bevor ich antworte. Schließlich habe ich mir selbst geschworen, keiner Menschenseele etwas von Stephanie zu erzählen, aber in der momentanen Situation könnte es vielleicht helfen. Es fühlt sich jedoch alles zu groß und zu gewaltig an, um es auszusprechen. Wo fange ich an? Wie lässt sich unsere Beziehung eigentlich beschreiben?

»Nein, es gibt niemanden«, sage ich und trinke mein Bier aus.

Ein ganz schön emotionales Gespräch zwischen uns Männern, mehr verkraften wir nicht und wechseln das Thema. Da ich nicht völlig betrunken nach Hause kommen kann, verabschiede ich mich bald von Cal, und wir gehen beide unserer Wege. Vorher umarmt er mich noch kurz und beteuert, dass ich jederzeit erst mal bei Vicky und ihm unterkommen kann, wenn die Lage eskalieren sollte. Dafür bin ich ihm sehr dankbar. Für die beiden wäre es vermutlich auch ziemlich seltsam, wenn Helen und ich uns trennen würden.

Die ganze Rückfahrt denke ich über Cals Worte nach. Eine Trennung hätte so viele Auswirkungen. Helen verdient ein gutes Gehalt, aber ich nicht. Wie würde ich ein eigenes Zuhause finanzieren, in dem Seb mich besuchen kommen könnte? Würde er mich hassen? Ich bin zuversichtlich, dass Helen nicht bösartig werden und Seb gegen mich aufbringen würde, aber wer weiß das schon! Manchmal reichen bereits ein paar böse Dinge aus dem Mund einer Mutter über den Vater, und schon beginnt der Hass. Ich möchte nicht, dass Seb mit demselben Gefühl aufwachsen muss wie ich: aus einer zerrütteten Familie zu stammen. Und wenn er denkt, dass ich ihn verlassen habe? Oder niemals richtig versucht habe, die Ehe zu retten? Aber mit unglücklichen Eltern aufzuwachsen ist sicher noch schlechter für ihn, oder?

Gleichzeitig weiß ich natürlich, dass es auch für mich dort draußen eine Frau wie Vicky *gibt* – und ich sie bereits kenne.

29. KAPITEL
Samstag, 3. Dezember 2016

Stephanie

Langsam drücke ich die Tür auf, zögere es hinaus, mich den Tatsachen zu stellen, die mich dort drinnen erwarten. Das Gästezimmer steht voll von Umzugskartons. Kreuz und quer über das Bett verteilt liegen Anziehsachen auf Kleiderbügeln, für die es keinen Platz zum Aufhängen gibt. Ein ähnliches Chaos wie damals, als ich für die Sommerferien aus der Uni nach Hause kam, aber da war ich auch erst neunzehn. Ich hätte es mir nie träumen lassen, dass es so weit kommen könnte. Oder vielleicht doch? Ein vollkommenes, glückliches Leben war mir wohl noch nie vergönnt, also ist es vielleicht doch gar nicht so überraschend? Mit sechsunddreißig Jahren lebe ich wieder bei meinem Vater, und das zusammen mit zwei kleinen Kindern.

Alle sagen, ich hätte Matt rausschmeißen und selbst in unserem Haus bleiben sollen, aber ehrlich gesagt wollte ich das gar nicht. Dann lieber ein kompletter Neustart, als in einem Haus zu leben, mit dem ich keine glücklichen Erinnerungen verbinde.

Meine Kinder haben etwas Besseres verdient. Mehr, als ich ihnen geben kann. Ich bin wirklich grandios gescheitert, und das auf allen Ebenen.

Heute vor dreiundzwanzig Jahren ist meine Mutter gestorben. Ich wollte doch immer nur jemand sein, auf den sie hätte stolz sein können, und was ist aus mir geworden? Mutter von zwei Kindern, Mitte dreißig, getrennt lebend, verliebt in einen anderen, den ich nicht haben kann, lebe ich bei meinem Vater und habe eine Arbeit, die mich nicht fordert.

Was würde sie bloß denken?

Zwischen Schuhkartons, Taschen und irgendwelchen Lampen hindurch bahne ich mir einen Weg zu dem Karton unter dem Fenster. Darauf steht: EVIE UND ADELAIDE BABYSACHEN. Ich nehme den Deckel ab und finde sofort, wonach ich gesucht habe. Heute Morgen habe ich den beiden von meiner Mutter erzählt, aber so richtig verstehen konnten sie es nicht.

»War sie deine Mummy, so wie du unsere Mummy bist?«, hat Evie gefragt.

»Ja, mein Schatz, das war sie«, sage ich lächelnd.

»Und wo ist sie?«

Ich denke einen Augenblick nach, wie ich es ihnen am besten erklären soll, ohne ihnen Angst zu machen. Dann antworte ich: »Sie ist jetzt im Himmel. Es ging ihr gar nicht gut, weißt du.«

»Du wirst aber nicht in den Himmel gehen, oder?«, fragt sie mit ängstlichem Gesichtsausdruck.

»Nicht so bald, Liebes.«

»Hast du sie genauso lieb gehabt wie wir dich?«

Mein Herz zieht sich zusammen. Um Gottes willen, die Liebe zwischen einer Mutter und ihrem Kind ist einfach zu gewaltig, um sie in Worte zu fassen. »Ja, das habe ich, und sie hätte euch sicher auch sehr lieb gehabt.«

Ich hole die Erinnerungsbücher der beiden aus dem Karton und fahre mit der Hand über die Oberfläche des Umschlags von Evies Exemplar. Auf dem wunderschön verzierten dunkellila Buch, sind goldene Muster und zarte Designelemente eingeprägt. Als ich darin blättere, entdecke ich all ihre schwarzweißen Ultraschallbilder, kleine Nachrichten, die ich während meiner Schwangerschaft an sie geschrieben habe, und viele weitere Erinnerungsstücke, die ich in das Buch geklebt habe. Adelaides sieht ganz ähnlich aus.

Nachdem ich den Karton wieder geschlossen habe, gehe ich aus dem Zimmer und ziehe die Tür hinter mir zu. Den Mädchen wird es bestimmt Spaß machen, in den Büchern zu stöbern, und heute scheint mir genau der richtige Tag dafür zu sein. Das Zimmer kann warten, darum kümmere ich mich an einem anderen Tag. Heute nicht.

Wie es das Schicksal so will, fällt der Todestag meiner Mutter genau auf den Tag der Kunstpreisausstellung. Mein Vater musste die Konferenz in Portland absagen, was angesichts der momentanen Firmensituation nicht so gut ist, da sich beim Feuerholzhacken eine alte Rückenverletzung wieder gemeldet hat. Er muss liegen und soll sich nicht bewegen, weshalb ich den ganzen Tag für ihn hin und her renne. Wir hätten den Auftrag, den er sich von der Konferenz erhofft hatte, wirklich sehr gut brauchen können, aber in diesem Zustand konnte er wirklich nicht fahren. Am Vormittag wird er jedoch auf einmal ganz zappelig und redet davon, doch an der Verleihung des Kunstpreises teilzunehmen.

»Kannst du mich denn nicht einfach kurz hinfahren, Steph?«, fleht er mich an und hält sich gleichzeitig den schmerzenden Rücken. »Ich setze mich einfach in einen gemütlichen Sessel, und du hilfst mir ein wenig?«

»Nein, Dad. Der Arzt hat doch gesagt, dass du liegen und dich schonen sollst. Du verlässt auf keinen Fall das Haus«, sage ich in meinem mütterlichsten Tonfall. Selbst wenn er hingehen könnte, darf ich auf keinen Fall zur Ausstellung – Jamie würde einen Herzinfarkt bekommen.

Der Tag verläuft wenig ereignisreich. Wir essen mit allen Kindern zu Mittag. Danach backen Ebony und ich einen köstlichen Apfel-Crumble, dessen Duft das gesamte Haus erfüllt. Will spielt draußen mit den Kindern, er läuft hinter ihnen her und gibt vor, ein Monster zu sein, am Ende sind alle ziemlich erschöpft.

Als sie schließlich zurück ins Haus kommen, ziehe ich ihnen Schneeanzüge, Mützen, Schals und Handschuhe aus. Ihre Haut riecht nach der Erde draußen. Ich nehme Adelaide auf den Arm und gebe ihr einen Kuss auf die eiskalte Wange.

»Ich hab dich lieb, Mummy«, sagt sie und schlingt ihre Ärmchen um meinen Hals.

»Ich liebe dich auch, meine Kleine«, antworte ich und vergrabe mein Gesicht in ihren Haaren.

Ebs und Will fahren gegen 15:30 Uhr nach Hause, da dämmert es bereits. Wir winken ihnen noch von der pastellblauen, kirchenfensterförmigen Verandatür aus zu. Der Eingang zu diesem Haus hat mir schon immer gut gefallen: Er sieht aus wie im Märchen. Als meine Mutter noch lebte, war die Tür zuckerwatterosa gestrichen, und wir hielten durch die unteren Fenster nach unserem Vater Ausschau, warteten darauf, dass er von der Arbeit kam und über den gewundenen Pfad auf uns zulief.

Draußen herrscht arktische Kälte. Mein Vater und ich haben es uns auf unserem Lieblingssofa neben dem großen Fenster, das zum Garten hinausgeht, bequem gemacht und sehen zu, wie der Schnee immer dichter wird. In der blauschwarzen Dämmerung ist der Himmel kaum auszumachen. Die Schneeflocken wirken wie Tropfen aus Spitze, die sich aus einer riesigen Stickerei lösen. In einer Zimmerecke leuchtet eine weihnachtliche Lichterkette, und im Kamin knackt das Feuer. Ich lege mir die karierte Wolldecke um die Beine und wärme meine Hände an dem Becher mit heißem Kakao.

»So, jetzt erzähl mal, wie es dir wirklich geht«, sagt mein Vater. »Und erspar mir bitte den ›Alles in Ordnung‹-Scheiß.«

»Dad!«, rufe ich entrüstet. Mein Vater flucht normalerweise nicht. Aber der Kraftausdruck passt zu seinem momentanen Zustand. Nach ein paar Tagen Liegen, in denen er sich weder rasiert noch sonst um sein Äußeres gekümmert hat, ist sein ganzes Gesicht mit dunklen Stoppeln bedeckt, seine normalerweise penibel zurückgekämmten Haare stehen geradezu wild vom Kopf ab.

»Ich habe keine Lust, um den heißen Brei herumzureden«, sagt er und leckt sich die Schlagsahne von den Lippen, die seinen heißen Kakao krönt.

Ich lache. »Nein, das merkt man! Du willst wissen, wie es mir wirklich geht? Es ist alles in Ordnung. Also, irgendwie auch seltsam. Ich habe das Richtige getan, bin glücklicher als die letzten Jahre, aber …«

Ich zögere einen Augenblick. Es fällt mir nicht leicht, die Dinge beim Namen zu nennen.

»Sag schon, mein Kind. Es tut sicher gut, darüber zu reden.«

»Ich habe Angst«, flüstere ich.

»Wovor?«

»Dem hier. Allem. Alleinerziehend zu sein. Ich weiß, dass ich mir das Leben oft selbst schwer gemacht habe, aber irgendwie hatte ich doch immer die Hoffnung, dass sich irgendwann alles fügt. Vielleicht hätte ich Matt doch noch eine Chance geben sollen, der Kinder wegen? Vielleicht war ich ja nur selbstsüchtig? Ich fühle mich wie eine richtige …«

»Wage es bloß nicht, das auszusprechen, Stephanie«, unterbricht er mich in seinem strengsten, väterlichen Tonfall, den ich jedoch geflissentlich überhöre.

»… eine richtige Versagerin. Ja, genau das bin ich.«

»Nein, das bist du nicht. Rede dir das bloß nicht ein. Wir sind schließlich alle nur Menschen. Du kannst doch nicht eine Ehe aufrechterhalten, in der du unglücklich bist, davon haben auch die Kinder nichts.«

»Aber ich habe mir für die beiden doch so sehr eine vollkommene Kindheit gewünscht, genau wie Ebony und ich sie hatten«, sage ich und lächle dabei traurig. »Das kann ich jetzt vergessen.«

»Ach Steph, niemand ist vollkommen. Vollkommen unvollkommen, das vielleicht …«

»Das ist einer von Mums Sätzen«, sage ich und muss lächeln.

»Den hat sie auch wirklich verkörpert«, sagt er und sieht nach draußen, wo der Schnee immer stärker wird.

»Wie meinst du das?«

Vater seufzt und stellt seinen Becher auf dem Fensterbrett ab.

»Du weißt gar nicht, wie sehr du mich an deine Mutter erinnerst«, sagt er und lächelt kurz, bevor die Trauer seinen Gesichtsausdruck bestimmt. »Es gibt da ein paar Dinge, die ich dir noch nie erzählt habe, ich wollte dich davor schützen, weil manches nicht so einfach zu ertragen ist. Aber vielleicht ist jetzt die Zeit dafür gekommen.«

Ich merke, wie sich eine leichte Übelkeit in meiner Magengegend ausbreitet. Sie schwillt langsam an und steigt meinen Hals hinauf. Ich habe nicht die leiseste Ahnung, was mein Vater mir jetzt sagen wird, aber es klingt nicht gut.

»Erzähl schon«, sage ich irritiert.

»Steph, deine Mutter hat anfangs im Rahmen der Zweite-Chance-Initiative …«

»Als Mitarbeiterin, meinst du?«

»Nein«, sagt er. »Sie nahm an dem Programm teil. Sie hatte früher ein Alkohol- und Drogenproblem.«

Er lässt mir ein wenig Zeit, diese Information sacken zu lassen, er weiß, dass es ein Schock für mich ist. *Und was für einer!*

»Sie kannte sich mit Büroarbeit aus, also habe ich ihr eine Stelle in der Verwaltung angeboten.«

»Mum? Niemals! Ein Alkoholproblem? Und dann auch noch Drogen? Nein!«, rufe ich. Bei Mum ging es doch immer um gesundes Essen und Sport. Sie kaufte nur Bio-Lebensmittel, verdammt noch mal! Das ist doch alles absurd. *Meine Mum?*

»Steph, ich weiß, dass es hart ist, aber es ist nun mal die Wahrheit.«

Das soll die Wahrheit sein? Warum bitte wusste ich dann bisher nichts davon? Plötzlich fühlt es sich an, als ob alles, was ich jemals gewusst habe, nur eine Lüge war.

»Aber … wie?«, frage ich völlig durcheinander. »Warum? Sie wirkte immer so … so *bei sich*.«

Mein Vater lacht nervös, greift nach seiner Tasse und sieht mich dann wieder an. »Sie war nicht immer so. Du hast sie nur von ihrer Schokoladenseite kennengelernt, da hatte sie ihr Leben bereits im Griff. Sie war eine beeindruckende Frau.«

Das hat mein Vater immer schon von ihr gesagt, aber ich hatte das einfach als Kompliment verstanden. Natürlich war sie beeindruckend, so was sagen manche Leute doch über ihre Frauen, oder? Zumindest diese harmonischen Paare, die sich einfach lieben und jahrelang zusammenbleiben. Ich hatte nie darüber nachgedacht, wie ihr Leben vor meiner und Ebonys Geburt ausgesehen hatte, ob auch sie mit irgendwelchen Problemen, seelischen Leiden oder Liebeskummer konfrontiert gewesen waren.

»Dad, du musst mir alles erzählen, bitte«, flehe ich ihn an. »Ich muss es wissen.«

Er nickt.

Ich will Klarheit. Keine Ausflüchte oder Schönmalereien … nichts als die Wahrheit.

»Als deine Mutter zu uns kam, war sie gerade einmal zwanzig und mit einem Typen namens Neil Pike verheiratet.«

»Wie bitte?«, unterbreche ich meinen Vater so laut, dass er zusammenzuckt. »Sie war bereits verheiratet, als ihr euch kennengelernt habt?«

»Ja, er war ein ziemlich fieser Zeitgenosse«, fährt er fort und wartet auf meine Reaktion. Er weiß, wie schwer das alles für mich sein muss. Mein Magen zieht sich zusammen, während mein Vater spricht. Der Gedanke an meine Mutter in einer unglücklichen Beziehung zerreißt mich innerlich.

»Sie hat sich seinetwegen mit ihren Eltern zerstritten, als sie achtzehn war. Sie waren gegen die Beziehung, da sie wussten, was für ein Typ er war. Er war ein stadtbekannter Schwerenöter, und sie wollten nicht, dass sie sich mit ihm einließ. Aber deine Mutter hatte schon immer ihren eigenen Kopf und wollte nicht gesagt bekommen, was sie zu tun und zu lassen hatte«, erzählt er und sieht mich über seine Brille mit Goldrand hinweg an, als wolle er sagen: »Keine Ahnung, wo du das herhast.«

Ich erwidere seinen Blick mit einem flüchtigen Lächeln.

»… also erklärte sie ihnen, sie werde ihn heiraten, komme, was wolle, und wenn sie die Beziehung nicht gutheißen würden, sähen sie sie nie wieder.«

Plötzlich ergibt alles einen Sinn.

»Und deshalb haben wir Granny Moira erst kennengelernt, als Mum schon krank war?«, frage ich und denke angestrengt nach, um die ganzen kleinen Erinnerungssplitter der letzten dreißig Jahre zusammenzusetzen.

»Ja«, antwortet er leise. »Selbst nachdem die Ehe zerbrochen war, konnten sie ihren Streit nicht beilegen. Sie fühlte sich so schrecklich, weil sie ihre Eltern so behandelt hatte, dass sie keinen Weg zurück zu ihnen sah.«

»Wie furchtbar«, sage ich und muss nach Luft ringen. Als Mutter kann ich nicht verstehen, wie man dieses Band abreißen lassen kann, diese Beziehung zu den eigenen Kindern, was immer auch geschieht. Ich kann mir nichts vorstellen, was meine Kinder tun könnten, das es rechtfertigen würde, den Kontakt zu ihnen abzubrechen. *Nichts.*

Er sieht hinaus in die nun schon fast undurchdringliche Dunkelheit, die sich um das Haus herum ausbreitet. »Ich habe sie dazu gedrängt, den Kontakt wieder aufzunehmen. Ich wollte nicht, dass sie … geht, ohne mit ihrer Mutter gesprochen zu haben. Das Leben ist doch viel zu kurz für solche Zerwürfnisse, oder etwa nicht?«

Schon bei dem Gedanken daran, dass wir nichts von alledem bemerkt haben, beginnt es sich in meinem Kopf zu drehen. Wie kann es sein, dass ich nichts davon wusste? Dass meine Mutter mit alldem in ihren letzten Wochen fertigwerden musste, ist furchtbar. Wie gern würde ich sie jetzt in den Arm nehmen – nicht als Kind, sondern als Erwachsene. »Was war also mit Neil Pike?«

Vater setzt sich auf dem Sofa zurecht und nimmt noch einen Schluck Kakao, bevor er weiterspricht. »Das Leben war nach der Hochzeit nicht ganz so märchenhaft, wie deine Mutter es sich mit ihm ausgemalt hatte. Er verwandelte sich immer mehr in einen manipulativen, gewalttätigen Kontrollfreak.«

Mit der Hand fahre ich mir durch die Haare, den Ellbogen auf der Sofalehne abgestützt. Ich brauche etwas Stärkeres als heißen Kakao, um das alles durchzustehen.

»Es dauerte nicht lange, da hatte sie Abschürfungen und Wunden am gesamten Körper, ungeklärte Knochenbrüche; sie traf sich nicht mehr mit ihren Freunden und blieb fast nur noch zu Hause. Sie hatte furchtbare Angst vor ihm.«

Jetzt ist mir wirklich richtig schlecht. Ich muss die Augen einen Moment lang schließen, um diese Informationen zu verarbeiten und gegen die Traurigkeit anzukämpfen, die sich in meinem Magen zusammenbraut. Meine Unterlippe zittert.

»Beruhige dich, Liebes«, sagt mein Vater und tätschelt mein Knie, als ich mir die Hand vors Gesicht halte. Keine Ahnung, was ich mit dieser Geste erreichen will, das Weinen kann sie zumindest nicht aufhalten.

»Es geht schon. Erzähl weiter …«

»Tja, ungefähr ein Jahr bevor sie angefangen hat, bei uns zu arbeiten, wurde sie schwanger. Sie freute sich so sehr auf das Baby. Es wurde geradezu ein Symbol dafür, dass ihr endlich etwas Gutes im Leben widerfuhr. Wie eine Ablenkung von allem, was mit Neil vor sich ging. In den Siebzigerjahren gab es noch keine Unterstützung für Opfer häuslicher Gewalt, Steph. Damals galt vielmehr, ›halt es aus oder halt den Mund‹.«

Bei dem Gedanken daran muss ich mich schütteln. »Und was passierte dann?«

»Eines Nachts, als sie bereits ein paar Monate schwanger war, betrank sich Neil und schlug sie grün und blau.« Der Schmerz in seinem Gesicht bei der Erinnerung daran ist unerträglich.

»Und das Baby?«

»Sie hat es verloren«, flüstert er. »Das hat sie sehr getroffen. Dann ist sie in ein wirklich tiefes Loch gefallen.«

Ich kann kaum glauben, was er mir da erzählt. Die Tränen strömen mir über die Wangen. »Dad, ich …«

»Steph, warte, das ist nun vierzig Jahre her. Lass mich die Geschichte noch zu Ende bringen.«

Ich nicke, wappne mich innerlich für alles, was da noch kommen mag.

»Neil wurde wegen der Sache strafrechtlich verfolgt und musste sogar kurz ins Gefängnis, allerdings schob er alles auf den Alkohol und versprach, so etwas nie wieder zu tun. Deine Mutter wusste nicht, wie sie dem Ganzen entkommen sollte, also begann sie selbst zu trinken, mehr und mehr. Als das allein den Schmerz nicht mehr betäubte, fing sie auch an, andere Drogen zu nehmen«, erzählt er weiter.

»Was für Drogen?«

»Kokain, Heroin – alles, was ihren Schmerz irgendwie betäuben konnte«, sagt er trocken. »Erst als sie versehentlich eine Überdosis nahm und im Krankenhaus landete, verstand sie, dass sie eine Wahl hatte – sie konnte sterben oder einen neuen Anfang wagen.«

»Und so kam sie zum Zweite-Chance-Programm?«

»Ja, sie hat sich selbst dafür angemeldet. Sie hatte ein bisschen Büroerfahrung und wollte diese gern ausbauen. Ich werde niemals ihren ersten Tag vergessen.« Er lächelt. »Trotz all ihrer Schwierigkeiten und Probleme gab sie sich die größte Mühe, professionell zu wirken.«

»Das klingt nach Mum«, sage ich und lächle.

»Sie kam auf mich zu und sagte: ›Sind Sie Michael Carpenter?‹ – ›Der bin ich‹, antwortete ich. ›Ich danke Ihnen sehr, dass Sie mir eine Chance geben, das hat bisher niemand für mich getan. Ich werde Sie nicht enttäuschen.‹ Und das hat sie auch wirklich nie getan.«

»Was passierte dann?«

»Das Praktikum gab ihr die Struktur, die sie benötigte, um ihr Leben in den Griff zu bekommen. Es war natürlich ein holpriger Weg, aber sie hat ihn gemeistert. Am wichtigsten war sicherlich, dadurch Selbstbewusstsein aufzubauen und zu verstehen, dass sie nicht auf Neil angewiesen war«, sagt er und starrt ins Kaminfeuer. »Wir kamen uns näher; ich war wie hypnotisiert von ihrer Energie und dem Willen, es zu schaffen, und auch von ihrem Humor. Sie war wunderschön … und ich verliebte mich in sie.«

Was für eine bittersüße Geschichte, auf so vielen Ebenen.

»Also seid ihr ein Paar geworden, und Neil hat es herausgefunden?«

»Ja, also, sie hat es ihm erzählt. Sie war dabei sehr stark und mutig. Sagte ihm ganz offen, dass sie ihn wegen mir verlassen würde. Ich war bei dem Gespräch dabei. Er wurde natürlich wütend und rastete aus. Er bestand auf Ehebruch als Grund für die Scheidung und darauf, mich namentlich zu erwähnen. Das war ein kleiner Preis, um mit der Frau, die ich liebte, zusammen sein zu können.«

»O mein Gott, ich kann das alles gar nicht glauben«, sage ich völlig verblüfft.

»Natürlich haben mich alle gewarnt, dass es nicht funktionieren würde«, sagt mein Vater und lacht auf. »›Sie ist völlig fertig‹, haben sie gesagt. ›Sie ist nur hinter deinem Geld her, braucht nur einen Vorwand, um ihrer Ehe zu entkommen.‹ Aber ich kannte sie. Sie war die Richtige. Wir haben geheiratet, als ihre Scheidung durch war, dann haben wir euch bekommen, dich und Ebony, und waren überglücklich bis zu dem Tag, an dem sie gestorben ist. Sie hat das Leben wirklich geschätzt und euch beide über alles geliebt, das weißt du ja.«

»Ja, das weiß ich. Wir alle wissen es.«

»Ich bin mir bewusst, dass ich nach ihrem Tod meine Vaterrolle nicht ausfüllen konnte«, sagt er und blickt nach draußen. Die Schneeflocken sind größer geworden und ähneln jetzt Fünfzigpencestücken. »Ich konnte einfach nicht verstehen, warum das alles geschah. Sie hatte so viel durchgemacht, dann wurde sie uns genommen. Das war so ungerecht. Sie hatte doch noch so viel vor.«

Das ist das erste Mal, dass mein Vater mit mir ernsthaft über den Tod meiner Mutter redet. So offen und schonungslos, ich weiß gar nicht, wie ich darauf reagieren soll.

»Sie hatte noch so viel vor«, wiederholt er und fängt dabei an zu weinen, schlägt seine Hände vor dem Gesicht zusammen.

»Dad, ist schon gut«, beruhige ich ihn und lege meine Arme um ihn. Es kommt mir so vor, als hätte er diese Umarmung schon lange gebraucht. »Sie wäre so stolz auf dich. Auf uns alle.«

»Und das bin ich auch. Wirklich. Vielleicht zeige ich es nicht so oft, aber Ebony und du, ihr seid das Wichtigste auf der ganzen Welt für mich. Ich möchte, dass ihr beide glücklich seid.«

»Das sind wir! Also, Ebony zumindest. Ich bin wohl nicht fürs Glücklichsein gemacht – noch nicht einmal vierzig und schon eine gescheiterte Ehe, das war es dann wohl.«

»Matt war aber eigentlich nie der Richtige für dich, oder?«, gibt er zu.

Ich schnappe nach Luft. »Ich dachte, du magst Matt?«

»Ich dachte, *du* magst Matt!«, erwidert er. »Ich war nett zu ihm, weil ich dachte, dass du ihn liebst. Ebony konnte ihn nie leiden.«

Unser Lachen mischt sich mit den Tränen auf unseren Gesichtern. Wie sehr habe ich meinen Vater vermisst!

»Jetzt aber im Ernst«, sage ich. »Ich glaube, ich tauge einfach nicht dazu, so wie Ebony zu sein. Bei ihr ist immer alles ganz klar. Ich hingegen werde wohl niemals die Person finden, mit der ich glücklich werden kann.« Dabei muss ich an Jamie denken, und meine Augen wandern ganz von allein zur Uhr. Die Ausstellung beginnt in einer Viertelstunde.

»Steph, hast du mir denn gar nicht zugehört?«, fragt er scharf. »Deine Mutter war fast so weit, sich das Leben zu nehmen, überzeugt davon, dass sie niemals ihr Glück finden würde. Kurze Zeit später sind wir uns begegnet. Und dennoch war sie die stärkste und mutigste Frau, die ich je kennengelernt habe. Sie hat davon gesprochen, dass sie sich in diesen jungen Jahren hoffnungslos gefühlt hat, als habe sie Jahre der Glücklosigkeit vor sich.«

Erst jetzt wird mir bewusst, dass mir das alles sehr bekannt vorkommt.

»Später aber hat sie das als Scheideweg verstanden. Steph, du hast die Kraft, das zu verfolgen, was du wirklich willst, wenn du den Mut und die Entschlossenheit aufbringst und es dir nur stark genug wünschst. Es ist sicher nicht leicht, und vielleicht werden auch Leute dabei verletzt, aber du bist es dir selbst schuldig. Du darfst nicht dein Leben lang unglücklich sein.«

»Sie war jedoch wirklich etwas Besonderes, nicht wahr? Ich hingegen bin einfach nur verkorkst.«

»Weißt du, was ich wirklich an deiner Mutter geliebt habe? Wirklich geliebt? Dass sie nahbar war. Sie hatte ihre Schwächen und hat sie mich sehen lassen. Vermutlich hätte sie sich das in einer anderen Situation nicht so ausgesucht, aber dadurch, wie wir uns kennengelernt haben, über das Programm, sah ich sie – mit all ihren Ecken und Kanten. Also natürlich nicht im buchstäblichen Sinne. Die hätte sie sicher weggefeilt und abgerundet.«

Ich muss beim Gedanken daran kichern. »Wirklich?«

»Ich habe nie ans Schicksal oder irgendeine Vorsehung geglaubt, bis deine Mutter in mein Leben kam. Mittlerweile sehe ich das etwas anders. Vielleicht wird man doch zu den Menschen geschickt, mit denen man zusammen sein sollte, und dann weiß man es einfach. Und es ist nicht so wichtig, *was* man tut, da man letzten Endes doch da landet, wo man hingehört«, sagt er.

Während er redet, schaue ich ins knisternde Feuer und denke an Jamie. Heißt das vielleicht doch, dass wir zusammengehören?

»Dem Schicksal begegnet man auf dem Weg, den man nimmt, um ihm auszuweichen, Stephanie.«

»Was?« Ich muss mich verhört haben.

»Ich weiß, dass du mich jetzt für verrückt hältst, aber …«

»Nein, das meine ich nicht«, sage ich und sehe ihn fragend an. »Woher hast du das?«

»Deine Mum hat es immer gesagt. Genau so hat sie ihr Leben gelebt. Warum fragst du?«

Ich strahle über das ganze Gesicht, als ich daran denken muss, wie ich diesen Spruch zum ersten Mal gehört habe. Als wäre es gestern gewesen. Freitag, der 13. Oktober 2006 … Die erste Unterhaltung mit Jamie Dobson, gemeinsam haben wir zu dem Schild in der Empfangshalle des Hotels hinaufgeschaut, an unserem Kennenlernabend. Ich muss auf einmal laut lachen, spüre, wie mein Herz schneller schlägt.

»Was ist los?«, fragt mein Vater, der gern wissen möchte, was so lustig ist.

»Dad, kann ich Ebony anrufen und sie fragen, ob sie kommt und sich um dich kümmert? Ich muss dringend weg.«

30. KAPITEL

Jamie

Es kommt nicht häufig vor, dass ich nervös werde, heute Abend jedoch schon.

Junge Frauen in schwarzen Cocktailkleidern verteilen Sektgläser, aber ich halte mich zurück. Ich würde den Sekt vermutlich nur schnell hinunterstürzen und sofort das nächste Glas nehmen. Am heutigen Abend möchte ich nicht betrunken sein.

Die Galerie wurde für uns in drei Bereiche aufgeteilt. Es war ein furchtbares Gefühl, heute hindurchzulaufen. Natürlich haben wir alle bereits die letzten Tage hier verbracht, um unsere jeweilige Ausstellung vorzubereiten und alles aufzuhängen. Heute ist jedoch alles anders. Im Foyer wurden Pressefotos mit den drei Finalisten aufgenommen, wir tauschten Höflichkeitsfloskeln aus, schüttelten uns gegenseitig die Hände und wünschten uns viel Erfolg. Aber natürlich würde jeder von uns alles dafür geben, den heutigen Wettbewerb für sich zu entscheiden. Außer mir sind noch ein anderer Typ aus Cambridge und eine Frau aus der Umgebung dabei. Nach den Fotos ging jeder von uns noch einmal in seinen Bereich, um einen Moment allein zu sein, bevor die Gäste eintrafen.

Ich stehe vor meinem Hauptwerk und betrachte es aufmerksam. In dieses Porträt habe ich so viel Arbeit gesteckt. Es hängt mitten auf einer weißen Wand. Durch seine Größe von neunzig mal sechzig Zentimeter fällt es sofort in den Blick, wenn man den Raum betritt. Das war die Vorgabe. Am Anfang hat mich das ziemlich eingeschüchtert. Das ist ganz schön groß für ein Gesicht, aber ich bin mit dem Ergebnis sehr zufrieden. Ich konnte mich richtig hineinversenken und jede Einzelheit genau bearbeiten.

Ich kann meinen Blick nicht davon abwenden. Das klingt arrogant, dessen bin ich mir bewusst. Aber es ist das beste Bild, das ich jemals zustande gebracht habe. Und das mutigste ist es noch dazu: ehrlich, authentisch und schön. Natürlich habe ich ein wenig Angst davor, was die Leute davon halten werden. Ich kann mir die Reaktionen darauf nicht vorstellen, ich weiß nur, dass ich stolz auf mich bin. Darauf, nicht auf Nummer sicher gegangen zu sein, sondern etwas gewagt zu haben.

Manchmal muss man vermutlich einfach nur eine Chance nutzen. Ich weiß, warum Stephanie nicht hier sein kann, andererseits ist sie diejenige, die ich mir am sehnlichsten herbeiwünsche. Sie hat die ganzen Jahre über an mich geglaubt, und ohne sie wäre ich heute Abend nicht hier. Was auch immer passieren mag, ob ich gewinne oder nicht, ich bin jetzt schon viel weiter gegangen, als ich es je geglaubt hätte, und dafür gilt der Dank ganz allein Stephanie.

Ich beobachte, wie die Gäste sich einen Weg durch die Galerie bahnen und meine Bilder in Augenschein nehmen. Es sind viele Kritiker, Kunstdozenten und Künstler unter den Betrachtern. Sie schlendern umher, halten vor jedem Bild mit dem Notizblock in der einen und dem Sektglas in der anderen Hand inne und analysieren mein Werk. Ich sehe ihnen aus der Ferne dabei zu und versuche, so lässig und normal wie nur möglich zu wirken und die Nervosität zu verbergen, die meinen Magen zusammenkrampfen lässt. Still zu stehen gelingt mir nicht, ständig fummle ich an meinem Jackettkragen herum und massiere mir den Nacken. Es ist Dezember, trotzdem ist mir unerträglich heiß, also knöpfe ich mein Jackett auf und zupfe an meinem Poloshirt, um ein wenig frische Luft zu spüren.

Die Gäste unterhalten sich allem Anschein nach gut, sie gestikulieren aufgeregt, nicken wild, aber ich kann nicht deuten, ob es ihnen gefällt oder missfällt.

»Entspann dich. Du kannst dir nicht den ganzen Abend Sorgen darüber machen«, höre ich da eine Stimme hinter mir. »Trink ein Glas.«

Ich drehe mich um, hinter mir steht Helen und hält mir ein Glas Sekt unter die Nase.

»Nein danke. Ich bleibe lieber nüchtern. Dieser Abend ist wirklich wichtig für mich, und ich bin so nervös, dass mir der Alkohol sicher direkt in den Kopf steigt«, antworte ich.

»Auch gut«, sagt sie und zuckt mit den Schultern. »Mehr für mich.« Sie trinkt ihr Glas aus und macht direkt mit dem nächsten weiter. Ihr schwarzes, langärmliges Kleid ist mit silberfarbenen Pailletten besetzt und glitzert im Licht der Lampen.

»Die sind hier alle ganz schön freakig, oder?«, sagt sie etwas lauter, als es mir lieb ist, und lässt ihren Blick durch den Raum schweifen.

»Es sind Künstler. Na ja, die meisten wohl eher Akademiker«, antworte ich. »Ich weiß, das ist nicht so dein Ding.«

»Ach, ich bin wohl zu dumm, was?«, erwidert sie eingeschnappt und verzieht das Gesicht.

Herrje! Bitte nicht so was. Nicht heute Abend.

»Nein, das meinte ich natürlich nicht, und das weißt du auch. Ich wollte doch nur sagen …«

»Du findest mich draußen, ich wollte sowieso Imogen anrufen«, sagt sie und schaut das Porträt an, das drohend über uns beiden hängt, dann verlässt sie den Raum.

»Einfach fantastisch, Jamie. Das hast du wirklich super hinbekommen!«, sagt Cal und klopft mir mit stolzem Grinsen anerkennend auf die Schulter.

»Danke, Kumpel«, antworte ich, während wir beide das Porträt betrachten. Er war am heutigen Abend wirklich mein Fels in der Brandung, hat sich vor meinem Gemälde aufgebaut und jeden um den Finger gewickelt (die Frauen lieben ihn wie immer) und allen fachkundig von der »raffinierten und großartigen Technik und Präsentation« des Porträts vorgeschwärmt.

»So«, fordert er mich vertraulich mit einem Nicken in Richtung des Gemäldes auf, auf das wir beide schauen. »Wer ist sie? Und sag jetzt bloß nicht: ›Niemand.‹ So viel Leidenschaft steckt man nicht in eine ausgedachte Frau. Ich habe die Beschreibung gelesen, die du dazu verfasst hast.«

Ich starre einen Augenblick lang zu Boden und frage mich, was ich jetzt sagen soll.

Er weiß es.

»Später«, sage ich und sehe ihn an. Er nickt und lächelt diskret. Ich hätte es ihm vorher erzählen sollen.

Im Laufe des Abends werde ich allen Juroren vorgestellt und bekomme die Gelegenheit, mich einzeln und in der Gruppe mit ihnen über mein Werk zu unterhalten. Es ist so befreiend, offen über die eigene kreative Leidenschaft zu sprechen. Ja, ich bin mir bewusst, dass ich wie ein Idiot klingen muss. Aber es stimmt. Ich unterrichte sehr gern, aber eigentlich möchte ich viel lieber genau das hier machen. Ich habe Blut geleckt und möchte es nicht mehr missen, besonders da ich so nah dran bin.

Alle wollen mit dem Künstler reden. *Was wollten Sie mit dem Werk ausdrücken? Wodurch sind Sie inspiriert worden? Haben Sie eine Muse? Wer ist Ihr Lieblingskünstler? Was treibt Sie an? Wo sehen Sie sich selbst in fünf Jahren?*

Ich habe mir auch die Ausstellungen der beiden anderen Finalisten angesehen, versuche jedoch, selbstbewusst zu bleiben. Wir haben ganz unterschiedliche Stile, das ist schon mal gut – ihre Porträts sind ausgefeilter als meins, kontrollierter. Meins wirkt irgendwie unfertig – energiegeladen, roh.

»Es ist wirklich ein beeindruckendes Werk«, sagt da eine kleine, vergnügt aussehende Frau mittleren Alters, die gerade noch angeregt mit einigen Kritikern geplaudert hat.

Bevor ich antworte, werfe ich noch einen Blick auf das Porträt, und die smaragdgrünen Augen sehen mich einen Augenblick lang direkt an.

»Danke, ich bin auch sehr zufrieden damit«, erwidere ich und lächle.

»Das sollten Sie auch. Es nimmt einen für sich ein«, sagt ihr Begleiter. »Das Geheimnisvolle und die Intensität ihrer Augen haben Sie wirklich fabelhaft getroffen. Sie sieht fantastisch aus.«

Das ist nur die halbe Wahrheit. Es ist in abstraktem Stil gehalten, die weichen, geschmeidigen Pinselstriche sind anpassungsfähig, lassen Veränderungen zu.

Ein bisschen wie sie, nehme ich an.

»Mr Dobson, was für eine Freude, Sie kennenzulernen! Ich habe gerade Ihr Werk bewundert!«, höre ich erneut eine Stimme hinter mir. Als ich mich umdrehe, stehe ich direkt vor Dominic Jervis, dem Kunstredakteur des *The Cambridge Arts Review,* der mir die Hand zum Gruß entgegenstreckt. Jetzt heißt es, Ruhe zu bewahren.

»Danke. Schön, Sie kennenzulernen«, sage ich ein wenig zu überschwänglich.

»Was für eine grandiose Ausstellung, Jamie. Sehr beeindruckend. Ihr Porträt gefällt mir wirklich ausgezeichnet.« Er macht mit dem Kopf eine Geste in Richtung des Bildes. Ein Grüppchen von Leuten steht gerade davor und schaut es sich an, weshalb nur die blonden Haare zu sehen sind.

»Ich danke Ihnen sehr!«

»Besonders fasziniert mich, wie Sie das Thema interpretiert haben«, fährt er fort. »Man kann die Gefühle und die Verbindung zu diesem Porträt förmlich spüren. Die Intensität des Gesichtsausdrucks sucht wirklich ihresgleichen.«

»Sie wissen gar nicht, was Sie mir da für ein tolles Kompliment gemacht haben. Vielen herzlichen Dank, Mr Jervis.«

»Viel Glück, Jamie! Ich bin mir sicher – ganz unabhängig von dem Ergebnis des heutigen Abends –, dass wir noch viele tolle Werke von Ihnen sehen werden.« Er nickt mir zu, bevor er weitergeht und sofort von anderen Leuten in Beschlag genommen wird.

O Mann, jetzt könnte ich doch ganz gut einen Drink vertragen.

»Jamie!«

Noch nie hat der Klang meines eigenen Namens so viel Angst in mir ausgelöst.

Sie bahnt sich einen Weg durch die Menge, ein breites Grinsen auf dem Gesicht. Sie wirkt richtig glücklich, so habe ich sie in all den Jahren, die wir uns nun bereits kennen, noch nie gesehen.

Auch wenn sie die einzige Person ist, die ich gerade am liebsten sehen möchte, ist sie auch die einzige Person, die ich gerade auf *keinen Fall* sehen möchte.

»Äh, hallo, Stephanie!«, flüstere ich, als sie mich umarmt und ihren Kopf an meinen Hals drückt. Schnell und unauffällig drehe ich sie ein Stück, damit sie nicht zur Wand sieht.

»Was machst du hier?«, frage ich sie, mein Herz rast.

»Jamie, ich muss dringend mit dir reden. Ich weiß, dass das heute dein großer Abend ist und du mich nicht dabeihaben wolltest, aber ich habe es nicht mehr ausgehalten. Das, was ich dir zu sagen habe, konnte nicht länger warten«, sagt sie völlig außer Atem und sieht sich dabei um.

»Ich möchte wirklich gern mit dir reden, Steph«, sage ich mit gedämpfter Stimme. »Aber es ist wirklich kein guter Zeitpunkt. Können wir nicht morgen in Ruhe miteinander sprechen?«

Aber es ist zu spät. Als ich meine Frage ausgesprochen habe, starrt sie es bereits an.

31. KAPITEL

Stephanie

Das bin ich.

Ich schaue auf das Frauengesicht an der Wand. Sie wirkt selbstbewusst und zielstrebig und sieht mich aus ihren glänzenden grünen Augen direkt an. Die blonden Haare fallen ihr wild und kraftvoll ums Gesicht. Die Farben gefallen mir sehr, sie sind warm und lebhaft und der Stil irgendwie chaotisch. Es gibt nur wenige eindeutige Linien, die zwischen Schatten und Licht verlaufen, wie er es mir vor Jahren gezeigt hat. Alles ist ein wenig zerzaust, so wie ich selbst auch, nehme ich an. Ich kann den Blick nicht abwenden. Es wirkt, als hätte er tatsächlich die Komposition jedes noch so kleinen Stückchens meiner Haut eingefangen.

Der kirschrote, leicht geöffnete Mund sieht sinnlich aus, auch wenn ich ihn nie so bezeichnet hätte, aber es sind ganz eindeutig meine Lippen. Die Augen sind faszinierend und katzenartig, von Beharrlichkeit erfüllt. Die Nase ist wohlgeformt und niedlich. Habe ich wirklich eine süße Nase? Es kommt mir so vor, als würde ich in einen Spiegel schauen … einen magischen Spiegel, der mich schöner macht, als ich mich je gefühlt habe und mir je hätte vorstellen können zu sein. Und dennoch bin ganz sicher ich es.

Ich gehe näher an das Porträt heran, um die Information dazu zu lesen.

TITEL: MORE THAN WORDS
Öl auf Leinwand
90 cm x 60 cm

Thema des Porträts:
Die Perfektion der Schönheit in einer zerstörten Welt

Beschreibung: Wie malt man Perfektion? Wie repariert man das Irreparable? Indem man das Wesen des Unzerstörten einfängt, das nicht länger zerstört ist. Augen wie Blitze, von deren Unkontrollierbarkeit wir ergriffen werden. Der Mund, mit einem Hauch roten Lippenstifts, trägt in sich eine spürbare Sinnlichkeit. Eine Göttin in ihrer Rüstung, Verletzlichkeit strömt aus jeder Pore dieses himmlischen Wesens, nur sichtbar für diejenigen, denen sie sich öffnet. Vielleicht lässt sich so tatsächlich die Perfektion der Schönheit ausdrücken?
Es heißt, ein Bild sagt mehr als tausend Worte.
Manche Dinge sind in Worten einfach nicht auszudrücken,
sie sind … mehr als Worte.

Ich bin sprachlos.

Erstens wegen des Porträts. Er hat *mich* ausgewählt. Zweitens von der Beschreibung. Das denkt Jamie wirklich von mir? Wie oft habe ich mir gewünscht, dass er sich öffnet und mit mir darüber spricht, was er fühlt. All diese Jahre, in denen er sich mir gegenüber verschlossen hat, mich nicht nah genug an sich herangelassen hat oder mir nicht erklären wollte, was ich ihm bedeute. Und jetzt hat er es der ganzen Welt erzählt, anstatt es erst einmal mir zu sagen.

Nachdem ich das Bild eine Weile angestarrt habe, drehe ich mich zu ihm um. Er wirkt scheu, als habe er gerade seine Seele offenbart. Er sieht zu Boden, die Hände in den Taschen, dann zu mir, kann jedoch meinem Blick nicht standhalten. Es ist so liebenswert, irgendwie erinnert er mich gerade an ein Kind. Sein Gesicht ist leicht errötet. Mein Gott, ich möchte ihn umarmen.

»Ich musste einfach …«, murmelt er und sieht mir direkt in

die Augen. Sein Lächeln wirkt vorsichtig, als wüsste er nicht, wie ich auf diese Geste reagieren werde. Ich möchte ihn küssen, und mir ist es völlig egal, wer uns dabei sieht. Wir stehen inmitten von Menschen, die keine Ahnung haben, was gerade Unglaubliches passiert ist. Bisher scheint noch niemandem aufgefallen zu sein, dass ich diese Frau bin. Die Leute hier sind fasziniert von Jamies Kunstwerk – ich bin so sehr von ihm gefangen, dass ich niemals mehr von seiner Seite weichen will. Ich muss ihm sagen, was ich für ihn empfinde.

»Ich muss dringend mit dir reden, Jamie. Jetzt. Bitte …«, flüstere ich und berühre sanft seine Hand. Er schaut auf sie hinunter, dann lächelt er mich an.

»Ja, natürlich«, antwortet er.

Aber als wir gerade gehen wollen, werden wir aufgehalten. Von einer Frau mit langen, dunklen Haaren, die ein schwarzes Kleid mit silbernen Pailletten trägt. Sie sieht ziemlich sauer und betrunken aus.

Jamies Frau.

Über die Jahre habe ich mir so oft vorgestellt, ihr zu begegnen. Immer wenn ich ihre Fotos auf Facebook betrachtet habe. Was würde ich sagen? Wie würde sie sein? Könnte ich in ihrer Anwesenheit gelassen bleiben? Niemals hätte ich mir träumen lassen, dass wir uns unter solchen Umständen kennenlernen würden.

»Willst du mich nicht vorstellen?«, fragt Helen auf eine Art, die keinen Widerspruch duldet.

O. Mein. Gott. Was. Kommt. Jetzt?

Nach zehn Jahren treffen sich Ehefrau und Geliebte … und es ist mindestens genauso furchtbar, wie man es sich nur vorstellen kann. Ich habe es nicht anders verdient.

Er sieht mich an, denkt offensichtlich dasselbe wie ich: Sie wird mich erkennen.

»Äh, also«, sagt Jamie unbeholfen. »Helen, darf ich dir Stephanie Bywater vorstellen …?«

Helen streckt mir die Hand entgegen, und ich schüttle sie, wenn auch widerwillig. Die gesamte Zeit über halte ich die Luft an, fühle mich furchtbar. Ich überlege fieberhaft, wie sich das

Ganze erklären lässt. *Warum ich?* Nein, mir fällt nichts ein. Es gibt einfach keine Erklärung dafür.

Als wir uns nur sehr kurz die Hände schütteln, wage ich es nicht, ihr in die Augen zu schauen. Ich lasse es zu, dass mir die Haare ins Gesicht fallen, hoffe, dass sie mich dadurch nicht erkennt. Ich werde mich höflich entschuldigen und so schnell wie möglich entkommen.

Als wir unsere Hände sinken lassen, sieht Helen mich mit zusammengekniffenen Augen an und wirkt befremdet.

»Sie kommen mir bekannt vor, Stephanie. Sind wir uns schon einmal begegnet?«

Nervös schaue ich Jamie an und versuche dabei mit der Hand mein Gesicht zu verdecken, meinen Mund, meine Nase … irgendetwas, damit es weniger offensichtlich ist.

»O nein, nicht, dass ich wüsste«, sage ich so selbstverständlich wie möglich. Das Blut in meinem Körper pulsiert schneller, als mir lieb ist, mir wird schwindelig.

»Ich lebe in der Nähe, vielleicht sind wir uns ja mal im Supermarkt über den Weg gelaufen?«

Ich blicke im Raum umher, suche hektisch nach dem nächsten Ausgang. Ich muss hier raus … jetzt. Aber gerade in diesem Augenblick kommt Bewegung in das Grüppchen vor dem Porträt, die Menschen gehen zum nächsten Bild, und der Blick auf die Wand ist frei.

»Und woher kennen Sie dann meinen Mann?«, fragt Helen.

Ich versuche, ruhig zu bleiben, murmele etwas davon, dass mein Vater Michael Carpenter ist und ich für seine Firma arbeite, aber wie zu erwarten war, hört sie mir schon nach fünf Sekunden nicht mehr zu. Ich merke, wie ihr Blick von etwas hinter mir angezogen wird. Zuerst sieht sie nur kurz dorthin, noch nicht mal eine Sekunde lang. Dann schaut sie genauer hin. Sie hört mir nicht mehr zu, starrt auf das Bild an der Wand.

Ich sage nichts. Was soll ich jetzt auch machen? Es ist zu spät. Jetzt kann ich nur noch abwarten. Es ist qualvoll zu sehen, wie die Erkenntnis ihr Gesicht verändert. Diese Frau, die die letzten zehn Jahre über betrogen wurde. Mit meiner Hilfe. Ich hätte nicht geglaubt, dass sie es herausfinden würde, vielleicht bin ich ja naiv oder sogar dumm, aber ich habe wirklich gedacht, dass wir damit durchkommen. Wir haben es auch fast geschafft. Und jetzt sollen wir tatsächlich aufgeflogen sein? So? *Hier?*

Keiner von uns sagt etwas. Es wäre vollkommen sinnlos.

»Ach, daher kennen Sie ihn also?«, sagt Helen in betont verletzendem Tonfall zu mir.

Es ist grauenhaft.

Dumm ist sie nicht. Sie weiß, was los ist.

Ihr Blick wandert zwischen dem Porträt, Jamie und mir hin und her. Schuldgefühle, Scham und Reue auf unseren Gesichtern sprechen Bände. Jamie schweigt, er weiß, dass das Spiel aus ist.

»Wer von euch wird mir gleich erzählen, dass es nicht so ist, wie es aussieht?«, fragt sie gefasst.

Jamie macht einen Schritt auf sie zu, in dem Versuch, die Sache zu beruhigen. »Helen, bitte nicht hier …« Er sieht aus, als würde er ohnmächtig. Alle Farbe ist aus seinem Gesicht gewichen, er ist leichenblass. Mein Herz klopft so heftig, dass mir die Brust schmerzt. Die fröhlich plappernde Menschenmenge um uns herum hat überhaupt keine Ahnung, was für eine emotionale Achterbahnfahrt sich hier zwischen uns dreien abspielt, niemand traut sich, etwas zu sagen.

Ich sehe zu Jamie. Er schaut Helen an. Ihr Blick wechselt zwischen uns beiden hin und her, während andere Leute sich an uns vorbeidrängen, um zum nächsten Bild zu gelangen.

»Verflucht noch mal, ich wusste es!«, zischt sie ihn an.

32. KAPITEL
Montag, 23. Januar 2017

Jamie

Im Haus herrscht Totenstille. Nur aus der Küche ist etwas zu hören – das leise Summen des Kühlschranks und der tropfende Wasserhahn, der nie repariert wurde. Langsam fallen die Tropfen in das Keramikspülbecken. Alles ist wie immer und doch anders.

Ich stehe im Flur und nehme die Unterschiede wahr, die selbst einem regelmäßigen Besucher vermutlich nicht gleich auffallen würden. Aber ich habe sie bemerkt, sobald ich zur Tür hereingekommen bin. Die Fotos von uns dreien auf dem Sideboard wurden durch neue ersetzt, auf denen nur Helen und Seb zu sehen sind. Die Kunstwerke, die im Flur hingen, wurden abgenommen. An der Wand kann man noch die Umrisse erkennen, da die Farbe dort ein wenig dunkler ist.

Die Tür zum Wohnzimmer ist nur angelehnt, also stoße ich sie ein Stück weiter auf. Ich werfe einen Blick hinein und bemerke, dass ein paar Möbelstücke entfernt und andere verschoben wurden. Es wurde weder renoviert, noch kann ich größere Anschaffungen sehen. Dennoch ist es völlig klar: Das ist nicht mehr mein Haus. Ich gehöre nicht hierher.

Es steht mir nicht zu, davon zu erzählen, dass es die schlimmsten Monate meines Lebens waren, weil ich es einfach nicht verdient habe. Nicht wenn man bedenkt, was Helen alles durchgemacht hat. Aber ich wollte sie sicher nicht verletzen …

Die Ausstellungsnacht war wirklich furchtbar. Helen dabei

zuzusehen, wie sie es herausfand, wie sie den Zusammenhang zwischen Stephanie und dem Porträt herstellte – einfach alles. Normalerweise versuche ich, jeden Gedanken daran zu verdrängen. Aber manchmal, wenn ich nachts allein im Bett liege, läuft der Abend immer und immer wieder vor meinem inneren Auge ab. Und dann noch einmal. Nachdem sie verstanden hatte, was vor sich ging, hat sie angefangen zu schreien, mich einen hinterhältigen Betrüger und Stephanie eine verdammte Schlampe genannt, dann hat sie mir ins Gesicht geschlagen.

Ich schaudere, als ich den großen Sessel im Erkerfenster sehe. Er erinnert mich daran, wie Helen sich darauf zusammengerollt und mir zugehört hat, als ich ihr ausführlicher von Stephanie erzählte. Sie saß dort in ihrem Schlafanzug mit rotem Gesicht und verquollenen Augen. Niemals zuvor habe ich mich selbst so verachtet. Es gab nur sie, mich und die Wahrheit.

»Erzähl mir alles«, sagte sie. »Selbst wenn es wehtut. Das bist du mir schuldig.«

Es fühlte sich schrecklich an, ihr zu erzählen, wie ich mich vor über zehn Jahren in eine andere Frau verliebt und versucht hatte, dagegen anzukämpfen, es jedoch nicht schaffte. Dass ich ein einziges Mal mit ihr geschlafen hatte, woraufhin sie ungläubig schnaubte. Dass ich, auch wenn ich versucht hatte, es zu unterdrücken, viel an sie denken musste und Gefühle für sie verspürte, die einfach nicht wieder verschwinden wollten. Dass ich, obwohl ich sie kaum sah, mich dennoch mit ihr verbunden fühlte. Dass sie der Mensch war, der mich wirklich verstand. Dass ich sie, Helen, liebte. Dass ich aber auch Stephanie liebte …

»Du kannst nicht zwei Menschen zur selben Zeit lieben, Jamie!«, widersprach sie und strich sich verzweifelt die Haare aus dem Gesicht. »Das sagen Männer wie du doch nur, um sich aus dem ganzen Scheiß herauszureden.«

Ich kann nachvollziehen, warum sie so denkt. Wenn es mir nicht selbst passiert wäre, würde ich es vermutlich auch nicht glauben.

Jetzt komme ich mir vor, als würde ich in der Privatsphäre anderer herumstöbern, also verlasse ich das Wohnzimmer und schließe die Tür. Ich schleiche die Treppe hinauf und versuche keinen Lärm zu machen, das Haus nicht wissen zu lassen, dass ich hier bin, ein unwillkommener Eindringling. Abgesehen vom Gästezimmer sind die Türen zu allen anderen Räumen, die von dem oberen Absatz abgehen, geschlossen. Nicht angelehnt, sondern zu. *Zutritt verboten!* Mein Herz schmerzt vor Trauer.

Mein Blick bleibt im Vorbeigehen an dem großen Bild hängen, das ich auf Sebs Tür gemalt habe. Er mag so gern Tiere, also habe ich ihm eine Dschungellandschaft entworfen, die sich um seinen Namen in leuchtend roten Buchstaben rankt. Mit dem Finger zeichne ich das S nach und kann mir nicht verkneifen, kurz hineinzugehen, auch wenn ich eigentlich kein Recht dazu habe.

Es sind gerade einmal zwei Monate vergangen, seitdem ich das letzte Mal hier gewesen bin, aber es fühlt sich an wie Jahre. Das gesamte Zimmer ist ein Ort der Sehnsucht und Liebe, zu dem ich nach heute keinen Zutritt mehr haben werde, eine bittere Pille, die ich schlucken muss. Ich schaue zu den leuchtenden Planeten hinauf, die wir gemeinsam über seinem Bett aufgehängt und immer zum Einschlafen betrachtet haben, zu dem Bücherregal, neben dem wir so oft gesessen und gelesen haben, und dem Tisch mit den darauf verteilten Farbstiften, angefangenen Bildern und Kritzeleien.

Cal und Vicky haben mir direkt nach dem großen Knall ein Zimmer bei sich angeboten, was angesichts der Situation wirklich sehr nett war. Sie schickten Helen Blumen, und Vicky rief sie an, um ihr zu versichern, dass sie sich nicht auf eine Seite schlagen, sondern nur helfen wollten. Helen war ziemlich sauer darüber, dass ich bei ihnen untergekommen war, aber sie hoffen, dass sie irgendwann darüber hinwegkommt. Ich habe Cal alles erzählt, und er hat gesagt, dass ich schon viel früher mit ihm hätte reden sollen.

Es meiner Mutter zu beichten war am schlimmsten. Das hat all die alten Wunden von damals, als mein Vater uns verlassen hat, wieder geöffnet. Sie hatte sich von mir mehr erhofft und erwartet, und es kam ihr vor, als würde sich die Geschichte wiederholen. Ich rief sie ein paar Tage nach dem Abend aus Cals

Garten an, und mir war furchtbar übel, während ich darauf wartete, dass sie das Telefon abnahm.

»Helen und ich, wir haben uns getrennt, Mum«, sagte ich.

»Oh, Jamie. Es tut mir so leid. Was ist passiert?«

Ich hatte natürlich damit gerechnet, dass sie nach dem Grund fragen würde, und wollte ehrlich zu ihr sein, aber ich bekam es einfach nicht heraus. Stille. Vor Scham war ich wie zur Salzsäule erstarrt.

»Jamie?«

»Ich … ich hatte eine Affäre, Mum. Es tut mir leid.«

Zuerst sagte sie gar nichts, ich dachte sogar, sie hätte aufgelegt.

»Warum?«, seufzte sie. Also erzählte ich es ihr. Sie forderte mich dazu auf, Weihnachten bei ihr zu verbringen. An diesen Tagen fühlte ich mich, als wäre ich für alle nur eine Last. Ich zog mich zurück, weinte, konnte nicht schlafen, haderte damit, dass ich alle in Schmerz, Elend und Traurigkeit gestürzt hatte.

Mittlerweile habe ich etwas Kleines für mich allein gefunden, eine winzige Zweizimmerwohnung, ungefähr eine Viertelstunde von Helens Haus entfernt. Mehr kann ich mir an Miete momentan nicht leisten, aber ich werde es für Seb schön machen. Ich muss ihn unbedingt wieder regelmäßig sehen. Es ist grässlich, nicht jeden Abend bei ihm zu sein. Seitdem ich ausgezogen bin, habe ich ihn immer nur kurz gesehen. Helen bringt ihn mir, sodass ich ein paar Stunden mit ihm verbringen kann, aber ich gehe nie zu ihnen nach Hause. Ich weiß, dass es hart für sie sein muss, so ganz allein alles unter einen Hut zu bekommen.

Helen hat mir gesagt, dass meine ganzen Sachen im Gästezimmer sind. Ehrlich gesagt war das wirklich nett von ihr. Andere hätten die Sachen vermutlich rausgeschmissen oder gleich in Brand gesetzt. Meine gesamten Habseligkeiten sind in schwarze Müllsäcke verpackt auf dem Bett und auf dem Boden gestapelt oder stehen in unbeschrifteten Kartons herum, bereit zur Abholung. Dafür habe ich mir heute einen Lieferwagen gemietet. Seb ist in der Schule. Wir dachten, es sei besser, wenn er es nicht mitbekommt.

Ich beginne, alles einzuladen. Nachdem ich schon fünfmal zum Wagen gelaufen bin, höre ich die Eingangstür ins Schloss fallen. Ich halte kurz inne, befürchte, dass es Helens Vater sein könnte, den sie geschickt hat, um mich im Auge zu behalten. Dann erkenne ich jedoch Helens Schritte auf der Treppe. Ich drehe mich um, fühle Panik und Übelkeit in mir aufsteigen bei dem Gedanken, sie gleich zu treffen. Sie wusste, dass ich um diese Zeit hierherkommen wollte, sie muss mich also sehen wollen.

Sie erreicht den Treppenabsatz und kommt ins Gästezimmer.

»Hi«, murmle ich verlegen. Es kommt mir unangemessen und respektlos beiläufig vor. »Entschuldige, ich brauche nicht mehr lange, ich bin fast fertig …«

Sie steht im Türrahmen. Sie hat in den letzten Wochen Gewicht verloren. Ich erkenne den Mantel, den sie trägt, aber er sitzt jetzt ganz anders, schlackert um ihren Körper. »In der Garage ist noch dein ganzes Künstlermaterial, das kannst du heute auch mitnehmen.«

Ich schaffe es nicht, ihr in die Augen zu sehen. »Wie geht es Seb? Ist alles in Ordnung?«

»Na ja, nicht so richtig. Er fragt mich die ganze Zeit, warum ich seinen Dad rausgeschmissen habe, und denkt, dass alles meine Schuld sei.«

Meine Augen brennen, ich muss tief durchatmen, um mich wieder zu sammeln.

»›Ich will bei Dad leben‹, wiederholt er ständig. ›Wegen dir ist Dad weggegangen. Ich hasse dich!‹ Das muss ich mir den lieben langen Tag anhören, Jamie. Weißt du eigentlich, wie schwer das ist?«

Ich schüttle nur den Kopf.

»Keine Sorge, ich werde ihm nicht erzählen, dass du ein Lügner und Betrüger und ein richtiges Arschloch bist. Du wirst für ihn weiterhin der perfekte Vater sein und ich der Bösewicht in dem ganzen Schmierentheater.«

»Das wollte ich nicht, Helen. Wirklich nicht.«

Sie schaut mich eine Weile an, aber es ist, als würde sie durch mich hindurchsehen. »Was, um Himmels willen, ist bloß mit dir los, Jamie?«, fragt sie mit gebrochener Stimme. »Mit uns? Niemals hätte ich gedacht, dass du mich derart verletzen würdest. Warum?«

»Das wollte ich auch nie. Bitte …«, versuche ich zu erklären. »Ich weiß, dass du mir nicht glaubst, aber ich wollte dich nie verletzen. Ich konnte meine Gefühle einfach nicht abstellen, und dann ist die ganze Sache aus dem Ruder gelaufen. Ich habe euch beide geliebt. Ich habe dich nie verlassen, hatte es auch nicht vor.«

»Du wolltest uns also alle beide? Man kann aber nicht auf zwei Hochzeiten gleichzeitig tanzen.« Sie lacht ungläubig auf. »*Hörst* du dir eigentlich selbst zu?«

»Nein. So habe ich das nicht gemeint! Ich … ich hätte es nicht tun dürfen und will mich da auch gar nicht rausreden. Ich versuche nur, dir zu erklären, was passiert ist. In meinem Kopf, ich weiß noch nicht einmal, was ich mir damals dabei gedacht habe, aber dann hat es sich zu etwas Regelmäßigem entwickelt, einmal pro Jahr, und ich habe mich irgendwie daran gewöhnt, nehme ich an …«

Helen steht dort und schüttelt den Kopf, sie kann mich gar nicht ansehen. Liebend gern würde ich dieses Gespräch einfach beenden, es macht alles nur noch schlimmer. Ich klinge so erbärmlich …

»Was habe ich denn bloß Furchtbares, Unerträgliches getan, dass du den Drang verspürt hast, loszugehen und dich auf Sex … ach nein, ich vergaß … auf eine ›unglaubliche Bindung‹ mit einer anderen Frau einzulassen?«, fragt sie. Sie betont »unglaubliche Bindung« voller Abscheu und starrt mich dabei mit einem Ausdruck in den Augen an, den ich noch nie zuvor bei ihr gesehen habe. Sie hat sich eine stählerne Maske aufgesetzt, ihre Lippen sind gespitzt, die Augen ausdruckslos, keine Regung ist zu erkennen. Sie lässt sich nach außen nichts anmerken, aber ich weiß, dass sie innerlich Höllenqualen leidet.

»Ich weiß, dass du das nicht hören willst, aber es liegt nicht daran, dass du oder wir etwas falsch gemacht haben«, versuche ich ihr zu erklären und setze mich aufs Bett. »Es kamen sicher verschiedene Dinge zusammen. Wir waren andere Menschen, als wir damals ein Paar wurden, haben uns über die Jahre verändert, wollten unterschiedliche Dinge, und dann kam auch sie noch ins Spiel.«

»Jetzt versuch bitte nicht, eine Entschuldigung dafür zu finden, dass du es zehn Jahre mit einer anderen getrieben hast. Das ist wirklich jämmerlich.«

»Das tue ich nicht«, sage ich und hebe abwehrend die Hände. Gern würde ich auch betonen, dass ich es nicht zehn Jahre lang »mit einer anderen getrieben habe«, aber gerade ist vermutlich nicht der beste Zeitpunkt, um in die Details zu gehen. »Wir haben uns sogar einige Jahre lang gar nicht getroffen. Obwohl wir versucht haben, uns aus dem Weg zu gehen, haben sich unsere Wege irgendwie immer wieder gekreuzt.«

»Oh, wie romantisch«, erwidert sie sarkastisch. »Na, genau dasselbe hat sie mir auch erzählt, immerhin passen eure Geschichten zueinander, das muss man euch lassen.«

Stephanie rief mich an, um mir mitzuteilen, dass Helen sie um ein Treffen gebeten habe. Sie hatte sich bereit erklärt, sich mit Helen in einem nahe gelegenen Park zu unterhalten, vor ungefähr einem Monat.

»›Jamie hat mich gerettet‹«, ahmt Helen Stephanie mit einer weinerlichen Stimme nach. »›Es ging mir ganz furchtbar, und er war einfach so freundlich und hat es geschafft, dass ich mich nicht mehr so wertlos gefühlt habe‹, in diesem piefigen Scheißleben als verzogene Göre. Es hat sie allerdings nicht davon abgehalten, ihren eigenen Mann zu betrügen, oder? Da hast du dir wirklich ein Prachtstück geangelt, Jamie!«

»Hör bitte auf, Helen«, flehe ich sie an und stütze den Kopf in die Hände. Viel mehr kann ich nicht ertragen.

»Oh, entschuldige!«, sagt sie. »Tut es dir etwa weh, wenn ich schlecht über deine Geliebte rede? Wann sagst du denn endlich: ›So war es nicht‹?«

Ich sage nichts. Ich kann nicht.

»Wir hätten glücklich sein können, und du hast einfach alles weggeworfen. War es das wirklich wert?«

»Selbst wenn wir Stephanie einmal beiseitelassen, denke ich, dass wir uns in den letzten Jahren in ganz unterschiedliche Richtungen entwickelt haben. Wir wären sicher nicht mehr lange glücklich gewesen.«

»Glaubst du wirklich, dass wir uns ohne diesen kleinen Ausrutscher getrennt hätten?«

Eigentlich möchte ich das »diesen kleinen Ausrutscher« nicht so stehen lassen, halte mich aber zurück.

»Ich glaube, wir haben deutlich besser zueinandergepasst, als wir noch jünger waren. Wir hätten unsere Ehe vermutlich noch eine Weile so weiterlaufen lassen und uns gegenseitig nur noch unglücklicher gemacht. Es tut mir wirklich leid, wie es dazu gekommen ist, aber dass wir uns trennen, ist sicher gut. Du brauchst jemanden, der zielstrebiger und ehrgeiziger ist, oder etwa nicht? Ich hatte immer das Gefühl, nicht gut genug zu sein.«

»Tja, und plötzlich bist du für sie dann doch ziemlich ehrgeizig geworden. Guck dich doch jetzt einmal an, Mr Superkünstler, es läuft, seitdem du deinen popeligen Wettbewerb gewonnen hast. Endlich konntest du deine sichere Arbeit aufgeben und in London arbeiten«, zählt sie mir auf. »Alles nur dank ihr. Wenn das mal nicht Inspiration ist.«

»Nun, im Gegensatz zu dir hat sie tatsächlich immer an mich geglaubt.« Es laut auszusprechen kommt mir zwar vor wie Verrat, aber es stimmt.

»Weißt du, was sie zu mir gesagt hat, als sie gegangen ist?«

»Nein.« Ich sitze auf der Bettkante, lehne mich vor und reibe die Hände. Was denn?

»Ich hatte angedeutet, dass sie ihren kleinen Wettbewerb vermutlich zugunsten ihres Liebhabers manipuliert hätte …«

»Das ist nicht wahr!«

»Sie sagte: ›Er hat den Wettbewerb mit seinem Talent gewonnen. Du hättest mehr an ihn glauben sollen in all den Jahren.‹«

In diesem Augenblick liebe ich Stephanie noch ein kleines bisschen mehr. Sie glaubt an mich bis zum bitteren Ende.

»Denkst *du* das auch, Jamie? Dass ich nie an dich geglaubt

habe? Aber ich wollte doch immer nur das Beste für dich. Ich habe so oft versucht, dir eine gute Arbeit zu verschaffen …«

»Arbeit, die ich gar nicht haben wollte.«

»Du hattest doch kein schlechtes Leben, Jamie. Die meisten Menschen wären dankbar für solche Möglichkeiten.«

»Aber sie waren eben nichts für mich, Helen!«, platzt es lauter als geplant aus mir heraus.

Sie weicht zurück.

»Du hast versucht, mich in etwas hineinzudrängen, das ich gar nicht war und auch nicht sein wollte. Wir haben unterschiedliche Interessen, Freunde, Karrieren. Das Einzige, was wir gemeinsam haben, ist Seb. Menschen ändern sich.«

»Unsere gesamte Ehe war eine einzige große Lüge, Jamie. Weißt du, wie ich mich dadurch fühle? Benutzt. Wertlos …«

»Ich weiß«, sage ich und sehe sie dabei direkt an, weil es wichtig ist, dass sie mich versteht.

»Das glaube ich eben nicht«, erwidert sie. »Weißt du, was mit am schlimmsten war? Die letzten zehn Jahre Revue passieren zu lassen und alles neu ordnen zu müssen. Die Wochenenden, an denen du weggefahren bist und am nächsten Tag etwas seltsam zurückkamst. Monatelang keinen Sex zu haben und mich zu fragen, ob es an mir lag.« Helen schaut weg, ihr Blick wandert zum Fenster, sie atmet tief ein.

Ich möchte ihr versichern, wie beschämt ich darüber bin, ihr all das angetan zu haben, aber es steht mir nicht zu, also schweige ich. Sie muss es loswerden.

»Jedes einzelne Mal, an dem du mit ihr zusammen warst. Weißt du eigentlich, wie es ist, diese Geschichte irgendwelchen Verwandten oder Freunden zu erzählen? Sie können es einfach nicht fassen. ›Nein, das kann doch wirklich nicht wahr sein? Jamie? *Jamie?* Der ist doch überhaupt nicht der Typ für so etwas!‹, sagen sie. Aber du bist der Typ, nicht wahr? Es sind immer diejenigen, von denen man es am wenigsten erwartet«, sprudelt es aus Helen heraus, bis ihr am Ende die Stimme versagt.

»Ja, vielleicht bin ich der Typ. Aber du musst mir glauben, Helen, dass ich dich niemals verletzen wollte, und falls du dich dadurch besser fühlst, es quält mich jeden einzelnen Tag. Ich weiß nicht, was ich noch sagen soll. Es gibt nichts, das ich tun kann, um die Sache zu erleichtern.«

»Das ist alles andere als genug, aber es muss reichen«, antwortet sie. »Was soll's! Ich bin eigentlich hier, damit du mir das hier unterschreibst. Es geht um die Scheidung.« Sie greift in ihre Handtasche, zieht einen Stapel Unterlagen hervor und wirft sie zusammen mit einem Stift auf das Bett. »Unterschreib da, wo die Markierung ist.«

Ich tue, was sie von mir verlangt, und gebe ihr die Unterlagen zurück.

»Ich werde mich wegen Ehebruchs von dir scheiden lassen, das wirst du sicher nicht anfechten«, sagt sie kühl.

Mir wird übel, als sie das sagt. Es stimmt natürlich, aber es fühlt sich brutal an.

»Nein, natürlich nicht«, sage ich und schüttle den Kopf.

»Was ich noch wissen möchte …«, fährt sie fort, während sie die Unterlagen wieder in ihre Tasche steckt. »Seid ihr jetzt ein Paar? Lebst du mit ihr zusammen?« Ein scharfes Einatmen markiert das Ende des Satzes.

»Nein. Ich habe sie seit dem Wettbewerbsabend nicht mehr gesehen. Ein paarmal haben wir miteinander telefoniert, aber es geht mir wirklich nicht gut, Helen. Ich habe gerade alles in meinem Leben verloren. Daran bin ich selbst schuld, das gebe ich zu, aber trotzdem habe ich alles verloren: meine Frau, meinen Sohn, mein Haus, mein gewohntes Leben. Ich muss jetzt allein sein und alles neu ordnen.«

Sie sieht mich aufmerksam an und zieht den Mantel fester um sich. Normalerweise selbstbewusst und aufrecht, ist sie derzeit ein Schatten ihrer selbst. Ihre Schultern sind nach vorne geneigt und scheinen all die Last zu tragen, die ich ihr aufgebürdet habe. Der Stress der letzten zwei Monate ist an uns beiden nicht spurlos vorübergegangen.

»Gib mir Bescheid, wenn du dich eingerichtet hast, damit du Seb auch über Nacht bei dir haben kannst«, sagt sie und wendet sich ab, um zu gehen.

»Helen«, rufe ich ihr nach. »Ich …«

»Nein. Ich möchte jetzt keine Entschuldigung hören oder dass du mich noch immer liebst oder irgendetwas in diese Richtung!«

»Das weiß ich doch«, erwidere ich.

»Was gibt es dann?«, seufzt sie und dreht sich beim Hinausgehen noch einmal zu mir um.

»Ich hoffe, dass du jemanden findest, der dich besser behandelt, als ich das getan habe.«

TEIL IV

It ain't over til it's over

33. KAPITEL
Samstag, 22. Juli 2017

Stephanie

Der Brief ist mit schwarzem Kugelschreiber auf fliederfarbenes Papier geschrieben, das mit den Jahren verblichen ist. In der Mitte ist der Knick vom Falten noch gut erkennbar, und auch ansonsten wirkt er sehr gepflegt. Ich habe ihn schon hundertmal gelesen. Manchmal sogar dabei geweint. Mich meist dafür verachtet.

Heute fühle ich mich anders beim Lesen.

Mein Vater hat mir den Brief an meinem achtzehnten Geburtstag gegeben, zuerst hatte ich riesige Angst, ihn zu lesen. Es kam mir so vor, als sei sie wieder zum Leben erwacht, erzählte mir neue Dinge. Ich rannte in mein Zimmer, schloss die Tür hinter mir, hockte mich ans Bettende und öffnete den weißen Umschlag.

Mittwoch, 24. November 1993

An Stephanie, mein geliebtes Kind,
von dem ersten Augenblick an, als ich dein Strampeln gespürt habe, bis zu dem letzten Augenblick, als ich dich als lustiges, süßes Kind erleben konnte, in dem so viel Freundlichkeit und Freude steckt, habe ich dich mehr geliebt, als du dir jemals vorstellen kannst. In den dreizehn Jahren, die ich deine Mutter sein durfte, hast du mich so wahnsinnig stolz gemacht, dass mir die Worte dafür fehlen. Ich bin mir ganz sicher, dass dir noch viele wunderbare Dinge bevorstehen.

An deinem achtzehnten Geburtstag möchte ich dir ein paar Dinge mit auf den Weg geben, die mir im Laufe meines Lebens geholfen haben, da ich nicht da sein kann, um dir mit Rat und Tat zur Seite zu stehen.
Such dir jemanden, der dich so akzeptiert, wie du wirklich bist. Lass dich bedingungslos lieben. Steh zu deinen Eigenheiten, deiner Verletzlichkeit, lass dich lieben, egal ob es dir gut geht oder du traurig bist. Versuch nicht, vollkommen zu sein, das ist keiner von uns. Nimm deine Schwächen an und achte darauf, dass der Mensch, in den du dich verliebst, sie zu schätzen weiß.
Sei nicht nachtragend denen gegenüber, die du liebst. Das ist reine Zeitverschwendung. Weise andere Menschen nicht aus Eigensinn ab, vielleicht kommen sie dann eines Tages nicht mehr zurück.
Das Leben ist nicht immer einfach, manchmal sogar ganz schön kompliziert. Steh zu dir selbst. Bau nicht auf Menschen, die dich schlecht behandeln. Es ist völlig in Ordnung, sich von ihnen zu entfernen.
Sei gut zu dir selbst. Sei mutig. Immer.
Hör nicht auf zu fotografieren, du bist ein Naturtalent.
Du bist etwas ganz Besonderes, Stephanie. Versuche, das Beste aus dir herauszuholen, du wirst deinen Weg gehen.
Mein Liebes, erinnere dich an unsere gemeinsamen Momente. Sie sind wertvoll. Denk an mich und daran, wie gern du, Ebony und ich gemeinsam zu dem Soundtrack von Joseph and the Amazing Technicolor Dreamcoat gesungen haben, wie wir vom Garten aus den Sternenhimmel betrachtet und in meinem Atelier gemalt haben. Dein Vater wird immer für dich da sein. Passt aufeinander auf. Vergiss niemals, wie sehr ich dich liebe – heute, immer und für alle Zeiten.

Mum
xxx

Am meisten erinnerte mich der Brief jedoch daran, wie sehr ich versagt hatte. Anstatt ihrem Rat zu folgen, hatte ich mich gegen alles aufgelehnt und mich dadurch nur noch schlechter gefühlt.

Das war die alte Stephanie.

Erst jetzt, achtzehn Jahre später, verstehe ich, was sie mir sagen wollte, kann es endlich einordnen. Um Ratschläge geben zu können, muss man erst eigene Erfahrungen sammeln. Nie hatte ich gedacht, dass meine Mutter und ich uns so ähnlich sind. Nicht bis zu jenem Abend, als mein Vater mir erzählt hat, wie die beiden sich kennen und lieben gelernt haben. Plötzlich ergab alles für mich einen Sinn.

Das Leben ist chaotisch. Die letzten sechs Monate sind ganz verschwommen, und durch den Abend des Kunstpreises ist meine gesamte Welt aus den Fugen geraten. Abgesehen von wenigen Telefongesprächen haben Jamie und ich keinen Kontakt miteinander gehabt. Seine Frau hat mich ungefähr einen Monat später bei der Arbeit angerufen und mich um ein Treffen gebeten. Ich mache ihr keinen Vorwurf, ich hätte vermutlich dasselbe getan. Wir haben uns in einem Park getroffen, und sie hat alle möglichen Erklärungen zu unserer Beziehung gefordert, die Antworten wollte sie allerdings weder akzeptieren noch überhaupt hören, was ich irgendwie auch verstehen kann. Ich habe nichts heruntergespielt und ihr ehrlich Auskunft gegeben. Die Wahrheit war ich ihr schuldig.

Ich konzentriere mich jetzt voll und ganz auf Evie und Adelaide. Wir sind in ein kleines Häuschen in einem Dorf in der Nähe meines Vaters gezogen. Ebony war sauer, dass ich sie nicht in die ganze Sache eingeweiht hatte, aber mein Vater war erstaunlich mitfühlend und eine riesige Unterstützung, er hat schließlich mit meiner Mutter ähnliche Dinge erlebt.

»Man kann sich nicht aussuchen, in wen man sich verliebt«, sagte er, als ich mich an einem kalten Abend wie so oft bei ihm ausweinte.

Wenn ich den Brief lese, fällt mir auf, wie weit ich gekommen bin. Heute wäre sie sicher stolz auf mich. Ich lächle, falte den Brief zusammen und stecke ihn zurück in den Umschlag.

Als ich in die Küche gehe, um Wasser aufzusetzen, fällt mein Blick auf die Uhr. Mir bleibt noch eine Stunde, bevor ich das Haus verlassen muss. Es soll heute wohl richtig heiß werden.

Die Sonne scheint schon jetzt durch die Wohnzimmerfenster und wirft wunderschöne Muster auf den Teppich. Hoffentlich ist mein Outfit nicht zu grell: Ich trage einen signalroten, knielangen Jumpsuit mit Spaghettiträgern. Ich bin unheimlich nervös.

Plötzlich höre ich ein leises Klopfen an der Haustür, worauf ich nicht reagiere. Ich erwarte niemanden und habe weder Zeit noch Lust, mir an der Türe etwas aufschwatzen zu lassen, also schalte ich das Radio ein und höre nicht hin. Der Sechzigerjahresound von *Be My Baby* der The Ronettes schallt durch die Küche, und ich muss lächeln. Das Lied erinnert mich an *Dirty Dancing*, einen meiner Lieblingsfilme.

Kurz darauf höre ich erneut das Klopfen, ein wenig lauter dieses Mal, also gehe ich doch widerwillig zur Tür.

Ich bin nicht im Mindesten darauf vorbereitet, was mich hinter der Tür erwartet.

»Hallo Stephanie«, sagt Jamie und strahlt über das ganze Gesicht.

Ich bin so fassungslos, ihn zu sehen, dass ich kaum Luft bekomme. Im wahrsten Sinne des Wortes sprachlos, starre ich ihn einen Augenblick lang an, bevor ich ihm in die Arme falle. Er hält mich fest, und wir stehen minutenlang so da, ohne zu sprechen. Von Zeit zu Zeit drücken wir uns und fangen an zu kichern.

»Woher weißt du, wo ich wohne?«, frage ich verwirrt und löse mich von ihm, um ihn besser anschauen zu können.

»Du hast mir beim letzten Mal erzählt, dass du in dieses Dorf ziehen würdest, also bin ich von Tür zu Tür gegangen und habe gefragt, ob dich jemand kennt.«

»Um Himmels willen, bitte sag mir, dass du das nicht wirklich gemacht hast!«

»Doch. Die Frau mit der Hausnummer 4 hält mich, glaube ich, für einen Verrückten. Aber eigentlich hätte ich direkt erkennen können, dass das hier dein Haus ist.«

»Wie meinst du das?«

»Na, man sieht es einfach!«, sagt er und zeigt auf den Vorgarten, in dem jede Menge bunter Blumen blühen. Ein süßes Vogelhäuschen in Zuckerwatterosa steht auf der linken Seite, zwischen Klangspielen und Windrädern, die bei dieser brennenden Hitze ungewohnt still stehen, aber sich in Bewegung setzen, sobald ein kleiner Lufthauch zu spüren ist. »Es sieht ein bisschen aus wie bei *Alice im Wunderland.* Es passt zu dir.«

»Danke«, erwidere ich lachend. »Möchtest du reinkommen?«

»Sehr gern. Natürlich nur, wenn ich gerade nicht störe?«, sagt er.

»Nein. Also, ich muss ungefähr in einer Stunde los. Die Kinder sind bei Ebony, und ich gehe zu einer Hochzeit.«

»Oh, ach so. Ein schöner Tag, um zu heiraten. Gute Freunde von dir?«, fragt er.

»Nein, eigentlich nicht. Ich bin die Fotografin«, sage ich voller Stolz.

»Was?«, antwortet er, zieht die Augenbrauen hoch und verschränkt die Arme. »Wirklich?«

»Ja, echt. Ich habe im Januar an einem Fotokurs teilgenommen. Momentan biete ich meine Dienste noch sehr günstig an, um mich bekannt zu machen. Das ist bereits die dritte Hochzeit!« Ich strahle ihn an. »Es macht einen Riesenspaß!«

Sein Blick wandert zwischen den gerahmten Fotos hin und her. Sie sind überall verteilt, stehen auf der Fensterbank, dem Kamin, den Beistelltischen. Auch an den Wänden hängen richtige Fotogalerien. Die Rahmen sind alle unterschiedlich: manche ganz neu und modern, andere alt und abgewetzt – einige auch *shabby chic.* Ein paar Rahmen sind mit Schmucksteinen besetzt, in denen sich das Sonnenlicht bricht und dann auf das cremefarbene Sofa fällt.

Jamie streift durch das Zimmer und schaut ein Foto nach dem anderen an. Er bückt sich, um eine Frau zu betrachten, die kaum wiederzuerkennen ist. Ich folge ihm lächelnd. Er kann kaum glauben, dass ich tatsächlich auf allen Fotos selbst zu sehen bin: gut gelaunt, in die Ferne blickend, in Farbe, in Schwarz-Weiß, mit den Kindern, allein, mit Freunden und mit der Familie.

»Und was, bitte schön, ist aus der Stephanie geworden, die niemals vor der Kamera stehen wollte?«, fragt er verwirrt.

»Sie hat gelernt, sich anderen Menschen zu öffnen«, sage ich.

Da erwidert er sehr zu meinem Vergnügen: »Ah, okay, ja ... das sehe ich. Und welcher kluge Mensch hat ihr den Tipp gegeben? Er muss wirklich sehr weise sein!«

»Nee.« Ich zucke mit den Achseln. »Nicht besonders. Irgendjemand, den ich mal kannte.«

»Du freches Ding!«, flüstert er mir zu und stupst dabei spielerisch mit seinem Finger gegen meine Nasenspitze.

Ich setze mich auf die Sofakante, und er nimmt neben mir Platz.

»Jamie ... warum bist du hier? Warum gerade jetzt?«

Er lächelt, schaut kurz zu Boden, bevor er sich zu mir dreht und sich zurechtsetzt. »Die letzten sechs Monate habe ich gebraucht, um alles und ... auch mich ... neu zu ordnen, Steph«, sagt er.

»Natürlich.«.

»Es tut mir leid, dass ich mich nicht gemeldet habe«, erklärt er. »Aber es war so viel auf einmal, und ich musste erst selbst einen klaren Kopf bekommen.«

»Ich kann es mir vorstellen, mir ging es ja auch so ...«

»Wie läuft es mit Matt?«, fragt er.

»Na ja, gut ist anders. Die Scheidung läuft, und wir reden nur über Dinge, die die Mädchen betreffen, aber mit ihnen ist immerhin alles in Ordnung. Ich bin einfach froh, nicht mehr mit ihm zusammen zu sein.«

»Gut«, sagt er. »Ich freue mich für dich.«

»Und wie sieht es bei dir aus?«, frage ich zurück.

»Tja, wie kann man erwarten, dass die eigene Frau versteht, dass man zwei Frauen gleichzeitig liebt? Wie soll das für jemanden Sinn ergeben?«

»Das ist nicht einfach«, erwidere ich. »Es hat Jahre gedauert, bis ich es akzeptiert habe, und ich bin nicht deine Frau.«

Es kommt mir unwirklich vor, dass eine flüchtige Begegnung vor zehn Jahren uns dorthin geführt hat, wo wir heute sind.

»Stephanie, ich muss dich etwas fragen«, sagt er.

Ich stelle beide Füße auf den Boden und drehe mich weiter zu ihm. »Okay?«

»Helen und ich befinden uns mitten in der Scheidung. Und wenn ich ganz ehrlich zu mir bin, glaube ich, dass wir es auch ohne dich nicht mehr lange miteinander ausgehalten hätten. Wir haben uns so weit voneinander entfernt, sind mittlerweile so anders als damals, als wir uns kennengelernt haben.«

Ich unterbreche ihn: »Ich war vermutlich auch nicht gerade eine Hilfe.«

»Nein«, antwortet er und atmet tief ein. »Stimmt schon. Du hast meiner Ehe nicht gerade gutgetan, aber du hast mir die Person gezeigt, die ich eigentlich sein will. Du hast mich zu einem besseren Menschen gemacht. Alles in allem, abgesehen von den letzten, schrecklichen sechs Monaten, ist mein Leben durch dich viel schöner geworden.«

Ich kann das Lächeln nicht unterdrücken, das sich auf meinem Gesicht ausbreitet. Er nimmt meine Hand und küsst sie, während er mir in die Augen schaut.

Die Liebe meines Lebens.

Heute ist es anders als bei allen vorherigen Treffen. Es ist nicht schäbig oder verboten, sondern ehrlich und legitim – und es passiert tatsächlich.

»Stephanie, ich liebe dich so sehr …«

Es ist das erste Mal, dass er das wirklich ausspricht.

»Ich habe dich immer geliebt. *Du warst es immer.* Ich weiß, dass der Weg hierher nicht einfach war, ehrlich gesagt war es sogar ganz schön absurd, aber du bist die Einzige, die ich wirklich will, und deshalb frage ich mich, ob du, du weißt schon, es vielleicht … ähm … mit mir versuchen möchtest? Also, so richtig?«

Mein Lächeln könnte nicht breiter sein. In meinen Augen stehen Tränen: Vor mir sitzt der Mann, den ich liebe und der mich liebt. Ich strecke meine Hände nach ihm aus und ziehe sein Gesicht an meins heran.

»Jamie Dobson, hast du mich gerade gefragt, ob ich mit dir zusammen sein will?«, flüstere ich.

»Tja, nach zehn Jahren Hin und Her, habe ich das Gefühl, ich sollte mal langsam Nägel mit Köpfen machen. Was denkst du? Sollten wir der Sache eine Chance geben? Eine echte Chance, meine ich?«

»Nichts lieber als das«, antworte ich und lehne mich vor, um ihn zu küssen. »Ich liebe dich auch.«

Ich weiß nicht, warum die Dinge so geschehen, wie sie geschehen. Vielleicht hat das Universum doch einen Plan für jeden von uns, und wir müssen ihm folgen, um dort anzukommen, wo wir hingehören. Ich weiß es wirklich nicht. Es gefällt mir nicht, dass Menschen auf unserem Weg verletzt wurden. *Aber das hier* fühlt sich genau richtig an. Nein, mehr noch.

Vollkommen.

34. KAPITEL
Samstag, 21. Juli 2018

Jamie

»Mach mal lauter, Mummy! Ich liebe dieses Lied!«, ruft Evie vom Rücksitz.

»Der Apfel fällt nicht weit vom Stamm«, werfe ich lachend ein und drehe mich zu Steph auf dem Beifahrersitz um, die, ohne zu zögern, die Musik lauter stellt.

»Mummy, du musst Anna singen und Jamie Hans«, fordert Evie und klatscht in die Hände, auch Adelaide macht jetzt mit. Ich verdrehe die Augen und blicke in Stephs Richtung, tue so, als wollte ich nicht, aber sie weiß natürlich, dass auch ich Spaß daran habe.

»Und was ist mit dir, Seb? Machst du auch mit?«, rufe ich und werfe ihm einen Blick durch den Rückspiegel zu.

»Nein!«, erwidert er bestimmt und schließt schnell seine Kopfhörer ans iPad an.

Wenn man mit zwei kleinen Mädchen zusammenwohnt, muss man sich wohl oder übel an Disneyfilme gewöhnen, daran, sie in einer Endlosschleife abzuspielen und die Lieder auswendig zu lernen. Ob man will oder nicht. Das heißt jedoch auch, dass man auf einer so langen Reise wie unserer von Cambridgeshire nach Cornwall nichts anderes zu hören bekommt. Wir müssen nur noch das letzte Stück hinter uns bringen, da tut man, was man kann.

Und jetzt also *Love Is an Open Door* zum zwanzigsten Mal in den letzten fünf Stunden. Die Mädchen sind ganz begeistert, wenn Steph und ich die verschiedenen Stimmen unter uns aufteilen. Steph macht es auch Spaß, sie geht geradezu darin auf. Aber das war ja schon immer so. Während ich uns an diesem wunderschönen Sommermorgen die Landstraßen entlangfahre, weiß ich nicht, was ich mir noch mehr wünschen sollte als einen Wagen voller Gesang und Fröhlichkeit.

Was sind wir doch für ein liebenswerter bunter Haufen.

Das Haus, in dem wir die Woche über wohnen werden, ist wundervoll; direkt oberhalb des Strandes gelegen haben wir einen fantastischen Blick von unserer Sonnenterrasse aus. Die Kinder wollen natürlich sofort nach unserer Ankunft alles auskundschaften, also bringen wir nur schnell unser Gepäck hinein und laufen dann sofort hinunter zum Strand.

Die Mädchen sind vor Aufregung ganz aus dem Häuschen. Adelaide ist vier drei viertel Jahre alt – darauf besteht sie –, rennt umher und versucht die ganze Zeit, Evie nachzueifern. Mit sieben hält diese sich für eine »schon ziemlich große« Schwester.

»Adelaide, nicht so nah ans Wasser. Bleib an meiner Hand, ja?«, sagt sie mit ihrem hohen Stimmchen.

Sie haben keine Zeit zu verlieren, hüpfen über den Strand, sammeln Muscheln und legen sie vorsichtig in die mitgebrachten Eimer. Steph ist bei ihnen und lässt sich begeistert jeden neuen Fund zeigen.

Seb hat sich sofort darangemacht, eine ganze Stadt aus Sandburgen zu beginnen. »Dad, hilfst du mir dabei, sie so zu bauen, dass das Wasser hineinströmt und dann in einen Wassergraben drum herum läuft?«, fragt er aufgeregt.

»Natürlich, ohne Wassergraben wäre es doch gar keine richtige Sandburg!«, sage ich zu meinem Sohn und beginne mit der Arbeit. Es ist gerade Ebbe, wir haben also genug Zeit. Seb ist unerwartet still während unseres großen Bauauftrags. Meist braucht er ungefähr einen halben Tag, um sich an uns zu gewöhnen, wenn er von Helen kommt, als müsse er sich erst wieder auf uns einlassen. Ich habe ein halbes Jahr gewartet, nachdem Steph und ich ein Paar geworden sind, bevor ich die beiden miteinander bekannt gemacht habe. Und wie sich dabei herausgestellt hat, scheint auch Helen einen neuen Freund zu haben, den Seb gerade kennengelernt hatte, das alles ist sicher nicht einfach für ihn. Auch ich finde den Gedanken eigenartig, dass ein anderer Mann Zeit mit ihm verbringt, wenn ich nicht da bin. Für uns alle eine Herausforderung.

Kurze Zeit später ist unsere Sandfestung fertig. Wir kauern davor, Sand an Händen und Knien, und bewundern unser Werk.

»Und? Wie gefällt sie dir?«, frage ich ihn.

»Ja. Ganz in Ordnung«, sagt er, sitzt neben mir und zuckt mit den Schultern, die Füße im Sand vergraben.

»Seb … wie läuft es bei dir?«

»Okay.«.

»In der Schule alles in Ordnung?«

»So weit.«

Ich blicke aufs Meer und entdecke Steph, die knietief im Wasser steht, an jeder Hand eine ihrer Töchter. Sie springen über die Wellen und kreischen, wenn sie sich an ihren Beinen brechen.

»Deine Mutter hat mir erzählt, dass du nächste Woche deine Großeltern besuchen fährst, das wird bestimmt schön.«

»Ja, bestimmt«, erwidert er, ohne mich anzusehen, und malt dabei mit den Fingern Muster in den Sand.

»Was ist los, Seb? Du bist doch sonst nicht so still«, sage ich zu ihm und streiche ihm dabei sanft die dunklen, verwuschelten Haare aus dem Gesicht. »Du weißt, dass du jederzeit mit mir reden kannst.«

Es dauert eine Weile, bis er antwortet. Ich will ihn nicht drängen. In den letzten achtzehn Monaten gab es viele solcher Momente.

»Warum kannst du nicht mit Mum zusammenleben?«

Ich hatte nicht gedacht, dass es noch übler werden könnte, als wenn einen die eigene Frau fragt, warum man sie betrogen hat. Aber ich habe mich geirrt, das hier ist schlimmer.

Wie kann man das so weit herunterbrechen, dass ein Kind es verstehen kann?

»Manchmal geht es Menschen besser, wenn sie nicht zusammen sind«, erkläre ich ihm. Das ist sehr nett formuliert, aber ich will auf jeden Fall ehrlich zu ihm sein. »Aber eine Sache steht fest, wir beide lieben *dich* sehr. Das darfst du niemals infrage stellen.«

»Aber ich vermisse dich«, sagt er und sieht endlich zu mir auf. In seinen blauen Augen zeigt sich Verwirrung.

»Das weiß ich, Seb«, sage ich und lege ihm den Arm um die Schulter. »Ich liebe dich auch sehr, mehr, als du dir vorstellen kannst. Das hört auch nicht einfach auf, nur weil ich nicht mehr mit dir zusammenlebe. Ich sehe dich ja trotzdem ganz oft, und auch Steph und die Mädchen mögen dich sehr.«

Er nickt und lehnt seinen Kopf gegen meine Brust.

»Du wirst sehr geliebt, Seb«, flüstere ich ihm zu. »Vergiss das nie.«

Ein Schatten taucht vor uns auf, und Wasser tropft auf unsere Beine. Ich sehe hoch zu Steph, die vom Meerwasser ganz durchnässt ist.

»Ich hätte meinen Badeanzug anziehen sollen!« Sie lacht. »Ich hatte wirklich nicht erwartet, dass die Wellen so hoch sind.«

»Mummy, du bist ja ganz nass!«, sagt Adelaide kichernd, greift nach einem Handtuch und reibt Stephanies Beine damit trocken.

»Danke, mein Goldstück!«, antwortet sie. Stephs Blick wandert zwischen Seb und mir hin und her, auch sie hat bemerkt, dass er schon die ganze Fahrt über sehr in sich zurückgezogen war. Sie formt mit den Lippen ein »Alles okay?«. Ich drücke ihn und nicke.

Sie kauert sich neben uns, sodass sie mit ihm auf Augenhöhe ist.

»Seb, meinst du, du könntest mir dabei helfen, Fish and Chips zum Mittagessen zu holen? Nach dem, was dein Vater mit deinem Geburtstagskuchen veranstaltet hat, vertraue ich ihm da nicht mehr so richtig«, sagt sie und zwinkert Seb zu. »Du weißt, was ich meine, oder?«

»Typisch Dad!«, stöhnt er.

»Also echt jetzt, es war doch nicht meine Schuld, dass ich den Kuchen fallen gelassen habe. Er war … äh … so rutschig«, stottere ich.

»Und wer hat dann doch noch den Tag gerettet? Ich kann mich einfach nicht erinnern …«, überlegt Steph laut.

»Ich!«, ruft Seb jetzt und richtet sich wieder auf.

Das stimmt. Nachdem der Kuchen auf dem Boden gelandet war, hat Seb – mit ein bisschen Hilfe von Ebony – einen »Notfallkuchen« gezaubert. Dieser bestand aus einem halben Zitronenkuchen, bei dem das Mindesthaltbarkeitsdatum bereits abgelaufen war, außen herum wurden Kitkats geklebt und dann das Ganze mit Erdbeerjoghurt übergossen und mit Liebesperlen verziert. Zum Vergnügen aller musste ich das meiste davon essen.

»Schmeckt fantastisch!«, hatte Seb erklärt.

»Grauenhaft!«, murmelte Ebony entsetzt.

»Igitt!«, kam es wie aus einem Mund von Adelaide und Evie.

»Ich muss mich gleich übergeben!«, rief ich nach dem dritten Bissen.

»Jamie muss noch mehr essen!«, verlangte Stephanie.

»Einfallsreich, der Junge!«, hatte Michael gesagt und gelacht. »Möchtest du bei mir arbeiten, wenn du groß bist?«

Seb springt auf und zieht sich die Baseballkappe auf. Stephanie lehnt sich vor und küsst mich. »Wir sind gleich zurück. Evie und Adelaide, ihr bleibt bei Jamie. Komm, Seb!«

Wir sitzen am Strand und essen mit den Fingern Fish and Chips. Sie triefen vor Essig und sind ziemlich gesalzen, der Geschmack erinnert mich an meine Kindheit. Wir lachen über Adelaide, die ihre Portion in den Sand fallen lässt (wer ist der Tollpatsch des Tages?), teilen aber alle mit ihr. Evie wirft den Möwen etwas zu, und Seb erzählt uns, was er in der Schule über Unterwasserwelten gelernt hat.

»Wusstet ihr, dass Haie am besten bei Nacht sehen können und *keine* Knochen haben?«, erklärt er begeistert und schiebt sich ein Stück Fisch in den Mund.

Evie guckt daraufhin misstrauisch in Richtung Meer. Wir alle bleiben noch ein paar Stunden am Strand, bevor wir zum Haus zurücklaufen. Zeit spielt hier keine Rolle. Wir rennen umher und spielen. Wir planschen im aquamarinblauen Wasser, so eine beeindruckende Farbe habe ich noch nie gesehen. Ich weiß jetzt schon, dass die Erinnerung an diesen Tag uns für die nächsten Jahre erhalten bleiben wird. Auch Seb ist gut gelaunt, als wir schließlich die Sachen zusammenpacken.

Adelaide springt auf meinen Rücken, und ich trage sie huckepack. Ihre Ärmchen hängen um meinen Hals, und ich halte sie an den Beinen fest. Dabei muss ich daran denken, wie ich das früher mit Seb gemacht habe, der nun mit Evie vorausgeht, die beiden halten immer mal wieder an, um den Floss Dance zu machen, der wohl der letzte Schrei sein soll. Sie geben nicht auf, den ganzen Hügel hinauf, und auch Steph versucht es, aber es will ihr nicht so recht gelingen, worüber die anderen beiden sich köstlich amüsieren.

Bei Einbruch der Dämmerung sind alle vollkommen erschöpft. Die Kinder protestieren kaum, als wir sie mit ihren iPads ins Bett schicken. Steph und ich treiben uns noch ein wenig vor ihrer Zimmertür herum und hören ihnen dabei zu, wie sie sich angeregt unterhalten, sind froh, dass sie sich so gut verstehen. Dann gehe ich zum Kühlschrank und hole die Flasche Sauvignon blanc heraus, die dort schon den ganzen Tag kaltgestellt war, nehme noch zwei Gläser mit und folge Steph hinaus auf die Terrasse, wo sie gerade an den beiden mitgebrachten Bluetooth-Lautsprechern herumfummelt.

Der Blick ist sensationell. Ein spektakulärer Abhang zum Strand hin, der von Klippen umgeben ist, darüber leuchtet der Sternenhimmel. Das Geräusch der auf dem Sand brechenden Wellen ist aus der Ferne nur als leises Rauschen wahrzunehmen.

»Was für ein wundervoller Tag!«, sagt sie und küsst mich, als ich ihr ein Glas reiche.

»Vollkommen«, sage ich. Wir sitzen zusammen auf dem Gartensofa, und ich lege einen Arm um ihre Schulter. Ich bezweifle wirklich, ob sich dieses noch neue Gefühl jemals abnutzen wird.

»Die Kinder waren so toll«, sagt sie. »Ich weiß, für Seb ist das alles nicht so einfach …«

»So eine Trennung durchzumachen ist sicher nicht leicht als Einzelkind. Ich bin mir sicher, dass er es schaffen wird. Er mag dich und die Mädchen sehr. Manchmal glaube ich, dass es für Jungen noch härter ist, weil sie noch mehr mit sich selbst ausmachen.« Da spreche ich schließlich aus Erfahrung.

»Vielleicht. Wir werden alles so langsam angehen, wie er es braucht.« Sie nimmt einen Schluck von ihrem Wein. »Guck mal, was für ein schöner Sternenhimmel!«

Ich sehe nach oben, der Himmel ist wirklich beeindruckend. Die Sterne leuchten noch heller als sonst, vielleicht weil wir hier an der Küste sind.

»Das ist der Orion.« Ich zeige auf das Sternbild direkt vor uns, dabei muss ich an unsere erste Nacht denken, die wir zusammen draußen verbracht haben, vor vielen Jahren in Heathwood Hall. »Ich habe dir ja gesagt, dass uns die Sterne all die Jahre über begleitet haben.«

»Das hast du«, räumt sie ein, und als das nächste Lied der Playlist beginnt, lächelt sie. »Echt jetzt? Das kann doch nicht wahr sein!«

Ich lache, schüttle den Kopf. »Nun komm schon.« Ich stelle mein Glas ab und stehe auf.

»Wozu?«

»Möchtest du mit mir tanzen?«, frage ich und strecke die Hand nach ihr aus. Ich brauche sie nicht zu überreden. Sie steht ganz nah vor mir, sodass sich unsere Nasenspitzen fast berühren, dann legt sie ihre rechte Hand in meine und den linken Arm um meine Schulter.

»Na, dann mal los«, sagt sie.

Sie liebt dieses Lied. Erzählt mir immer wieder, wie sehr es sie an uns erinnert. Und wenn jemandem ein passendes, bewegendes Lied einfällt, dann ist das Stephanie. Also tanzen wir unter dem Sternenhimmel zu Shania Twains *You're Still The One,* und ich weiß, dass mein Leben genau so sein soll.

Die Liebe meines Lebens. Meine Familie. Es hat zwar lange gedauert, bis wir hier angekommen sind, aber wir haben es letztendlich geschafft.

35. KAPITEL
Donnerstag, 18. Oktober 2018

Stephanie

Ich bestimme, was passiert, also warten wir schweigend.

Wir sitzen aufrecht auf dem harten roten Sofa, ich halte Jamies Hand, aber wir wechseln kein Wort. Das ist nicht notwendig. Ich vertreibe mir die verbleibende Zeit damit, über die letzten fünfzehn Monate nachzudenken. Wie wahnsinnig glücklich ich gewesen bin, wie ich bei den alltäglichsten Dingen gelacht und gelächelt habe – mit ihm zusammen. Beim Fernsehen, Kochen, Spazierengehen am Abend, Einkaufen, Flanieren in der Sonne an der Küste entlang, Ausruhen im Garten oder Twisterspielen mit den Kindern – dem ganz normalen Leben mit Jamie eben. Ich bin froh, dass mich die Mädchen in einer so wertschätzenden Beziehung erleben, auch sie sind ganz vernarrt in Jamie. Jedes Mal, wenn er mir einen Kuss gibt, lachen und kichern sie. Sie überreden ihn dazu, stundenlang mit ihnen zu malen. Ich, er, Seb und die Mädchen, wir sind nun eine Familie. Zum ersten Mal in meinem Leben bin ich wirklich überglücklich.

Jeden. Einzelnen. Tag.

Die Bilder wirbeln so schnell durch meinen Kopf, dass ich ihn zur Seite legen und die Augen schließen muss, als würden sie mir tatsächlich körperliche Schmerzen bereiten: Erinnerungen, die sich in mein Gedächtnis einbrennen. Ich wage es nicht, darüber nachzudenken, was mir bevorsteht.

Aber als sie hereinkommen, weiß ich sofort Bescheid.

Dr. Weldrake kommt als Erste herein, gefolgt von Melissa, der netten Krankenschwester, die sich in den letzten Wochen im Brustzentrum um mich gekümmert hat. Beide lächeln mich auf diese Art an, die nichts Gutes verheißt. Es ist eher ein Höflichkeitslächeln als ein tatsächliches Zeichen der Freude, ihre Gesichter drücken Mitgefühl, Traurigkeit und Trost aus, alles auf einmal. Jamie drückt meine Hand, aber ich kann ihn nicht ansehen, mich nicht der Sache stellen.

Dr. Weldrake sitzt mir gegenüber, direkt an der Kante des mintgrün bezogenen Stuhls. Es sieht ziemlich unbequem aus. Ob sie wohl nur bei schlechten Nachrichten so sitzt oder immer? Ihre langen blonden Haare sind zu einem Pferdeschwanz gebunden, und sie wirkt nicht viel älter als ich. Im Raum herrscht Totenstille, während sie irgendwelche Unterlagen ordnet, bevor sie zu sprechen beginnt. Ich muss die ganze Zeit über Melissa anschauen, die neben ihr Platz genommen hat und einen dieser DIN-A5-Plastikordner mit jeder Menge Faltblättern darin an sich drückt. Während ich die Szene betrachte, habe ich nur einen einzigen Gedanken: Sie bringen sicher keine Faltblätter mit, wenn es sich um gute Neuigkeiten handelt, oder?

Ich weiß es einfach.

»Stephanie, wir müssen Sie leider darüber in Kenntnis setzen, dass wir Krebszellen in dem Tumor gefunden haben«, sagt da plötzlich Dr. Weldrake.

Kein langes Geplänkel. Sofort zur Sache.

Krebs.

Krebs. Krebs. Krebs.

Das Wort klappert in meinem Kopf wie ein Würfel im Würfelbecher. Ich höre, wie Jamie tief einatmet, als das Wort fällt. Mein Körper wird von einem Schauder erfasst, der gar nicht mehr aufhören will. Dieses Wort verfolgt mich schon so lange. Es hat mir meine Mutter genommen. Und jetzt hat es mich erwischt.

Ich weiß nicht, was ich tun oder sagen soll, und starre auf ein Poster an der Wand, was dazu auffordert, Blut zu spenden oder irgend so etwas.

»Stephanie«, fragt Dr. Weldrake sanft, aber bestimmt. »Haben Sie verstanden, was ich gerade gesagt habe?«

Krebs. Mum. Meine Kinder. Chemotherapie. Ich werde sterben. Ich kann nicht sterben. Ich werde meine Haare verlieren. Welche berühmten Persönlichkeiten hatten Brustkrebs und sind nicht gestorben? Das muss ich googeln, sobald ich nach Hause komme. Krebs. Warum ich, nach allem, was ich schon erlebt habe? Das ist so verdammt ungerecht. Habe ich noch nicht genug durchgemacht? Verflucht noch mal!

Ich bekomme nur schwer Luft. Es fühlt sich an, als hätte ich jede Menge Backsteine in der Lunge, die ich versuchen würde herauszuatmen. Ich höre das Blut in meinem Kopf rauschen. Es ist ohrenbetäubend. Ist das überhaupt möglich? Die Blicke der anderen lasten schwer auf mir, sie warten auf eine Antwort.

»Ich habe zwei Kinder. Ich kann nicht einfach sterben. Sie können doch nicht ohne ihre Mutter zurückbleiben, was können wir also tun?«, frage ich, als hätte diese Frau nicht gerade mein Todesurteil gesprochen.

Dr. Weldrake setzt sich sofort zurecht und nimmt Stift und Papier aus ihrer Mappe. »Also, das hier werden wir als Nächstes tun …«, sagt sie.

Dann zeichnet sie jede Menge Diagramme auf, um mir ihren Plan zu skizzieren, und betont, dass es optimistischen Menschen häufiger gut geht zwischen den Behandlungen. Jamie stellt die ganzen praktischen Fragen, zu denen ich nicht in der Lage bin, und hält die gesamte Zeit über meine Hand.

Ich weine nicht. Es kommt mir fast so vor, als wären die Neuigkeiten zu groß, zu überwältigend, um beweint zu werden. Als hätte ich das Weinen übersprungen und wäre direkt in eine Schockstarre verfallen. Die Tränen werden sicher noch kommen, aber nicht jetzt.

Irgendwie hatte ich es im Gefühl, weshalb mich die Nachricht nicht ganz so unvermittelt trifft. Manchmal weiß man einfach, dass etwas Schlimmes passiert, oder? An diesem Augustmorgen, als ich vor dem Ganzkörperspiegel stand und einen neuen BH anprobierte, wusste ich es. Ich hatte Gewicht verloren und sah mir wohlwollend meinen neuen Körper an, gar nicht übel für eine Mutter von zwei Kindern Ende dreißig. Als ich dann die Arme hob, bemerkte ich, dass etwas mit meiner linken Brust nicht stimmte. Die Haut war nach innen eingezogen und warf leichte Fältchen. Wie konnte mir das bisher entgangen sein? Besonders, da es ja Vorerkrankungen in der Familie gab? Vermutlich hatte ich es durch die Scheidung und alles, was danach passiert war, irgendwie übersehen, aber trotzdem … Wie hatte ich mich bloß so dumm verhalten können?

Von einem Besuch beim Hausarzt wurde ich sofort weiter zu einer Mammografie geschickt, und plötzlich fühlte ich mich verloren und vollkommen auf mich selbst gestellt, mein Kopf protestierte: »Ich sollte nicht hier sein, ich bin noch nicht dran. Dafür bin ich doch viel zu jung.« Das ist ungerecht! Hat sich so auch meine Mum damals gefühlt?

Sich direkt mit dem eigenen Krebs konfrontiert zu sehen ist ein seltsames, fremdes Gefühl. Man weiß nicht, was auf einen zukommt, wie er aussehen wird. Meiner glich einer Spinne; einer großen, weißen, teuflischen Spinne mit langen, spindeldürren Beinen. Eine weiße Masse mit verseuchten Tentakeln, die sich ausstreckten, vor den Blicken des Alltags versteckt, aber in mir sehr aktiv. Ich starrte das Bild auf dem Computer an, während meine Brust zwischen die kalten Platten der Mammografie-Maschine gepresst wurde. Das war natürlich noch vor der offiziellen Diagnose, aber ich wusste sofort Bescheid. Man kann es am Gesichtsausdruck der Krankenschwestern ablesen, wenn etwas nicht stimmt. Sie versuchen es zu verbergen, aber man weiß es einfach.

Danach kam die Biopsie, aber da hatte ich mich schon auf das Schlimmste eingestellt. Und das ist nun eingetreten.

Jamie und ich fahren nach dem Termin direkt zu meinem Vater.

»Ich kann das nicht, Jamie«, sage ich und bekomme plötzlich keine Luft mehr.

»Ich bin ja da«, erwidert er, nimmt meine Hand und küsst die Fingerknöchel. »Du bist die stärkste Person, die ich je kennengelernt habe, und du wirst auch das durchstehen.«

Ich rede nicht um den heißen Brei herum, sondern sage es ihnen gleich. Mein Vater bricht zusammen und weint, die Hände vorm Gesicht. Seine Schultern zucken unkontrolliert beim Schluchzen. Ich weiß nicht, was ich tun soll. Fühle mich wieder wie damals, mit gerade einmal dreizehn Jahren, als ich nicht wusste, wie ich meinen Vater trösten sollte. Warum müssen wir das alles noch einmal durchmachen?

Ebony wird ganz bleich. »Nein. Das geht nicht. Ich kann meine Schwester nicht verlieren«, erklärt sie entschieden, greift nach meiner Hand und schüttelt den Kopf.

»Wir werden alles uns Mögliche tun, um das zu verhindern, Ebs. Ich muss jetzt optimistisch bleiben. Ich werde kämpfen und gewinnen«, versichere ich ihr, obwohl ich nicht weiß, was auf mich zukommt. Solche Sachen sagt man schließlich, wenn jemand Krebs bekommt, oder? Ich bin wie betäubt.

»Mein Gott! Warum wurde es denn nicht schon viel früher entdeckt?«, regt sie sich auf, ohne damit jemand Bestimmten anzugreifen.

»Das hilft uns jetzt auch nicht mehr weiter, Liebes«, warnt mein Vater und setzt sich die Brille wieder auf, nachdem er sich die Augen trocken gewischt hat. Er sitzt auf der einen Seite neben mir, Ebony auf der anderen. Jamie lässt ihnen diesen Moment.

»In drei Wochen wird eine Mastektomie bei mir durchgeführt, und danach beginnt die Chemotherapie«, erkläre ich ihnen.

»In drei Wochen? Oh, Steph«, schluchzt Ebony und umarmt mich. »Es tut mir so leid.«

»Ebony, mach dir keine Sorgen, das wird schon werden«, beharre ich.

»Also«, erklärt sie großspurig. »Wenn du deine Haare verlierst, rasiere ich mir meine auch ab, um dich zu unterstützen.«

Jamie, mein Vater und ich tauschen verwirrte Blicke und sind uns sicher, dass das nicht passieren wird.

»Das hätte ich gern schriftlich«, sage ich, lache und fahre ihr mit der Hand durch den langen schwarzen Pferdeschwanz.

»Na ja, ich kann sie mir immerhin deutlich kürzer schneiden lassen«, erwidert sie und lächelt mich an.

Dann wird es ganz still im Raum. Zu viel Humor verträgt so eine Situation dann auch wieder nicht, irgendwann kommt das Gefühl der Angst zurück, schwer und beklemmend.

»Steph, wir werden dir alle helfen, es so gut wie möglich zu überstehen. Du kannst uns nicht alleinlassen«, fordert sie. Ihre großen grünen Augen sehen mich aus dem tränenverschmierten Gesicht an. »Ich werde meine Schwester nicht gehen lassen, und damit basta!«

Es ist furchtbar, den Menschen, die man liebt, schlechte Nachrichten zu überbringen und zu sehen, was sie mit ihnen anrichten. Grauenhaft. Das erinnert mich an ein Interview mit einem Arzt, das ich einmal gelesen habe, der beobachtet hatte, dass in seinem Fachgebiet das Mitgefühl immer bei den Familienangehörigen ist, die jemandem beim Sterben zusehen müssen, und nicht bei den eigentlichen Patienten, da es vermutlich das Schmerzhafteste überhaupt ist, einen geliebten Menschen leiden und sterben zu sehen … Das kann ich mir sehr gut vorstellen.

Am Ende unseres Gesprächs halte nur noch ich durch und tröste die anderen. Das ist vermutlich der Überlebenstrieb.

Erst als ich die Mädchen von der Schule abhole, trifft es mich. Die beiden stürmen auf mich zu, werfen mich fast um, so kraftvoll ist ihre Zuneigung.

»Mummy! Schau mal, ich habe ein Schloss für eine Prinzessin gebaut!«, erklärt Adelaide stolz und reicht mir eine mit Seidenpapier verzierte Taschentuchbox, die vor Kleber und Glitzerpulver nass glänzt.

»Wow! Das sieht ja wunderschön aus! Ist genug Platz darin, damit ich dort einziehen kann?«

»Neiiiiiin!«, entgegnet sie mir. »Du bist doch keine Prinzessin, du bist eine Königin!«

Ich kämpfe gegen die Tränen an und halte auf dem Heimweg die beiden an der Hand, versuche nicht daran zu denken. Ich möchte jeden Augenblick mit ihnen genießen.

Später am Abend, als die beiden bereits im Bett sind, betrachte ich mich selbst im Spiegel. In den letzten Monaten war ich mir so weiblich vorgekommen, so gut in Form. Es stand mir gut, glücklich zu sein, dachte ich. Aber in mir drin war gleichzeitig etwas Hässliches gewachsen – zu gern hätte ich gewusst, warum das passierte? War das der Preis, den ich dafür bezahlte, den Mann einer anderen so viele Jahre lang geliebt zu haben?

Ich krabble ins Bett, und Jamie drückt mich fest an sich. Keine Worte, kein Gespräch, nichts.

Da rollen mir die ersten Tränen übers Gesicht, und sie sind nicht mehr aufzuhalten. Sie werden immer dicker und immer mehr. Ich jammere, ich schluchze, ich heule. Ich weine um mich, um Jamie, um meine Mädchen, um meine Familie.

Ich kann einfach nicht glauben, was gerade geschieht.

36. KAPITEL
Freitag, 21. Dezember 2018

Stephanie

»Steph«, flüstert mir Ebony von der Türschwelle zu meinem Zimmer aus zu. »Da ist Besuch für dich, soll ich sie hereinlassen?«

»Wer ist es denn?«, frage ich und verziehe das Gesicht. Wer, um Himmels willen, kommt so kurz vor Weihnachten einfach unangemeldet vorbei?

Sie kommt herein, und ich lache auf. Ich schaue auf die Uhr an meinem Digitalradio, dann zu ihr und ziehe meine nicht vorhandenen Augenbrauen hoch.

»Sie haben eine Stunde. Setzen Sie sich dort auf den Stuhl, und machen Sie es sich gemütlich«, sage ich. »Schön, Sie zu sehen, Jane!«

Ich bin mir bewusst, dass ich überhaupt nicht mehr so aussehe, wie sie mich kennt. Solche Mühe habe ich mir immer gegeben, wenn ich zu ihr gegangen bin, um den Eindruck zu erwecken, ich hätte mein Leben im Griff. Im Sommer kam ich in hübschen Kleidchen durch die Tür gerauscht, im Winter in eleganten Mänteln. Jetzt bin ich aufgedunsen und kahl, alle, die mich kennen, sind entsetzt. Man sieht es ihnen an. Sie versuchen, es zu verstecken, aber es gelingt nicht.

Jane läuft auf mich zu und nimmt auf der Bettkante Platz, dann umarmt sie mich. Es fühlt sich seltsam und zugleich sehr tröstlich an. Das passt natürlich irgendwie nicht zu der Art unserer Beziehung, sie ist schließlich meine Therapeutin, aber ich kenne sie mittlerweile schon so lange, dass es sich manchmal fast wie eine richtige Freundschaft anfühlt. Sie drückt mich fest an sich.

»Jane, ich denke, das ist gegen die Regeln …«

»Regeln sind dazu da, gebrochen zu werden, Stephanie«, sagt sie. »Ich dachte, das wüssten Sie mittlerweile.«

Typisch Jane, immer einen klugen Spruch auf Lager.

Der Tag, an dem sie mir mitgeteilt haben, dass der Krebs sich auf meine Lunge ausgebreitet hatte, war der schlimmste Tag meines Lebens. Ich hätte nicht gedacht, dass es nach dem Tod meiner Mutter oder meiner Krebsdiagnose noch hätte schlimmer werden können. Aber dieser Tag war noch dunkler als die anderen beiden zusammen. Selbst wenn man gesagt bekommt, dass man Krebs hat, hofft man doch, ihn bekämpfen, besiegen und bezwingen zu können, irgendwie. Man hört diese Geschichten schließlich tagein und tagaus: »XY hat seinen mutigen Kampf gegen den Krebs gewonnen/verloren.« Es schallt einem von überall entgegen. Der Krebs wird immer mit einer Schlacht verglichen; wenn man nur hart genug kämpft, kann man sie gewinnen. Aber das stimmt nicht. Manchmal hilft es eben nicht. Man kann nicht die Biologie bekämpfen, noch nicht einmal mit allen Medikamenten der Welt. Ich weiß, wovon ich rede.

Und wie geht man mit der Wut um? In mir drin schrie ich ganz laut, aber nicht ein einziger Ton kam mir über die Lippen, als Dr. Weldrake mir die Nachricht überbrachte, dass der Krebs sich ausgebreitet hatte. Ich hatte die Qualen der Chemotherapie über mich ergehen lassen, meine Haare verloren und meine linke Brust, ich fühlte mich kaum noch wie eine Frau. Und jetzt sollte mich diese Krankheit doch noch besiegen, nach allem, was wir getan hatten, um sie zu stoppen?

Sie fragten mich, ob ich mit der Chemotherapie weitermachen wolle, aber ich entschied mich dagegen. Es war zu viel für meinen Körper, ein zweischneidiges Schwert, mit Gift zu heilen. So ist zumindest theoretisch der Plan, aber es funktioniert eben nicht immer. Es war schlimmer, als ich es mir je ausgemalt hatte.

Natürlich dachte ich am Anfang, ich sei stark genug, um es durchzustehen, das denkt jeder.

Ich bin anders als die anderen, dachte ich. Sie sind schwach, ich bin stark. Ich muss es einfach schaffen. So viel steht auf dem Spiel. Ich kann es schaffen.

Dann beginnt es.

Die ersten Tage lang ging es mir noch gut. Na ja, es war zumindest in Ordnung. Worüber klagen die Leute eigentlich? Dann fing ich an, mich zu übergeben, mir wurde schwindelig, jede Bewegung bereitete mir Übelkeit, ich fühlte mich, als hätte ich den schlimmsten Kater der Welt, und dann dieser unverwechselbare Geschmack auf der Zunge, den ich nur mit jeder Menge Zitronenbonbons verjagen konnte, und der plastikähnliche »Chemo-Geruch«, den nur ich bemerkte. Er wurde Teil meines Lebens.

Weniger als zwei Wochen nach der ersten Anwendung begann der unvermeidliche Haarausfall. Meine schönen, langen blonden Haare, die mich so viele Jahre als Frau definiert hatten, fielen büschelweise aus. Das stresste mich am meisten. Eine Brust kann man verdecken oder sich eine neue machen lassen. Die Haare hingegen sind ein Teil von dir, den jeder sehen kann. Plötzlich kam ich mir wirklich krebskrank vor. Meine Augenbrauen konnte ich geradezu mit dem Finger wegwischen, und noch viel seltsamer war es, auf einmal keine Wimpern mehr zu haben. Man macht sich gar nicht bewusst, wie sehr man viele Dinge als gegeben annimmt. Ständig macht man sich Sorgen wegen irgendwelcher Kleinigkeiten, die im großen Ganzen völlig unwichtig sind. Man fragt sich beispielsweise, ob man bei dem Sommerfest nächsten Monat dick aussehen wird oder nicht oder ob die Kinder zu viel Zucker essen, weil man zu oft mit ihnen backt. Und dann erzählt einem irgendein Arzt, dass man nächsten Monat vermutlich tot ist, und man hat keine Wimpern mehr.

Wollte ich wirklich meine restliche Zeit damit verbringen, mich zu übergeben und furchtbar zu fühlen? Nein.

Alle versuchten, mich dazu zu überreden, die Chemotherapie weiterzuführen, alle außer Jamie. Er war der Einzige, der mich verstand. Sie dachten, ich würde »aufgeben«. Aber so fühlte es sich für mich nicht an. Für mich war es der einzige Weg, noch ein wenig Lebensqualität zu haben, bevor ich gehen musste.

Am schwierigsten war es mit den Kindern. Sie sind noch zu klein, um zu verstehen, was vor sich geht, aber gleichzeitig sagen sie zu allen unmöglichen Zeitpunkten die unpassendsten Sachen, was mich mit Liebe erfüllt. Ich schaffte es, sie zu einem Kindergeburtstag zu begleiten mit meiner nigelnagelneuen braunen Perücke. Es strengte mich zwar sehr an, aber ich wollte so gern weiterhin an ihrem Leben teilhaben. Als die Party gerade in vollem Gange war, informierte Evie alle anderen darüber: »Diese braunen Haare sind gar nicht die echten Haare von meiner Mummy, sondern künstliche. Mummy, kannst du sie kurz abnehmen, damit jeder deine Glatze sehen kann?« Ich konnte gar nicht mehr aufhören zu lachen, umgeben von entsetzten und mitleidigen Gesichtern. Hoffentlich erinnert sie sich später an diesen Augenblick und daran, wie sehr ich gelacht habe.

Jane setzt sich auf den Stuhl in der Ecke.

»Stephanie, herrje, wollen Sie mich foltern?«, fragt sie mich, versucht sich auf dem Stuhl zurechtzusetzen, dann richtet sie sich auf, während ich hysterisch kichere.

»Sehen Sie es einfach als Rache für die unbequemen Stühle in Ihrem Therapiezimmer«, antworte ich. »Woher wissen Sie es?«

»Während unserer letzten Sitzung, nachdem Sie Helen getroffen hatten, ging es Ihnen so gut. Die Sache war beendet, und Sie fühlten sich selbstbewusst genug, erst ein Jahr später wiederzukommen. Aber als ich nichts von Ihnen hörte, habe ich mir Sorgen gemacht und Nachforschungen angestellt.«

»Oh.«

»Es tut mir sehr leid, Stephanie …«

»Das sagen alle«, antworte ich und streiche die Decke über meinen Beinen glatt.

»Und Sie sind jetzt wirklich mit Jamie zusammen, ganz offiziell?«, fragt sie.

»Ja. Endlich bin ich doch ans Ziel gekommen. Die Therapie hat gewirkt.«

Jane kneift die Augen zusammen und legt den Kopf schräg. »Wie meinen Sie das?«

»Sie haben mir wirklich geholfen, die Dinge in einem neuen Licht zu betrachten. Zu guter Letzt habe ich verstanden, dass es in Ordnung ist, Gefühle zu haben, die man nicht kontrollieren kann. Das geht schließlich den meisten irgendwann so.«

Jane lächelt, wie sie immer lächelt, wenn sie kurz davor ist, eine Bombe platzen zu lassen.

»O nein, was ist los? Habe ich etwa alles falsch verstanden?«, frage ich panisch.

Jane lächelt. »Nein, überhaupt nicht. Alles, was Sie gesagt haben, stimmt. Aber einen wichtigen Punkt haben Sie dabei übersehen …«

»Was denn?«, frage ich mal wieder völlig durcheinander.

»*Ich* habe Ihnen nicht dabei geholfen, sich zu verändern, sondern Jamie.«

»Hä?«

»Er hat Ihnen gezeigt, dass es in Ordnung ist, jemand anderen zu brauchen«, sagt sie. »Dass auch Sie geliebt werden können – und noch viel wichtiger, *es wert sind,* geliebt zu werden. Nicht nur ein Wochenende im Jahr, sondern immer. Sie haben sich selbst so viele Jahre lang vernachlässigt, nachdem Ihre Mutter gestorben ist, Stephanie, Sie dachten, Sie hätten wahre Liebe nicht verdient, haben niemanden an sich herangelassen … bis Jamie kam.«

Ich höre, was sie sagt und wie der Wind an den Fenstern rüttelt. Auf einmal ergibt alles Sinn.

»Sie wissen schon, dass Sie mir das alles vor Jahren hätten sagen können, oder? Dann hätte ich mir einigen Stress ersparen können«, sage ich.

»Nein, Sie wissen ja, dass Sie da selbst durchmussten. Sie haben sich unglaublich verändert. Wie lange sind Sie nun schon bei mir? Seit zwölf Jahren?«, fragt sie.

»Es kommt mir länger vor«, sage ich trocken.

Jane wirft mir einen ihrer gefürchteten Blicke zu. »Aber ich wollte Ihnen eigentlich sagen, dass Sie mir in den Jahren sehr ans Herz gewachsen sind. Deshalb bin ich auch heute hier. Nicht als Therapeutin, sondern als Freundin«, sagt sie.

»Das bedeutet mir wirklich viel, Jane. Und mir geht es auch so«, sage ich und lächle. »Hoffentlich sprengt das jetzt nicht mein Budget?«

»Nein, zahlen Sie zwölf Jahre, die nächste Sitzung ist umsonst«, grinst sie.

Wir unterhalten uns über unsere Beziehung, wie sie sich mit der Zeit verändert hat. Jane ist vermutlich eine meiner engsten Vertrauten, was sagt man bloß, wenn man weiß, dass man sich nicht wiedersehen wird? Jane weiß einfach alles von mir. Alles. Sie kennt meine Hoffnungen, Träume, Sünden, weiß, was ich bedauere, wo meine Schwächen und Probleme liegen. Sie hat mich lachen, weinen, lächeln und mir Sorgen machen sehen, hat mich bei Dingen unterstützt, über die ich mit niemand anderem sprechen konnte, sie hat mich niemals verurteilt, mich zur Rede gestellt, wenn ich unvernünftig war, und mich nicht zuletzt manchmal auch ganz schön frustriert ... weil sie immer recht hatte.

Jedes einzelne Mal.

Sie ist all das, was meine Mutter für mich hätte sein können, wenn sie noch am Leben wäre.

»Wie geht es den Kindern?«, fragt sie und trifft damit einen wunden Punkt. Das ist eine ihrer Qualitäten.

»Sie sind noch zu jung, um es zu verstehen. Das ist einerseits ein Fluch, andererseits aber auch ein Geschenk«, erkläre ich. »Ich habe versucht, sie so nah wie möglich an mich heranzulassen. Kuschle rund um die Uhr mit ihnen.«

Jane lächelt und nickt. »Das ist das Beste, was Sie machen können. Sie werden sich an Sie erinnern, an all das, was sie miteinander erlebt haben. Hinterlassen Sie ihnen Dinge, die sie sich anschauen können. Sie werden immer bei ihnen sein. Was passiert mit den beiden nach Ihrem Tod?«

Zum Glück kann Ebony dieses Gespräch nicht hören – sie würde es nicht verstehen. Sie wäre nicht in der Lage, unsere Beziehung zu begreifen, was wir alles teilen, die Art, wie wir miteinander umgehen. Mir gefallen die Direktheit und Ehrlichkeit daran.

»Tja, sie werden bei Ebony wohnen. Und mit Matt stehen sie selbstverständlich auch in Kontakt, wenn es bei ihm geht. Er ist sehr zufrieden mit seiner neuen Stelle in Dubai, aber da passen sie natürlich nicht so richtig rein. Es wird ihnen sicher gut gehen bei Ebony, Will, den Jungs, meinem Vater … und Jamie.«

»Jamie?«

»Ja, sie haben sich in den letzten achtzehn Monaten sehr mit ihm angefreundet«, erzähle ich. »Selbst wenn … *falls* … er jemand anders kennenlernen sollte, würde ich mich freuen, wenn sie sich trotzdem noch nahe wären. Er ist so ein wichtiger Teil meines Lebens.«

»Ja, das ist er«, sagt Jane. »Er hat Sie zurück ins Leben geholt.«

Wir lächeln einander zu, genießen den Augenblick, diese Verbundenheit zwischen uns, die sich über viele Jahre entwickelt hat. Auch wenn ich sie für ihre Zeit bezahlt habe, ist es doch unbezahlbar, was daraus geworden ist.

»Ich sollte jetzt besser gehen«, sagt sie. »Sie sehen erschöpft aus, und ich möchte nicht warten, bis Ihre verrückte Schwester mich hinauswirft.«

Manchmal vergesse ich, wie gut sie all die Menschen in meinem Leben kennt, auch wenn sie bisher niemanden von ihnen getroffen hat.

Jane steht auf, hängt sich die hellbraune Mulberry-Handtasche über die rechte Schulter und legt ihren schwarzen Wollschal zurecht. Ihre kirschroten Haare, auffällig wie immer, hängen heute gerade herunter, dadurch sieht sie anders aus als sonst. Das ist nicht ihr Arbeitslook.

Ich atme tief aus, ahne, dass mir die Tränen kommen werden. Das hier ist einer der ersten Abschiede, die nun auf mich zukommen, und ich weiß nicht, wie ich das überstehen soll. Wäre es nicht vielleicht besser, einfach einzuschlafen und nie wieder aufzuwachen?

»Jane?«

»Ja?«

»Sie kommen doch zu meiner Beerdigung, oder?«

»Die lasse ich mir auf keinen Fall entgehen«, sagt sie und zwinkert mir zu.

»Stellen Sie sicher, dass sie gut wird, okay? Sie soll nicht furchtbar sein«, sage ich und lache leise.

»Die beste«, sagt sie und lächelt.

Sie beugt sich zu mir und umhüllt mich mit Liebe und einer dicken Umarmung. Sie dauert mindestens eine Minute, wenn nicht länger. Ihr Parfum – dasselbe wie immer – beruhigt mich. Sie drückt mich so fest an sich, dass es beinahe wehtut in meinem zerbrechlichen Zustand, aber es ist mir egal.

»Ich war noch nie so stolz auf jemanden«, flüstert sie mir ins Ohr. »Ihre Mutter wäre sicher auch sehr stolz auf Sie.«

Ein Lächeln huscht über mein Gesicht, während meine Augen sich mit Tränen füllen. »Ich danke Ihnen, Jane. Für alles.«

Sie sieht mich an und lächelt, ihre Augen glänzen. Schnell sucht sie ihre Sachen zusammen und verlässt den Raum.

Bevor sie geht, dreht sie sich noch ein letztes Mal zu mir um und wirft mir einen Kuss zu.

Ich weiß nicht, wie ich zufrieden und glücklich definieren soll. Beides sind Gefühle. Vermutlich kann man, wenn die eigene Zeit abläuft, nur hoffen, dass man in seinem Leben glücklich war und es nichts zu bereuen gibt. Fehler, natürlich, die macht jeder. Aber wie meine Mutter immer sagte, wir sind eben alle nur Menschen.

Vollkommen unvollkommen … Das ist mehr als genug.

37. KAPITEL
Samstag, 2. März 2019

Jamie

Nachdem sie von uns gegangen war, saß ich tagelang allein in ihrem Schlafzimmer, wollte nichts verändern, da sie es als Letzte berührt hatte: ein Wasserglas, eins ihrer Bücher, ihren Lippenpflegestift. Ihr Schlafzimmer verwandelte sich in ein Museum, setzte Staub und Erinnerungen an.

Ein Hauch ihres Parfums lag noch in der Luft. Ich wollte *ihr* nah sein – dem, was von ihr übrig war.

Manchmal kam ich auch mit den Mädchen hierher und umarmte sie, sie verstanden nicht, was eigentlich los war. Auch wenn ich noch nicht so lange Teil ihres Lebens bin, vertrauen sie mir, und wir verstehen uns gut. Beide sind ihr wie aus dem Gesicht geschnitten, haben den engelsgleich geschwungenen Mund und die großen grünen Augen.

Die ersten beiden Nächte nach ihrem Tod fand ich keinen Schlaf. Ich saß auf dem blauen Stuhl in ihrem Zimmer, starrte schweigend aufs Bett, trank Whisky und ließ die letzten zwölf Jahre Revue passieren. Ich hätte schon viel früher ehrlich zu ihr sein sollen. Ihr erzählen sollen, wie verrückt vor Liebe ich nach ihr war, von Anfang an. Hätte ich mich doch nie zurückgenommen. Wäre ich bloß mutiger gewesen. Das alles hilft nun nicht mehr. Ich muss damit leben lernen.

Ein riesiges schwarzes Nichts voller Tod und Trauer verschluckt mich. Sie war so lange ein Teil meines Lebens, jetzt ist sie nicht mehr da. Zu wissen, dass ich sie niemals wieder lachen hören, sie lächeln sehen oder in ihr wunderschönes Gesicht schauen werde, ist herzzerreißend. Kann Trauer körperliche Schmerzen auslösen? So fühlt es sich zumindest an.

Nicht nur ich quäle mich. Michael und Ebony zu sehen, die ihre Tochter, ihre Schwester verloren haben, bricht mir das Herz. Sie haben doch schon so viel durchgemacht. Es ist kaum zu fassen.

»Jamie!«, rufen die beiden Mädchen und rennen auf mich zu, als ich durch die Tür komme. Adelaide springt an mir hoch, und Evie schlingt mir die Arme um die Taille.

»Da seid ihr ja! Meine kleinen Äffchen!«, sage ich und drücke die beiden fest, als Michael und Ebony in den Flur kommen. »Bereit für unseren Ausflug?«

»Ja! Können wir im Auto Musik hören, und darf Vaiana auch mitkommen?«, bettelt Adelaide und hält mir eine weiche Vaiana-Puppe vors Gesicht.

»Zweimal: Ja!«, sage ich enthusiastisch.

»Schön, dich zu sehen, Jamie.« Ebony lächelt und umarmt mich, nachdem ich Adelaide abgesetzt habe. »Wir haben gerade Kaffee gemacht.«

»Wie geht es dir, Ebs?«, frage ich sie so taktvoll wie möglich vor den Mädchen.

Sie versucht zu lächeln. »Ich vermisse sie«, flüstert sie, der Schmerz darüber, ihre Schwester verloren zu haben, zeigt sich auf ihrem Gesicht. Ich nicke, ziehe sie näher an mich heran und gebe ihr einen Kuss auf den Kopf.

Als ich in die Küche gehe, kommt es mir unwirklich vor, dass sie nicht mehr hier ist, in dem Haus ihres Vaters, in dem sie sowohl Kind als auch Erwachsene war. Hier ist sie auch gestorben, ganz friedlich eingeschlafen in einer kalten Januarnacht. Ich lag neben ihr.

»Wie geht es dir, Jamie?«, fragt Michael und gießt mir Kaffee ein, Adelaide und Evie quatschen im Wohnzimmer.

»Ich versuche von Tag zu Tag zu denken, irgendwie zu überleben«, gebe ich zu und setze mich an den Esstisch. »Ich weine oder bin wütend auf die ganze Welt, das wechselt ständig. Meistens weiß ich nichts mit mir anzufangen.«

Es ist die brutale Ironie des Schicksals, dass mir, seitdem ich den Kunstwettbewerb gewonnen habe, so viele Ausstellungsmöglichkeiten angeboten wurden und meine Arbeiten stark nachgefragt werden. Aber die eine Person, die mich darin unterstützt hat, meinen Traum zu leben, ist nicht mehr da, um es mitzubekommen.

»Weißt du, Jamie«, sagt Michael, der auf dem Stuhl neben mir Platz genommen hat. »Stephanies Mutter, Elaine, war die einzige Frau, die ich je geliebt habe.«

»Stephanie hat mir so viel von ihr erzählt, sie muss eine tolle Frau gewesen sein.«

»O ja, sie war etwas ganz Besonderes. Man merkt es einfach, wenn man so eine Frau gefunden hat.«

Wir nicken uns verständnisvoll zu.

»Als ich herausfand, dass sie mir genommen werden könnte, brach meine Welt zusammen. Wir hatten doch so viel gemeinsam durchgestanden, und jetzt das, ich konnte es einfach nicht fassen.«

Ich atme tief ein. Es ist erschütternd, wie sehr Michaels und Elaines Beziehung unsere widerspiegelt. Es ist so ungerecht.

»Wir haben gebetet, dass uns das Schlimmste erspart bleibt«, sagt er. »Und dann trat es ein.« Er trinkt einen Schluck von seinem Kaffee und stellt dann die Tasse sanft auf den Tisch zurück. »Ich war so verdammt wütend, Jamie.«

Habe ich mich verhört? Michael flucht doch normalerweise nicht. Es klingt irgendwie unnatürlich aus seinem Mund.

»Ich habe es viel zu lange zugelassen, dass mein Leben nicht nur von der Trauer, sondern auch von einem unbändigen Zorn erfüllt wurde. Das hat die Beziehung zu meinen Kindern und auch allen anderen um mich herum beeinträchtigt.«

»Ich weiß aber nicht, wie ich dagegen ankommen soll, Michael. Ich habe sie so sehr geliebt, und jetzt ist sie weg. Das kann ich einfach nicht aushalten«, sage ich, und meine Augen füllen sich vor Trauer mit Tränen.

»Mir geht es ähnlich, Jamie. Auch ich kann und will nicht glauben, dass sie für immer fort ist. Aber wir müssen alle aufeinander achtgeben. Wie sollen wir uns richtig um Evie und Adelaide kümmern, wenn wir voller Wut sind? Die Wut isoliert uns von den Menschen, die wir lieben.«

Ich nicke und fahre mir mit den Händen übers Gesicht, versuche, die Tränen zurückzuhalten.

»Ich erkenne viel von Elaine und mir in euch beiden wieder«, sagt Michael. »Ihr wart einfach füreinander gemacht. Das soll nicht respektlos gegenüber deiner Ex-Frau und deinem Sohn gemeint sein, aber ich danke Gott dafür, dass du in den letzten zwölf Jahren in Stephanies Leben gewesen bist. Du hattest den positivsten Einfluss auf sie, den man sich vorstellen kann.«

»Danke, es bedeutet mir sehr viel, dass du das sagst.«

»Noch nie habe ich sie so glücklich gesehen wie mit dir zusammen. Auf der Beerdigung haben das auch alle gesagt. Deine Grabrede mit der Musik und den Fotos, das Porträt …«

Ich greife nach meiner Kaffeetasse, um mich an etwas festzuhalten. Die Beerdigung war so schwer für mich. Ich zeigte Fotos von Stephanie und ihrer Familie, und dazu lief *Close Your Eyes* von Michael Bublé. Das Porträt, das ich von ihr gemalt hatte, stand auf ihrem Sarg.

Als Letztes sah man das Foto der jugendlichen, blonden Stephanie, ungefähr im Alter von zwölf Jahren, in einem roten Nachthemd mit Gänseblümchen auf den Ärmeln. Neben ihr steht eine wunderschöne, elegante Frau in einem roten, bodenlangen Abendkleid. Ihre langen blonden Haare fallen ihr wasserfallartig über die rechte Schulter, um den Hals trägt sie eine eng anliegende Diamantkette, in der sich das Abendlicht bricht, das ins Schlafzimmer fällt, in dem das Foto aufgenommen wurde. Die beiden stehen neben einer Frisierkommode mit einem dreiteiligen Spiegel, auf der unzählige Parfümflaschen, Schminksachen, Haarbürsten und Schmuckstücke liegen. Aber was mir daran besonders aufgefallen war, ist der Blick, den sie sich gegenseitig zuwerfen. Stephanie hatte mir erzählt, dass es sich – soweit sie sich erinnern konnte – dabei um das letzte Foto handelte, das vor der Krankheit ihrer Mutter aufgenommen worden war, als in ihrer Welt noch alles normal war. Sie war froh über dieses Erinnerungsstück, auch wenn sie nicht mehr wusste, worüber sie damals so gelacht hatten, aber dort stehen sie, sehen einander an und lachen von ganzem Herzen, ein Bild der Liebe.

Mutter und Tochter.

»Blaine hat immer gesagt, dass das Universum weiß, was es tut, und sie hatte recht. Aber das kann auch ganz schön grausam sein, es gibt wohl kaum etwas Schlimmeres, als die Liebe seines Lebens zu verlieren, die Frau, um die man so gekämpft hat. Jetzt müssen wir uns alle gegenseitig unterstützen.«

»Eure Familie hält fest zusammen. Und mit der Zeit …«, meine Stimme versagt. »Ich werde niemals vergessen, wie sehr ihr mir in dieser schwierigen Zeit beigestanden habt.«

Michael zieht die Augenbrauen hoch.

»Jamie, eins möchte ich klarstellen«, sagt er. »Was auch immer passieren wird, du bist Teil dieser Familie. Punkt. Du hast meine Tochter glücklich gemacht, glücklicher, als sie jemals zuvor gewesen ist, und Evie und Adelaide könnten sich keinen besseren Stiefvater wünschen. Was auch immer passiert, du bist einer von uns.«

Der Kies knirscht unter den Reifen, als wir die mir wohlbekannte Auffahrt hinauffahren und die Bäume uns in all ihren satten Grüntönen begrüßen. Es kommt mir bekannt und zugleich fremd vor, noch nie war ich im Frühling hier.

»Sind wir jetzt endlich da?«, fragt Evie vom Rücksitz aus.

Ich muss wegen des Klischees lachen. Sie fragt schon, seitdem wir losgefahren sind. Also antworte ich mit einem breiten Grinsen: »Ja! Wir sind da!«

»Juchhu! Adelaide, wach auf! Wir sind da!«, ruft sie der kleinen schlafenden Prinzessin in dem Kindersitz neben ihrem zu, deren Kopf zur Seite gekippt ist. Vaiana liegt auf dem Boden.

Es war seltsam, dort anzurufen.

Alle dort kannten Stephanie: Avril, die Empfangsdame, der Oberkellner, die Reinigungskraft – sie alle kannten uns beide.

Wir kamen über so einen langen Zeitraum hierher, und nie stellte man uns Fragen, nie wurden wir verurteilt. Sie müssen es gewusst haben, waren aber immer höflich und freundlich zu uns. Fast freundschaftlich.

Es fühlte sich richtig an, sie zu informieren.

Sie übermittelten ihr Beileid mit echtem Mitgefühl, das ich so nicht erwartet hatte. Ein paar Wochen später riefen sie an und fragten mich, ob ich gern noch einmal vorbeikommen würde. Sie wollten »für die Frau, die so gern bei uns war« etwas Schönes machen.

Wir parken, und die Kinder springen aus dem Wagen. Evie klettert aufgeregt die Treppen zur Empfangshalle hinauf, während Adelaide hinter ihr hertrottet und meine Hand hält. Als wir hineingehen, werden wir von Avril begrüßt, die hinter dem Tresen hervorkommt und mich an sich drückt. Sie hat sich kaum verändert seit dem Tag, an dem ich Stephanie zum ersten Mal gesehen habe. Ihr Bob ist mittlerweile ergraut, aber sie trägt immer noch dieselbe Fünfzigerjahrebrille mit rotem Rand. Dann wendet sie sich den Mädchen zu, die wie kleine Soldaten neben dem Kamin stehen, und sagt, wie sehr sie ihrer Mutter ähneln. Die immer so unglaublich organisierte Ebony hat die beiden heute im Partnerlook gekleidet, sie tragen Latzhosen und sehen unheimlich süß darin aus. Beide haben Stephanies hellblonde Haare, wenn auch ein wenig gewellt.

Wir unterhalten uns ein paar Minuten mit Avril, dann erzählt sie uns, was sie für Steph organisiert haben.

Als wir nach draußen gehen, kommt die Sonne hinter den Wolken hervor. Das sieht in dieser hügeligen Landschaft immer besonders beeindruckend aus. Man kommt sich auf einmal so klein und unbedeutend vor, was ja vermutlich auch stimmt. Wir laufen über die Wiese, und ich erlaube den Kindern, schon zu dem Baum zu rennen. Er sieht so aus wie immer. Ich habe keine Ahnung, wie alt er ist, aber er sieht sehr alt aus, mit seinem breiten Stamm, den ausladenden Wurzeln und seiner rauen Rinde. Es ist ein majestätischer, imposanter Baum, dessen Äste sich im Wind bewegen.

Dann sehe ich die Bank darunter, von der aus man einen guten Blick auf Heathwood Hall hat. Dieselbe Bank, auf der Stephanie und ich in dieser kalten Oktobernacht saßen und uns kennenlernten.

Die Nacht, in der ich mich in sie verliebt habe.

Die Kinder laufen genau darauf zu, setzen sich und lassen aufgeregt die Beine baumeln. Die Bank sieht aus, als wäre sie gesäubert und aufgefrischt worden, die robusten Beine und Armlehnen glänzen dunkel und eichenfarben. Aber mitten auf der Rückenlehne prangt die eigentliche Veränderung.

Ein kleines goldenes Schild, das mit winzigen goldenen Schräubchen angebracht wurde. Darauf ist eingraviert:

FÜR STEPHANIE,
DIE IHREM SCHICKSAL AUF DEM WEG BEGEGNETE,
DEN SIE NAHM, UM IHM AUSZUWEICHEN

Es kommt mir so vor, als hätten wir uns erst vor einer Woche kennengelernt. Wie kann es sein, dass sie nun für immer fort ist?

Ich sitze auf der Bank und nehme die beiden Mädchen in den Arm, eins auf jeder Seite, und drücke sie fest an mich.

»Ist das Mummys Bank?«, fragt Evie.

»Ja«, antworte ich. »Hier haben wir gern zusammengesessen, es war einer ihrer Lieblingsplätze.«

»Ich vermisse sie«, sagt sie und vergräbt ihren Kopf in meinem Arm.

Ich atme tief aus, versuche, vor ihnen stark zu sein. »Ich weiß, mein Schatz«, antworte ich. »Ich vermisse sie auch. Sie hat euch sehr geliebt.«

»Kann ich jetzt was Süßes haben?«

Ich lache und suche in meiner Tasche nach den Süßigkeiten, die ich für sie mitgebracht habe.

»Kommt, es gibt da noch etwas, das ich euch gern zeigen möchte«, sage ich, nehme die beiden an die Hand und gehe mit ihnen zurück zum Gebäude.

»Mir gefällt die Frau ganz oben«, sagt Adelaide. »Sie ist genauso hübsch wie Mummy.«

»Ja, das ist sie«, sage ich und sehe zu der jungen Frau ganz oben auf dem Brunnen hinauf, die ich so oft im Laufe der Jahre betrachtet habe. Dort steht sie immer noch und bläst in ihr Horn, oder was auch immer das für ein seltsames Instrument ist, sie tanzt wild und lässt es sich gut gehen. »Eure Mutter liebte diesen Brunnen, es ist der Ort, an dem wir uns kennengelernt haben«, sage ich.

»Hast du ihr gesagt, dass sie hübsch ist?«, fragt Adelaide und kichert.

Ich lache. »Ja, so etwas in der Art.« O Mann, wie unschuldig Kinder doch sind. Heute wünschte ich, ich hätte es damals gesagt.

Wie aus dem Nichts hören wir auf einmal ein gurgelndes Geräusch. Es knirscht und quietscht, und Adelaide klammert sich verängstigt an mein Bein.

»Was ist das, Jamie?«, fragt Evie.

Ich sehe zum Brunnen hinüber, der sich quietschend in Gang setzt, wodurch erste Wasserspritzer aus den Öffnungen gepumpt werden, bis, wenige Augenblicke später, das Wasser in den Himmel schießt und an den drei Ebenen des Brunnens wie ein Wasserfall hinunterläuft. Das habe ich in all den Jahren, die ich hierherkomme, noch nie gesehen.

Es sieht wunderschön aus. Die Mädchen kreischen aufgeregt, als die Wassertropfen ihre Gesichter benetzen.

Hinter mir höre ich das Klackern von Absätzen, und als ich mich umdrehe, sehe ich Avril lächelnd auf uns zukommen.

»Sie hat immer gefragt: ›Warum schalten Sie nie das Wasser ein?‹, also haben wir es heute für Sie und die Mädchen angemacht.«

Ich gehe auf sie zu und umarme sie. »Danke«, sage ich mit feuchten Augen. »Sie wäre begeistert.«

Als Avril sich aus der Umarmung löst, lächelt sie und sieht selbst aus, als hätte sie Tränen in den Augen. »Und jetzt? Wer würde denn jetzt gern einen heißen Kakao trinken?«

»Ich!«, rufen beide Mädchen gleichzeitig.

Avril nimmt sie an die Hand und geht mit ihnen hinein. »Bleiben Sie ruhig noch einen Augenblick, Jamie«, sagt sie. »Die Mädchen werden es sicher ein paar Minuten allein mit mir aushalten.«

Ich nicke, bin ihr sehr dankbar. Als sie alle im Haus verschwunden sind, wende ich mich wieder der Terrasse zu.

Es ist ruhig. Wunderschön.

Nur die Geräusche des Brunnens sind zu hören, ein beruhigendes, regenartiges Rauschen.

Ich atme ein paarmal tief ein. Ich fühle mich verletzlich durch die Trauer. Sie schmerzt jeden Tag. Dieser Brunnen, der Baum, das Zimmer oben – das ist alles sie. Wir.

Ich nehme den iPod aus der Tasche. Stecke die Kopfhörer in die Ohren, gehe zu den Liedern, schließe die Augen und scrolle nach unten.

»Okay, Stephanie«, sage ich laut. »Mal sehen, was du heute für mich hast …«

Nach ein paar Sekunden drücke ich willkürlich auf irgendeinen Titel. Sofort erklingt ein Lied, das ich schon so viele Male gehört habe. Es stammt aus einem Kultfilm, und ich erkenne es sofort. Ein echter Klassiker.

Die Musik beginnt, bevor diese unverkennbare Stimme einsetzt.

Ich muss über das ganze Gesicht grinsen. Dann öffne ich die Augen und schaue zum Himmel hinauf.

More Than a Woman von den Bee Gees.

Danksagung

Sarah Hornsley, Sie sind wirklich die perfekte Agentin. Ich danke Ihnen, dass Sie jeden Schritt dieses Weges begleitet haben. Sie sind mein wichtigster Cheerleader, und ich weiß nicht, was ich ohne Sie tun würde.

An meine unglaubliche Lektorin Katie Seaman, die, seitdem wir uns kennengelernt haben, so viel kreativen Weitblick in diesen Roman gesteckt hat. Vielen Dank für die brillante Leitung dieses Projekts und die Beyoncé-inspirierten redaktionellen Kommentare. Ein Riesendank gilt auch dem gesamten Team bei Ebury, das dazu beigetragen hat, diesen Traum wahr werden zu lassen. Tessa Henderson und Stephenie Naulls danke ich für die Hilfe, das Buch in die Welt zu bringen.

Tausend Dank auch an alle meine Autorenfreunde, es sind viel zu viele, um sie alle einzeln aufzuzählen. Ein besonderer Dank geht an Sasha Wagstaff, deren unglaubliche Unterstützung in den letzten Jahren unbezahlbar ist. Ich danke auch Isabelle Broom dafür, dass sie eine echte Heldin und auch ansonsten eine fantastische Person ist.

Dieser Roman wäre ohne die drei Therapeuten in meinem Leben nicht geschrieben worden (Dreiecksgeschichten eben). Dank an den Psychologen Dr. LJ Carter, den ich 2016 in einem Café im Teesside-Park-Einkaufszentrum getroffen habe und der mir dabei geholfen hat, einen komplexen Charakter zu entwerfen, aus dem dann Stephanie geworden ist. Ich werde niemals vergessen, wie er über sie gesprochen hat, als gäbe es sie wirklich. Dank auch an die klinische Psychologin (und nur sehr ungern Dr.) Vicky Jervis – ich weiß nicht, wie oft wir zu »Recherchezwecken« gemeinsam im Pub waren, aber ich bin mir sicher, dass uns niemand glauben würde, dass wir tatsächlich die ganze Zeit über Psychologie reden. Amanda Wharton danke ich dafür, dass ich mich durch sie daran erinnere, wer ich bin.

Ich bin überzeugt davon, dass ich einige der besten Freunde habe, die ich mir vorstellen kann und die mich immer unterstützen, trotzdem wäre es schwierig geworden, dieses Buch ohne Dawn Chaplin, Laura Knights, Andrea Bruce und Caroline Wilkinson zu schreiben.

Ein großer Dank geht auch an mein »medizinisches Team«, das ständig dienstbereit war, wenn ich meine unzähligen Fragen über jede Menge komplizierter Dinge loswerden wollte. Dr. Rebecca Odedun, Dr. Tom Poulton und Dr. Ross – deren Hilfsbereitschaft, Fähigkeiten und Leidenschaft einfach mehr als beeindruckend sind. Ich danke auch Fin O'Leary dafür, mein Wissensschatz für alle möglichen weiteren Dinge zu sein.

Mein Dank geht auch an meine Freunde aus der Kindheit – Leanne Weldrake und Melissa Martin –, die zu den inspirierendsten Menschen gehören, die ich kenne. Danke für das Treffen vor zwei Jahren im Black Bull an einem sonnigen Abend und das Teilen eurer Geschichten mit mir.

Dank an den unbeschreiblichen Designer/Künstler Steve Dobson – es tut mir wirklich leid, wie viele Fragen aus dem Kunstbereich ich in der ganzen Zeit gestellt habe. Ich kann kaum glauben, dass ich jetzt selbst eine eigene Meinung über solche Dinge wie #ArtChatz habe. Ein immerwährender Dank für die ganze Hilfe bei diesem Roman. Außerdem danke ich dem fantastischen Porträtkünstler Paul Benett, der sich die Zeit genommen hat, mir bei meinen Kunstrecherchen zu helfen. Gisborough Hall auf der wunderschönen Hochebene North York Moors – danke, dass ich mich hier umsehen und für den Roman inspirieren lassen konnte. Wenn es irgendjemanden interessiert, wie Heathwood Hall in meinem Kopf aussieht, dann so.

Ich danke auch all den wunderbaren Lesern, Rezensenten, fantastischen Bloggern, Menschen, die ich noch nie gesehen habe und die mir mitten in der Nacht schreiben, dass sie mein Buch nicht mehr aus der Hand legen können. Ihr seid der Grund für unsere Arbeit.

Dann möchte ich noch 2018 und den damit verbundenen Schwierigkeiten, Bösewichten, Hindernissen und Komplikationen danken, die mich mit großer Wucht heimgesucht haben. Ich bin dadurch stärker, klüger und eine bessere Schriftstellerin geworden.

An meine Kinder, meine kleinen Krieger – ihr inspiriert mich jeden Tag durch euren Mut, eure Eigenarten und eure Widerstandsfähigkeit. Ich danke euch, dass ich Teil dieses »Heroischen Teams« sein darf – ich wüsste nichts, wozu ich lieber gehören würde. x